外国文学名著丛书

〔波斯〕菲尔多西/著

列王纪选

张鸿年/译

"外国文学名著丛书"编委会

人民文学出版社

حکیم ابوالقاسم فردوسی توسی
شاهنامه

根据埃米尔出版社1965年出版、穆罕默德·达毕尔·西亚基博士审编《列王纪》第二版译出。

图书在版编目(CIP)数据

列王纪选/(波斯)菲尔多西著;张鸿年译.—北京:人民文学出版社,2022 (2023.3 重印)
(外国文学名著丛书)
ISBN 978-7-02-016629-9

Ⅰ.①列… Ⅱ.①菲…②张… Ⅲ.①英雄史诗—波斯帝国—中世纪 Ⅳ.①I373.23

中国版本图书馆 CIP 数据核字(2020)第 181148 号

责任编辑　陈　旻
装帧设计　刘　静
责任印制　王重艺

出版发行　人民文学出版社
社　　址　北京市朝内大街166号
邮政编码　100705

印　　刷　北京盛通印刷股份有限公司
经　　销　全国新华书店等
字　　数　282 千字
开　　本　850 毫米×1168 毫米　1/32
印　　张　21.75　插页3
印　　数　4001—7000
版　　次　1991 年6月北京第1版
印　　次　2023 年3月第2次印刷
书　　号　978-7-02-016629-9
定　　价　86.00 元

如有印装质量问题,请与本社图书销售中心调换。电话:010-65233595

菲尔多西

出版说明

人民文学出版社自一九五一年成立起,就承担起向中国读者介绍优秀外国文学作品的重任。一九五八年,中宣部指示中国科学院文学研究所筹组编委会,组织朱光潜、冯至、戈宝权、叶水夫等三十余位外国文学权威专家,编选三套丛书——"马克思主义文艺理论丛书""外国古典文艺理论丛书""外国古典文学名著丛书"。

人民文学出版社与中国科学院文学研究所,根据"一流的原著、一流的译本、一流的译者"的原则进行翻译和出版工作。一九六四年,中国社会科学院外国文学研究所成立,是中国外国文学的最高研究机构。一九七八年,"外国古典文学名著丛书"更名为"外国文学名著丛书",至二〇〇〇年完成。这是新中国第一套系统介绍外国文学作品的大型丛书,是外国文学名著翻译的奠基性工程,其作品之多、质量之精、跨度之大,至今仍是中国外国文学出版史上之最,体现了中国外国文学研究界、翻译界和出版界的最高水平。

历经半个多世纪,"外国文学名著丛书"在中国读者中依然以系统性、权威性与普及性著称,但由于时代久远,许多图书在市场上已难见踪影,甚至成为收藏对象,稀缺品种更是一书难求。在中国读者阅读力持续增强的二十一世纪,在世界文明交流互鉴空前频繁的新时代,为满足人民日益增长的美好生活的需要，人民文学出版社决定再度与中国社会科学院外国文学研究所合作，以"网罗经典，格高意远，本色传承"为出发点，优中选优，推陈出新，出版新版"外国文学名著丛书"。

值此新版"外国文学名著丛书"面世之际，人民文学出版社与中国社会科学院外国文学研究所谨向为本丛书做出卓越贡献的翻译家们和热爱外国文学名著的广大读者致以崇高敬意！

"外国文学名著丛书"编委会
二〇一九年三月

编委会名单

(以姓氏笔画为序)

1958—1966

卞之琳	戈宝权	叶水夫	包文棣	冯　至	田德望
朱光潜	孙家晋	孙绳武	陈占元	杨季康	杨周翰
杨宪益	李健吾	罗大冈	金克木	郑效洵	季羡林
闻家驷	钱学熙	钱锺书	楼适夷	蒯斯曛	蔡　仪

1978—2001

卞之琳	巴　金	戈宝权	叶水夫	包文棣	卢永福
冯　至	田德望	叶麟鎏	朱光潜	朱　虹	孙家晋
孙绳武	陈占元	张　羽	陈冰夷	杨季康	杨周翰
杨宪益	李健吾	陈燊	罗大冈	金克木	郑效洵
季羡林	姚　见	骆兆添	闻家驷	赵家璧	秦顺新
钱锺书	绿　原	蒋　路	董衡巽	楼适夷	蒯斯曛
蔡　仪					

2019—

王焕生	刘文飞	任吉生	刘　建	许金龙	李永平
陈众议	肖丽媛	吴岳添	陆建德	赵白生	高　兴
秦顺新	聂震宁	臧永清			

目　次

译本序 …………………………………… *1*

对真主的颂词 …………………………… *1*
对智慧的颂词 …………………………… *2*
创造宇宙 ………………………………… *4*
创造人类 ………………………………… *6*
创造太阳 ………………………………… *7*
创造月亮 ………………………………… *8*
赞扬先知及四大哈里发 ………………… *9*
关于搜集《列王纪》的材料 …………… *12*
关于诗人塔吉基的故事 ………………… *14*
开始创作 ………………………………… *15*
对阿卜·曼苏尔·穆罕默德·本·阿卜杜列扎格的
　颂词 …………………………………… *16*
对玛赫穆德国王的颂词 ………………… *18*

1. 故事的开端

（波斯的第一个国王凯尤·玛尔斯当政三十年）……… *23*

西亚玛克死于恶魔之手	26
胡山与凯尤·玛尔斯去战恶魔	28
胡山(胡山当政四十年)	30
确立圣火节	31
塔赫姆列斯(降妖制魔的塔赫姆列斯当政三十年)	34
贾姆席德(贾姆席德当政七百年)	38
佐哈克和他父亲的故事	46
恶魔为佐哈克做厨师	51
贾姆席德败亡	54
佐哈克(佐哈克当政一千年)	57
佐哈克梦到法里东	60
法里东出生	66
法里东向母亲询问身世	70
佐哈克与铁匠卡维的故事	73
法里东前去征讨佐哈克	81
法里东见到贾姆席德的两个妹妹	86
法里东与佐哈克的大臣的故事	90
法里东囚禁佐哈克	94
法里东(法里东当政五百年)	102
法里东派钦达尔赴也门	106
也门国王对钦达尔的回答	112
法里东的三个儿子去见也门国王	116
萨尔夫施法术考验法里东的三个儿子	118
法里东考验自己的三个儿子	121
法里东三分天下	126
萨勒姆对伊拉治心怀妒意	127

萨勒姆与土尔派人向法里东下书传话 ·············	*130*
法里东对他两个儿子的回答 ···················	*134*
伊拉治去见两个哥哥 ·······················	*140*
伊拉治被两个哥哥所杀 ·······················	*143*
法里东得知伊拉治被害 ·······················	*147*
伊拉治的女儿降生 ·························	*151*
玛努切赫尔诞生 ···························	*152*

2. 鲁斯塔姆与苏赫拉布的故事

故事的开端 ·····························	*156*
鲁斯塔姆外出打猎 ·························	*158*
鲁斯塔姆到达萨曼冈 ·······················	*161*
萨曼冈国王之女塔赫米娜夜访鲁斯塔姆 ·········	*164*
苏赫拉布降生 ·····························	*169*
苏赫拉布挑选战马 ·························	*173*
阿夫拉西亚伯把包尔曼及胡曼派至苏赫拉布军中 ·····	*176*
苏赫拉布进袭白堡 ·························	*180*
苏赫拉布大战古尔德法里德 ···················	*183*
古什达哈姆上书卡乌斯 ·······················	*190*
苏赫拉布进占白堡 ·························	*193*
卡乌斯下书鲁斯塔姆 ·······················	*199*
卡乌斯怒责鲁斯塔姆 ·······················	*207*
卡乌斯与鲁斯塔姆率兵迎敌 ···················	*219*
鲁斯塔姆手刃让德拉兹姆 ·····················	*221*
苏赫拉布向哈吉尔讯问波斯将官姓名 ·············	*226*

3

苏赫拉布袭击卡乌斯大营 …………………… *238*

鲁斯塔姆与苏赫拉布之战 …………………… *244*

鲁斯塔姆与苏赫拉布回营 …………………… *249*

苏赫拉布打倒鲁斯塔姆 ……………………… *256*

苏赫拉布惨死于鲁斯塔姆手下 ……………… *266*

鲁斯塔姆向卡乌斯求药 ……………………… *275*

鲁斯塔姆痛哭苏赫拉布 ……………………… *277*

鲁斯塔姆返回扎别尔斯坦 …………………… *283*

苏赫拉布之母惊悉勇士被杀 ………………… *287*

3. 夏沃什的故事

故事的开端 …………………………………… *294*

夏沃什的母亲的故事 ………………………… *296*

夏沃什出生 …………………………………… *300*

夏沃什从扎别尔斯坦返回 …………………… *303*

夏沃什母亲去世 ……………………………… *306*

苏达贝爱上夏沃什 …………………………… *307*

夏沃什去见苏达贝 …………………………… *311*

夏沃什二去后宫 ……………………………… *317*

夏沃什第三次去后宫 ………………………… *323*

苏达贝欺骗卡乌斯 …………………………… *324*

苏达贝与巫婆施毒计 ………………………… *329*

卡乌斯与群臣商议如何处理死婴一案 ……… *331*

夏沃什勇穿火阵 ……………………………… *336*

夏沃什恳求父王饶恕苏达贝 ………………… *341*

卡乌斯得知阿夫拉西亚伯来犯	344
夏沃什领兵出征	348
夏沃什致信卡乌斯	352
卡乌斯给夏沃什的复信	354
阿夫拉西亚伯从噩梦中惊醒	357
阿夫拉西亚伯请祭司圆梦	360
阿夫拉西亚伯与群臣共商大计	363
格西伍前去会见夏沃什	366
夏沃什与阿夫拉西亚伯订约	369
夏沃什派鲁斯塔姆见卡乌斯面告军情	372
鲁斯塔姆给卡乌斯送信	375
卡乌斯把鲁斯塔姆打发回扎别尔斯坦	379
夏沃什接到卡乌斯回信	381
夏沃什与巴赫拉姆和赞格商讨军情	384
赞格去见阿夫拉西亚伯	391
阿夫拉西亚伯写信给夏沃什	395
夏沃什把军队交给巴赫拉姆	398
夏沃什会见阿夫拉西亚伯	407
夏沃什表演球艺	410
阿夫拉西亚伯与夏沃什前去打猎	418
皮兰把女儿嫁给夏沃什	419
皮兰对夏沃什提起法兰吉斯	422
皮兰与阿夫拉西亚伯议事	425
法兰吉斯与夏沃什成亲	430
阿夫拉西亚伯给夏沃什分封国土	433
夏沃什建造冈格城	438

夏沃什对皮兰预言后事 …………………………… *442*

阿夫拉西亚伯派皮兰去收取赋税贡物 …………… *448*

夏沃什修建夏沃什城 …………………………… *449*

皮兰造访夏沃什城 ……………………………… *451*

阿夫拉西亚伯派格西伍去看望夏沃什 …………… *455*

夏沃什之子法鲁德诞生 ………………………… *457*

夏沃什打马球 …………………………………… *460*

格西伍施挑拨离间计 …………………………… *466*

格西伍再次去见夏沃什 ………………………… *474*

夏沃什致函阿夫拉西亚伯 ……………………… *483*

夏沃什致阿夫拉西亚伯的信文 ………………… *485*

夏沃什的噩梦 …………………………………… *487*

夏沃什对法兰吉斯的劝告 ……………………… *489*

夏沃什为阿夫拉西亚伯所执 …………………… *494*

法兰吉斯哭求阿夫拉西亚伯 …………………… *502*

夏沃什被格拉维杀害 …………………………… *506*

4. 埃斯凡迪亚尔与鲁斯塔姆的故事

故事的开端 ……………………………………… *510*

埃斯凡迪亚尔向父亲要王位 …………………… *515*

卡什塔斯帕对儿子的回答 ……………………… *519*

克塔永对埃斯凡迪亚尔的劝告 ………………… *525*

埃斯凡迪亚尔领兵赴扎别尔 …………………… *530*

埃斯凡迪亚尔派巴赫曼去见鲁斯塔姆 ………… *532*

巴赫曼会见扎尔 ………………………………… *538*

巴赫曼传话给鲁斯塔姆 …………………………… 540
鲁斯塔姆对巴赫曼的回答 …………………………… 545
巴赫曼返回埃斯凡迪亚尔大营 …………………… 550
鲁斯塔姆会见埃斯凡迪亚尔 ……………………… 553
埃斯凡迪亚尔未邀鲁斯塔姆前去做客 …………… 559
埃斯凡迪亚尔由于未邀鲁斯塔姆赴宴而向他致歉 …… 562
埃斯凡迪亚尔责鲁斯塔姆出身不正 ……………… 567
鲁斯塔姆回答埃斯凡迪亚尔并历数自己的世系及
　功勋 ………………………………………………… 569
埃斯凡迪亚尔夸耀自己的出身 …………………… 573
鲁斯塔姆夸耀自己的业绩 ………………………… 577
鲁斯塔姆与埃斯凡迪亚尔对饮 …………………… 584
鲁斯塔姆回到自己宫中 …………………………… 592
扎尔对鲁斯塔姆的劝告 …………………………… 596
鲁斯塔姆与埃斯凡迪亚尔开战 …………………… 602
埃斯凡迪亚尔的两个儿子死于扎瓦列与法拉玛兹
　之手 ………………………………………………… 608
鲁斯塔姆逃到山上 ………………………………… 613
鲁斯塔姆与家人共商对策 ………………………… 620
神鸟为鲁斯塔姆出谋划策 ………………………… 622
鲁斯塔姆与埃斯凡迪亚尔再次开战 ……………… 629
鲁斯塔姆射中埃斯凡迪亚尔双眼 ………………… 634
埃斯凡迪亚尔对鲁斯塔姆的劝告 ………………… 642
帕舒坦把埃斯凡迪亚尔的灵柩运回交给卡什塔斯帕 …… 648
鲁斯塔姆把巴赫曼送回波斯 ……………………… 656

译 本 序

　　《列王纪》(又译《王书》)是波斯诗人菲尔多西(940—1020)所创作的一部六万双行的波斯民族史诗。本书选译了这部史诗的代表性篇章,即"四大悲剧"①。

　　《列王纪》卷帙浩繁,书中人物众多,其内容是描写从开天辟地到公元六五一年阿拉伯人灭波斯帝国时的历代王朝的兴衰大事。按书中叙述的内容,时间跨度在四千六百年以上。十八世纪末以前,人们普遍认为菲尔多西的《列王纪》就是波斯帝国的历史。在那以后,波斯古代史的轮廓逐渐明朗,用历史事实与《列王纪》中所描写的内容两相对照,才最后确定了这部作品的民族史诗的地位。

　　《列王纪》于十至十一世纪产生在波斯不是偶然的。这部作品乃是伊朗古代丰富的神话传说、勇士故事及阿拉伯人入侵所激起的波斯人爱国情绪,以及新兴的达里波斯文学语言相结合的产物,这三者的结合和谐地体现在诗人菲尔多西身上。

　　诗人菲尔多西生于波斯东方霍拉桑地区名城图斯的巴惹

---

① 据译者所知,"四大悲剧"的提法首先见于伊朗著名文学家莫哲塔比·米诺维的《菲尔多西及其地位》一文。此说为伊朗与外国学者所赞同。百年来世界上研究与翻译《列王纪》也是先集中介绍这四个悲剧的。

村,家庭属贵族阶层,他青年时期还有相当多的财产。他早年受过良好教育。有些资料说明菲尔多西掌握当时具有重要作用的阿拉伯语及巴列维语。[①]

菲尔多西(他的全名是:阿卜尔·卡赛姆·曼苏尔·本·哈桑本·沙拉夫沙赫)生活的年代,波斯人早已在远离阿拉伯人统治中心巴格达的波斯东部、东南部、东北部及中部建立了相对独立的地方政权。这些地方政权的统治者表面臣服巴格达哈里发政权,实际上,他们自行其政,在文化思想方面,主张重振波斯文明,宣扬波斯文化传统的优越性,从而培养了波斯人民的民族自信心,甚至煽动对阿拉伯人的歧视。由于波斯地方政权统治者的倡导与推动,当时,出现了反对阿拉伯人的强大的思潮,即"舒毕思潮"[②],在"舒毕思潮"的影响下,波斯人抵制阿拉伯语,坚持以本民族通用语巴列维语(即中古波斯语)写作,宣传波斯的悠久历史及古代文明。当时的斗争焦点之一便是语言。巴列维语与阿拉伯语斗争的结果,促使了另一种语言,即达里波斯语(即近代波斯语)成为全国的通用语。诗人菲尔多西正是在这种爱国主义的浪潮中,以新兴的波斯语,撰写这部充满古代神话传说、勇士故事及历史故事的不朽的史诗的。

统治者大力提倡写《王书》这一历史事实,诗人菲尔多西

---

① 巴列维语是中古波斯语,是波斯安息王朝(公元前250—公元224)及萨珊王朝(公元224—651)时期的通用语。阿拉伯人入侵(七世纪)后逐渐为近代波斯语所取代。

② "舒毕"一词为阿拉伯语。阿拉伯人征服各国后,实行民族歧视政策,被征服民族(主要是波斯人)援引《古兰经》语句,说明各民族及部族一律平等,舒毕意为部族,因而这一思潮以舒毕为名。舒毕思潮即波斯人反抗阿拉伯人侵略和统治的爱国主义思潮。

在他的《列王纪》的开头便已涉及,其一是诗人《对阿卜·曼苏尔·穆罕默德·本·阿卜杜列扎格的颂词》。此人身为霍拉桑总督,曾向大臣下令召集四方熟悉古代传说的人士,共同撰写了一部颇有影响的散文体《王书》。其二就是在同一部中的《关于诗人塔吉基的故事》。塔吉基是东北部萨曼王朝(875—999)的宫廷诗人。曾受命写《王书》,但只写了一千行,便被仆人杀害。他写的是《卡什塔斯帕的故事》,菲尔多西把这一千行诗收录在《列王纪》中,以资纪念。所以不能把《王书》看作是菲尔多西的史诗的专有名称,在他着手创作之前,已有五部《王书》问世,其中三部为散文体,两部为诗体。

因此,可以说,《王书》的创作乃是"舒毕思潮"的出现、发展与波斯帝国的修史传统相结合的产物,它使丰富的古代传说增加了反抗异族侵略的内容及文学色彩,在新的历史条件下,获得了新的生机。

虽然在诗人菲尔多西以前及以后都有人撰写《王书》,但是给后世留下一部堪称伟大史诗的只有菲尔多西一人。

菲尔多西约于九八〇年左右开始创作《列王纪》[①]。一〇〇九年完成第一稿,到一〇一五年修改一次,临终前又做了最后一次修改。

诗人塔吉基被杀的年代可能是波斯太阴历三六八年或三六九年(即公元978年或979年),据伊朗文学家扎毕胡拉·萨法估计,此后不久菲尔多西即开始了他自己的创作。萨法认为菲尔多西很可能得知塔吉基被害的消息,并且也知道他

[①] 公元九八〇年相当于波斯所流行的太阴历三七〇年,所以伊朗教科文组织于一九九〇年(太阴历1369年)召开国际学术讨论会纪念《列王纪》创作一千周年。

的《王书》创作中断,所以才立即着手创作的。还有一个情况值得注意,即菲尔多西打算开始这一工作时,手头并无不可缺少的曼苏尔散文体《王书》。但是,他本乡的一位可敬的朋友为他提供了这一宝贵资料,因此他便开始了这项工作。

虽然菲尔多西可能是在塔吉基被害后开始创作的,但是他从年轻时就已经为创作这部巨著做了准备。他曾说过:

> 我曾辛劳不倦,阅读典籍,
> 有的是阿拉伯语有的是巴列维语。

又说:

> 我无数次向人们请教询问,
> 怕是年深日久往事湮没无闻。

关于塔吉基的诗,他也有明确评价,他认为:

> 诗中语句乏力,松散纤弱,
> 往昔岁月在他笔下未能复活。

而真正复活了波斯帝国往昔岁月并为之注入新的生命的是菲尔多西。

菲尔多西的《列王纪》分三大部分,即:一、神话传说,二、勇士故事,三、历史故事。

勇士故事部分约占全书一半篇幅,也是《列王纪》中的精彩篇章,本书的"四大悲剧"都是选译自这一部分。

诗人对数十个勇士的描绘是《列王纪》中着意之笔,而勇士群中的中心人物就是高大的民族英雄鲁斯塔姆的形象。他出身皇族,是著名勇士萨姆(他的祖父)、扎尔(他的父亲)的后代。他幼年身强力壮、胆识过人,还未成年便杀死难以对付的白象。此后,他便以波斯第一位勇士的面貌出现在与敌国交战的战场上。诗人把这一英雄形象置于错综复杂的统治集团的内部斗争中,在无数困难与考验中展示他的英雄性格。诗人笔下的鲁斯塔姆形象中最突出的两个特点就是忠诚与勇敢。鲁斯塔姆对统治阶级最高代表国王的忠心是坚定不移的。忠诚是他的灵魂,是他勇敢战斗的思想基础。诗人对鲁斯塔姆几乎用尽了一切赞誉之词,近一千年来,这一形象一直活在伊朗人民心中,是他们心目中高大完美的民族英雄。

鲁斯塔姆是贯穿勇士部分的主要人物还可以从以下这点中看出来:在本书所包括的"四大悲剧"中有三个悲剧与他有关,其中两个悲剧的主人公就死在他的手下。

菲尔多西的《列王纪》中大小精彩的故事有二十个以上。按照伊朗学者莫哲塔比·米诺维的观点,只有这四个故事是悲剧,其余的可称为故事或戏剧。这四个悲剧就是:一、伊拉治的悲剧,二、苏赫拉布的悲剧,三、夏沃什的悲剧,四、埃斯凡迪亚尔的悲剧。

伊拉治是古代国王法里东的第三个儿子。他的两个哥哥认为父王分封国土时有意偏袒伊拉治,因而设计把伊拉治杀害;苏赫拉布是鲁斯塔姆的儿子,但是,他出生后未与父亲见过面,在两军战场上的搏斗中被鲁斯塔姆杀死;夏沃什是国王卡乌斯之子,因拒绝王妃求爱,结怨于王妃。敌国土兰兴兵进犯,他遂乘机请兵拒敌,得胜后,卡乌斯不准言和,逼迫他再战,于是他流落到敌国,终被杀害;埃斯凡迪亚尔是国王卡什塔斯帕的儿子,他打败敌国土兰,立下战功,按国王的许诺,要求继位。国王找借口派他去征讨鲁斯塔姆(国王认为鲁斯塔姆对自己不敬),致使在搏斗时埃斯凡迪亚尔死于鲁斯塔姆之手。

"四大悲剧"都是年轻人的悲剧。诗人在苏赫拉布悲剧的开头,提出一个耐人寻味的问题:

难道注定年轻人在世上得意洋洋?
难道注定年迈的命丧身亡?

从老年人的角度提出这样的问题是可以理解的。但是,为什么诗人把悲剧命运加在四位正直勇敢的波斯贵族青年身上呢?换句话说,我们从这四个年轻人惨遭杀害的故事中看到了什么呢?我们看到的是波斯古代宫廷激烈斗争的血淋淋的画面;看到贵族中年轻一代正直勇敢,胸襟开阔;看到老一代国王及其他统治者的暴虐无道、嗜血凶残,他们为保住自己的王位不惜使用一切手段,甚至虐杀自己的亲人而在所不惜。

四位悲剧的主人公同是波斯古代贵族青年(三个是王子,苏赫拉布是鲁斯塔姆的儿子),但是,在他们身上仍然表现出明显的差异。伊拉治善良单纯,他根本想不到他的两个哥哥会对他下毒手;苏赫拉布勇敢而骄傲,他第一天打倒鲁斯塔姆之后,竟然放了他,致使第二天死于其手;埃斯凡迪亚尔慓悍有余而见识不足,而且他迫不及待要登上王位以致送命。比较起来夏沃什的道路更加曲折,经历更加复杂。他所面临的矛盾也更加激烈,所以他的悲剧较之其他三个悲剧更加具有震撼人心的力量。他拒绝王妃苏达贝的挑逗,说明他的头脑是清醒的,他决不越礼而悖逆父王。当卡乌斯要惩办苏达贝时,他为她求情,更表现出他的深思远虑。他知道国王震怒下作出决定,日后会后悔而迁怒于他。这样他在敌军犯境之际,请兵拒敌的行动就不令人感到奇怪了,他决心要离开宫廷这块是非之地。战胜之后,在敌人交还占领土地,交出贡物及人质之后,他与敌人签订和约,目的是"永罢刀兵使心灵从仇恨中解脱"。应该说,他既保卫了祖国,又达到永久和平的崇高目的。不料卡乌斯穷兵黩武,悍然下令再战,这时,他断然拒绝了这一无理的命令:

> 父王对我所作所为处处不满,
> 他事事从中掣肘百般刁难。
> 他悍然下令命我驱军再战,
> 再启战端岂不违背自己的诺言?

到这时,他的性格发展已经达到顶点。开始他是一位正直的王子,后来他成了一位大军统帅,战胜签订和约时我们看到他的政治家的胸襟与气魄,最后,拒绝再把两国投入一场残酷的战争,这时的夏沃什已是站立起来的理想的英雄。在他拒绝执行卡乌斯命令这点上与埃斯凡迪亚尔形成鲜明对照。埃斯凡迪亚尔明知他父王要征讨鲁斯塔姆是不义之举,但他仍然遵从国王的命令。而夏沃什在紧急关头则能明辨是非,选择正确的道路。埃斯凡迪亚尔委曲求全,不过是为了自己早日登基为王,而夏沃什却宁肯放弃唾手可得的王位也不委曲求全。这时,他的个人命运与崇高的历史使命联系起来,他的行为已不仅仅涉及个人道德操守,而是升华为维护正义与真理的勇敢的抉择。

"四大悲剧"是社会政治悲剧,全都是围绕着争夺王权这一主题而展开的,四个年轻人都死于他们的亲人之手。从这些悲剧中,我们看到在残酷而激烈的王权争夺中,亲子关系脆弱到何等地步。也许这正是这部史诗的主要价值所在,是诗人菲尔多西的伟大之处。

《列王纪》问世一千年来,它的多方面的成就日益为人们所认识。首先,《列王纪》在团结人民,激励他们的爱国热情方面,发挥过巨大作用,诗人自己说过:

> 我三十年辛劳不倦,
> 用波斯语拯救了波斯。

这种估计并不过分,在过去,当为出征御敌的将士送行时,就朗诵《列王纪》的诗句,以壮行色。

另外,在文学上,《列王纪》是一部承上启下的作品。它既是古代传说的总汇,又是后世多部作品的源头。

在反对异族侵略占领斗争中,在语言这一敏感的领域,《列王纪》也发挥了极其重要的作用。可以说正是由于这部史诗的问世,达里波斯语作为全民通用语的地位才最终确定下来,后世历代著名作家及诗人无不推崇《列王纪》中的语言是达里波斯语的典范。

菲尔多西开始创作《列王纪》时,他的家乡图斯还在萨曼王朝统治之下,但写完此书时,霍拉桑已经易主,成了伽色尼王朝国王玛赫穆德的版图了。诗人把史诗献给这位国王,不但未获封赏,反而受到迫害及追捕,不得不到处流亡。

据称玛赫穆德可能不赞成书中的反抗异族侵略的思想(他是突厥人),另外,国王属伊斯兰教逊尼派而诗人则属于什叶派。这一政治上与宗教上的分歧决定了诗人的命运,他晚年只得在颠沛流离中生活。逝世后,由于图斯宗教首领的反对,遗体竟不能葬到公墓,只得埋在自家后院。一九三四年伊朗政府为诗人建造了陵园。

《列王纪》最早的外国文字的译本是阿拉伯文本。一个名叫班达里的译者于一二二三年把其中一部分译为阿文。十五世纪出现了土耳其文散文译本。十八世纪以后陆续有英、德、法、俄、意、拉丁文诗体及散文体译本问世。俄国杰出的民主主义者车尔尼雪夫斯基在《小说中的小说》里,称赞菲尔多西是与弥尔顿、莎士比亚、薄伽丘、但丁并列的"第一流诗人",俄国东方学家茹科夫斯基(1783—1852)根据鲁斯塔姆与苏赫拉布故事创作了一首俄文叙事诗,受到读者欢迎。英国著名诗人阿诺德(1822—1888)也创作了一部叙事诗《苏赫拉布与鲁斯塔姆》,同样,也得到英国读者的高度评价。一九三四年,全世界文学爱好者配合伊朗政府举行"菲尔多西诞生千年祭"时,我国《文学》杂志(第三卷第五号)发表署名伍实的文章《波斯诗人费尔杜西千年祭》,文后并从英文译了《列王纪》中一个故事:《真犀德和曹亚克》(即贾姆席德与佐哈克的故事,见本书开头部分)。伍实的文章比较详细地介绍了诗人菲尔多西及其《列王纪》。我国著名学者郑振铎在《文学大纲》一书的第十五章《中古的波斯诗人》中,也对菲尔多西及《帝王之书》(即《列王纪》)做了详细介绍,并给予高度评价:"他(指菲尔多西——译者)的诗名极高,在欧洲人所知道的波斯的诗人中,他是他们所熟知的第一个大诗人,如希腊之荷马一样。《帝王之书》包含波斯古代至弗达西(即菲尔多西——译者)之前代,即阿剌伯人之侵入(公元六三六年)时为止。他所用的文字是波斯文字的最纯粹者,阿剌伯字用得极少。《帝王之书》中有许多节是非常美丽的,其描写力之伟大与音律之谐和,没有一个诗人可以比得上他。"

解放后,随着外国文学研究与教学的开展,菲尔多西及其

《列王纪》成为外国文学或东方文学课堂上重要的讲授内容。一九六四年我国出版《列王纪》中一个故事即《鲁斯塔姆与苏赫拉布》译自俄文的汉文译本(上海文艺出版社,潘庆舲译)。

本书中的四个悲剧是译自波斯文,原本是埃尔米出版社一九六五年出版的穆罕默德·达毕尔·西亚基博士审编的《列王纪》第二版。一九八六至一九八七年译者有幸作客伊朗德黑兰大学半年,在那期间得到德大大百科全书编辑部三位学者,即德大教授沙希迪博士(Prof sayyed Jafar shahidi)、达毕尔·西亚基博士(Dr. Mohammad Dabir siyaghi)、苏托德博士(Dr. Ghoram Reza sutude)的帮助,翻译了这四个悲剧,在回国以后继续修改译文,今年多承伊朗朋友托拉比博士(Dr. Sayyed Mohammad Torabi)及伊朗驻华使馆文化参赞萨贝堤先生(Mr. Jayad sàbeti sana't)的热心协助,此书才得以出版。在此谨向上述各位朋友一并致谢。

在翻译与修改的过程中曾参考苏联科学院出版社一九五七年出版的俄文译本《王书》。

虽然这一翻译工作得到上述朋友的帮助,但限于译者的理解水平及表达能力,难免有误译之处,诚恳希望读者予以指正。

张 鸿 年
一九九〇年九月

诗人菲尔多西创作《列王纪》的情景

对真主的颂词

以创造理智与生命的真主的名义,
世上无何思想能超越主的真谛。
他使万物具有名称,他主宰一切地方,
他养育万物为世人指引方向。
真主主宰六合统辖八方,
他使火星与日月放射光芒。
他超越一切虚名、形象与思想,
他是描绘天地的画家,至高无上。
人人都想眼见造物主的模样,
珊瑚般的肉眼无法窥见他的形象。
人们的思维无法把他想象,
他超越一切名义与一切地方。
能表述一切的语言描绘真主也无能为力,
心灵与理智无法通晓主的真义。
因为理智通过语言描述某种现象,
只能依据人们曾经眼见的模样。
人们意欲赞颂但又无由赞颂,
他们只能表示奴隶般顺从。
他能衡量理智培育生命,
人的思想虽广也无法把他包容。

凭借语言、心灵、生命与思想，
谁能把造物主歌颂赞扬？
对他的存在应不存任何疑虑，
要摈弃恶人的一切胡言乱语。
要一意求索内心无限虔诚，
悉心聆听真主下达的命令。
谁有知有识他便力大无穷，
老人掌握知识也会变得年轻。
这番话语有无比崇高的意义，
人的思想无法理解他存在的真谛。

对智慧的颂词

智者贤人呵，当我们把此书开篇，
理应把理智的价值充分颂赞。
你们应该详述理智的意义，
让人们洗耳恭听从中受益。
理智是真主的最慷慨的赐予，
颂扬理智是人间最大的善举。
理智乃是代代君王的王冠，
理智乃是仁人贤士的冠冕。
理智具有生命永燃不熄，
生命凭借理智，理智是生命根基。
理智指引方向，理智启迪心灵，
理智伴人走向彼世，步入今生。

理智给人欢乐,理智唤醒人性,
理智使人富贵,理智使人贫穷。
如若一人心地善良但缺乏理智,
他就会时时抑郁不会得志。
你可曾听过一个智者的话语?
有识之士会从中得到教益。
一个人若不靠理智指引行动,
就会时时懊悔自己行为鲁莽。
聪明人认为他这是在发疯,
自家人也会与他割断骨肉之情。
有理智,在两世都会尊荣显赫,
无理智,犹如在自己脚上绑上绳索。
理智是心灵之眼,你应仔细审视,
心灵无眼,你如何寻路走向彼世?
创世时,理智创造在一切之前,
而心的护卫乃是人的三个感官。
这三个感官乃是耳、口及双眼,
人的祸福穷通全在于这三个感官。
谁配赞扬理智谁能赞扬心灵,
如若我来赞颂可有谁来倾听?
智者贤人呵,无人倾听徒劳何益?
最好还是描述如何创造天地。
你本是造物主亲手创造,
他使你对天地万物洞悉知晓。
你应永远听从理智的命令,
理智使你一生避免恶言恶行。

你要把博学贤明之士的话谨记在心,
还要云游四方把这话传给别人。
当听到学者贤士的高论明言,
万勿懈怠,要牢牢记在心间。
当一旦听到明智博学的言语,
就会明白知识如海无边无际。

创 造 宇 宙

首先,你应了解原始造物过程,
宇宙洪荒,那是一番什么情景。
从无到有,是神创造了世上件件桩桩,
创造万物,展示了他神奇的力量。
最初,他创造了四种根本元素,
转瞬之际把这四者从容造出。
一种元素是火,火光熊熊燃烧,
中间是风和水,最下是黑色土壤。
烈火燃烧,产生一股热力,
由于火的热力熔浆凝聚为陆地。
那以后空际气温逐渐变得寒冷,
由于气温变冷水汽渐渐凝成。
由于这四种元素一个个产生,
随后,这世界也自然而然形成。
后来,各种物质互相发生作用,
新的物质又通过这种作用发生。

旋转的苍穹下又有各种现象显现,
各种现象又彼此衍生蔓延。
后来又产生七重苍天与一十二宫,
它们各就各位和谐规律地运行。
接着,在世上产生了封赏与正义,
配得奖励的人便获得了奖励。
空中上方形成一层层天际,
日日夜夜上方天际转动不息。
后来又创造了山、海、原野与牧场,
大地上似有盏盏明灯放射光芒。
生成了高山,积云落雨,
草木繁茂头向上高高扬起。
在环宇之中地球并无显著地位,
它只不过是一个星点,又暗又黑。
是它头顶上出现奇异的星光,
星光倾泻把地球照得明亮。
就这样烈火渐熄洪水涌现,
太阳时时围绕地球旋转。
各种树木与青草渐渐生长,
树木与青草的头都伸向上方。
除去向上生长它们再无其他力量,
不像动物可以随意到其他地方。
那以后便产生了能活动的生灵,
他们把植物置于自己掌握之中。
他们需要饮食睡眠要安生休息,
他们要享受生活中一切乐趣。

他们没有语言也没有理智,
整天在荆棘中滚来滚去。
他们晓得事物结局不晓得善恶,
创世之主并不需要他们奴隶般生活。
创世主全知全晓无所不能,
因此,他教给人们一切智能。
创世原本就是这般情形,
只是世人无从把这情形认清。

创造人类

在那以后,人才出现在世界,
有了人一个个难题都迎刃而解。
人像翠柏一样高昂起头颅,
他有清醒的理智和善良的言语。
他既有意识、见解与理智,
一切兽类就都得服从他的意志。
让我们以理智目光探讨人性真谛,
看人的存在具有什么意义。
难道你认为人的存在无何意义,
除去他的表象之外无何稀奇?
造成了人连结着彼世与今生,
把人造就还需要一个个过程。
你本是万物灵长但却最后创造,
对自身的价值可不能妄自菲薄。

我也曾听过智者之言与此不合,
但谁又真正晓得创世的经过?
你要一生得个善果处处留心,
做事应多行善要留心济世救人。
要烦劳筋骨设法承受苦难,
要刻苦寻求知识努力钻研。
如若不愿陷于任暴虐恶行,
就不要行凶作恶落入苦难之井。
为人在两个世界都要洁身自好,
为主行善,谨遵虔诚敬主之道。
对变幻无常的人世应多加小心,
它为人治病疗疾但也行凶害人。
时光流逝,它也不会亏损消磨,
人间痛苦也不会引起它伤心难过。
它一刻也不停歇永在运行,
它也不似我们有生死病痛。
它主宰定数决定你的际遇穷通,
是善是恶在它眼中历历分明。

创造太阳

碧空天际被宝石映得一片通红,
天际泛红并不是由于烟尘水风。
太阳这盏明灯射出耀眼光芒,
把世界映照得似新年的花园一样。

太阳的灵魂精髓发射出光芒,
白日的光明是借助了它的光亮。
每天黎明都呈现出盾牌一面,
从东方放射出火样的光焰。
大地立时披上它闪闪的金光,
昏暗的世界顿时变得通明光亮。
太阳从东向西缓缓运行,
暗夜也一步步地消失了踪影。
日夜轮替从来不会混淆错乱,
准确无误有条不紊定而不变。
太阳呵,你这个发光的太阳,
为什么我身上承受不到你的光芒?①

创 造 月 亮

月亮是一盏照彻夜空的明灯,
你应尽力避免一切不义的恶行。
她有两昼两夜不显露容颜,
或许是由于不停奔波感到疲倦?
再出现时身儿瘦弱脸儿焦黄,
情思昏昏,心儿充满悲伤。
当人们远远窥见她的颜面,
便倏忽一闪似乎不再显现。

---

① 作者在史诗叙述中往往插入个人身世命运的感叹。

随后每夜她的形象逐渐丰满,
因此,也投给你更多的光焰。
过了两周又形成滚圆的满月,
周而复始,样子像原来一般。
后来又一夜比一夜瘦长,
渐渐靠近投射光焰的太阳。
这种盈亏变化全是真主的旨意,
自从开天辟地就是这样格局。

赞扬先知及四大哈里发

你应全靠知识与教义指引,
为人应把正道探索找寻。
如若你的心不想陷于悲伤,
如若你不想永远迷离彷徨。
你的言行就应谨遵先知教育,
用这清水把自己的尘心洗涤。
先知传达的是真主的圣言,
他把真主的旨意在人间传遍。
太阳照耀一个个先知以后,
便又照射到阿布·伯克尔身上。
欧玛尔使伊斯兰发扬光大,
点缀世界,似春夜的灯光。
他们二人之后又有杰出的奥斯曼,
他是笃信教义的君主谨行慎言。

第四是阿里①,他与法蒂玛成亲,
先知对他的赞扬超过别人。
我若是知识之城,阿里便是城门,
先知此话如同珠玉深入人心。
我作证这是先知的肺腑之言,
我双耳中充满先知对他的称赞,
你应真正了解与认识阿里,
他比别人内心更笃信教义。
先知犹如太阳,他的助手犹如月亮,
他们彼此配合奔赴正确方向。
我乃是先知家族的忠实信徒,
阿里的事迹使我赞扬倾服。
至于别人如何根本与我无关,
我决不会写诗把他们颂赞。
智者把这世界视为一片海洋,
狂风在海上掀起层层波浪。
有七十艘船航行在海上,
艘艘都鼓起风帆启程远航。
有一艘大船装扮得好似新娘,
光彩四射像盛开的花儿一样。
船中坐着穆罕默德与阿里,
先知家族与阿里家族坐在一起。
智者从远处向大海望去,

---

① 穆罕默德之后,继承人依次是阿布·伯克尔、欧玛尔、奥斯曼与阿里。法蒂玛是穆罕默德之女,阿里是穆罕默德的堂弟,同时又是他的女婿。

只见茫茫海水无边无际。
他确知海上要掀起巨浪,
航海人都不免在海底埋葬。
他心中自忖如若海底葬身,
身边还有先知与阿里两个亲人。
他们一定会对我伸手相助,
他们头戴王冠是天下之主。
他们是果汁与酒浆的主人,
他们是甘泉与奶河的主人。
假如你虑到彼世的善果,
便应按先知与阿里教导生活。
如若此话招你不快我只有致歉,
这就是我生活的原则与信念。
我生来就是这样我就这样成长,
追随阿里足迹,这就是我的方向。
如若罪恶的邪念占据了你的心,
在世上你的心便是你的敌人。
他在世上除卑劣之徒并无敌人,
愿一把天火把恶人一举全焚。
谁若是对阿里心怀恶意与愤恨,
他便是世人中最可悲的人。
人生于世万不可玩世不恭,
也不应为非作歹摈弃善行。
善行到处都受到人们称颂,
尽心行善吧,应力戒邪念恶行。
从此刻起就应竭力行善,

那么,你就与善人一道受到称赞。
纵使我劝善劝你万语千言,
万语千言也无法把道理讲完。

关于搜集《列王纪》的材料

该交代的似乎已件件说完,
但还要请你留心注意一点。
我要说的前人都已说过,
人人都到园中去采摘知识之果。
如若我在一棵大树下无缘驻足,
也无法为采撷果实攀上枝头。
但若有人能在枣树下小立,
枣树就会为他遮阳供他休憩。
有棵柏树的枝杈向外投下树荫,
我或许觅一席之地柏树下栖身。
我要写这部尽人皆知的皇家诗篇,
就是要在世界上留下一个纪念。①
你不要以为我写的纯系神话,
也不要以为这是应景的无稽之言。
其中有些符合理智的判断,
另一些则色彩神秘难于看穿。

---

① 菲尔多西创作《王书》时,已有《王书》多部,有的是诗体,有的是散文体,所以他说《王书》是尽人皆知的。

有一部从古至今传下的名书,
这部书中的故事难以胜数。
如今,故事散落到祭司①们之手,
明智之士都到处把故事搜求。
有位贤人,他本出身贵族,
胸襟豪爽豁达为人聪明大度。
他有兴趣探讨古代人的生活,
凡往昔陈迹他都悉心搜罗。②
他从各个城市请一位年长祭司,
请他们合力把此书编排整理。
向他们讯问基扬家族③情形,
让他们述说这个家族的英雄。
向他们询问这个世界的缘起,
为什么如今变得如此不尽人意,
古人盛运当头的时光如何结束,
那时,他们是多雄壮威武。
那些祭司桩桩件件对他言讲,
讲过去的世界讲往昔的君王。
当那将军听了他们的叙述,
就决定命人写出一本巨著。
这本书留在世上作为纪念,
朝野上下无不交口把他称赞④。

～～～～～

① 祭司,是波斯古教拜火教神职人员,这里有智者或贤人意。
② 指当时的诗人故乡图斯总督阿卜·曼苏尔·穆罕默德·本·阿卜杜列扎格。
③ 基扬家族在传说中建立了波斯第二大王朝即基扬王朝。
④ 即指在图斯总督阿卜·曼苏尔·穆罕默德主持下写的散文体《王书》。

关于诗人塔吉基的故事

这部书中包含的许多故事,
都在人们中广泛流传。
不少人为其中的故事所吸引,
其中也不乏许多名士贤人。
有一位贵人年轻文采风流,
他禀赋极高又兼是诗文妙手。
他说,我要以诗歌改写此书,
人们闻听此言感到欢欣鼓舞。①
但这位青年脾气不好性格暴躁,
见不平之事往往与人争吵。
于是,死神便过早地光顾,
一顶黑色头盔戴上他的头颅。
暴烈的秉性断送了他的性命,
他的心在世上未得到欢乐安宁。
他在人世事事都不遂心,
致他死命的竟是他的仆人。
从卡什塔斯布到阿尔贾斯布②,
写诗千行,然后便一命呜呼。
他去了,留下这尚未完成的诗篇,
犹如自己的严酷命运从此长眠。

---

① 这是当时波斯时尚,有了散文体著作还要改写为诗歌以便传唱。
② 阿尔贾斯布是土兰国王,阿夫拉西亚伯国王之侄。

真主呵,愿你能宽恕他的过错,
到复活日开恩加惠把他宽赦。

开 始 创 作

当我明彻的心刚一不把他忆想,
便立即想起往昔的帝王。
我想得到那本天下闻名的书,
用自己的诗句把它篇篇写出。
我千百次向人们探听讯问,
怕年深日久材料湮没无闻。
也怕自己没有足够的寿命,
这件事不得不留给后人。
另外,也怕天命不助世人,
其他人中无人愿担此重任。
何况如今又日日战乱不息,
要探访藏书真是谈何容易。
就这样又过去了一段时光,
我把话存在心中并未张扬。
因我未发现何人能伸手相助,
值得我就此与他推心置腹。
世上什么事业比立言更有益于人,
对立言者贵贱上下都致谢感恩。
如若话语箴言无益于人,
真主怎会派先知把世人指引。

我本乡有一位可亲的朋友，
我与他交称莫逆友情深厚。
他说，你的这个想法值得称赞，
想定就着手去做举步向前。
他说，我有一本巴列维语的书，
甘愿奉送你可要仔细阅读。
你语言优美又正值年轻，
你有驾驭语言的杰出才能。
你应着手把这帝王之书写成，
写成此书你便在贵人中成名。
当他把那书放在我的面前，
我忧郁的心登时似被火焰点燃。

对阿卜·曼苏尔·穆罕默德·本·阿卜杜列扎格的颂词[①]

当我着手写作这本书的时候，
还应感谢一位高贵的贤人。
他年富力强是古代勇士之后，
心胸广阔，为人聪明忠厚。
他心有主见完全出于真心，

---

① 此人是诗人故乡图斯的长官，后升任波斯东部大省霍拉桑总督（公元961年卒），他是强烈的波斯民族主义者，他曾下令给大臣阿卜·曼苏尔·迈玛利撰写一部散文体《王书》。菲尔多西写《王书》时，主要就是以这部散文体《王书》为蓝本的。

心存仁义又兼话语亲切动人。
他对我说,你尽管放心写书,
对我明白相告有什么需我相助。
只要我能做到,力所能及,
一定尽力相助不使你到处讨乞。
他尽心照料把我视为嫩果,
维护照料,不使我受狂风折磨。
由于这位心肠仁慈的贵人照料,
一步登天,头颅高扬到云霄。
在他眼中金银如同沙砾,
要从他的行为中寻求慷慨的真意。
举世之财在他眼中不过一粟,
他是热血男儿待人心诚意笃。
但是,他突然间便永远消失,
如同草坪上的翠柏受狂风摧残。
他杳无音信不知是死是活,
似被鲨鱼般的人一口吞没。
他生得虎背熊腰令人钦敬,
堂堂皇家仪表谁想到气数告终。
他身陷囹圄我的心失望颤抖,
失望颤抖如同风中之柳。
谁若是折磨他对贵人如此不忠,
让他年年月月遭到报应。
如今,我忆起那贵人的建议,
我这不平静的心才略为平息。
他说过当你把这部王书写完,

你应将此书向皇家奉献。
想起这番话我就感到欣慰心安,
不由得内心兴奋喜笑开颜。
我每当忆起他的这番劝勉,
就从心底深处泛起阵阵温暖。
于是我就以高贵的国王的名义,
着手写这部皇家贵胄之书。
他们拥有王座,头戴王冠,
有命运相助主宰社稷江山。

对玛赫穆德*国王的颂词

自从造物主创造这个世界,
还未出现过如此伟大的君王。
他的王冠似光照环宇的太阳,
普天之下都沐浴着它的光芒。
说什么是太阳把世界照亮,
他的存在又给太阳增加了光芒。
阿布尔卡赛姆①无往不胜的君王,
他的宝座雄踞于太阳之上。
他恩泽东西大地,他洪福齐天,
他紫云瑞霭的金光把大地装点。

---

* 玛赫穆德是伽兹尼王朝国王,公元九九九年占领并统治菲尔多西的故乡。诗人写完《列王纪》后把书献给他,未得封赏,反遭迫害。
① 阿布尔卡赛姆是玛赫穆德国王的号。

我本是一介穷愁潦倒的书生,
胸中充满疑虑,忧心忡忡。
但我深信诗文盛世已经到来,
应使往昔荣耀焕发出新的光彩。
到夜晚,当我去休息安眠,
还心怀故王把他们功德颂赞。
虽在暗夜,我的心却通明透亮,
口虽不言,内心却欢乐舒畅。
我内心欢乐,梦到一番景象,
似有明烛一支出现在水上。
全世界黑沉沉的暗夜,
都被那烛光照得通亮。
原野大地都似锦缎般秀丽,
有一个王座出现在平地。
宝座中端坐着一位如月的君王,
一顶王冠高戴在他的头上。
右边一支长队伸延排出数里,
左边七百峰猛驼排班站立。
一位心地善良的大臣侍立在旁,
他凭借正义与教义报效君王。
我见众多勇士成群猛驼在前,
还有王者之光①使我头晕目眩。
当我的眼光看到尊贵的国君,
便开口询问那些显要的大臣。

---

① 在波斯古代传说中,为王者有"灵光"保护。

这是谁家的宫廷？莫不是在天上？
这是王家的军旅还是天际的星光？
一人回答:陛下乃是罗马与印度之王。
从果努支①到信德都由他统辖执掌，
波斯与土兰②都是他的国土，
他发号施令是这两国的君主。
他在大地之上传播公道与正义，
靠公道与正义为王称帝。
玛赫穆德是统率天下的君王，
恩披四海泽及野狼与绵羊。
从克什米尔直到中国海边，
人人都把伟大的君王盛赞。
婴儿出世，母乳刚一离儿唇，
"玛赫穆德"，这是他摇篮中的第一个声音。
你是诗人，理应写诗把他赞颂，
靠他恩泽你才能得到不朽诗名。
世上无人敢违抗他的王命，
他的旨意无人敢不遵从。③
当我突然醒来，站立起身，
四周原来仍是一片暗夜深沉。
我口中不断称颂那位君王，

---

① 果努支是印度法拉赫·阿巴德地区，恒河边一古城名。
② 土兰是波斯传说中的北方敌国，《列王纪》中有许多篇幅写波斯与土兰之战。从一些典籍中得知土兰国土为河中地区，即锡尔河与阿姆河中间地区。
③ 至此诗人写的都是梦境。

我无金银奉献,愿把身心献上。
我心中自忖这梦岂不是吉兆,
反映出他在世上名声如此崇高。
人人都称颂他的鸿运王位与名声,
称颂他的人又会得到人们的称颂。
由于他的灵光瑞气大地如春之园林,
空际祥云霭霭,地上繁花似锦。
从祥云之中降下霖霖细雨,
细雨洗净人间似埃拉姆①园一样明丽。
伊朗的幸福全由于他的荫庇,
举国上下齐声赞扬他的业绩。
论交友他胸中情意似晴空无边无际,
讲征战他的手掌似龙爪一样锋利。
他生了战象身躯伽百利②的性情,
春云似的慷慨尼罗河似的心境。
他一声震怒恶人会全身抖颤,
他蔑视恶人如同蔑视金钱。
他不因为王而巨富而骄逞于人,
也不因军旅繁劳而懊丧在心。
他统率培养的文武群臣,
都心胸广阔对他有一颗忠心。
他们从心中热爱自己的君王,
随时甘愿效力把王命承当。

~~~~~~~~~~~~~~~~

① 据阿拉伯半岛南部古代部落阿德族传说,该岛南部古国国王沙达德曾建一园,称"埃拉姆",喻为地上天堂。《古兰经》中提到此园。
② 伽百利按伊斯兰教义,是天使之一,传达真主的天启。

他们都被分封到各个地方,
他们的名字都记载在历史卷册之上。
其中第一个就是他的胞弟,
他生得忠勇仁义天下无比。
他名叫纳斯尔,是最虔诚的人,
靠当今维护,他生活得如意称心。
凡是纳赛尔丁的后代子孙,
他的王座定然高耸入云。
他精明强干又兼慷慨大度,
全国贵族都衷心将他拥护。
另一位是镇守图斯的总督无比英勇,
猛狮与他交战也得甘拜下风。
他广为施舍散尽天下财富,
人人都分享一份,心中感念他的好处。
国王靠真主启示指引世人,
愿陛下国本永固根基长存。
愿人世不要没有国王的王冠,
愿陛下基业永固世代绵延。
愿君王之国长治久安身体健康,
无往不胜无病无灾如意吉祥。
如今,让我们再回到原来的题目,
写一部名闻天下的帝王之书。

1. 故事的开端

（波斯的第一个国王凯尤·
玛尔斯当政三十年）

且听贵族中的讲史人的叙说，
当初，第一位头戴王冠的是哪个？
对于是谁最早把王冠戴到头上，
这件事人们早已把它遗忘。
往昔的事迹本是世代相传，
父传子，子传孙代代绵延。
究竟谁成了第一位国王，
究竟谁最早君临于万民之上？
那些研究古代典籍的人们，
从古代的传说中把线索找寻。
他们说凯尤·玛尔斯是第一位国王，
是他最早坐江山把王冠戴到头上。

当太阳运行到达小羊宫①,
世界上青山绿水郁郁葱葱。
太阳从小羊宫放射出光芒,
把世界照得一片通明透亮。
这时,凯尤·玛尔斯成为国王,
他把自己的宫殿高筑在山上。
他在山上安放了自己的王座,
他与群臣都穿兽皮的衣裳。
从他开始已知喂养牲畜家禽,
衣食制作也开始改善更新。
他统治世界整整三十年头,
像太阳一样光辉照耀宇宙。
他从皇家宝座上放射光芒,
光芒泻地如同十五的月亮。
飞禽走兽一旦看到这位贵人,
它们都走上前去表示十分驯顺。
都在他宝座前深深施礼,
靠他的洪福灵光主宰社稷。
人们都上前为国王祈祷祝福,
祝福国王永居王位江山永固。
他有一个儿子生得风流英俊,
像他名满天下的父亲,才能过人。
他名西亚玛克,愿他吉祥如意,
有了他父亲的生活才有意义。

---

① 太阳运行到小羊宫相当于三月下旬,早春天气。

如同一棵果树枝条挂了硕果,
看到他父亲才感到心中快活。
父王爱子,日日眼中热泪流溢,
怕一旦分离,时时心头忧虑。
这本是人之常情不移的世理,
儿子成长父亲才感到生活的意义。
就这样风平浪静事事如意
不知不觉一段时光过去。
他们在世上本无任何对头,
但狡猾的阿赫里曼①与他们作对为仇。
卑鄙的阿赫里曼心怀妒意,
他蓄意作怪把人们置于死地。
他有一子似狼一般凶狠,
生性好斗又拥有无数大军。
一日,他率大军前来进犯,
要夺取基扬王朝的王座与王冠。
由于西亚玛克与国王的鸿运,
在魔鬼面前世界变得地暗天昏。
那魔鬼逢人便说他的打算,
这事沸沸扬扬在市井流传。
凯尤·玛尔斯对此全不知情,
不知有坏人要夺取他的宫廷。
是天使向他们传达了天启,
他们虽是天使模样但也穿着兽衣。

---

① 阿赫里曼是波斯古代宗教琐罗亚斯德教(拜火教)传说中的恶魔。

天使对凯尤·玛尔斯一一述说，
还告诉他儿子，敌人如何设计阴谋。

西亚玛克死于恶魔之手

当西亚玛克听了消息，
说卑劣的恶魔兴兵来犯。
王子不由得内心激动热血沸腾，
他集中大军并派人打探敌情。
他身披一套征袍乃是兽皮，
当时作战还没有盔甲征衣。
他率军抵挡住凶猛的恶魔，
两军相交，一个迎着一个。
只见西亚玛克上身什么也不穿，
上阵便与阿赫里曼之子扭作一团。
那恶魔从后一把紧紧抓住王子，
然后用猛力把他身躯压弯。
随即把王子一下掀下马鞍，
用手掌劈下把他的肝脏打烂。
西亚玛克就这样死于敌手，
大军失掉主帅变得群龙无首。
当国王得知爱子死于阵前，
整个世界在他眼前一片昏暗。
他高叫一声跌下了王座，
他双手把全身片片抓破。

痛失爱子,两颊血泪淋淋,
命运如此无情内心充满愤恨。
军旅兵士也一个个痛哭失声,
哭声反映了他们焦心的悲恸。
整队大军一齐拥到宫门之前,
宫门外列队一声声呼喊。
他们全身上下都穿着绿色服装
一个个双眼冒火面色焦黄。
飞禽走兽也一群群前来助战,
它们吼着叫着登上高山。
众人心怀悲愤走过国王宫门,
大队过处扬起一阵阵灰尘。
就这样在哀痛之中过了一年,
一日,终于造世主的天启下传。
传下的天启是吉祥的天音,
说从今后应节哀珍摄振作精神。
要动员大军依照我的旨意,
要率浩荡大军出征陷阵克敌。
去寻找卑鄙的恶魔报仇雪恨,
这大地之上绝对不允许它们存身。
基扬国王头颅高扬入云,
靠天神佑助率军严惩恶人。
他衷心把至高无上的天神称颂,
同时,也把自己睫毛上的泪拭净。
从那以后一心为爱子报仇雪恨,
日夜操劳,睡也睡不安稳。

胡山与凯尤·玛尔斯去战恶魔

西亚玛克有一子留在世上,
此子在祖父眼中如同谋臣一样。
这年轻贵人名字叫作胡山,
生得聪明颖秀风度翩翩。
祖父眼中这是他父亲的根,
祖父加意培养把他养育成人。
国王把他视为爱子一样,
除他以外把谁也不挂在心上。
由于他决心报仇前去征战,
于是便把胡山召唤到面前。
一切该说的都对他说清,
一切该讲的都对他讲明。
对他说我即将率领大军出征,
浩浩荡荡踏上行军的路程。
你应该成为出征大军的先锋,
我若战死疆场你应把大军统领。
雄狮猛虎豹子豺狼全数集中,
还有天使也在队中随军出征。
兵丁野兽家禽以及牲畜,
都恭谨地听命于世界之主。
大军由牲畜家禽与天使组成,
统帅威严雄武调将遣兵。

凯尤·玛尔斯跟随队伍指挥殿后,
孙儿胡山率领大军走在前头。
恶魔也率军前来,但心惊胆战,
一路上扬起灰尘蔽日遮天。
世界之主听到野兽的吼叫,
在他眼中天地似震得动摇。
顷刻间双方军队打成一片,
有群兽助人魔鬼便处境艰难。
当胡山一举伸出雄狮般巨爪,
凶悍恶魔的末日便已来到。
他抓住那恶魔的腰带狠狠拖住,
然后,斩断那无敌恶魔的头颅。
随即一把把他尸身推倒在地,
顺力一撕掀下他的一大块皮。
当见到杀子的大仇已报,
凯尤·玛尔斯本人的大限已到。
他去了,这世界却情景依然,
谁与它较量能不败在阵前?
他在令人眼花缭乱的世界遨游一番,
心想得到利润实际蚀掉了本钱。
这世界从头到尾乃是一篇神话,
是非善恶对任何人都是水月镜花。

胡 山

（胡山当政四十年）

胡山国王睿智圣明心怀正义，
继承祖父王位主宰社稷。
他称帝为王四十年整，
胸有文韬武略心存仁爱公正。
当他登上那君主的宝座，
便对人们发布诏令如此述说：
我如今乃是七国①的君主，
我的命令旨意到处畅行无阻。
他履行天下膺服的天神旨意，
决心干一番事业恭行仁义。
从那以后世界呈现繁荣景象，
正义与公理在大地之上播扬。
最初他创造了一个奇迹，
凭经验从石中把铁分离。
他命人把石中之铁熔化成液体，
然后再从石中把铁提取。
有了铁自然就有了冶铁手艺，
随后便制出铁斧锄头与铁锯。

---

① 根据波斯古代传说，世界原分七国（或七邦），波斯居中，除波斯外还有：西方国、东方国、东南国、西南国、西北国，及东北国。

有了铁器治水更加方便,
于是引来清水灌溉平原。
为引清水灌田开河造渠,
化难为易全凭皇家运气。
当人们的知识经验日益增多,
于是开始播种耕作收获。
人们懂得了自己食物亲手获取,
经验日益增多生活自己料理。
当人们开始料理生活以前,
他们别无他物只凭水果充饥。
那时他们并无完善生活用具,
穿着上也只是用树遮盖身体。
他们祖辈只知虔诚祈拜天神,
这就是他们生活的信念与根本。
当时,他们对着绚烂燃烧的火焰,
衷心崇拜似阿拉伯人拜那壁龛。
当他发现从石中可以取火,
熊熊火光从此便在世上传播。

确立圣火节①

一天,国王陛下登上高山,
群臣身边相随把国王陪伴。

---

① 波斯古代圣火节在伊朗太阳年十一月一日。

只见远处出现一长形怪物,
全身漆黑行动异常迅速。
怪物的双眼好似两个血泉,
口吐黑烟把世界笼罩污染。
胡山定睛细看不动声色,
随手拣起一石准备拼搏。
他以君王神力投出石块,
那喷火的蛇迅即向旁闪开。
那石块正击在一块大石上面,
两石相击石头裂成碎片。
从相击之石中产生一道火光,
这是石心中一闪迸出光亮。
虽然投出石块未把蛇击毙,
但发现石中生火实属奇迹。
如若人们以铁器在石上敲打,
就会看到那石上迸出火花。
世界之主连忙祈拜创世的造物,
高声颂扬,颂扬造世的真主。
感谢他把火恩赐给世人,
他们对火顶礼膜拜内心感恩。
国王说这火可是神明所赐,
我们理当崇拜表明我们的理智。
暗夜时分,点燃一堆烈火,
群臣侍奉,在君主四周围坐。
他们就把那夜定为吉时饮酒作乐,
把那吉祥的节日定名为"萨德"。

"萨德"节本是胡山确定又传给后人，
愿其他国王也与他一样关怀人民。
人们感念他使世界茂盛繁荣，
人人在心中称颂他的圣名。
他靠了神赐的天恩与鸿运，
把飞禽走兽一一加以区分。
他从野兽中把牛驴羊拣选，
能耕作的使它们负重耕田。
聪明的胡山发出这样的旨意，
说牲畜应成双成对放在一起。
这样既有畜肉可食又可供人驱使，
人们自力解决了自己的衣食。
他们把皮毛珍贵的兽类杀掉，
为制衣裳剥下这些动物的皮毛。
如松鼠雪貂与皮毛生暖的狐狸，
还有黑貂也生了软毛皆可制衣。
因此凡是上层的达官贵人，
都有兽类皮毛衣裳穿着在身。
胡山慷慨地施舍钱财传播正义，
最后名声留下辞世而去。
他为王称帝四十年整，
四十年为民谋福存怀公正。
为事业他着实十分辛劳，
遇到无数艰难险阻劳苦功高。
命不饶人一旦他的大限逼近，
也只得抛却王位立时动身。

命运不允许他再有片刻滞留,
明智而威严的胡山辞世而走。
这世界对你从不亲切多情,
但它又从不对你展示真正面孔。

塔赫姆列斯

(降妖制魔的塔赫姆列斯当政三十年)

胡山一个聪明颖秀的儿子,
便是降魔贵人塔赫姆列斯。
他称帝为王继承了父亲王位,
励精图治决心有所作为。
他把军中的祭司召唤到殿前,
对他们做了一番语重心长的发言。
他说如今由我主宰社稷江山,
我登上王位头戴上王冠。
我要尽力把世上罪恶铲除净尽,
然后我便弃世隐居浪迹山林。
哪里有恶魔我都要斩断魔掌,
我要真正主宰世界成为世界之王。
不论世上何物只要于人有利,
我都要发扬推行使人从中受益。
他命人把山羊、绵羊的毛裁剪,
然后用羊毛做原料纺线。
在他的倡导下人们制成衣裳,

织成地毯也是由于他的提倡。
有些动物行动敏捷能奔善跑,
他便命人喂它们以大麦与青草。
对驯服的牲口吩咐留心喂养,
又令人对山猫与猎狗特别关照。
他们设法把兽类从山林捉回,
从此后便把它们在家中驯养。
飞禽中也有的鸟儿较通人性,
如骄傲的山鹰与老鹰。
他也把它们捉回悉心养育,
这事使世人都感到惊奇。
他吩咐对这些飞禽备加小心,
叫唤它们也应压低声音。
对母鸡与公鸡也尽心培育,
培育它们黎明时分按时鸣啼。
凡能驯养的全都捉来驯养,
使它们有益于人用其所长。
国王对人们说应把造物赞颂,
应表达我们的一片真情。
我们全靠创物主教导指引,
才能使这些兽类有益于人。
塔赫姆列斯有位贤明的大臣,
这贤臣劝国王远避坏事坏人。
他名施达斯帕,天下闻名,
他走遍各处,在各处都留下善行。
他几乎整天不食不饮滴水不沾,

到夜晚还伺候在国王身边。
他的懿行得到人们爱戴尊敬,
他日夜祈祷信念坚定忠诚。
国王主宰江山全靠他的鼎力,
他能挫败坏人们的主意。
他向国王献上良策安邦治国,
他为国王谋划的都是光明正大的举措。
天神的光辉体现在他的行动,
国王的施政都是光明磊落的善行。
国王左右能有这样贤明大臣,
可见国王本人也是有道明君。
国王出征设计捉到阿赫里曼,
因他跨上良马上阵作战。
他往往命人备好马的鞍鞴,
骑马出巡到各处把民情查看。
众魔鬼知道他经常出行,
一个个心怀鬼胎不听王命。
魔鬼越聚越多成群结队,
意欲杀死国王夺取王位。
当塔赫姆列斯晓得他们意图,
勃然大怒决心挫败他们的图谋。
他连忙收拾披挂准备出战,
一根狼牙大棒挂在了胸前。
慓悍的魔鬼与术士妖人,
组成了一支浩浩荡荡的鬼军。
一群高叫的魔鬼作为先锋,

到处听到他们冲入云霄的叫声。
鬼军过处立时天昏地暗,
睁开双眼但什么也看不见。
塔赫姆列斯国王威风凛凛,
武装齐备统率问罪大军。
一方是火光浓烟高叫的魔鬼,
一方是世界之主的英勇军队。
人人争先个个奋勇与魔鬼交战,
速战速决并无半点迟延。
只两个时辰便有许多魔鬼被捉,
其余的打倒在地必死无活。
被捉住的一个个疲惫不堪,
开口祈求国王把他们赦免。
说请高抬贵手留一条性命,
如若不杀愿教你们新的本领。
于是国王下令不要把他们杀害,
让他们把奥秘公布出来。
当他传旨把魔鬼们释放,
魔鬼便感恩戴德要报效国王。
他们教国王书写成文,
用知识点燃国王的心。①
他们教了近三十种语言,
有罗马文、阿拉伯文和波斯文。

---

① 这里所叙述的情况颇为奇特,据传波斯古代有一种民间传说是魔鬼掌握文字及知识,不传给人。他们战败后才被迫把文字与知识传授给人。

有粟特文、中文及巴列维文，
不要说书写连名称也闻所未闻。
国王统治转瞬三十年过去，
有谁能在这短期完成如此业绩？
他也走了，寿命到了大限，
业绩长留世上作为纪念。
人世呵，你要收割①何必培育，
把人命劫掠而去培育有何意义？
你呵使一人地位高入云端，
转瞬间却又使他痛丧黄泉。

贾姆席德②

（贾姆席德当政七百年）

当名声显赫的国王辞世而去，
他的儿子继承王位主宰社稷。
品德高尚的贾姆席德继承王位，
他谨遵父王之道决心造福宇内。
他登上父王宝座主宰江山，
依照皇家传统头上戴顶王冠。
他登基为王有皇家灵光佑助，
世人同心协力他要大展宏图。
因他治国公正宇内一片升平，

---

① 所谓收割意指令人死亡。
② 贾姆席德是《列王纪》中所写到的神话中第一大王朝俾什达迪王朝的第四位国王。

魔鬼飞禽天使都俯首听命。
他为国君,天下也焕发出新颜。
他登宝座,宝座也更光彩体面。
他说,我为王全靠天神佑助,
我是祭司首领也是世俗之主。
我要制止恶人的一切恶行,
我要指引灵魂奔赴光明。
他首先动手铸造军械兵器,
为建功立业把武器交到勇士手里。
他凭上天佑助把铁熔化,
锻造了盔矛及防身铠甲。
还有征衣战袍甲下的衬服,
都想方设法一件件制出。
光阴荏苒一过就是五十年头,
衣物资财越积越加丰厚。
然后又以五十年缝制衣裳,
穿着后宴请宾客与走向战场。
他利用亚麻蚕丝兽毛与生丝,
制成丝绸麻布高贵结实。
先教会人们纺线织成衣料,
经纬交织横着一道竖着一道。
织成衣料加工前先用水洗,
然后再学习把衣料缝制成衣。
制作成衣裳又有别的主意,
他与百姓彼此都感满意。
就这样学会一行又学一行,

五十年过去时间并不觉长。
有一种称作卡脱兹扬的人，
他们的传统就是敬拜天神。
国王令他们离开人群居住，
在深山为祈祷者安排住处。
让他们在山里进行祈祷活动，
为世界之主祝福祈拜神明。
还有一种人称为尼萨里扬，
他们有别的工作派别的用场。
他们乃是猛如雄狮的战士，
是捍卫国家的军中的卫士。
国王的宝座靠他们捍卫，
他们也维护着勇士的荣誉。
纳苏迪是国中的第三种人，
他们自食其力无求于人。
他们播种耕作亲手收获，
吃口舒心饭不受他人苛责。
他们无需听命于人只穿普通衣裳，
耳中也听不到粗暴的叫嚷。
大地繁茂人们饱暖全靠他们双手，
他们不与人争讼无虑无忧。
不闻一位智者有一句妙语：
懒惰使自由人变为奴隶。
阿赫努赫西是第四种人，
他们是手工匠人内心自尊。
他们各行各业互有分工，

头脑中总是想着设计工程。①
这样日月轮替又过了五十年，
五十年中享受与施舍无数财产。
对各行各业的人都安排营生，
给他们适合的事指引他们前程。
为的是每个人都有自知之明，
恰如其分地发挥个人的作用。
国王下令给魔鬼让他们和泥，
叫不洁的魔鬼把泥水混合在一起。
水浇在土上水土混合成泥，
然后用坯模把泥制成泥坯。
令魔鬼以石头与白灰构筑石墙，
筑墙时以几何原理进行测量。
于是这样便建成了浴室与宫殿，
宫殿正面是避风躲雨的廊檐。
一天，居然从花岗石中提取了宝石，
因为宝石在花岗石中闪闪发光。
从花岗石中提取出宝物数种，
有金有银还有琥珀与红玉。
从花岗石中把宝石金银开采，
凭智慧再难开的结扣也能打开。
然后就是制成各种调味香料，
人们生活中调味料必不可少。

---

① 这里的诗句指出的四种人即祭司、勇士、农夫（地主）及手工艺人，符合萨珊王朝（公元224年—651年）社会的四个阶层。

如"邦"①,樟脑麝香香味纯正,
龙涎香供香以及玫瑰香精。
此后,又掌握了医道疗疾治病,
维护健康解除人们的病痛。
这样渐渐探讨一桩桩奥秘,
这样的能者世上无人能比。
然后又发展到水上驶船,
交通各方享受舟楫之便。
这样经营奋力又是五十年,
生活中似未遇到什么艰难。
当一切应做的都已做到,
他便目中无人开始骄傲②。
因为他自以为是他把一切安排停当,
便蔑视他人,把头扬到天上。
为显示国王气派他造了个宝座,
珍奇名贵的宝石把它装点衬托。
兴来时便令魔鬼把宝座抬起,
从平地直举到云端天际。
他令行宇内端坐在宝座之上,
真好似光照宇内的太阳。
国中臣民齐集在他宝座之下,
靠齐天鸿运他把他们统辖。
一天,人们向他抛撒宝石,

---

① "邦"是音译,可能是从樱桃李中提炼出的一种香料。
② 指贾姆席德。

于是,那天便定为一年第一日。
在一年的首日慈善之神,
使人们免除劳役欢畅舒心。
新年伊始宇内一片升平景象,
翡翠宝座中端坐国家君王。
名流贵胄都欢欣鼓舞,
饮酒作乐,享受人间幸福。
从此在这一节日举行这样欢宴,
由国王确定作为一种纪念。
这样的日子又过了三百年整,
仍无一人死亡,四海升平。
从没有一人偷懒不做工作,
也无人受病痛灾难的折磨。
人们不畏劳苦也不晓恶行,
魔鬼也似奴隶一样恭谨顺从。
天下之主安放好高贵的宝座,
他在宝座中安然端坐。
他坐的是皇家帝王的宝座,
手中高举御杯饮酒作乐。
众魔鬼有时把宝座高高抬起,
把宝座从平地直举到云端天际。
众武士排班站立在宝座两厢,
一群群飞禽也列队在宝座近旁。
百姓们都恭听他的王命,
过着丰衣足食的日子享受太平。
这样的日子又过去了漫漫长年,

43

王家的鸿运与灵光放射着光焰。
世人生活安定喜笑颜开，
天神不断把天启传递下来。
岁月如梭光阴一年年过去，
百姓对贾姆席德国王感到满意。
他们甘愿做国王的奴隶，
国王靠齐天洪福主宰社稷。
但他由于高踞王位君临人间，
除了自己一概都视而不见。
本来向上天祈祷如今竟然自满，
不服天神旨意独断专权。
他召集军中的显贵高官，
且听他对他们讲一番什么语言。
他对年长的高官如此吹嘘：
说我看不到世上谁能与我相比。
人间的技能全由我所开创，
王座中还未坐过我这样的君王。
这世界，我把它装扮得多么动人，
着意描绘，看起来如意称心。
人们丰衣足食夜夜睡得安详，
全靠我的赐予你们才心情舒畅。
我乃是伟大高贵的天下君王，
除我以外谁能这样治国安邦？
我发现药物为人治病疗疾，
从此，疾病再不会把人置于死地。
这大地之上也有过无数君王，

但哪一个能使人们免除死亡？
你们的聪明才智悉数取自于我，
不服从我岂不成了阿赫里曼恶魔。
如若你们真正了解我的功勋，
就应把我认作是造物的天神。
众祭司闻言个个低头不语，
因无人敢于违抗国王的旨意。
但天神所赐灵光却离他而去，
议论纷纷，人们讥讽之言四起。
但是凡有人对国王稍有不逊，
在宫廷便再也无法存身。
仅仅又过了二十三年时间，
国王的大军便完全瓦解溃散。
当人自视与天神一样神圣崇高，
他便会遭到惩罚运气全消。
一位聪明的智者说得多好：
成了国王你也应力戒骄傲。
谁对天神不敬不再感恩，
他心中充满恐惧失去自信。
贾姆席德的日子从此变得晦暗，
映照宇宙的灵光日渐消散。
当圣洁的天神对他感到震怒，
他的命运便岌岌可危没有前途。
一个人如若触动了天神的怒气，
便似得了绝症无药可医。
他眼中流出血泪备受折磨，

这时才想到祈求天神宽赦。
但那天神灵光依然日日消减,
他的命运也一天不如一天。

佐哈克和他父亲的故事

在古代,在草原上有一个执矛的部族,
这个部族中出了这样一个人物。
他是高贵的国王有善良的心地,
为人谨慎对天神怀有恐惧。
这位贵人名字叫玛尔代斯,
他行事公正对人坦诚仁慈。
是他开始教人挤出动物之乳,
备有各种动物每种千头牲畜。
如绵羊、骆驼、小羊各养一群,
国王把一群群牲畜交给挤奶人。
牲畜中有专供应奶的奶牛,
也有良种的阿拉伯马混在里头。
挤出奶来供应需用的人,
需用奶的人日日取奶啜饮。
这位善良的国王有一子性格乖戾,
毫无人性全不顾人间情义。
佐哈克是这野心勃勃青年的名,
他凶狠轻浮又极自负任性。

他还有一个巴列维语的称呼,
人们唤他作毕尤尔阿斯布。
"毕尤尔"一词是巴列维语的数目,
在达里语①中意思是一万之数。
由于他是一万匹金鞴良马之主,
因此,人们都对他如此称呼。
他日夜都骑马到处游荡,
不务正业,无非是斗胜逞强。
一天早晨,恶魔扮成善良人模样,
前来登门把佐哈克探访。
恶魔花言巧语笼络那贵人的心,
年轻人对他说的全然听信。
他完全被恶魔的话语所迷,
不知他行为丑恶丧失警惕。
他把恶魔简直是奉若神明,
犹如抓一把土扬到自己头顶②。
当恶魔确信他已完全就范,
不禁暗自得意心中喜欢。
于是便放肆吹嘘天花乱坠,
说得年轻人心中佩服自惭形秽。
一天,恶魔说我有一番肺腑之言,

---

① 达里语即达里波斯语,是巴列维语之后兴起的近代波斯语,"毕尤尔"一词在达里波斯语中也是一万的意思。
② 即自讨苦吃之意。

只我晓得,对别人我秘而不宣。
年轻人说万请不吝赐教,
有高见请讲愿闻贤能之道。
恶魔说我要你先立下誓言,
然后我再告诉你我的良言。
佐哈克愚鲁无知,立即起誓发愿,
按恶魔盼咐,要听他的箴言。
他起誓说我愿闻你的高见,
听到你的话我决不外传。
这时,恶魔才说因何别人主宰社稷,
入主宫廷的是他人而不是你。
你这样的儿子,父亲还不满意?
我有良言相劝你要留心记取。
这位可敬老人在位时间过长,
剩不下多少时间由你称帝为王。
你应断然取得他的王位,
让那王位因你而增光生辉。
如若你能按我之计行动,
你便成一国之主万民服从。
佐哈克一听此言沉吟半晌,
想到父亲被害不禁黯然神伤。
他对恶魔说我看此计不当,
是否还有别策?这样有损天良。
恶魔说如若你不听良言相劝,
岂不出尔反尔违背自己誓言?
这誓言便成为你心上负担,

你父在位，你却永不得施展。
恶魔终于把那阿拉伯人说动，
答应言听计从立即开始行动。
于是他说做什么你应立即告我，
你怎么吩咐我就怎么做。
恶魔说我要的就是你依计而行，
我定然助你把王位夺到手中。
你不要反悔要下定决心，
助你成大业只需我一人。
一切计策都由我安排妥当，
你要不露声色什么也不讲。
原来在国王的宫苑里面，
有一座赏心悦目清幽的花园。
国王每日清晨时分起身，
为祈祷做准备梳洗净身。
沐浴已毕便缓步走向花园，
身边也无人提灯照亮伺候陪伴。
原来恶魔早把主意打定，
他在路边早就挖好一口深井。
心术不正的恶魔诡计多端，
井口盖上干草好不被人发现。
一天夜晚，国王出屋解闷消遣，
站起身来踱步前去花园。
当他走到那口深井旁边，
失足落井，下场极其悲惨。
落到井下登时手足折断，

好心的国王顷刻命丧黄泉。
且不说心地纯洁的国王的善恶,
但是他对儿子从未大声斥责。
他以爱与辛劳把儿子培养成人,
财产全交给他见他就怡然欢心。
可是儿子却生一副歹毒心肠,
父亲的深恩全然不放在心上。
他居然对生身父亲狠下毒手,
有句名言听说出自贤人之口:
儿子即使像狮子般的凶狠,
对生身父亲也不会萌生歹心。
当然,不是亲生又当别论,
但此事实情得先问过母亲。
一个儿子如若下手杀死父亲,
那便不是儿子而是歹毒小人。
且说那卑鄙无耻的佐哈克,
就用这诡计杀父登上王座。
儿子登基成了阿拉伯人之王,
少不了对他们个个犒劳封赏。
恶魔见佐哈克言听计从,
于是又有一新计在脑中萌生。
他对佐哈克说你只要听我的话,
我包你事事遂心主宰天下。
这次仍需像上次一样起誓发愿,
要保证不违背承诺的誓言。
这样,普天之下全归你的治下,

听命的还有走兽飞禽水中鱼虾。
他这样说是由于他又有一个主意，
这个主意实行人人都会惊奇。

恶魔为佐哈克做厨师

有一个年轻人把自己加意打扮，
他装得心肠善良话语甘甜。
然后，他便前来造访佐哈克，
满面春风只把中听的话儿述说。
他说不知我是否有这份幸福，
我本是厨师可否为陛下掌厨？
佐哈克一听此言满心欢喜，
此后，国王的御膳便由他料理。
于是国王下令给他御膳房钥匙，
由他亲手准备国王的饮食。
当时还不知食用许多动物家禽，
禽兽之肉还未列为席上的奇珍。
饮食中主要还是植物与食粮，
从田野采集径直送入膳房。
那恶魔却原来别有用心，
他打定主意宰杀动物飞禽。
他把各种各样的禽兽杀掉，
烹制成形形色色的美味佳肴。
他安排国王像狮子一样进食，

培养他的野性给他以肉为食。
他说什么国王都言听计从，
桩桩件件都依他吩咐而行。
一天，恶魔以蛋黄为他佐餐，
让国王身体汲取营养日渐强健。
国王吃了蛋黄感到味道很好，
不住地称赞厨师手艺很巧。
心怀叵测的恶魔说愿陛下健康，
陛下御体康泰便是恩泽四方。
明天小人再为陛下制一道菜肴，
陛下品尝后一定开口称道。
他整整一夜都在冥思苦想，
想做什么奇珍异味请国王品尝。
第二天黎明当湛蓝色天空之上，
透露出宝石红晕升起一轮朝阳。
他用白嫩的斑鸠与雉鸡制一道美餐，
希望国王赏识呈到国王面前。
阿拉伯的国王开始动手用餐，
他头脑愚昧闭塞容易受骗。
第三天的菜肴是母鸡与小羊，
整治得花花哨哨请国王品尝。
第四天为国王准备的菜肴，
端上来的是美味的牛肉一道。
牛肉里加上藏红花与玫瑰香精，
还有陈年老酒及其他香料。
佐哈克美滋滋地吃了这一餐，

对厨师的高超手艺表示赞叹。
国王对他说,好心人你可提出个愿望,
让我满足你的要求作为报偿。
那厨子对国王说,国王陛下,
愿您洪福齐天永远主宰天下。
我心中充满对陛下的敬佩景仰,
能一睹陛下圣颜心中便感安详。
虽然我卑微低下不敢越礼,
但有个愿望始终藏在心里。
望能恩准我把陛下肩头亲吻,
面孔与眼睛伏在您身上承受圣恩。
佐哈克听了他的这个要求愿望,
并不知他有何诡计心中埋藏。
便对他说你吻肩头我可以同意,
这样或能提高你的威望声誉。
于是,那厨师就如同他的亲人,
伏下身去把他的肩头亲吻。
吻过肩头恶魔便倏忽不见,
世上有此奇闻实属罕见。
国王的双肩立时生出黑蛇两条,
他无限痛苦到处延医治疗。
终于用刀把两条黑蛇割去,
因为人肩上生蛇令人惊异。
谁知那两条黑蛇像树枝一样,
割去后又立即在国王肩头生长。
为治黑蛇把许多妙手医生请来,

每位医生都自有方案自有安排。
为治此症想尽了百计千方，
百计千方疗效都不尽理想。
这时，那恶魔又化作治病医生，
找佐哈克献策治疗他的病痛。
他说这蛇既已生出就让它们生长，
看它们最终长成什么模样。
要想方设法喂它们吃食，
此外，我看无何必要再加施治。
它们的吃食应以人脑制成，
或许过些时日会消失得无影无踪。
这丑恶的魔鬼又是一条诡计，
不知此计之中又有什么用意。
或许，这是设计毒害平民百姓，
把百姓消灭使世界变为虚空。

贾姆席德败亡

贾姆席德统治波斯遇到灾难，
四面八方的百姓纷纷造反。
朗朗乾坤凭空卷起团团乌云，
人们不再效忠尽力纷纷离心。
天神的灵光不再照射他的头上，
他也日见失去智慧举措失当。
四面八方都有人自立为王，

觊觎神器,都想大权独掌。
群雄各霸一方战乱纷起,
人心从此与贾姆席德离异。
只见有一支支队伍来自波斯,
行进在直赴阿拉伯的大道上。
人们听说阿拉伯有位国王,
双肩生蛇,威严地统治一方。
波斯骑士想寻找一位国王,
于是前来把佐哈克探访。
他们见到他便恭行大礼,
拥立他为波斯之王主宰社稷。
这位蛇王马上动身疾如迅风,
赶到波斯登基发布政令。
他向波斯人阿拉伯人颁布命令,
让他们选派健儿组成一支精兵。
然后,他率此大军征伐贾姆席德,
逐渐缩小包围圈把他步步逼迫。
贾姆席德命运一天比一天悲惨,
新主势盛,大军直逼到面前。
贾姆席德无奈只好避其锋芒,
一走了之把江山与王冠相让。
由于他失却了王冠失却江山,
世界在他面前变得一片昏暗。
他隐迹埋名转瞬过去了百年,
百年之久谁也未把他发现。
百年以后在中国海边发现他的行迹,

对这邪恶的国王立即跟踪追击。
佐哈克下令马上把他逮捕,
手到擒来全然不费一丝功夫。
佐哈克吩咐分尸,令人刀劈,
从此世上再找不到他的踪迹。
他也曾避开蛇王一段时日,
但在劫难逃终于被执。
命运一旦夺下他的王座王冠,
就像琥珀吸走一根稻草。
有谁比他江山坐得更长,
费尽辛苦但得到什么报偿?
他当政的时间是整整七百年,
他既施行过德政也逞过凶残。
其实,他何必活这么多年,
世界的秘密从不让你看穿。
它似乎是把你娇生惯养,
对你讲话都用低调细腔。
人人都盼望命运对他佑助,
助他一生顺利大展宏图。
一个个生在世上都欢天喜地,
人人都对它展示自己的心底。
然而,它却骤然把脸一翻,
使你心中悲苦处境艰难。
这就是人世本相,它覆雨翻云,
除撒播善果之外一切应退步抽身。
对这人间逆旅我已极为厌倦,

主呵,望早日解脱我出于灾难。

佐 哈 克

(佐哈克当政一千年)

且说如今轮到佐哈克登基为王,
他统治江山千年,时间颇长。
在他当政为王的这么长时间,
此起彼伏的灾难从未间断。
明君贤臣的法度悉数推翻,
魔鬼的名声显赫向四方流传。
文化艺术衰落鬼蜮伎俩流行,
道理全然破坏到处都见不平。
魔鬼们横行霸道肆虐无忌,
关于善人善事人们只偷偷回忆。
贾姆席德家中本有两个姑娘,
这次战战兢兢被拖出闺房。
这两个姑娘是贾姆席德的妹妹,
身为皇妹之尊把后宫事务执掌。
一个姑娘名字叫沙赫尔纳兹,
另一个姑娘叫阿尔瓦纳兹。
人们把她们拖到佐哈克王宫,
让他们服侍左右伺候蛇王。
蛇王娇宠,她们的脾气越来越坏,
尽日吃喝玩乐兴妖作怪。

佐哈克统治天下暴虐凶残，
他把天下视为手中的蜡团。
他当政为王但却教人作恶，
教人抢劫放火与杀人越货。
每晚还要捉两个青壮男人，
不论是出身贵族还是平民。
厨子把人带领到王宫后殿，
为国王制药供他盘中一餐。
厨子把人杀掉取出人脑，
用人脑制作把菜肴烹调。
厨师是两个正直的好心之人，
他们本是先王时代的遗民。
一个是虔诚的阿尔马耶尔，
一个是聪明的克尔马耶尔。
一天，这二人在一起交谈，
他们漫无边际地谈地论天。
谈到暴君无道以及他的军旅，
谈到取脑为食此事不仁不义。
一个说你我本分就是供膳制馔，
天天为国王准备享用的菜饭。
可是，我们是否可以想个主意，
也做些好事为百姓尽心效力？
这里每日有两人断送性命，
我们可否把一人救出牢笼？
当他们又去动手为国王备餐，
——烹制烧出道道菜饭。

这两位有心之人心地善良,
他们俩人共同管理国王膳房。
当又到了动刀杀人流血之时,
这时,才晓得了生命的价值。
抓人的刽子手又肆虐逞狂,
抓来两个年轻人推推搡搡。
抓来人后立即送入厨房,
到厨房便众手把人按倒在地上。
那两个厨师忍痛,心如刀割,
心中充满愤恨,眼中冒出烈火。
他们我看着你,你看着我,
国王的暴虐实在令他们踌躇。
于是他们把两个人中放掉一人,
除此以外也实想不出良策。
然后,他们动手取出一个羊脑,
用羊脑与那不幸者的脑混合。
对放走的一个则悄悄嘱咐,
说这可是秘密千万不能说出。
你不要去人烟稠密的地方,
要去高山深谷遁迹躲藏。
这样便日日以便宜的羊脑,
为蛇王烹制盘中的美味佳肴。
这样一来每月便有三十个人,
从他们手中逃脱了死亡厄运。
渐渐居然有二百人聚集在一起,
人们不晓实情不知他们的来历。

厨师为他们准备打点了羊肉,
作为到山野的吃食把他们放走。
如今的库尔德人就是他们的后裔,
由于长年定居已把此事忘记。
他们的居室都是特有的毡房,
他们不怕天地,性格勇敢异常。
佐哈克残暴乖戾独断专行,
一切举措都得依照他的命令。
若军中有人反他手下的恶魔,
便下令推出斩首不由分说。
他还找了一个貌美的童贞少女,
日日夜夜与他陪伴在一起。
那姑娘把国王服侍陪伴,
这可不合皇家的规矩与习惯。

佐哈克梦到法里东

当佐哈克当政还剩四十年,
看真主①给他安排什么命运。
一天,他在宫中天色已晚,
他已就寝有阿尔瓦纳兹陪伴。
但他突然看到从王宫之外,

---

① 此处真主原文是 yazdan,原意为琐罗亚斯德教天使。在《列王纪》中,菲尔多西指真主时还用了另外一些词。经与德黑兰大学教授沙希德博士讨论,他认为不论作者用什么词,可一律译为"真主",这是以菲创作《列王纪》时的观念为准。

有三个武装的人闯进宫来。
两个是成年人,一个是少年,
少年顶有灵光风度翩翩。
他紧束衣袖步履坦然大方,
手中还拿了一条牛头大棒。
他紧行几步冲到佐哈克近旁,
用大棒狠狠打到他的头上。
然后那少年又掏出一条绳索,
把佐哈克从头到脚捆绑。
特别是用绳绑牢他双手,
又给他上了一副长枷扛在肩头。
就这样一顿好打受尽凌辱,
如同人家往他头上撒下尘土。
那一行人把他用力连拖带拉,
转眼间拖到达玛温德①山下。
无道昏君突然身体翻转,
似有人一把撕碎他的心肝。
睡梦之中他凄厉地大叫一声,
那叫声震撼了百柱王宫。
国王这边突然翻身怪叫,
把身边的美人吓了一跳。
阿尔瓦纳兹对佐哈克说:
陛下睡梦中看到了什么?
您本是安安稳稳睡在王宫,
缘何如此恐惧胆战心惊?

---

① 达玛温德峰是厄尔布士山最高峰,在德黑兰以北。

如今，七国都听从陛下命令，
人鬼禽兽都是卫护您的仆从。
天下之大全归陛下一人执掌，
从月亮到鱼背①全靠陛下管辖。
您因何如此大叫如此大惊，
天下之主请您把情由讲明。
这时，国王方才对美人说道，
此事暂勿外传这梦十分蹊跷。
如若你得知我梦中情景，
你一定为我而受怕担惊。
阿尔瓦纳兹对尊贵的国王说，
这个秘密不告别人应该告我。
或许，我会为陛下出谋献策，
没有什么灾难无法解脱。
这时，国王才对她详细讲明，
讲明自己梦到的一一情景。
那美人听罢向国王献计，
说事不宜迟应设法把灾难回避。
如若把这世界比作一个戒指，
陛下便是戒指上镶嵌的宝石。
这世界有了陛下才有光辉，
鸟兽、鬼怪、天使与人都感敬畏。
陛下应从四面八方把智者召集，
让祭司与星相家都到这里。

---

① 按波斯古代传说地球是由一牛角托着，而牛又在一鱼背上。

您把梦境一一向他们陈述,
让他们推断吉凶为陛下占卜。
看何人是陛下命中克星,
是仙是人还是鬼要把陛下断送。
当知道之后再想方设法,
对付坏人歹徒不必担惊受怕。
卑劣的国王一听心中高兴,
体态如柏的美人见解高明。
本想眼前世界已漆黑一团,
如今似一轮红日从山后显现。
真好似在碧蓝的天空之上,
红彤彤的骄阳放出万道霞光。
于是派人去召四方智能之士,
他们心明智高未卜先知。
把他们从各地召集到一起,
召来后向他们述说梦中遭遇。
他让那些明智之士聚集一堂,
为他寻求消灾治病的良方。
对他们说快为我讲解圆梦,
把梦中隐情对我一一讲明。
他问他们自己冥冥中的际遇,
问他们此梦主凶还是主吉。
他问:我这命运何时到头,
这王冠与宝座会落入何人之手。
你们要把一切秘密解释明白,
哪怕最终临头的是一场大难大灾。

祭司们低头不语热泪淋淋,
但是他们暗地里却议论纷纷。
如果实言相告悉数向他讲明,
那就会断送掉宝贵的生命。
如若隐瞒不对他实话实说,
那事实上我们也一个不能活。
这些祭司们一连拖延了三天,
谁也不敢把实话对国王明言。
第四天国王震怒大发雷霆,
痛斥引路的祭司对他不忠。
他说要么你向我把隐情讲清,
要么我就下令对你们施加绞刑。
祭司们一个个都垂头丧气,
心中踌躇,血泪含在眼里。
祭司中有一人绝顶聪明,
他看这形势不如把一切讲明。
他出名的聪明又十分清醒,
他上前一步内心颇为镇定。
把心一横一切恐惧尽行排除,
一五一十向佐哈克和盘托出。
他说请陛下抛却一切幻想,
谁自母腹出生不会死亡。
在你以前许多国君早已存在,
多少高贵的国王在世上去来。
这些国王都经历了兴衰际遇,
但大限一到都一个个辞世而去。

不见马的四蹄用铁掌钉牢,
但也经不起日月轮替岁月消耗。
今后,你的江山将拱手让人,
定有人来决定你的命运。
此人的名字乃是法里东,
他像是泽及大地的辽阔苍穹。
这位贵人现在尚未出生,
因此还不必为此而害怕担惊。
当他的贤母把他生到世上,
他就会像小树一样日日成长。
他长大成人,头高昂到天上,
夺取王冠宝座自家称王。
他越长越像挺拔的青松,
他的颈项粗壮像一尊塑像。
就是他用大棒击到你头上,
就是他用绳索把你捆绑。
那心地邪恶的佐哈克发问,
他因何打我捆我与我何仇何恨?
那勇敢的人说用心一想一切了然,
世上岂有无缘无故的仇冤。
是陛下下令杀死了他的父亲,
与陛下结仇因为杀死了他的亲人。
那一头牛名叫巴尔玛耶,
这头牛要把未来的国王抚养成人。
这头牛以后也要被你宰杀,
因此,他要拿大棒把你击打。

当佐哈克听了这番解释，
登时跌下宝座人事不知。
那美女一见便不敢正看，
连忙转过身去背过了脸。
国王陛下稍安渐渐苏醒，
醒来后又坐在他的宝座之中。
他下令左右马上画影图形，
发送到各地缉拿法里东。
从此便寝食不安不得宁静，
白日青天竟变得晦暗不明。

法里东出生

光阴荏苒转瞬过去漫漫长年，
那蛇王的日月变得越来越难。
顺天承运的法里东已经降生，
这世界该又呈现另一番情景。
他像翠柏一样向上成长，
他头上闪耀着皇家的灵光。
他继承了贾姆席德的灵光，
光明磊落行事如光灿的太阳。
正如雨露把世界大地滋润，
知识可贵，能美化人的灵魂。
头上青天日日旋转永不停息，
天穹无声无息地给他以助力。

且说有一头牛名叫巴尔玛耶,
巴尔玛耶可称得上是牛中之王。
它的皮毛出生时就像只孔雀,
浑身毛色斑斓光彩鲜亮。
许多智士贤人围绕在他身边,
占卜者祭司一个个迈步上前。
这样的牛世上谁也未曾看见,
不要说见,听也未听过老人们交谈。
佐哈克为捉人闹得满城风雨,
百姓们内心不满街谈巷议。
法里东的父亲名叫阿梯宾,
那阿梯宾也算是交上了背运。
他东躲西逃自己也感厌倦,
一天突然落入捕狮暗阱失足深陷。
那一伙日日捕人的凶奴,
一见正中下怀立即把他捉住。
捉住他上绑如同捆狗一般,
推推搡搡拖到佐哈克面前。
那法里东的聪明的母亲一见,
痛惜亲人遭此大灾大难。
她是一位颇有心胸的女人,
她乃是王家之树法里东的树根。
她名叫法兰格愿她如意吉祥,
她与法里东母子二人情深意长。
她遭此惨祸悲伤郁结内心,
热泪横流逃入一片密林。

那有名的牛巴尔玛耶就在那里,
那牛身壮奶足天下无比。
法里东的母亲求那林中牧牛人,
哀叫一声,两颊血泪纷纷。
说这吃奶的孩子无依无靠,
请代我抚养对他加意照料。
请收留下他,你就是他的生身之父,
用这牛的奶为这孩子果腹。
若要酬报,我奉献自己的心,
以命担保日后定报深恩。
听了此言那林中牧牛之人,
这样回答孩子贤惠的母亲。
他说我就是你儿子的奴隶,
你有事自管吩咐我都同意。
于是法兰格把孩子交给了他,
又对他叮咛嘱咐了一番话。
那放牛人整整三年如同生父,
用那牛奶把孩子喂养哺乳。
佐哈克仍然不停地到处搜寻,
人们对那牛也仍然议论纷纷。
后来,母亲又急忙跑到林中,
向那急公好义的人报告实情。
真主启示我用心想条妙策,
要想方设法从困境中解脱。
这孩子是我的骨肉我的心肝,
现在就应行动,但却一筹莫展。

我要带他离开这多事之地,
带他去印度小住权且暂避。
或许,我带他远离市井人群,
到厄尔布士山①中存身。
说完便带着孩子离开树林,
胸中充塞痛苦烦恼郁结内心。
她抱着孩子如快马急急奔跑,
如一头发疯的山羊,向山中奔逃。
那山中住着一个虔诚的山民,
对世间之事,他毫不关心。
法兰格对他说:好心人呵,
我这样的人在波斯无法存身。
你看我这爱子,他本是贵人,
命中注定他是将来社稷的主人,
他要结果佐哈克夺取王冠,
埋葬佐哈克主宰他的江山。
请你把此子收留抚养,
像父亲一样培育他成长。
那好心人真的把法里东收养,
他亲切热情没表现丝毫勉强。
终于倒运的佐哈克探得信息,
说那神牛巴尔玛耶藏在林里。
他似一头怒象,恨涌心头,
匆匆赶到林中杀掉神牛。

---

① 厄尔布士山即波斯北部东西走向的山脉。

凡是那林中四条腿的野兽，
一律统统杀死一个不留。
然后，又直奔法里东家门，
东寻西找但始终未见一人。
于是放一把火烧了他们宅院，
房屋居室一概从底推翻。

法里东向母亲询问身世

当法里东长到十六岁的时候，
他便从厄尔布士山来到平原。
他向母亲询问自己身世实情，
说请母亲把我身世对我讲明。
你应告我谁是我生身的父亲，
我的家世祖辈都是何等样人。
我如何向伙伴说明身世来历，
请你一五一十说明我的过去。
法兰格说，孩子你胸怀大志，
我就向你说出你的身世。
你可知在波斯曾有一人，
他的名字就叫作阿梯宾。
他聪明睿智又是皇族之后，
从不欺压别人老实忠厚。
若是一代一代向上寻根，
他还是塔赫姆列斯的后人。

他是我的亲人、丈夫、你的父亲
与他在一起我才感到一点温存。
那些星相术士曾告诉佐哈克,
说将来法里东要把他性命结果,
于是那鬼迷了心窍的佐哈克,
意欲把你消灭在波斯到处搜索。
为逃难我抱着你东藏西躲,
颠沛流离什么苦日子没有经历过?
可是你父亲那高贵的青年人,
在你降生之前因此而献身。
佐哈克的双肩生出两条黑蛇,
蛇食人脑波斯人备受折磨。
他们下毒手取出你父亲之脑,
为两条蛇烹制一道菜肴。
后来,我只得逃入一个树林,
在那人迹罕至的林中藏身。
林中有一头牛生得漂亮健壮,
它皮毛条纹美丽全身闪亮。
牧牛人端坐林中自在安详,
似乎他就是主宰,林中之王。
我把你交给他,请他照料抚养,
他养育你长大又过多年时光。
他就用那漂亮的牛之奶把你喂养,
你才长得如同鳄鱼一样健壮。
后来,国王探得了消息实情,
知道有头牛隐藏在那林中。

我急忙抱起你再次逃亡,
慌慌张张离开故乡波斯。
国王赶到把那神牛宰杀,
无语的牛如同奶娘喂你长大。
后来,他又赶到我家寻找,
掘地三尺,凭空把房屋推倒。
法里东越听心中越加怒恼,
母亲的话激得他五内中烧。
他心中充满怒火脑中充满仇恨,
怒火与仇恨把他的双眉拧紧。
雄狮般的年轻人如此回答妈妈:
是不是英雄全看能不能战斗厮杀。
鬼迷心窍的家伙既已坏事做尽,
如今,轮到我执刀去报仇雪恨。
我要依照天神的旨意行动,
我要从根底掀翻佐哈克王宫。
妈妈对他说,这可并非上策,
你只身一人如何对付他们一伙。
佐哈克国王据有宝座与王冠,
有军旅护卫全然没有危险。
只要他愿意颁布一道命令,
四面八方便有十万大军听命。
这世上的分离聚合并非如此简单,
年轻人气盛难于把世事看穿。
人在年轻时意气用事缺乏阅历,
做事时想不周全只见到自己。

草率莽撞会断送自己的性命,
我祝愿你旗开得胜马到成功。
孩子呵,妈妈的话你应记取,
妈妈的叮嘱比什么话都有深意。

佐哈克与铁匠卡维的故事

佐哈克日日夜夜不得安宁,
口中不住地叨念着法里东。
法里东身躯高大,他心惊胆战,
他担心这年轻人使他前途艰难。
一天,在象牙宝座上坐朝登殿,
头上戴着一顶翡翠王冠。
他从全国各地召来公卿贵族,
要他们维护社稷鼎力相助。
他对各位祭司开口发言:
说各位是仁人志士大智大贤。
我有一个对头正暗中活动,
指的是谁,聪明人一听便懂。
此人年龄虽幼但见多识广,
他出身高贵又英勇豪爽。
虽然,这个年轻人年纪尚小,
但是,先哲教导应心中记牢:
敌人如今虽然力微智短,
但是无论如何不能将他小看。

世上没有力弱势微的敌人,
要当心一朝自己气数将尽。
我要加强与扩充我的大军,
军中既要百姓也要神鬼仙人。
我要设法训练一支强大劲旅,
将百姓与神鬼合编在一起。
筹组军旅你们应同心协力,
我意此事宜早不应迟疑。
现在,我请列位写一份证词,
写明国王所作所为都是善事。
国王所讲的都是明言至理,
我恭行德政,桩桩于民有利。
正直的人们慑于国王的威风,
出于无奈,只得俯首听命。
写好证词向逼迫人的蛇王奉献,
作证的人中有老年也有青年。
这时,只听到国王宫廷门前,
人声鼎沸,似有人高声喊冤。
侍从们把喊冤人带上宫殿,
让他面对面站在贵族公卿面前。
国王脸色一沉开口发问,
你喊冤叫屈要状告何人?
来人以手击头说我是铁匠,
要告的就是你一国之王。
我匆匆赶来为乞求公道,
你折磨得我日日痛苦心焦。

你若能心怀仁义施行仁政,
你的威望与地位会与日俱增。
但你作恶多端把我百般折磨,
好像一把匕首捅到我心窝。
你下令把我儿子捕捉入宫,
难道这不是对我迫害欺凌?
我这一生共有儿子一十八个,
十八个儿子中只剩下这一个。
饶了他吧,请看我的处境,
失去爱子我心怎不灼痛。
陛下,请告我犯了哪条王法,
我若无罪你因何滥施刑罚?
陛下,请看我的处境多么悲惨,
得饶人处且饶人莫自找麻烦。
命蹇时乖,压得我弯腰弓背,
丧失希望,令人痛苦心碎。
我家门无后断绝了香烟,
无后之人与世界联系中断。
压迫欺凌总应有节制分寸,
有理在手才可把人惩办究问。
你有何理由将我如此欺凌?
陷我于这样的灾难与困境。
我不过是个安分守己的铁匠,
国王却点把烈火投到我头上。
你是国王,即使是毒蛇一条,
也应秉公办事,主持公道。

陛下是普天之下七国之王,
为何灾难不幸总落到我们头上?
你行事应该向我讲清道理,
道理不清岂不令天下人诧异。
难道按先后次序又轮过一遍,
又该我把亲生儿子向你奉献?
难道又该我儿之脑喂你毒蛇?
又该他代民受难我把爱子割舍?
国王听完他的这番话语,
心中不禁感到阵阵惊异。
他下令把铁匠之子立即释放,
以此博得铁匠内心欢喜。
然后又命令把那证词交给铁匠,
想取得铁匠支持说他是贤明国王。
铁匠把证词匆匆扫了一眼,
然后飞身冲到贵族公卿面前。
此时,他已不再怕王上国君,
吼一声你们这帮恶鬼般群臣!
你们莫不是准备去投地狱,
为何竟然屈从了他的旨意?
这样的证词我决不同意,
对你,陛下,我也毫不畏惧。
他撕碎证词全身剧烈颤抖,
把证词踩在脚下愤怒地高吼。
随后,他把爱子带在身边,
冲出王宫口中不住高喊。

殿上众公卿齐声向国王高呼,
陛下圣德贤明是大地之主。
陛下神威远镇天下畏你三分,
征战厮杀时寒风也不能近身。
缘何一个铁匠竟涨红脸吵闹,
胆敢冒犯龙颜无理叫嚣。
那证词乃是我们的公意,
他竟然撕碎践踏在地!
他扬长而去心中愤恨不满,
好像是法里东已经主宰江山。
我们从未见过这样粗暴举动,
如此桀骜不驯着实令人吃惊。
国王佐哈克听完立刻回答:
有些事我也感到十分惊讶。
当卡维突然出现在宫门之前,
当我双耳听到他的呐喊,
仿佛只有我与他相峙在大殿,
我面前似乎出现一座铁山。
当我看到他以手在头上猛击,
我就看出他此行不怀好意。
天晓得我今后落到什么境地,
无人能洞察秘而不宣的天机。
且说卡维跨步走出国王宫殿,
市井上百姓立即拥到他面前。
他大吼一声振臂奋力高呼,
号召众人挺身把正义维护。

铁匠胸前系着一条皮革围裙,
担心打铁受伤戴上围裙护身。
卡维把那围裙挑上矛尖,
从市场上发难揭竿造反。
他高声呼喊长矛高撑在空中,
正直的人们呵,你们崇拜神明。
如若不愿忍受佐哈克欺凌,
就应拥护与支持法里东。
让我们去找他,齐心前去投奔,
在他的齐天洪福荫庇下安身。
让我们离开这里,国王本是恶鬼,
他心怀鬼胎与神明为仇作对。
于是他靠了这条普通的皮裙,
认清了谁是朋友谁是敌人。
四方豪杰勇士纷纷前来投奔,
他居然组织了一支浩荡大军。
他知道法里东在什么地方,
所以他率领军队径直前往。
一行人来到新首领的住处,
远远望到首领兴奋得高呼。
法里东见矛尖上高挑的旗,
知道这是预示吉祥的天意。
用罗马的锦缎把那旗装饰。
旗色染成金黄缀上珍珠宝石。
把旗高撑过头如同一轮月亮,
王上奠定国基事事如意吉祥。

旗杆系上三色彩带黄紫及朱红,
"卡维之旗"这就是旗的名称。
从那以后不论谁得了江山,
头顶戴上了君王的冠冕,
便照例把一颗颗珍珠宝石,
缀到那普通的铁匠之旗上面。
卡维之旗①配上绚烂的锦缎,
才这样引人注目光彩耀眼。
它如同暗夜中呈现的一轮太阳,
世人见了心中便充满希望。
就这样又过去了一段时间,
世事都一一在冥冥中演变。
法里东已经看出些许端倪,
形势对佐哈克越来越加不利。
他找到母亲说准备出征,
要把那顶王冠夺取到手中。
他说我现在就启程走向战场,
请母亲安居在家祝告上苍。
宇宙间有至高无上的造世主,
人遇艰难险阻应祈求真主佑助。
妈妈一听眼中热泪下流,
心中酸楚祈求真主保佑。
她祝告神明口中喃喃作语,

---

① 据传说,此后这面旗便代代相传,成为波斯的象征,公元六三七年波斯大军败于阿拉伯军,这面旗落入阿拉伯人之手。

说我把未来的国王托付给你。
请保佑他不受坏人陷害,
保佑他除尽世上妖魔鬼怪。
法里东悄悄地准备一战,
但这一意图暂且秘而不宣。
他有两个哥哥都是皇家后裔,
二人比他年长,他是二人的兄弟。
一个哥哥叫作基亚努什,
另一个哥哥叫普尔马耶。
法里东对这俩人讲明了用意,
并说愿你们的生活欢乐如意。
说天穹轮转冥冥中抑恶助善,
终有一天我们会再得到王冠。
请哥哥去寻一个高明的铁匠,
为我们打造一条牛头大棒。
听他一说那两个人飞奔而去,
跑到市场上的铁匠店里。
到店里看哪个铁匠手艺高明,
便唤他前来面见法里东。
法里东伸手拿起一个两脚圆规,
为他绘出大棒式样的草图。
然后让铁匠先在地上绘出图样,
图样上端描出牛头的形象。
画完铁匠就动手操作依照图样,
不多时便制出沉甸甸的大棒。
制出大棒请法里东验看,

大棒真似阳光一样闪光耀眼。
铁匠的手艺使法里东十分满意,
他赏他们衣物及金银用具。
此外,还对他们好言劝勉,
说日子会越过越好光明在前。
如若我能把蛇王统治推翻,
就可以使你们免除一切灾难。
那时,我将以正义统治天下,
让创世主的圣名四方流传。

法里东前去征讨佐哈克

法里东雄心勃勃踌躇满志,
立志为父报仇出战挥师。
五月中他择了个良辰吉日,
乘隆盛之势出征事不宜迟。
一支大军早已集中在他门前,
大军未动已然气势冲天。
驱赶高大象群还有犍牛,
早已把粮秣军需样样运走。
基亚努什和普尔马耶站立两厢,
他们愿弟弟旗开得胜称君为王。
他们迅如疾风一程又兼一程,
胸中积郁仇恨正义充满心中。
他们行进在如飞的快马之上,

面前出现一个虔诚居民的村庄。
庄外,他们停住大队军旅,
派出人去向拜神的居民致意。
时已入夜四周一片地暗天昏,
只见从庄中慢慢走来一人。
他脸色红润如同天仙,
秀发修长直拖到脚面。
这是一位天使来自天庭,
专来向法里东陈说善恶吉凶。
天使飘逸地来到法里东面前,
秘密向他传授神法仙言。
教他遇到障碍如何突破,
前有艰难险阻如何解脱。
法里东知道这乃是仙人下凡,
不是歹人也不是阿赫里曼。
他兴奋不已脸色激动泛红,
时运当头顿时感到全身轻松。
这时,厨师备好了菜饭,
一张干净的餐布铺在面前。
他腹中饥饿匆匆吃过了饭,
饭后头沉,他倒头就去睡眠。
那两个哥哥见他有天神保佑,
见他出师顺利鸿运当头,
于是这俩人起了歹心按捺不住,
背地设下毒计把他铲除。
附近有座大山,山势巍峨险峻,

那二人便离开队伍,山中藏身。
山下面正睡着未来的国王,
酣睡正甜,他早已进入梦乡。
这时,那两个坏了良心的人登上高山,
他们的行踪并未被人发现。
他们从山上采下一块大石,
人生歹心,谁知会干出什么坏事。
他们采下大石心怀毒计,
砸烂法里东之头把他置于死地。
抛下巨石他们匆匆下山,
心想那梦中人早已命丧黄泉。
这乃是天意,那巨石的隆隆之声,
居然把那沉睡人从梦中惊醒。
更可怪的是那石竟悬在空中,
一丝一毫再也不向下滚动。
他的两个哥哥知道这乃是天意,
天意安排人力无法改变分厘。
法里东整理衣冠站立起身,
刚才的事对两个哥哥并不究问。
他催军前进命卡维做开路先锋,
对佐哈克的仇恨使他义愤填膺。
铁匠在军前高撑着卡维之旗,
那旗象征着皇家的运气。
大队人马来到乌兰河边,
率军来到河边意在夺取江山。
如若你不知那河的巴列维名字,

按阿拉伯语它称作底格里斯。
那正直人未来的国王，
便率军来到底格里斯河上。
当大军来到底格里斯河岸，
忙派人去向船工们传言。
向船夫致意请备好渡船，
帮助大军渡向大河彼岸。
无往不胜之王向船夫传语致意，
请放船启碇助我大军渡过河去。
请把我及大军送到对岸，
事不宜迟请片刻也勿迟延。
但众船夫没按法里东的话办，
也没有按时为他备好渡船。
说世界之主①曾经对我们叮嘱：
要用船得凭我的印信文书。
说那船可不能交给任何人，
一切都得看我颁的文书印信。
法里东一闻此言勃然大怒，
那河上的波涛岂能阻住他的去路。
他撩袍束带整理自己的衣衫，
端坐在狮样勇敢的马背上。
他心中充满对敌人的仇恨，
催马入水管他河上浪急水深。
他手下的将士也束衣下河，

---

① 指佐哈克。

催马入水去迎那滚滚水波。
全军将士跨马入水个个争先,
汹涌的河水淹及将士的马鞍。
催马过河并不惧浪急水深,
只是马入水中人略感头晕。
他们下水后河水不沾身体,
河中劈开一道似夜天一线晨曦。
当催马上岸心中渴望厮杀,
径直向圣城①方向继续进发。
如果称其巴列维语之名,
这地叫胡赫特什共噶铁日城。
在阿拉伯语中称为圣洁之地,
佐哈克的宫殿在此巍然而立。
他们怀着夺取此城的雄心,
从田野向城郭步步逼近。
在一箭之地法里东举目观看,
只见王都城中巍立一座宫殿。
那宫殿的月台高耸入云,
它的顶端似已触及星辰。
这宫殿如空际木星光芒四射,
那市肆中笼罩着一片安宁欢乐。
他知道这里就是蛇王之宫,
是贵人的居处王家的宫廷。
他对左右说蛇王从平地之上,

---

① 圣城,指耶路撒冷。

居然营建了这高耸的殿堂。
我担心他的高大的宫殿之中,
会有戒备,布置下伏兵。
但我们既已来到用兵之地,
便应不顾险阻发起攻击。
他口中说着挥手举起大棒,
手趁势一抖撒开骏马的马缰。
真似一把天火自上而降,
天火熊熊烧到宫廷卫士头上。
他抓起马鞍鞯上的大棒挥舞,
棒棒击下似以大地作鼓。
这位心急火燎的入世未深的少年,
忽地一冲便插到宫门之前。
把守宫门的卫士已一个不剩,
只听法里东高声把真主称颂。

法里东见到贾姆席德的两个妹妹

佐哈克高悬了一条神符咒语,
咒语高高悬在云间天际,
法里东一把把那咒语扯下,
深知这是借助神名把人恫吓。
只要有什么人胆敢走上前来,
便手起棒落打烂他的脑袋。
原在殿上守卫的鬼怪魔王,

都是鬼中佼佼个个本领高强。
法里东挥起大棒把鬼头打烂,
他决意夺取那鬼王的江山。
他一只脚踩到佐哈克王座之上,
取而代之,把他的王冠戴到头上。
他在佐哈克宫中到处搜寻,
搜尽王宫不见蛇王本人。
从他内宫搜出两个美女,
她们生着黑色眼睛容颜秀丽。
国王吩咐首先要为她们洗身,
然后,拂去她们心头的愁云。
要告诉她们真主指引的道路,
让她们把身心的污秽尽行扫除。
她们深藏后宫充作宫人,
醉生梦死陪着蛇王鬼混。
但此时贾姆席德的这两个妹妹,
不禁从眼中落下几滴泪水。
她们向法里东展示了内心,
愿他成为这古老世界的新君。
说幸运的人呵,你交了好运,
你这硕果来自哪个枝条哪个树根?
你兴师来战真似虎口夺食,
那无道昏君本性又凶又狠。
你可知我们的日子多么痛苦,
这魔鬼般的蛇王如何把我们凌辱。
我们在这又凶又蠢蛇王身边,

87

受过什么罪真是有口难言。
未见有谁本领高强如此大胆,
胆敢攻他王宫向他挑战。
胆敢前来夺取这蛇王的宫殿,
胆敢取而代之夺取他的江山。
法里东闻言如此作答,
谁也不能注定永据天下。
我是阿梯宾之子他出身皇族,
是佐哈克派人把他捉获。
佐哈克杀死我父从此结仇,
我来找他就是来寻对头。
神牛巴尔玛耶是我的奶娘,
那牛的毛色鲜艳油光闪亮。
不知那不义的人是何用意,
非要把无语之牛置于死地。
我这才准备武力讨伐昏君,
从波斯赶来报仇雪恨。
我要以牛头大棒打碎他的头,
决不手软,对他一点情面不留。
阿尔瓦纳兹听了这番语言,
也对他披肝沥胆说了一番:
说原来天下之主就是陛下,
陛下挫败了蛇王的诡计与魔法。
原来佐哈克在你手下送命,
在你治下天下便永享太平。
我俩本是皇妹成长在王宫,

委身佐哈克是害怕送命。
我们与他同食同寝陪伴蛇王，
那种日子多难陛下可以想象。
法里东听了对她们如此回答，
说如若上苍保佑我主天下，
我就把蛇王统治彻底推翻，
涤尽世界污浊使它焕发新颜。
你们现在对我应实话实说，
不义的蛇王在何处藏躲。
这时，两个美女把秘密公开，
蛇王末日已到无法再卷土重来。
她们说他已向印度方向逃窜，
他妄图藏身在加都斯坦①。
他杀的无辜者有成千上万，
心惊胆战惧怕仇家前来清算。
曾有一预言者向他讲明，
说你招人愤恨国人不容。
法里东会前来夺取你的宝座，
那时你的命星将会殒落。
那次占卜以后他便不得安宁，
寝食俱废日日不得安生。
他取了兽类动物、男女的血浆，
把血浆倒入一个巨大的浴缸。
占卜者劝他以鲜血沐浴，

① 加都斯坦在这里为印度的别名。

说这样或许能够逢凶化吉。
还有他肩上生的那两条黑蛇，
也日日夜夜把他的精力消磨。
纵使他从国中向外地逃窜，
那蛇带来的痛苦并未稍减。
现在，他还可能卷土重来，
他本性不愿在一处作长久安排。
那不幸的美女倾诉内心痛苦，
那贵人全神贯注耐心听取。

法里东与佐哈克的大臣的故事

当佐哈克溃逃弃国而去，
他手下还有一大臣听从旨意。
佐哈克让那大臣代他执政，
大臣表示竭尽全力誓死效忠。
他的名字叫作坎德鲁，
他并不真心实意效忠不义之主。
这天坎德鲁进宫处理政事，
见宫中已有新主把政务主持。
新主两厢有两个美女无比娇艳，
体如青松翠柏新主坐在中间。
一边是美女沙赫尔纳兹，
另一边美女是阿尔瓦纳兹。
此时全城都是新主的大军，

他的仆从臣下也结队成群。
坎德鲁既不惊慌也不究根底,
他迈步上前向新君深施一礼。
他高声祝愿说愿陛下长寿,
请接受臣下的衷心问候。
陛下主宰天下臣祝如意吉祥,
除了陛下谁配做一国之王。
天下七国只能由陛下治理,
陛下头颅高昂直达云霄。
法里东吩咐大臣上前听命,
他把自己的意图讲给大臣听。
勇敢的国王说我命你速去备办,
去备办美酒安排皇家盛宴。
要美酒添兴要召唤歌舞乐人,
把酒席摆开要开怀畅饮。
谁愿臣服我为天下之王,
便请他入宫高坐在席上。
我要请一班大臣宴上落座,
日后助我理政佐我治国。
坎德鲁听了新君的命令,
便转身退去——依命而行。
他备办了澄清酒浆召唤了乐工,
然后承欢侍宴陪伴在王宫。
法里东啜饮美酒通体舒畅,
整夜狂欢庆贺新主为王。
到次日薄明渐到清晨时分,

只见坎德鲁从王宫向外飞奔。
他骑上了一匹千里坐骑,
去找佐哈克报告这里的信息。
当他见到原来的国王,
便把所见所闻对他言讲。
他对佐哈克说骄傲的国王,
看来你的江山已不久长。
三位勇士率领浩荡队伍,
从远方攻入我们国土。
这三人中一人最为年轻。
他身如翠柏神情显露王者之风。
他年纪最幼但本领高强,
虽然那二人论年龄比他稍长。
他的大棒打下如大山压顶,
身手不凡,活跃在万军之中。
他骑高头大马跨入王宫,
那两名贵人在后卫护相从。
他进入王宫登上你的宝座,
此举挫败了你的一切计谋。
你宫中原来的元老旧臣,
以及宫廷内侍和诸多下人,
都被狠心地从城垛推下城墙,
登时毙命鲜血溅红了脑浆。
佐哈克对他说或许是客到宫廷,
因此,我们应表示高兴与欢迎。
坎德鲁一听这样回答国王,

说岂有做客的手提牛头大棒。
对这样的客人你应心存警惕,
稍一失神你便会人头落地。
他大模大样坐在你的王宫,
从王冠与御带都除掉你的御名。
凡是不服的他都严加惩办,
把他作为客人只好悉听尊便。
佐哈克对他说此事不必烦恼,
宾至如归这本是吉祥的预兆。
坎德鲁闻言这样回答佐哈克,
陛下之意我已尽知请听我说:
如若说此人是你的贵客,
那他进你后宫却又为何?
他把贾姆席德之妹让到身边,
并排而坐与她们细语低谈。
一手挽住沙赫尔纳兹无限亲昵,
这边亲吻阿尔瓦纳兹柔情蜜意。
到夜幕降临他的作为更加不堪,
卧榻上他头枕美人青丝安眠。
你当初对这两个美人多么娇宠,
如今她们发辫散乱睡在他的怀中。
听到这话佐哈克怒得如同犀牛,
不如一死免在世上惹辱招羞。
他口出恶言发泄着胸中恶气,
骂自家命运不济遭受人欺。
他对坎德鲁说今后你我人分两地,

我不希望你再到我的宫廷效力。
坎德鲁一听便对他如此回答,
说我是好心才向你这样回话。
我看你今后再也无法进入宫廷,
怎会有权再把我的官职加封。
你现在即将失掉江山社稷,
怎可能虑到我的祸福凶吉。
你已被人摈弃,像一根面团中的头发,
陛下呵,前途多舛应早想办法。
你的对头袭来夺取你的江山,
手提牛头大棒无人敢拦。
他用尽了一切阴谋诡计,
夺取了江山掠走了美女。
陛下因何不预想自己下场,
此事并无前例对策应及早设想。

法里东囚禁佐哈克

佐哈克国王听了这番话语,
不由得勃然变色心生怒气。
立即下令左右备好马匹,
然后他跨上那目光锐利的坐骑。
他急忙率领大军来到河边,
军中有武士也有鬼怪混杂其间。
他们从侧翼之路接近宫门,

高昂着头心中充满仇恨。
当法里东的大军得知敌人来攻,
纷纷扑向侧路赶上去迎。
他们策马迎敌奋勇出击,
两军狭路相逢厮打到一起。
人们都登上屋顶站到门前,
凡能参战的都已出来助战。
百姓们都站在法里东一边,
因为他们对佐哈克暴政不满。
人们从墙头屋顶投下砖石,
砖石矢箭如同飞蝗落地。
又似从空际乌云中下了场暴雨,
街巷中落满羽箭砖石无立足之地。
城中的成年人几乎均已参战,
老年人也不示弱因有战斗经验。
百姓们都赶来支持法里东大军,
从此不再做佐哈克的顺民。
山峦中回荡着武士的怒吼,
战马蹄下大地在呻吟颤抖。
战斗正酣战场上尘土飞扬,
长矛尖利一矛刺穿山石胸膛。
人们从一个个火坛发出怒吼,
宝座中坐的不是国王乃是野兽。
我们老少都曾是他的臣民,
他的旨意我们一一执行遵循。
但是我们不愿他再坐江山,

这邪恶的国王有两条黑蛇在肩。
全城出动真如同倒海翻江,
全军奋击人人争先个个逞强。
全城一片昏黑到处尘土飞扬,
弥漫空际的黑尘遮住了阳光。
那佐哈克满腔愤恨怒火在心,
他从军中冲出直奔王宫大门。
他身披锁子甲全副武装,
为的是人们认不出他是国王。
他气冲冲地从重楼配殿中穿过,
手中提了一条六十亚兹①的套索。
他看到沙赫尔纳兹和她黑色的眼睛,
她正在陪着法里东作态调情。
她鬓发乌黑双颊透露微红,
诅咒佐哈克谴责他的恶行。
佐哈克晓得这一切本是天意,
天意如此决不取决于人力。
但见此情状不禁妒火烧心,
抛出套索要捕殿中之人。
此时江山宝座早已置之度外,
一侧身便从屋顶跳了下来。
又从鞘中拔出一把短刀,
不由分说也不把别人呼叫。
他手执短刀意欲行凶杀人,

---

① 亚兹即一人两手向左右平伸开从指点到另一手指点的距离。

见那两个美女就心头愤恨。
当佐哈克从屋顶跳下脚一着地,
法里东便一阵风似的出现在那里。
他手举牛头大棒兜头便打,
打中佐哈克脑门眼冒金花。
这时,只听冥冥中传来天启,
说棒下留人现在不是他的死期。
痛打一顿你应把他手脚绑紧,
把他放在两山之谷中存身。
让他在两山之间苦度时光,
见不到熟人也没有家人探望。
法里东闻听有神启从天而降,
忙备了条狮皮绳索把他捆绑。
用那绳索把佐哈克牢牢绑紧,
就是怒象也无法从绳中脱身。
这时,法里东才在宝座上坐定,
传旨革除佐哈克的陈规传统。
他下令晓谕殿下的公卿群臣,
说辅佐王室的大臣要句句听真:
今后不准任何人再凭借武力,
到处横行为自家沽名钓誉。
军士只司征战不操其他营生,
不可既做战士又学手工。
应该一方从事生产一方手执武器,
各司其职称职方能于国有益。
如若分工不明彼此做了对方之事,

岂不天下大乱一切改变了位置。
对坏人歹徒应该严惩不贷，
因为百姓们惧怕他们为非作歹。
祝愿天下人人人长寿个个健康，
各安生业国运地久天长。
百姓们都听到了国王的旨意，
如今是他主宰江山执掌社稷。
从那以后国中的贵胄名流，
他们广有金银家财殷厚，
他们都携带自己的财宝金银，
来投奔法里东俯首称臣。
法里东明智地把他们安置重用，
使他们各得其所尽其所能。
他们都效忠于他提出忠告，
劝他勤理政务遵循真主之道。
他对他们说如今天下属我，
合该你们家乡有幸承恩受泽。
这是圣洁的真主把我挑选，
让我出头走下厄尔布士山。
让我结束万恶蛇王的罪恶，
以佑我的灵光把你们解脱。
你们得以解脱这是真主的恩惠，
治理天下也应遵循真主教诲。
我如今是普天下各方之主，
因此不可能在一处久留长驻。
否则我就会久住在这里，

日日夜夜与你们在一起。
名流贵胄都吻他脚下土地，
这时只听宫廷又有击鼓声响起。
全城百姓都翘首仰望王宫，
要求惩办那短命鬼让他不得善终。
请陛下把蛇王押出城去，
用绳索牢牢捆绑住他的身体，
军队也一队随着一队出城，
城中依照命令并不驻兵。
他们绑牢佐哈克带出城去，
用一峰骆驼驮着他的身体。
他们终于把他押到师尔杭①，
你知道这世界经历了多少时光。
这群山与平原经历了漫漫长年，
还有许许多多年头留在后边。
法里东把佐哈克牢牢捆绑，
逶迤行来一路来到师尔杭。
刚到那里就立即把他押入山中，
反吊起来形状颇似倒栽之葱。
这时又传来冥冥中的天启，
传到耳中的是上天的秘密。
说你要把此人带到达玛温德，
要找精干可靠之人并不需多，

---

① 师尔杭是地名，下一句纯属谐音，无实质内容。

押解之人一定严格选定,
在艰难困苦时要可靠忠诚。
于是快马奔驰押解佐哈克,
押到群山高峰达玛温德。
一条绳索再加一条绳索捆绑,
那倒运的人已毫无力气反抗。
如今佐哈克已然名声扫地,
人们从世上铲除了他的劣迹。
他被孤零零地捆绑在山里,
亲族人等一概与他割断联系。
人们在山中把他安置在一地,
那是个山洞洞深无法见底。
然后找来许多大钉把他双手钉牢,
钉钉穿皮过肉把他在山石上高吊。
他就这样被铁钉牢牢钉住,
春秋岁月一人在那里苦度。
他被人高高地吊到山上,
痛苦得鲜血从心中流淌。
人生世上不应作恶行凶,
来世上一遭应留下善行。
人们善名与恶名不会永远流传,
让我们留下善果作为纪念。
看那金银宝库危楼华宫,
一切都是镜花水月一无所用。
你死后留下的还有你的语言,
所以对语言的作用切莫小窥轻看。

法里东并不是天降的神明仙人，
也不是超凡入圣的玉体金身。
他恭行仁政才博得良好名声，
你行仁义你也就是法里东。
法里东所行的第一桩善政，
就是从世上廓清一切恶行。
他的大功一件就是囚禁佐哈克，
这不义的暴君只知作恶。
其次是他为父亲报仇雪恨，
着手重整纪纲再理乾坤。
第三件事就是彻底从世上，
清除了心术不正的坏人。
这世界对人多么多情又多么不公，
它养育了世人但又使他们丧生。
你看法里东的命运不也如此这般，
他从佐哈克手中夺取了江山，
他在这世界上为王整整五百年，
但终于也走了留下空旷的宫殿。
他去了，把世界交到后人之手，
除了惋惜与遗憾什么也未带走。
命运都毫无二致，无论是高官还是平民，
无论是牧人还是被放牧的兽群。

法 里 东①

（法里东当政五百年）

法里东主宰天下成了国王，
天下臣服他这位王中之王。
他把王家宫殿全都装饰起来，
一切按皇家章法悬灯结彩。
择吉登基，在七月的开头一天，
头戴上王冠按仪礼加冕。
宇内升平再也找不到坏事歹人，
人人都遵循正道尊敬天神。
他稳坐江山任何人都不无故寻衅，
规定了一个新的节日一体遵循。
王公贵胄都各得其所心满意足，
举起酒杯高撑着玛瑙般美酒。
澄清的红酒映照新王容颜，
新月皎洁把天地照得光辉灿烂。
新王下令左右点起一把烈火，
点起火来把龙涎香及藏红花点着。
从此庆祝秋节成了既定仪礼，
享受着生活恩赐日日大摆酒席。
到如今秋节成了他留下的纪念，

---

① 《列王纪》第一个悲剧故事，即伊拉治悲剧故事，实际上它从这里开始。

在这月里人们一无劳碌二无愁烦。
他在世界上整整五百年为王,
五百年中无一日无法度纪纲。
这样的人他也得一旦从世上离开,
朋友,切莫过贪也不要枉自伤怀。
谁在世上也无法长留不去,
谁在世上也不能事事遂心。
那法兰格尚且全然不知,
他的儿子成了天下之王。
佐哈克的统治已被推翻,
他称君为王的日子已到终点。
一天终于向母亲传去喜讯,
说你的贵子已经成了国君。
母亲闻讯沐浴净身祷告上苍,
感谢真主佑助事事吉祥。
然后,她又伏下身去以头触地,
诅咒佐哈克,庆幸他从此离去。
她感谢上天有眼主持公道,
行善之人交好运自有善报。
她的街坊邻里难免有什么困难,
但又羞于启齿羞于对人明言,
她总是默默地给他们接济,
但此事又绝对不向人提起。
这次她一连七天周济贫民,
由于她的慷慨贫者不再贫困。
另外的七天她大摆庆宴,

受到邀请的都是名流与官员。
菜肴丰盛食品琳琅满目,
客人们都是上层知名人物。
以后她又动手清点财宝大库。
把大库的财宝一一取出。
一天她索性慷慨地打开库门,
意在向人们施舍库内财宝金银。
广施财宝丝毫也不吝惜,
因为儿子坐了江山主宰社稷。
那华贵的锦服及稀世的珍宝,
阿拉伯良马金丝笼头早已套好。
有铠甲头盔以及长枪短棒,
也有冠冕腰带,各式各样。
一切财物都装上骆驼的行囊,
启程出发去朝贺天下之王。
她把财物悉数交到国王宫廷,
殷切致意祝贺儿子法里东。
法里东看到那么多财产金银,
当即收下感谢妈妈一片苦心。
各路诸侯也都赶到都城聚齐,
赶到都城祝贺新王登基。
他们山呼万岁说陛下有真主佑助,
登基为王让我们感谢真主。
愿陛下日日顺畅长治久安,
让陛下的敌人永遭灾难。
愿上苍恩泽世人把陛下佑助,

愿陛下广施仁政心怀真主。
从那以后各地的王公贵人，
也都纷纷赶来表示忠心。
凡来祝贺的都带着财宝金银，
献上金银财宝向国王表示忠忱。
每日各地的王公贵人赶到都城，
人数众多只得依次在门外久等。
他们都从心里感谢上苍，
感谢上苍保佑英明的君王。
人们都高举双手伸向上方，
称颂欣逢明君当政泽及四方。
愿这样幸福日月地久天长，
愿这样的明君永世为王。
从那以后法里东就四方巡视，
到各处体察民情恭理政事。
如果见一方有人霸道横行，
或者见一地田园荒芜野草丛生，
他就下令严厉制裁坏人，
也令人立即把田中野草锄尽。
他把天下装扮得美如天堂，
除尽杂草大地一片柏翠花香。
从阿姆尔①直到塔密什耶林中；
都在他的治下，他是尊贵之王。
那地如今人们称作恰鲁斯，

---

① 阿姆尔现为德黑兰以北一市镇，距德黑兰二百四十公里。

除了地名其他情形人们一概不知。

法里东派钦达尔赴也门

当法里东当政到五十年的时候，
先后得了三个儿子门庭有后。
三个都是王子这真是国王好运，
三位贵人都继承社稷之尊。
他们身如翠柏，面泛春光，
有王者的伟仪贵人贵相。
三个中有两个是沙赫尔纳兹所生，
最小的是阿尔瓦纳兹之子。
当父亲还未来得及为三子起名，
他们已能与大象较力一比输赢。
法里东不断地对爱子观察权衡，
看哪个更配把王冠宝座继承。
国王从殿下有名望的群臣之中，
选了个得力之人召他进宫。
钦达尔便是这位贤人之名，
他对国王交办的事尽力效忠。
国王令他到各地做一番巡视，
选三位名门淑女配三个王子。
这三个女子要与三个王子匹配，
两家结亲重要的是门当户对。
这三女还应内闱深居待字闺中，

不应抛头露面招摇市井。
这三姐妹应为同父同母所生,
要皇家之后容貌秀丽端正。
论身材看相貌要同样秀丽,
要三人看上去没有任何差异。
钦达尔听了国王这番语言,
不禁暗自寻思心中盘算。
他内秀聪明头脑十分清醒,
足智多谋话语又句句中听。
他拜别国王迈步走出宫门,
找了几位身边的干练之人。
他率领一行人离开波斯,
一路上边听边看悉心查访。
不论来到什么国家何等地方,
凡是得知哪里有待嫁的姑娘,
便暗中打听他们的身世情况,
问清姓甚名谁名声怎样。
一路查询但见贵族出身之人,
无人配与法里东家结亲。
于是这位心明眼亮的大臣,
为访国王萨尔夫来到也门。
他探知萨尔夫有三位千金,
姣美妩媚正合法里东的心。
钦达尔胸有成竹地去见萨尔夫,
就像是向花丛走去的一只鹧鸪。
以口吻地,向国王行礼致意,

对尊贵的国君不敢越礼。
说愿陛下万民拥戴地久天长,
永坐江山享受无限荣光。
也门国王开口向钦达尔致意,
说愿天下有口之人都夸赞你。
你有何见教请明言直说,
你是使臣,我们国家的贵客。
钦达尔再次致意愿国王健康,
愿国王的一切敌人悉数灭亡。
我本是伊朗国王殿下的小臣,
此番前来为陛下带来致意问讯。
洪福齐天的法里东向陛下问好,
陛下有问臣下定然一一详告。
法里东国王叮嘱向您问好,
他是天下之主地位崇高。
他对我说要问候也门国王,
他的王宫门庭发出阵阵幽香。
愿他身体健康福寿康宁,
永不遭逢灾难永远仓满库盈。
祝愿那高贵的阿拉伯的国王,
得到上苍佑助诸事如意吉祥。
世上最亲最近亲近不过儿女,
儿女如同生命谁能与儿女相比。
儿子是世上最亲的亲人,
世上无任何人比儿子更亲。
如若一人在世上生了三个儿子,

这三个儿子个个如同他的眼珠。
其实儿子珍贵更超过眼睛,
眼睛除观察万物再无别用。
不闻有位智者贤人教诲世人,
他的箴言乃是论及交友联姻。
结亲交友要三思而行慎重选择,
对方要高于自己才有好的结果。
明智者找明智者结亲为友,
如若门当户对才能永结鸾俦。
人丁兴旺才能福寿绵延,
国王无后岂不境遇悲惨。
我统治一国繁荣昌盛,
国祚兴旺岁岁人寿年丰。
我膝下有三子个个美如月亮,
每人都是社稷之才都可为王。
他们不缺财产不缺荣誉,
向往什么都可立即达到目的。
我抚育了这三位骄贵的王子,
想找三位公主嫁与他们为妻。
我手下的官员探听得消息,
这才匆忙遣人与你商议。
听说在你那里的后宫内苑,
有三位纯洁的姑娘从不抛头露面。
听说这三位公主尚未字人,
这个消息使我不禁喜在内心。
我这里恰好有三位高贵王子,

都等待着良偶也尚未定亲。
如今这三个王子与三位公主,
最好匹配良缘由你我做主。
公主娇羞可人,王子都会主宰江山,
门当户对真是天作的美满姻缘。
法里东国王要我传达这些话,
同意与否陛下请酌情回答。
也门国王听了这番传言,
闷闷不乐如茉莉根枯花残。
他不禁在心中暗暗思量,
如若我身边不见这三个月亮,
那青天白日岂不一片昏暗,
因此他双唇紧闭并不开言。
他心想我要召集心腹大臣,
是非进退要与他们共同议论。
此事无论如何不急于回答,
看他们有何良策再行回话。
他先吩咐找驿馆安置客人,
然后再自家君臣一同议论。
顷刻间他命群臣殿上聚齐,
召见群臣举行一次御前会议。
这些大臣都来自阿拉伯草原,
一个个腹有良谋胸有经验。
国王向大臣们披露了秘密,
披露秘密希望他们出好主意。
他说我的膝下有三个公主,

三位公主如同光照我的蜡烛。
那法里东派来使臣向我提亲,
这明明是挖下陷阱实在欺人。
他这是想叫我们骨肉分离,
我请列位前来是想商量个主意。
使臣转述了法里东的问候:
说我有三个王子都聪明俊秀,
三子都仰承恩惠想与你联姻,
他们都想与陛下三个女儿成亲。
我如若应允说我也有此意,
身为国王谎言骗人心口不一。
我若是满足了他的这个愿望,
自己就会眼中含泪心被刺伤。
如若回绝了请求拒绝这桩婚姻,
便要对他小心提防备加小心。
他是万民之主天下至尊,
与他为仇作对不能掉以轻心。
如今有谁不知有谁不晓,
佐哈克与他为敌下场不妙。
现在看各位有何看法高见,
有话请讲,请把我开导指点。
那些饱经事故历尽风霜的群臣,
一个个开口发言议论纷纷。
众口一词说我们看无何危险,
难道微风乍起就把陛下吹转?
纵令法里东国王雄踞天下,

我们也不是天生的他的牛马。
我们就是不让他称心如愿，
我们也能跨马挺枪驰骋向前。
我们挥舞匕首足以血染大地，
我们挺起长矛如苇塘平地而起。
如若陛下爱女儿不忍她们远嫁，
就开库犒赏军士什么也不回答。
陛下欲想办法，这就是出路，
如若惧怕那就是向他屈服，
如今应提出他无法满足的条件，
结下个死结让他愿望难于实现。
当国王听完群臣这个计策，
仍然不得要领进退不得。

也门国王对钦达尔的回答

国王传旨宣使臣上殿，
对使臣抚慰有加问暖问寒。
说贵国国王在上我敢不听命，
他的旨意已定我俯首遵从。
请告贵国之王他地位无比崇高，
三个儿子都是俊杰人中英豪。
大王爱子爱得意切情真，
三个儿子都是继承江山之人。
大王面前我岂敢抗命不遵，

我爱女儿因此体会大王爱子之心。
大王要我献上双眼献上国土平原,
我也会欣然领命,心甘情愿。
但要献上女儿比这还令人难过,
因为这等于摘掉我的心肝。
但是,既然大王下了这样命令,
我只能俯首领命依旨而行。
为执行大王之命使他如意称心,
我定然嫁出女儿与王家联姻。
但我事先要见见你家王子,
那大王的江山社稷的继承人。
请安排他们到这里做客,
请赐给我这愁苦的心些许欢乐。
让我有幸一睹他们的风采面容,
见到他们我会从心里感到高兴。
然后我再嫁出我的三个爱女,
把他们嫁给三位王子为妻。
你们三位王子定然品德崇高,
他们的行止安全一切由我照料。
如若大王要与他们见面,
我会立即安排请他们返还。
那聪明的钦达尔听了这番话,
以口吻国王的宝座作为回答。
他口中连连称颂陛下英明,
打道回国报信即日启程。
当他赶到法里东国王面前,

把听到的话转述了一遍。
法里东立即宣召三个儿子上殿,
从头到尾对他们解释了一番。
从自己起意与钦达尔启程,
直说到为他们说亲现在回宫。
说这个萨尔夫乃是也门之王,
他兵强势盛俨然威震一方。
他有三女都还待字闺中,
有女无儿女儿更加娇宠。
据说,关于这三女有过天启,
说要嫁就要嫁给一胞三个兄弟。
因此我才为你们向三女求亲,
请使臣把我的话传到也门。
现在你们得亲自去也门求亲,
言谈应酬宜沉稳慎重多加小心,
听国王讲话应该聚精会神,
回话要既有礼貌又有分寸。
问什么答什么要亲切和蔼,
举止风度上不要使人见怪。
你们身为王子不要失了身份,
要有皇族的气度大方沉稳。
遇事先加思考处处加意留心,
要正派自然还要谦恭谨慎。
交往中若想对答如流谈吐不凡,
需要的是智慧而不是财产。
我说的话你们应仔细记取,

按我的吩咐你们会事事顺利。
那也门国王饱有经验眼光锐利，
洞明世事无人能与他相比。
他能言善辩又坦率真诚，
到哪里人们都把他称颂。
他广有资财又统领军队，
有知识见解也有崇高地位。
你们此行切莫在他面前丢脸，
他会法术定然把你们考验。
去那里第一日定然为你们接风，
摆下酒宴对你们表示欢迎。
三个面如骄阳的女儿美如春苑，
玉肤生香一个个姿色娇艳。
她们身如翠柏端坐在宝座，
秀丽端庄个个是天香国色。
论体态姿容三女恰如一人，
是姐是妹完全难于区分。
三人中走在前的该是小妹，
二姐居中大姐身后相随。
小妹的坐处紧挨着大哥，
大姐会在三弟身旁就座。
二姐仍然居中挨着二哥，
你们可要留心不要被人迷惑。
国王会开口动问要你们回答，
问这三个女儿中哪个年岁最大。
二姐是哪个,哪个是小妹，

你们应一一指出从容应对。
你们说年纪最小的占据上座,
大姐反而居下座于礼不合。
二姐居中这是恰当其位,
这样回答对方就无法怪罪。
你们遇到问题就这样回答,
称赞三女如同绿草上的鲜花。
我说的这些话你们应认真记取,
还要仔细记牢我告诉你们的秘密。
我的这些教谕你们应一一记牢,
会增加你们的见识与应对技巧。
这三个心地纯洁的王子三个贵人,
把父亲的这番话一一牢记在心。
然后告别父亲走出宫门,
有成竹在胸因而有了信心。
这是遇事先教给儿子方策,
提高儿子见解靠父亲知识渊博。
晚间,三个人各自回到住所,
睡下时心中充满激情与欢乐。

法里东的三个儿子去见也门国王

三个王子去见也门国王动身启程,
洗理沐浴,请几位祭司随行。
当太阳把空际照得通明透亮,

在湛蓝色天幕上映出一片红光。
他们也如同苏醒了的天空,
一行贵人浩浩荡荡启程。
当也门国王知道他们来到,
整齐威武的仪仗早已备好。
国王还派出许多人远道去迎,
有外族也有本族一干人等。
也门人男女都想一睹为快,
欢迎三名贵客从远方到来。
珍贵的宝石点缀着藏红花,
用香料往酒里轻调慢撒。
用调入香料的酒滴洒马鬃,
一把把金币往客人脚下抛掷。
早已收拾好一座天堂似的王宫,
宫中墙砖都是金银铸成。
宫墙以里都装饰着罗马锦缎,
宫中金碧辉煌华丽粲然。
主人引导客人进入下榻之宫,
贵人来临带给宫中一片光明。
果然也门国王如法里东所说,
叫出三个女儿迎接贵客。
三位公主如三轮明月初升天际,
令人不能正视艳丽无比。
三位姑娘果然依次落座,
先后次序一如法里东所说。
也门国王果然问那三个兄弟,

你们说三人中小妹坐在哪里？
二姐是哪个，大姐在何处落座，
请你们分别指出一一告我。
三个王子按照预计的一一指出，
对方的计谋实际已经败露。
也门国王萨尔夫一时计穷，
群臣也面面相觑木然发窘。
国王发现徒然把三女混在一起，
未能如愿此举无何意义。
于是他连忙说：也好也好，
那就请大的陪大小的陪小。
就这样王子们闯过了一关，
计谋败露白白进行一场考验。
三位公主紧挨着三位贵人，
因这计谋而害羞脸上泛出红晕。
后来她们告辞娇羞地回宫，
脸泛红晕口中哼着轻轻的歌声。

萨尔夫施法术考验法里东的三个儿子

那阿拉伯的首领也门之王，
下令为客人与陪客备好酒浆。
啜饮美酒伴着悠扬的乐曲，
夜色渐深，笼罩茫茫大地。
法里东的三个儿子，他的三个快婿，

以美酒祝他健康向他致意。
当醉意昏沉压倒了理智,
他们便昏昏思睡想早歇息。
国王吩咐为他们准备地方,
把玫瑰香水轻弹到他们头上。
那三位幸运的王子不拘虚礼,
就在园中一棵树下悠然睡去。
这时,能施法术的也门国王,
想个办法把法术施到他们身上。
也门国王迈步走过花坛,
准备施行法术片刻也不迟延。
他呼唤来一阵凛冽的寒风,
使那寒风吹过王子们头顶。
寒风直吹得大地肃杀抖颤,
乌鸦也不再在天空抖翅盘旋。
能破法术的国王①的三个王子,
由于寒气袭人从平地跃起。
但他们依靠灵光的佑助与神力,
凭借皇家的气数与皇家的运气。
居然使那法术丧失了效力,
寒风阵阵,但他们不再感到寒意。
当太阳重又从山顶后升起,
施法术的人来察看法术效力。
他举步来到三位高贵王子近前,

① 能破法术的国王指法里东。

希望看见他们冻得铁青的脸。
心想他们定然冻得死去活来,
他与三个女儿就可永不分开。
他抱着这样愿望上前察看,
大失所望他的法术毫不灵验。
他见那三个王子神采奕奕,
端端正正坐在新建的宫里。
他知道这次法术已经失灵,
再考验下去也会招招落空。
他把名流贵胄召集到一堂,
这些贵人名士来自四面八方。
他开启了多年封闭的宝库大门,
这宝库是秘密从未告人。
又唤出三位如花似月的姑娘,
她们身躯如同冷杉一样端庄。
为她们备办凤冠不费吹灰之力,
费力的是把她们弯曲发丝梳理。
把三位公主许配给三个贵人,
三个初升皎月嫁给王子王孙。
也门国王心中不悦喃喃自语,
此事不怪法里东只能怪自己。
我宁此生无后也不愿有女无男,
偏偏生了三个女儿为我平添愁烦。
有人一生无女视为缺憾,
但生了女儿也可能是灾难。
但对祭司与大臣却应付敷衍,

说公主配王子是美满姻缘。
如今我把这三个膝前爱女,
按仪礼许配三位王子为妻。
愿王子像眼珠一样爱护她们,
把她们视为生命一样的亲人。
他说完就下令启运嫁妆,
嫁妆扎在凶猛的骆驼背上。
车仗络绎不绝一辆紧接一辆,
珠宝之光把整个也门照亮。
女儿终身大事一生婚姻,
是男是女都要办得隆重认真。
骆驼背上驮着一个个驮篮,
篮中装的都是珍宝与金银细软。
三位公主每个各有自己的一份,
车仗队伍送上三份礼品。
除日常仪仗还有旗锣伞扇,
一切遵照皇家仪礼毫不怠慢。
三个年轻的王子得意欢畅,
兴高采烈去见法里东父王。

法里东考验自己的三个儿子

法里东得知三个儿子返回,
他连忙迈步走出王宫。
他想了解三个儿子的品性,

看他们是否可靠善良忠诚。
于是他摇身一变变为巨蟒,
雄狮见这巨蟒也魂飞胆丧。
巨蟒一动便发出骇人响声,
口中还喷吐出烈火熊熊。
只见他的三个儿子来到近前,
四周都是黑黝黝的大山。
大蟒一动卷起一片尘土飞扬,
霎时间天昏地暗日月无光。
那蟒疾驰向前奔大哥扑去,
大哥本领高强注定主宰社稷。
长子见一条巨蟒出现在面前,
吓了一跳纵身便往旁边一闪。
他灵机一动转身迅速离开,
父亲,那巨蟒翻身向二哥扑来。
二哥此时也看见这条巨蟒,
忙拉弓射箭一箭射向前方。
他自语说战场上两军相向,
管他对手是雄狮还是马上儿郎。
但他边说却又径自逃离,
虽然他心中并不十分恐惧。
这时,最小的王子恰好赶到,
他看见一条巨蟒在前挡道。
他飞快地从鞘中抽出钢刀,
猛催战马把自家姓名高报。
他对巨蟒说你趁早闪到一边,

纵令你是斑豹也不能阻止雄狮向前。
你若知天下有位法里东国王,
就不会来此把去路阻挡。
我们是他的三个王子,三个贵人,
个个都舞矛挥棒有功夫在身。
如若你躲闪到一旁自当别论,
否则可不要怪我棒不认人。
尊贵的法里东一听当即明白,
这三弟胆识过人,他迅速离开。
他离开后又恢复了父亲模样,
雍容大度高贵的国王形象。
身边击鼓奏乐排着战象,
他手中紧握着牛头大棒。
他身后站立的都是王公贵人,
这一切表明他是主宰天下的国君。
三个王子见父王前来欢迎,
忙滚鞍下马急急向前步行。
他们赶上前去以口吻地,
这时大象一动不动鼓声停息。
父亲拉住他们的手表示欢迎,
对每个人的慰问又有所不同。
当他们父子来到皇家大殿,
忙向宇宙主宰祷告一番。
法里东千恩万谢感谢真主,
是他决定人间的穷通祸福。
然后他把三个儿子唤到身旁,

让他坐在高贵的宝座之上。
他对他们说你们见的那条巨蟒,
口吐火焰要把世界万物烧光。
乃是为父所变对你们进行考验,
然后,我就从容地回到大殿。
现在我给你们正式授名,
有姓有名期待你们光耀门庭。
你最年长授你以萨勒姆①为名,
愿你日后世上闯练事事成功。
你能从巨蟒身边迅速逃开,
保护自己不受任何伤害。
如若有人不躲避雄狮怒象,
那是疯子,并不证明他武艺高强。
二哥遇险表现得机智清醒,
一见火焰他反而更加英勇。
我授他土尔之名,他勇如雄狮,
与怒象搏斗他也万无一失。
越险越勇这是最可珍贵的本领,
愿你当政时做事要忠厚公正。
年幼的三弟既勇敢又有主见,
身手敏捷遇事能权衡再三。
在危难之中能选择正确道路,
表现得的确有过人之处。
他年轻勇敢又聪明机智,
他乃是天地间最优秀的勇士。
我为他命名叫作伊拉治,

---

① 萨勒姆是法里东长子,被法里东分封到罗马。

愿他成为明君英明治世。
他出世第一步便出手不凡,
遇到困难他表现出过人的勇敢。
他勇敢聪明又胸有主见,
能从容对付任何艰险困难。
现在,我心中感到十分高兴,
也让我为阿拉伯公主命名。
萨勒姆之妻名叫阿莉祖,
土尔之妻名叫阿扎德胡。
伊拉治之妻命名为尼克珮,
论美丽,天上的明星也不能相比。
然后请星相家为他们算命,
看夜空中密密麻麻的星星。
星相家为他们一一写好命象,
让他们看各自的命弱命强。
首先看萨勒姆的命象,
人马宫中的木星主如意吉祥。
然后看土尔的命星命象,
土尔的命星是狮宫中的太阳。
最后看伊拉治的命星命象,
见是巨蟹配上天际的月亮。
从命星上完全可以看穿,
伊拉治命中主凶必逢灾难。
国王看罢不禁心中抑郁,
长叹一声,口中吐出冷气。
上苍未给伊拉治安排好下场,

他前途多难命星不强。
国王也知道这是天意安排,
伊拉治遭逢厄运排解不开。
国王想到爱子的不祥下场,
不禁忧心忡忡黯然神伤。

法里东三分天下

既然冥冥中命运已显端倪,
法里东便决意三分社稷。
一方是罗马一方是土兰与中国,
第三是勇士之乡波斯。①
第一份罗马分给萨勒姆,
封他为整个西方罗马之主。
让他率军直奔罗马而去,
到了罗马立即为王登基。
登基以后治理西方国土,
因此称他为西方的君主。
第二个受封的是次子土尔,
土兰与中国一概由他统管。
国王拨一部分军队由他统辖,
分封后也命他立即率军出发。

---

① 这里反映的是波斯古代对世界地理的概念,波斯在东西方的中间。诗中的中国系指西北部原为突厥人统治地区而不是指中国内地。

他到了土兰也成了国王,
处理大事为政务操劳繁忙。
名流贵胄都前来祝贺抛撒珍珠,
祝贺他成了土兰国之主。
最后轮到分封第三子伊拉治,
父王心中早已把他封到波斯。
让他主管波斯及阿拉伯政务,
封他为这两个地方之主。
封他为王也赏赐给财产,
有长矛印章戒指与王冠。
殿前精明强干的公卿大臣,
全都欢呼他成了波斯国君。
三个尊贵的王子稳坐江山,
各主一方政务国泰民安。

萨勒姆对伊拉治心怀妒意

这样的格局一过就是许多年,
一切都是冥冥中命运的显现。
足智多谋的法里东已老朽不堪,
像是灰尘落满春天的花园。
人人都是这样交谈议论,
人年老体衰时也就没了精神。
这时他的命星也开始暗淡,
家族内部便产生分歧尤怨。

现在让我们再把萨勒姆提起,
看他如何使伊拉治血洒大地。
日久天长萨勒姆寻思盘算,
他原来的想法已经有了改变。
此时他心中充满了贪欲,
一次,他与谋臣在一起商议。
父亲的分封对他并不称心,
黄金宝座传给了年龄最小的人。
他眉头紧蹙心中埋怨愤恨,
向中国国王派出一名使臣。
让使臣去传达他心中的嫉恨,
使臣领命赶紧备马动身。
他派人去觐见土兰的土尔国王,
土尔还不知他因何而动情心伤。
他给弟弟土尔带去书信一封,
愿他事事吉祥如意对他由衷赞颂。
他称弟弟是土兰与中国之王,
赞他腹有文韬武略本领高强。
说世事对你我太不公平,
那人心胸狭窄纵然体如青松。
你应用心把此事仔细思量,
这种怪事从古至今并无一桩。
我们是三个王子出自一个父王,
三弟命运不济命像是月亮。
如若说我最年长也最聪明,
那就应由我把江山继承。

纵让不封我为波斯的国王,
对你因何也轻视而不加重赏。
父王行事对我们如此不公,
我们还要忍耐不能表示不平?
分给伊拉治的是也门阿拉伯波斯,
把我封为罗马之王施政在西方,
封给你的领土是土兰与中国,
可是论年岁伊拉治却小于你我。
父王此举实在是并不高明,
对你我轻视做事有欠公平。
他向土兰派出的那名使臣,
与土兰之王把此事指点议论。
使臣领了指示又用巧语花言,
说得土尔五内欲裂七窍生烟。
因为他听到这番游说的言语,
像一头怒狮胸中充满怒气。
他对使臣说回去禀告你家国王,
字字句句我都记在心上。
分封时,父王看我们年纪尚轻,
因此欺我们不谙世事办事不公。
这是他亲手栽种下一棵毒树,
这树结出鲜血之果又涩又苦。
你如今坦诚相见把心情告我,
我们应立即会面详细评说。
他一面与群臣计议一面调兵,
派一名使臣出使父王王宫。

从臣属中选一名能言善辩之人，
去见法里东主宰天下的国君。
让那使臣去向天下之主致意，
说陛下睿智善良主宰社稷。
说陛下行事过分把我们欺骗，
如此不公还让我们忍耐到哪天。
纠正此事决不应再加迟延，
迟迟不动会令人羞愧无颜。
当那使臣回到土尔王宫，
事实上一切秘密都已讲明。
二人相会他们来自罗马与中国，
二人之手把一杯毒汁调和。
终于他们来到一处会面，
索性不顾一切把事情说穿。

萨勒姆与土尔派人向法里东下书传话

于是这二人选了一名聪明的祭司，
这祭司能言善辩腹有才思。
找了个清净去处屏退众人，
详详细细把此事评说议论。
萨勒姆首先发难说出主张，
他不再感到羞耻开口责备父王。
他对使者说你立即登程，
一路快马加鞭追赶清风。

你要赶去面见国王法里东，
日夜兼程赶路一心前行。
当你到达法里东的王宫，
代表我们二人向他问候一声。
然后你说人对真主应该畏惧，
这样才能在两世享受安逸。
年轻人来日方长前程无限，
但白发老者再难变为黑发少年。
谁若是贪生恋世迟迟不去，
他会感到人世越来越不如意。
圣洁的真主把世界交你治理，
从光辉的太阳直到黑暗的大地。
你所作所为全依自己的意愿，
真主的意志全然抛在一边。
你做事不公对人心意太偏，
分封国王时没有秉公判断。
你有三个儿子都勇敢聪明，
三人从小一样成人因何分封不同？
三人中没有谁特别高强，
为何把一人放到二人之上？
你为什么把一个贬入地底，
而把另一个却抬到云际？
你把他留在身边封为国王，
看着他从心里满足欢畅。
难道我们三人不是同胞兄弟，
难道我们二人不配主宰波斯社稷？

天下之主呵,你真的认为此事公平?
但愿你能认识此事的确不公。
如果今后他不在波斯为王,
人们也会心平气和不再议论短长。
也可封他世界上一角之地,
让他也像我们一样去治理。
如若不依,土兰与中国会发动大军,
罗马的勇士骑兵也要挥师东进。
我们要派重兵前来问罪兴师,
从波斯根本铲除伊拉治。
祭司听到萨勒姆语气强硬,
以口吻地,立即出发登程。
他骑上快马一路狂奔迅跑,
似春风中野火遍地燃烧。
当他匆匆赶到法里东王宫,
看到重楼华殿直薄云层。
宫楼巍峨高耸直插云端,
地面上的领土从高山到高山。
殿上坐着的都是显要高官,
还有一些贵胄名流伺候在内殿。
大殿一侧锁着狮子与斑豹,
另一侧把几头战象锁牢。
有几个高傲的勇士站在殿上,
声声高呼如狮吼般洪亮。
使者心想这莫不是到了天庭,
排班站立的都似是天将天兵。

这时,早有报信的勇士报告,
说有要事一桩向陛下呈报:
说今有使者一名要面见我王,
此人表情严肃举止端庄。
法里东立即传旨准备上殿,
又令人把使者的马牵到马栏。
当来人目光落到法里东身上,
当即明白这是一位威严的君王。
见他身似翠柏面如骄阳,
骄阳四周洒下一圈白霜。
他嘴边带笑面显谦和,
开口寒暄表示欢迎使者。
使者一见立即下拜伏身,
并把他面前的土地亲吻。
法里东示意请使臣落座,
那座次与使臣的身份符合。
法里东开言先问王子情况,
他们可都身体健康心情舒畅?
然后又关切地慰问使者,
说山高路遥多承劳碌奔波。
使者作答说至高无上的陛下,
愿陛下福寿绵长永主天下。
陛下问候的王子多承荫庇,
托陛下之福他们一切如意。
臣下乃是陛下国中一个子民,
臣下卑微鄙陋一向知足安分。

如今我为陛下捎来一封书信，
捎信人怒火满腔臣下是无罪之人。
如若陛下传旨要我转达，
我就转达不明智的王子的话。
国王下令你有话自管明言，
使者遵命把听到的详述一遍。

法里东对他两个儿子的回答

法里东对使者的话侧耳细听，
越听越气真气得怒气填膺。
然后，他对使者说你当然懂得，
此事与你无关不必请求宽赦。
我自己也把此看得分明，
心里也把这事几番思索权衡。
你回去告诉两个糊涂之人，
莫不是魔鬼作祟迷了他们的心。
刚当了国王便原形毕露，
这样的要求与你们本性相符。
你们听不进我这父王的劝告，
完全丧失了理智权迷心窍。
你们不畏真主又厚颜无耻，
胸无是非曲直完全丧失理智。
我从前黑发如黛年富力强，
身躯有如翠柏面孔恰似月亮。

岁月轮替时光压弯我的身躯,
但我尚未低头仍把国家治理。
星移斗转你们也会苍老衰弱,
人到暮年便落得来日不多。
我发誓,以至高无上的真主的名义,
以光焰万丈的太阳和黑色土地的名义,
以王冠宝座众星月亮的名义,
我对你们三人可谓不偏不倚。
我曾召集会议请名流贤士发言,
也请祭司与星相术士陈述己见。
会议开了多日我日日倾听,
听他们见解如何把国土分封。
我听取的都是他们的明智的话,
荒谬之词我一条也未采纳。
我秉承畏主之道做事慎思恭行,
我行事从来寻求正确途径。
这锦绣江山既然传到我的手上,
我的使命就是维护统一与繁荣兴旺。
待轮到我把这江山下传,
向三个爱子平分社稷江山。
如今你们对我的分封不满,
定然是听信了魔鬼的谗言。
现在,看那至高无上的真主
是否认为你们行为与仁义相符。
我有句话望你们仔细倾听,
你们收获什么就看你们把什么播种。

这句话告诉我们一个道理,
按此理行事本世与彼世都享安逸。
你们抛弃了理智凭空起了贪心,
为什么把魔鬼认作自己的亲人?
我担心贪欲把你们引向不良下场,
它会把你们置于死地使你们命丧身亡。
我已年迈力衰行将辞世而去,
再不愿争强好胜愤怒动气。
这三个王子的老父极感伤心,
他开口这样劝谕三位贵人。
当你们的心摈弃了贪欲,
你眼中的国土便是一块宝地。
谁若是存心加害同胞兄弟,
他的所作所为便不仁不义。
在世界你们这样的人有来有往,
从来是善恶有报分毫不爽。
真主的教导你们应恭谨遵循,
这样,到复活日你们才无愧于心。
你们应认真储备旅途干粮,
应多多行善以免日后忧伤。
使者聆听了法里东这番教谕,
忙以口吻地动身告辞而去。
他离开法里东迅跑如风,
转瞬间就匆匆跑完回程。
当使者赶回去见国王萨勒姆,
这里法里东便把秘密和盘托出。

他把小儿子伊拉治召到面前,
一五一十把经过讲述一番。
对他说你那穷凶极恶的两个兄弟,
从东方向我们步步进逼。
我曾求签问卜他们就应得这份,
对此他们本不应怀恨在心。
本希望他在本国善自治理,
谁想到那里竟成了是非之地。
你的两个兄长生了这副心肠,
怎么能指望你的江山久长。
当你脸上青春的光彩消失,
也不会有人来照料与服侍。
当别人举起刀时你还以德报怨,
那岂不是自取其亡下场堪怜。
这两兄弟从两方向我们逼来,
直言不讳把一切讲得明明白白。
对此你应预谋良策早做打算,
应及时犒赏三军准备一战。
常言道你应为对手灭亡而举行庆宴,
否则,对手将摆宴把你祭奠。
在世上你不必到处把朋友寻觅,
正直善良你就会所向无敌。
聪明机智的伊拉治抬眼一望,
他注视着高贵而慈爱的父王。
他回答说我的陛下,我的父王,
看这回转的苍穹莽莽苍苍。

日月从身边飞逝如云似风,
明智之士何必忧愁充塞心胸。
如花粉面终有一朝枯萎凋残,
秀睛明眸终有一天阴晦暗淡。
人人都是开局欢乐结局悲惨,
历尽痛苦折磨凄然告别人间。
既然人人都注定长眠入土,
又何必今日匆匆忙忙种树?
时光从树旁急匆匆掠过,
那树吸收血的养料结出毒果。
大地见识过的人已不可数计,
多少帝王将相都已长眠地底。
那些往昔的尊贵的国王,
从不把仇恨放在自己心上。
我谨记父王对我的谆谆教训,
对人从不心胸狭窄结仇记恨。
我本无意于王位无意于江山,
我要不带一兵一卒去与他们会面。
我对他们说你们是我的兄长,
我把你们视为我的生命一样。
有违真主教导你们如此暴跳如雷,
真主教人不应与人为仇作对。
这世界使你们充满幻想,
但它使贾姆席德落个什么下场。
他最终还是两手空空离开人间,
抛下他的宝座也未带走王冠。

我与你们的将来也是一样,
生活一世谁也免不了如此下场。
如若我们彼此扶持同心同德,
便不惧怕敌人何等凶恶。
如若我的话能消融他们的仇恨,
岂不比为仇作对胜强万分。
法里东听了伊拉治这番话语,
不禁为他有这样的儿子而欣喜。
他说我聪明的孩子你真是一片好心,
哥哥们为仇作对你对他们意笃情真。
我有些话你应牢牢谨记在心,
好话清如月光,月光泻地如银。
你聪明宽厚回答得得体,
心中充满对兄弟的情义。
但是对人无限珍贵的是生命,
蛇口弄险你可应保持清醒。
接近毒蛇定然会被它咬伤,
毒蛇有毒天生来就是这样。
孩子呵,你既然心中如此善良,
也要预做准备选好后退的地方。
要从军中选出精壮之旅,
让他们刻不离身随你前去。
我要修书一封讲清道理,
你把我的信带给两个兄弟。
我希你一切顺利平安归来,
见你归来我才能释解我的愁怀。

伊拉治去见两个哥哥

大地之王随即写一书信，
给西方之王与土兰国君。
信的开头先赞颂伟大的真主，
真主无时无事不在，长存永驻。
然后说这是一封充满劝告的信，
给两位高天红日般的贵人。
两位尊贵的国王两位盖世英雄，
一位在西方为王一位在东。
他说世事纷繁我已全然洞悉，
这世事对我已无任何秘密。
我曾手舞枪棒历经无数征战，
天下闻名人称我是勇士之冠。
我能使暗夜放射出白日之光，
我使人恐惧也给人以希望。
我能轻易地排除一切疑难，
我的王者之光把世界照遍。
现在，我并不想戴这顶王冠，
不要宝座与军旅不要库盈仓满。
我已承受过世上太多的磨难，
只望你们兄弟三人和睦亲密无间。
如今两个兄长对三弟不满，
虽然他对你们丝毫也未冒犯。

他现在远道赶来看望你们,
多亏他满怀真情一片诚心。
他不重江山而重兄弟之情,
体现贵族王子的气魄心胸。
他走下宝座骑上了骏马,
屈尊前往赶到你们殿下。
看在他年幼是你们的胞弟,
你们应好生招待亲切有礼。
应隆重热情款待摆设酒宴,
要使他心情舒畅喜笑开颜。
等他在你们那里住过几天,
你们应隆重地送他返还。
信写好后加盖上国王玉玺,
伊拉治执信告辞启程而去。
他带领数名从人有老有少,
一路行来,选的都是近道。
当他到达以后见到两个兄弟,
还不知这二人早已设下毒计,
这二人按自己的仪礼迎接三弟,
摆出仪仗,军士列队威严肃立。
那二人见三弟满面春风,
便也虚情假意表示欢迎。
两个心怀歹意一个心地善良,
一样问候但却是两副心肠。
两颗心充满愤恨一颗心充满真情,
三人先后进入大帐之中。

军士们亲眼看到伊拉治仪容,
说这是贵相他才配坐入宝座之中,
兵士们见到伊拉治微显骚动,
他慈善的面容印在他们心中。
这时,兵士们两两三三走散,
但伊拉治的名字还挂在嘴边。
说这样的人才配为一国之君,
其余的都是些俗子庸人。
萨勒姆在旁看到军士表现,
不禁怒起心头十分不满。
他来到殿上心怀愤恨,
肝内充血两道眉毛拧紧。
他屏退一切左右人等,
只有他与土尔和一个谋臣。
屏退左右为了彼此交谈方便,
谈到自己国家以及王权王冠。
萨勒姆对土尔说我且问你,
你看这兵士们为何走来走去?
当你率军回来时可曾注意,
这些兵士不同平日神情有异?
我们把他们派出作为仪仗,
他们目不转睛盯在伊拉治身上。
这准是伊拉治想了什么办法,
让人们集中注意全都看他。
人人都钦佩他的风采仪容,
从此人心归顺个个服从。

两国的兵士只是去做了一次仪仗，
回来时就似乎都改变了心肠。
我担心这次伊拉治到来，
会使我们愁上添愁灾上加灾。
我已看出你我的军心不稳，
今后除他以外他们不会拥戴别人。
如若我们不把他立即铲除，
那自己就会从宝座跌落黄土。
就这样他们结束了这番谈话，
一夜未眠心中想着办法。

伊拉治被两个哥哥所杀

当太阳掀开它面前的幕帐，
东方升起振奋人心的曙光。
这两个歹徒横下一条决心，
完全丧失了自己的羞耻之心。
二人去见伊拉治，不慌不忙，
迈步走近伊拉治的大帐。
伊拉治从帐中向外一望，
忙笑着出迎奔向二位兄长。
俩人随伊拉治一同步入帐中，
言谈间充满质问与怨声。
土尔说论年龄你最幼小，
但论地位你为什么最高？

你为什么在波斯主宰社稷,
而我却不得不在突厥效力。
我们大哥被派到西方罗马,
而你却富贵尊荣据有天下。
父王的分封实在是不公,
完全是袒护小弟压抑长兄。
伊拉治开口说尊敬的二哥,
不必动怒有话请你明说。
你志向远大是我的兄长,
心中若有不平请你细讲。
我并不迷恋王冠也不愿身居高位,
不愿追求名声也不要军队。
我不要波斯也不要中国和罗马,
不要广阔国土也不愿主宰天下。
名高位显下场悲惨痛苦,
对此我毫不恋栈倒要为之一哭。
即使一朝天神为你奴仆,
但终究你也要长眠入土。
我虽然被封为波斯的国君,
但在我眼中江山社稷不值一文。
我愿把王冠印信奉送给你们,
只求你们对我不要心怀仇恨。
我与你们没有厮杀争斗的缘由,
你们不必因我而悲伤忧愁。
我不希望你们受命运折磨,
我愿从此远遁山林把日月度过。

我是三弟我应敬重兄长，
仁爱谦和我时刻不敢或忘。
当土尔听了他这番话语，
无言以对虽然心中并不同意。
他并不认为伊拉治的话有理，
也无法平复自己胸中的怒气。
他坐在座位中怒气填膺，
突然站起口中频出怨声。
土尔与萨勒姆先后站起，
土尔随手抓起黄金座椅。
他手举座椅劈头便打，
伊拉治请他勿下毒手连说好话。
说你这样做不畏真主怪罪？
父王质问你有何言语答对？
你千万不要狠下毒手置我于死地，
终有一天血仇血报不爽毫厘。
你万勿使自己成为杀人凶犯，
杀我之后今世再难相见。
你们就如此狠心勾结作恶，
你们也乐生畏死为何不准别人生活？
万勿虐杀拖拉谷粒的蚂蚁，
蚂蚁也有生命，生命珍贵无比。
谁若要存心伤害蝼蚁性命，
但证明他有副铁石心肠毫无人性。
我在这世上只求能安居一隅，
行善修行求得彼世安逸。

你为什么一心要虐杀胞弟？
老父得知会如何焦心悲泣？
你们要江山社稷何必杀人，
行凶杀人有违真主的教训。
土尔听了他的话沉默不语，
但他胸中仍然满怀怒气。
突然，他从靴筒中抽出短刀，
转眼间只见伊拉治血染皇袍。
那把短刀事先浸过毒药，
土尔就用那短刀对伊拉治乱挑。
一棵翠柏登时间伏身倒地，
短刀完全肢解了国王的御体。
他如同傅粉的脸上溅满鲜血，
年纪轻轻的国王就这样送命。
他的头颅本来应戴着王冠，
但此时却被从身体上砍断。
世界呵，他是你亲手养育的儿女，
但你并不保佑他平安无虞。
我不知你在冥冥中佑助何人，
但你如此对待世人真令人寒心。
呵，朋友，这人世使你感到惊异，
因此，你心中充满痛苦与忧郁。
一国之王竟如此惨遭杀戮，
看这两个兄弟心肠多么狠毒。
他们把他头颅四周撒上麝香，
派人带去呈献给世界之王。

带话说这就是你爱子的头颅,
是你封他波斯之王天下之主。
现在愿给王冠宝座由你封赏,
愿他承受你天下之主皇恩浩荡。
然后,两个歹徒各自回国,
一个去罗马一个奔向中国。

法里东得知伊拉治被害

法里东在宫中望眼欲穿,
心盼爱子与军士平安返还。
他估计已到王子返还之时,
哪里知道他身遭不幸已经出事。
他为王子预备好翡翠宝座,
在他王冠上镶上珍奇的宝石。
安排了仪式为他洗尘接风,
准备了酒席及吹拉弹唱的乐工。
大象身驮大鼓走出宫门,
全国张灯结彩准备迎接贵人。
国王与军士都为此而奔忙,
有个兵士凄凄惶惶奔到殿上。
只见灰尘飞腾中冲出一峰骆驼,
骆驼上坐的是一个哀伤的骑者。
来人满心悲痛一声高喊,
在他身边还见一副金棺。

金棺内铺垫的都是丝绸,
丝绸中包裹的是伊拉治的头颅。
来人面色惨黄边走边叹,
紧赶几步赶到法里东面前。
左右人等上前抽去棺盖,
听来人讲述惊得目瞪口呆。
从棺内掀开铺垫的丝绸,
伊拉治被割下的头便赫然显露。
法里东一见突然滚落马鞍,
军士们痛苦得撕碎衣衫。
人们面色阴郁二目圆睁,
谁承想眼前出现这番情景。
想不到王子竟然这样回程,
大军出迎,王子归来如此惨痛。
于是军旗撕碎战鼓倒悬,
王公大臣的面孔愁云一片。
军鼓和象头都披上黑纱,
用靛青往马的鬃毛上轻撒。
军士徒步行进将军也徒步行进,
行进在路上人人满面愁云。
勇士们都痛从中来泣不成声,
痛悼贵人,撕掉自己臂膀与前胸。
人道是弓背永不会直似弓弦,
不应指望命运对世人关怀爱怜。
苍天对世人从来如此无情,
光顾你时就是向你逼命。

你与它为敌它倒表示一点和善,
你认它作友它对你却狠毒凶残。
对你,我有句诚挚忠言奉上,
对这人世万勿寄予任何希望。
国王的军队一路上悲泣呼喊,
去伊拉治原来住的花园。
这本是当初欢聚宴饮之地,
王子在此多次与臣民欢聚。
法里东泣不成声捧起爱子头颅,
把头接到尸体上不停地啼哭。
回首端详王子坐过的宝座,
如今人去座在从此无人再坐。
看那皇家的池苑看挺立的翠柏,
园中落花片片落花上柳荫覆盖。
人们往棺上撒下黑色的土,
震撼天庭的是军士们的痛哭。
人们高声哭叫撕掠自己的头发,
狠抓自己的面孔两泪纷洒。
这真是血海深仇压抑在心头,
一把邪火烧毁了华殿琼楼。
翻掘了花园烧焦了翠柏与青松,
受此打击欢乐的眼睛顿时失明。
国王安放好伊拉治的头颅,
面向上苍神明倾吐肺腑。
他说道青天在上万物之主,
请看这无辜者惨遭杀戮。

我还在世就把他一刀两断,
他的身躯犹如供恶狼一餐。
请把那两个不义之人严惩,
让他们永远处于痛苦之中。
让他们的心肝永远剧烈灼痛,
让野兽都感到他们不近人情。
我的主呵,我还有个心愿,
愿能在这世界上多留几天,
我要选择伊拉治的一个后人,
亲眼看到他为父亲报仇雪恨。
他们竟然把无辜者之头砍断,
也应斩他二人首级把他祭奠。
当我看到为伊拉治报了血仇,
我会安然瞑目一死万事皆休。
他悲悲切切啼哭如春云洒雨,
直哭得胸前一丛青草长起。
最后悲痛欲绝扑伏在地,
双眼发黑抬头一片昏迷。
回得宫来又开口自言自语,
说孩子呵你就这样离我而去。
先王中无人死得这样凄惨,
著名的勇士呵,你却遭人暗算。
你的头颅被凶残地割断,
你的躯体竟然被丝裹布缠。
他越哭越痛眼中热泪横流,
声传四方野兽都四散奔走。

全国上下不论是男是女,
到处人们都聚集在一起。
人人都穿上青衣或黑衣,
都为王子伊拉治落泪悲泣。
人们感到生活失去了意义,
仿佛一切都已悲惨死去。

伊拉治的女儿降生

这样又度过了一些时光,
一天,法里东到伊拉治后宫看望。
每房每室他都一一看过,
问候伊拉治的嫔妃宫娥。
他看到一个婀娜多姿的美女,
美女之名就叫玛赫法利德。
这美女深得伊拉治宠爱,
宠幸有加这美女有孕怀胎。
如花的美人怀中有喜,
天下之王听了极为满意。
美人怀胎给了他无限希望,
莫非能把报仇之人生到世上?
怀胎期满到了临盆喜期,
玛赫法利德生下的竟是一女。
国王满腔希望化作失望,
但他还是把孙女加意抚养。

全国百姓都对她表示关怀,
她渐渐成长深得祖父的宠爱。
但那祖父仍不免伤心悲痛,
杀子之恨仍压抑他的心胸。
这孙女长得体态端庄容貌艳丽,
冷眼看去相貌与伊拉治无异。
当她长大成年待字闺中,
鬓似漆样地黑面如花样地红。
祖父把她许配给帕山①为妻,
只是要过一段时日才筹办迎娶。
帕山乃是法里东兄弟之后,
门庭高贵出身显赫的皇族。
他的先祖是贾姆席德国王,
论身份地位他也应把社稷执掌。
法里东就把孙女许配帕山为妻,
过了一段时日便明媒正娶。

玛努切赫尔②诞生

天下事也着实令人惊奇,
转眼间九个月时光过去。
那新妇怀孕有一贵子诞生,

---

① 帕山是古代国王法里东之侄,国王玛努切赫尔之父。
② 玛努切赫尔是伊拉治的外孙,由法里东抚养成人,后来打败杀害他外公的仇人萨勒姆与土尔,继承法里东的王位。

贵人降世光耀皇家门庭。
当婴儿降生呱呱落地，
人们忙去向法里东报告信息。
报信人说道尊贵的王上，
伊拉治后继有人你应感到欢畅。
国王听了禁不住欣喜微笑，
这男孩长得与伊拉治一模一样。
法里东把孩子放到身边，
然后向真主祈祷这样开言：
说主呵，我若能看他一眼多好，
我愿神明施恩让我看到他的相貌。
由于他祈祷时意笃心诚，
真主真的又赐他恢复光明。
当世上万物又历历在目，
看孩子的脸也显得清清楚楚。
他说这真是天赐之福大喜临门，
让痛苦灾难永远折磨歹徒的心。
他取出精致酒杯与芳香的甘醇，
把玛努切赫尔之名赐给这贵人。
他说孩子父母都是玉叶金枝，
他是金枝玉叶中间结的果实。
对他千万要加意抚养培育，
不能让他受到伤害与受到委屈。
从小就要细心照料抱在怀中，
不要过早下地以免跌倒磕碰。
他的住处房间要撒以香料，

外出行走锦缎皇伞要头上高罩。
这样一过就是许多年头,
他顺利长大一点苦难未受。
国王亲自对他教育培养,
教他学问本领以便治国安邦。
当他智力发达眼界大开,
他的名声也传播到五洲四海。
祖父赏他黄金宝座与沉重的大棒,
同时,把翡翠王冠戴到他头上。
还有开启皇家大库的钥匙,
冠带宝座以及金银首饰。
各色锦缎装饰着他的宝帐,
虎豹之皮悬挂在中军内帐。
赐他金饰鞍鞯的阿拉伯骏马,
赐他黄金镶鞘的印度钢刀。
罗马的铠甲与胸甲头盔,
从仓中取出——赐给。
中国的盾牌和恰奇①制的弓,
以及飞镖和箭,那箭是杨木制成。
宝库中的储藏可谓丰富多彩,
费尽心力点点滴滴积攒起来。
法里东心中对玛努切赫尔异常疼爱,
库中的财宝珍奇一切归他调度安排。
国王取来殷实宝库的钥匙一串,

---

① 恰奇,古城名,即今乌兹别克斯坦首都塔什干。

交外孙的司库去清算财产。
然后命令全国的兵丁勇士，
以及全国的贵族公卿，
都来把玛努切赫尔朝见，
文武公卿都渴望报仇申冤。
众人山呼国王陛下万岁，
用黄玉宝石把国王王冠点缀。
新王登基新朝肇始普天同庆，
从今以后各安生业天下太平。
辅佐新王的有卡维之子卡兰，
将军中有师陆耶勇如猛狮一般。
有骄傲的长枪将戈尔沙斯帕①，
有众将之首纳里曼之子萨姆②。
有哥巴德和头戴金冠的卡什瓦德，
还有其他勇士人数众多。
当把军旅中事安排就绪，
这才算称君为王正式登基。

---

① 戈尔沙斯帕是鲁斯塔姆的高祖，是《列王纪》中所写到的神话中第一大王朝俾什达迪王朝的最后一位国王，即第十位国王。
② 萨姆是波斯古代勇士，鲁斯塔姆的祖父。

2. 鲁斯塔姆与苏赫拉布的故事

故事的开端

现在,其他故事你已听完,
请听鲁斯塔姆与苏赫拉布之战。
这段故事凄凉悲惨催人落泪,
心软的人都把鲁斯塔姆责备。
恰似狂风一阵凭空卷起,
把鲜嫩的香橼扫落平地。
你说它①狂暴无道还是正直公平,
是巧意安排还是粗鲁昏庸?
若把死亡称作公平那什么是不公?
既然公平合理因何还有不平之鸣?
你的心智无法明了这一秘密,
帷幕后深藏的大谜无由寻觅。
人人都想走近希望之门寻求谜底,

---

① 这里的它是指命运。

但大谜之门对谁都不曾开启。
你去了,可找到更适意的地方?
到了彼世怎么能够平静安详?
如若死神前来把人造访,
无论年老年幼一律土中埋葬。
它像烈火一团猛然喷吐火舌,
火舌自然会把一切吞没。
让烈火高烧吧,万物在火中诞生,
枯枝上抽出嫩芽郁郁葱葱。
死期若至如同腾起烈焰,
年老年幼哪个也休想幸免。
难道注定年轻人在世上得意洋洋?
难道注定年迈的命丧身亡?
当死神一把将你拖上马鞍,
这时命运不许你片刻迟延。
你要懂得这是天公地道而非不公,
既是公正裁决何必无谓抗争。
在死神面前本不分老少,
待到清算时历历分明不爽分毫。①
如若信仰的光辉照彻你心底,
默默承受吧,你本就是个奴隶。
向真主祈拜吧或向他忏悔,
这一切都是为末日预做准备。
真主的安排对你本不属秘密,

---

① 这一段是诗人借苏赫拉布年轻战死而发的感慨。

但鬼迷心窍你便与主离异。
你在世上切勿虚度终生，
临走时留下虔诚正直的美名。
现在让我叙述苏赫拉布的征战，
看他们如何刀兵相见父子相残。

鲁斯塔姆外出打猎

我把德赫干①讲过的一则传说，
与古代的故事缀联组合。
一位祭司把一段往事忆起，
说一早鲁斯塔姆起身梳洗。
他心中烦闷想去打猎消遣，
整理行装箭囊中装满利箭，
他带过自己的拉赫什战马，
跨上体壮如象的战马即刻出发。
他骑着马向土兰边界前进，
像一头怒狮去把猎物搜寻。
当他来到土兰国境附近，
见荒野中野驴往来成群。
朝廷重臣不禁开颜欢笑，
紧催战马拉赫什向前迅跑。

---

① 德赫干是波斯语，在古代，词意为"贵族"，阿拉伯人入侵后（公元651年）这一阶层仍不屈服，宣扬波斯文明。

他搭弓射箭以及棒打套索,
一连把数个猎物捕获打倒。
他拣得些杂草拾些树根荆棘,
把一堆大火熊熊燃起。
当那堆大火高烧劈劈啪啪,
他选了个树枝作烤肉支架。
他把一头公驴挂在支架上,
公驴在他手上好像全无分量。
驴肉烤熟便是一顿饱餐,
连脊骨中的肉也剔净嚼烂。
然后又漫步向一个水塘走去,
喝足了水顿觉困倦无力。
他进入沉沉梦乡忘却了世事,
拉赫什在草地觅食他全然不知。
这时见七八个土兰人骑在马上,
他们行路穿过那个牧场。
他们发现拉赫什踩下的蹄迹,
顺着河岸把马的行踪寻觅。
在一片平地拉赫什被他们发现,
要捕捉骏马他们急步向前。
骑手们四面八方一拥而上,
皇家的套索在空际高扬。
当拉赫什一见骑手们的套索,
便像怒狮一样跃起挣脱。
它扬起马蹄一连踢倒二人,
一个人的头被撕咬得脱离躯身。

那一班骑手一连折损好汉三个，
但仍无法把骏马拉赫什捕获。
后来，他们从四面八方抛出套索，
终于把烈马拉赫什活捉。
他们捉住骏马立即带它回城，
人们见此马不凡纷纷前来配种。
人们把拉赫什牵入马群之中，
盼望早日交配产下良种。
听说此马曾与四十匹母马配种，
四十匹母马只有一匹怀孕受精。
再说鲁斯塔姆酣睡一觉起身，
想起把通人意的战马找寻。
他举目四望在丛林中寻找，
那马的踪迹却遍寻无着。
找不到坐骑心头感到抑郁，
于是迈步向萨曼冈国①走去。
他自言自语说现在徒步走路，
真是命运不济我能走到何处。
手携箭袋大棒腰带束腰，
有头盔与战刀身穿虎皮战袍。
岂能在这漫荒野地行走赶路，
路遇强敌叫我如何对付？
拉赫什被捉这岂不让土兰人耻笑，

---

① 萨曼冈据俄译本注，为阿姆河上游一古城。

说塔赫姆坦①睡死全然不觉。
如今别无良策只好徒步行路,
自作自受被迫忍受痛苦。
我要紧束腰身手执武器,
或许能找到这马的踪迹。
他且行且想心中充满辛酸,
烦恼压抑心头身体感到疲倦。
他伏身背着马鞍与马具,
一边赶路一边这样自言自语:
这本是乖戾的人世不易之理,
有时你骑在鞍上,有时鞍骑着你,
他循着马的蹄印逶迤前行,
百感交集,心里上下翻腾。

鲁斯塔姆到达萨曼冈

当鲁斯塔姆接近了萨曼冈,
早有人把消息报告了国王。
说徒步走来一位保卫江山的勇士,
他在牧场丢失了自己的拉赫什。
满朝文武与殿上的贵胄公卿,
都纷纷出来对他表示欢迎。
人们一见不禁惊呼:这是鲁斯塔姆,

---

① 塔赫姆坦是鲁斯塔姆的绰号,意为大力士。

还是黎明的一轮红日喷薄欲出?
国王紧走几步赶到他的面前,
勇士与兵丁簇拥在国王身边。
国王动问发生了什么事情,
哪个胆敢对你桀骜不敬?
我们全城上下对你十分景仰,
甘愿为你效劳你有话请讲。
我们的身家财产全归你所有,
你可下令指挥全国公卿贵胄。
鲁斯塔姆听了他这番话语,
心中早已消了三分怒气。
他对国王说在那片草地,
拉赫什未备鞍鞯离我而去。
从打那边的小河和一片树林,
我来到萨曼冈追寻马的蹄印。
你晓得利害,快为我找到坐骑,
找到后,定然重重答谢于你。
如若找不到我的拉赫什骏马,
我就要把你们君臣人头砍下。
国王连忙答道:我尊贵的将军,
对你的吩咐谁胆敢抗命不遵。
你是我们的贵客请勿着急,
保证一切照办使你满意。
今晚先饮一杯我们设宴,
美酒能驱散我们心上愁烦。
遇事切勿心烦焦躁大发雷霆,

细言慢语能够引蛇出洞。
骏马拉赫什可谓天下无双,
鲁斯塔姆的坐骑 谁敢隐藏?
饱经征战的勇士你天下无敌,
我一定设法找到拉赫什还你。
鲁斯塔姆一听喜在心头,
因此就不再烦恼也不再忧愁。
他觉得应该到国王宫中做客,
却之不恭,拒绝邀请于礼不合。
国王安排鲁斯塔姆坐定,
自己则恭立一旁照料侍奉。
他召集治下的首领文武群臣,
一齐陪宴把盏款待客人。
他下令御厨快备办酒宴,
把酒宴备齐供勇士们一餐。
顷刻间备好丰盛席面,
让中国突厥姑娘侍酒把盏。
传杯递盏高奏丝竹清音,
伴酒的是黑眸红颜塔拉兹①美人。
鲁德琴②奏起轻柔欢快的曲调,
乐曲使鲁斯塔姆忧烦顿消。
酒过数巡头脑昏沉思眠,
力不胜酒身体困倦发软。
于是安排他到清幽之处安眠,

---

① 塔拉兹为今乌兹别克斯坦费尔干纳附近的古城。
② 鲁德琴是波斯的一种弦乐器。

卧室喷洒香水点燃香烟。
鲁斯塔姆路途劳顿又有几分睡意,
倒头便人事不省昏然睡去。

萨曼冈国王之女塔赫米娜
夜访鲁斯塔姆

入夜,差不多临近了二更,
月儿悠然掠过回转的苍穹。
只听似有人悄悄低声私语,
到了勇士住处似把声音压低。
有个使女手执芳香蜡烛,
蹑手蹑脚走近醉酒人卧铺。
使女后是一位如花似玉美女,
她光彩照人散发芬芳的气息。
发辫似套杆双眉弯弯如弓,
亭亭玉立体态如翠柏青松。
面颊红润如也门的美玉,
小口似恋人的心深锁紧闭。
双唇如两片花瓣红白相映,
两条发辫散发着天国的幽香。
两个耳轮映出晶莹的光彩,
双耳戴着的耳环低垂下来。
唇含蜜露话语如糖样甘甜,
口中两排美玉似珍珠镶嵌。

她美得如同宝石般的星星,
她与太白金星是至爱亲朋。
她慧心灵性丽质天生,
她有似仙女不似地上生灵。
勇如雄狮的鲁斯塔姆无限惊异,
赞叹主创造这绝代美人姿色艳丽。
鲁斯塔姆忙请她通报姓名,
问她深夜来访有何事情。
公主答道:我名叫塔赫米娜,
愁锁心胸,有件事在心头牵挂。
我本是萨曼冈国王的公主,
出身高贵是英雄虎将名门之后。
世上王公无人配作我伴侣,
普天之下无人能与我相比。
我深居内闱无人目睹我颜面,
连我的名字也不在市井流传。
说来也怪我见过的人都曾讲过,
都对我把你的业绩对我述说。
说你对虎豹狮魔全然不惧,
手臂强劲天生超凡的膂力。
夜色昏黑你只身深入土兰,
左冲右突无人敢于阻拦。
你一人用餐就烤了一头野驴,
你挥动利刃苍天也降下泪雨。
每当你挥动大棒出现在猎场,
能把狮心惊破把豹皮打伤。

165

苍鹰若见你的钢刀出鞘,
便无心追逐猎物立时遁逃。
雄狮见你套索也胆战心惊,
乌云见你枪尖也痛哭失声。
我耳闻你的这些英雄业绩,
不禁内心赞叹备感惊异。
早就渴慕会面看你臂膀身躯,
天公作美你做客来到此地。
今晚,望将军成全我一片苦心,
此事无人得知这里没有外人。
实是因我苦苦把你思恋,
理智怎敌过我心中的爱焰。
其次,也许你会留下一个后人,
今夜以后我或许身怀有孕。
要他①像你一样矫健魁梧膂力过人,
愿苍天保佑他交逢好运。
第三我要设法为你找回骏马,
让整个萨曼冈全处在你治下。
美女侃侃而谈倾诉心胸,
鲁斯塔姆在旁悉心倾听。
他见公主姿色娇艳楚楚动人,
又见她颇有见识,灵性慧心。
而且,她还说把拉赫什交还,
真是天作之合难得的良缘。
于是他把体如翠柏的公主召唤,

---

① 这里是指她未来的儿子。

公主款款而行来到勇士面前。
英雄把一个博学大臣唤到住处,
大臣依命前来听候他的吩咐。
他委托大臣向美女父亲问讯,
请他代自己向国王求婚。
那大臣前去到了国王面前,
——转述了鲁斯塔姆的传言。
当萨曼冈国王闻听这一消息,
兴高采烈,他感到荣幸满意。
与鲁斯塔姆结亲他喜出望外,
他感到骄傲登时挺起胸来,
他把女儿嫁给好汉鲁斯塔姆,
一切遵照礼仪并无半点疏忽,
国王乐不可支传下命令,
婚礼仪式要办得热闹隆重。
当他把女儿嫁给那位英雄,
不论老少都喜笑颜开额手称庆。
众人兴高采烈个个开颜,
齐向鲁斯塔姆表示良好祝愿。
愿这月样美人与你吉祥如意,
让你的对头背运低头垂泣。
然后新人双双进入洞房,
两情相娱,这夜分外漫长。
晨露催开乍绽的花蕾,
红宝石花托上闪烁珍珠的光辉。
水珠滴滴向蚌壳徐徐灌注,

蚌中蕴孕使水珠变成珍珠。
鲁斯塔姆得知公主已然受孕，
打从心底更加爱怜自己的新人。
当苍穹之上升起光辉的朝阳，
驱散夜的阴霾把天际照亮。
鲁斯塔姆从臂上取下一个玉符①，
这玉符乃是天下传说的宝物。
他对公主说玉符你好生保管，
如若新生的是一女孩来到世间，
你就把玉符系上她的发辫，
取其吉利之兆愿她事事如愿。
若得一子你就系上他的手臂，
说这就是他生身父亲的标记。
愿他像纳里曼之子萨姆一样矫健，
论勇气心胸堪比奇士先贤。
让他从云际掠下雄鹰的翎毛，
让太阳的光辉永把他照耀。
谈笑间能把雄狮战胜降伏，
临阵时能把战象屈服捕获。
鲁斯塔姆这夜与如月的公主，
卿卿我我，衷肠低低倾诉。
当光辉的太阳照彻环宇，
阳光灿烂沐浴着人间大地。

---

① 玉符是玉石制的长方形牌状物，一般面上有家族象征标记，带在身上以示出身家族，一种意见说可以避邪。

他又一次拥抱公主深情亲吻,
吻她的面颊与眼睛告别亲人。
公主洒泪与他依依别离,
她满怀凄苦心中无限抑郁。
这时尊贵的国王问候鲁斯塔姆,
问候起居问他住处可称心舒服。
问候已毕告他拉赫什已然找到,
社稷重臣闻讯喜上眉梢。
他走上前去轻抚马身备好马鞍,
感谢国王,看到骏马喜笑开颜。
他启程赶回波斯迅如轻风,
这段良缘时时记在心中。
从伊朗他又回到扎别尔斯坦①,
他对谁都未提起这段姻缘。

苏赫拉布降生

公主怀孕,整整过了九个月,
产下一子貌美如同皎月。
这孩子简直又是一个好汉鲁斯塔姆,
他酷似纳里曼和雄狮勇士萨姆。
塔赫米娜给此子取苏赫拉布为名,

---

① 扎别尔斯坦是鲁斯塔姆家族的封地,按菲尔多西《列王纪》记载,鲁斯塔姆平日镇守在此,在俾路支以北,喀布尔以南,以加兹尼城为中心的地区。

小脸儿笑时似花儿一样白中泛红。
刚过满月就长得一岁般光景,
颇似扎尔①之子鲁斯塔姆的身形。
三岁时就已经能搏击厮斗,
五岁时雄狮般勇士已不是对手。
长到十岁已经是国中无人匹敌,
无人是他对手浑身力大无比。
他身壮如象面色泛着血红,
两条臂膀壮得如两棵劲松。
狩猎时他力大能把雄狮捕获,
捕获雄狮不在话下轻松自如。
他脚步敏捷能似骏马样飞奔,
他能抓住马尾拖住马身。
一天,他来见母亲讯问一事,
望母亲原原本本说与他知。
他说我与伙伴们相比略胜一筹,
我感到自豪向上天高昂起头。
我是何人之后是哪家出身,
我告诉人家谁是我的父亲?
你如若不把此事对我讲明,
可不要怪我对你这母亲不敬。
当塔赫米娜听了孩子的话语,
内心不禁泛起一阵恐惧。
母亲忙说让我说给你听,

---

① 扎尔是鲁斯塔姆之父。

但你不应莽撞听后你会高兴。
勇士鲁斯塔姆乃是你的父亲,
你是尼拉姆①与萨姆的后人。
你贵比天高完全应该自豪,
你是名门之子家族地位崇高。
自从创世主创造世上万物,
还没出现一勇士比得上鲁斯塔姆。
他生有象般身躯狮子般雄心,
从尼罗河中能把鳄鱼生擒。
像纳里曼之子萨姆也是世上罕有,
苍天也无法使他俯首低头。
说完,她取出鲁斯塔姆一封书信,
悄悄地向苏赫拉布念那信文。
还有三颗宝石三袋黄金,
父亲从波斯托人带给亲人。
当苏赫拉布降生到世界的时候,
他父亲命人送来表示问候。
母亲说这些东西你一一看清,
是父亲带来的,体现父子之情。
这些东西要留在身边作为纪念,
或许日后有用你要加意保管。
然后又叮嘱此事不可声张,
千万不能对阿夫拉西亚伯②言讲。

---

① 尼拉姆即鲁斯塔姆的曾祖纳里曼。
② 阿夫拉西亚伯是波斯敌国土兰国王。

阿夫拉西亚伯是鲁斯塔姆的死敌,
他治下的土兰百姓都愁苦忧郁。
他也许由于与你父为敌,
会对你狠下毒手置你于死地。
你父若得知你生得一表人才,
勇士群中也显出特有的风采。
他定然会把你召到他身边
让你我母子分别郁郁心酸。
苏赫拉布答道在世界之中,
岂能永远隔断父子之情。
因何长久不告我门庭世系,
这长时间隐瞒是何用意?
既然我出身高贵门庭显赫,
这乃是好事又何必瞒我?
人们交口称颂古代勇士英雄,
当今,人们都把鲁斯塔姆称颂。
如今我要率领一支土兰的兵丁,
组成大队人马启程出征。
我要征讨波斯统率复仇大军,
让我马蹄下的征尘蔽日遮云。
我要把卡乌斯驱赶下他的王座,
砍断图斯①双腿使他无法厮杀拼搏,
要杀尽古尔金古达尔兹与吉夫,
努扎尔古斯塔赫姆和巴赫拉姆。

---

① 图斯是波斯一著名勇士。

宝库宝座王冠要给鲁斯塔姆，
让他成为卡乌斯的江山之主。
然后挥师北向从波斯打到土兰，
与土兰的国王决一死战。
我要夺取阿夫拉西亚伯的宝座，
挥动长矛把天际的太阳挑落。
我要请你做波斯的王后，
横扫宇内征服天下荡平九州。
有鲁斯塔姆与我父子二人，
看哪个胆敢在世上为王称尊。
当环宇之中充满日月的光焰，
哪里还显出天际的星星点点。

苏赫拉布挑选战马

勇士苏赫拉布一天告诉母亲，
说人生在世应开创事业建立功勋。
我现在需要一匹飞奔的坐骑，
坚硬的花岗石也承受不了它的铁蹄。
这马应力敌战象扬蹄如同飞禽，
水中如鱼，平原上如鹿样飞奔。
这马要能驮动我的狼牙大棒，
我这粗壮魁梧的身躯也要骑在马上。
为将无马岂能搏杀进击，
徒步而行岂能与对手比试高低。

当母亲听了儿子的这番话语,
面现光彩,不禁心中暗喜。
她当即传话给牧马的兵丁,
说把马全牵来听候命令。
苏赫拉布需要一匹合意骏马,
跨上战马才能在战场拼斗厮杀。
那马群平日放牧在高山与平原,
现在都牵来供苏赫拉布挑选。
赶马入城后雄狮般的苏赫拉布,
便扬起套索把马匹拣选捕获。
他捉住一匹马便试验它的体力,
奋力用手把马头向下压低。
只要他伸手把马背向下一压,
马就支撑不住登时卧倒在地下。
也不知他压断多少骏马背脊,
并无一匹马使他感到满意。
勇士找不到合自己心意的坐骑,
十分扫兴,内心感到愁闷抑郁。
最后有位勇士讲了一段内情,
他向如象的勇士把内情讲明。
说有一匹拉赫什配种的马驹,
体壮如狮似风一般迅跑扬蹄。
那马身形高大有如一座山,
奔跑时如同飞鸟掠过平原。
四蹄强劲有力奔跑如一道闪光,
这样的快马可称举世无双。

陆上的牛海中的鱼也惧怕它的铁蹄,
有闪电般神速山岳般躯体。
奔驰上山时有如飞鸟展翼,
入水前行时如同海中游鱼。
奔跑在原野恰似飞箭离弦,
奋击追敌使歹人胆战心寒。
苏赫拉布听了这位勇士之言,
愁闷为之一扫不禁喜笑开颜。
好一匹骏马,毛色多么鲜艳,
人们立即把马牵到勇士面前。
苏赫拉布用力试试马的筋力,
那马力壮如同骆驼他十分中意。
他轻抚马身然后备好马鞍,
勇士跨腿上马骑到马背上面。
他端坐马鞍势如比斯通①山,
手执粗大长矛无比威严。
苏赫拉布说这真是天合人意,
如今我找到了可心的坐骑。
我要跨马驰骋启程出征,
我要杀得卡乌斯的日月晦暗不明。
他表示这个决心便回家而去,
回家备战准备向波斯进击。
从四面八方汇集了一支大军,
来参战的都英勇无比又出身名门。

---

① 比斯通,山名,距克尔曼沙三十八公里处。

他又前去朝见自己外公，
请求支持要求允许他出兵。
说我要出兵波斯请求恩准，
我要去寻找我的英雄的父亲。
当萨曼冈国王得知他的心意，
极表支持，拨给他各类辎重武器。
有头盔腰带有王座与王冠，
有骡马牲畜有金银细软。
有罗马的甲胄战斗的利器，
一应俱全使孩子感到惊异。
凡征战所需一概归他调用，
分配给各项器物支持他出兵。

阿夫拉西亚伯把包尔曼及胡曼
派至苏赫拉布军中

早有人向阿夫拉西亚伯报告军情，
说苏赫拉布即将率军出征。
他已调集一支数目可观的劲旅，
统率全军似翠柏挺立在草地。
他乳臭未干小小的顽童，
竟然舞刀弄剑率军出征。
他手执短刀势欲血洗大地，
想厮杀向卡乌斯举起战旗。
如今一支大军按他将令聚齐，

踌躇满志把谁也不放在眼里。
毋庸赘述何必把话头扯远,
这叫作青出于蓝而胜于蓝。
阿夫拉西亚伯听了这个消息,
微微一笑,心中暗暗得意。
他从中挑选出得力的将军,
要能征惯战之士武艺超群。
如将军胡曼与将军包尔曼,
他们上阵雄狮也败在阵前。
此外还选出一万二千名精兵,
派给苏赫拉布在他帐下听令。
临行时特别叮嘱胡曼包尔曼,
说有要事一桩可要秘而不宣。
全靠两位将军多多费心关照,
想出万全之策把此事办好。
就是设法不使他们父子相认,
不让他们知道对手原是亲人。
我派一支大队在他麾下听令,
全军由他统领赴波斯出征。
当他们二人在战场上相逢,
鲁斯塔姆定然竭尽全力取胜。
或许那年高的勇士老态龙钟,
在这雄狮般勇士手中送命。
失去鲁斯塔姆的波斯唾手可得,
卡乌斯的国家随之即衰亡败落。
然后我再从容对付苏赫拉布,

趁深夜睡熟时把他捕获。
如若在战斗中儿子死于父亲之手，
做父亲的心头也会郁积忧愁。
两名将军衔命动身前去，
去到苏赫拉布帐下效力。
还带着国王对苏赫拉布的馈赠，
十马十骡都满驮着礼品辎重。
礼品中有翡翠宝座镶琥珀的王冠，
座腿用象牙制成王冠上珠宝镶嵌。
他还给那高贵的勇士带去一信，
信文委婉亲切态度热情殷勤。
说如若你把波斯王座夺到手中，
从此便再无纷争天下永享太平。
从我国到波斯便再无阻隔，
萨曼冈土兰与波斯变为一国。
我补充了你所需的将士兵丁，
你坐镇中军他们听从你的将令。
还派去土兰的胡曼包尔曼将军，
这二位都英勇善战智谋过人。
突厥的王公①外加上三万精兵，
都饱经征战惯于陷阵冲锋。
我把他们都派到你的大营，
作为客军但服从你的将令。

～～～～～～～～～～～

① 突厥的王公，原文为中国的"塔尔汗"，塔尔汗为突厥王公意。这里中国也应指突厥而言而不是指中国内地。

178

你要进击他们为你阵前效力,
杀得歹毒小人无立锥之地。
国王所赐的一袭锦袍和这书信,
放入骡马的驮包一路载运。
当这个消息传到苏赫拉布耳中,
这勇士连忙整装起身相迎。
他与外祖父出迎胡曼一行人等,
见来了浩荡大军心中高兴。
胡曼见到他的臂膀与身躯,
不禁暗暗称奇心中惊异。
来人首先献上国王的书信,
然后献上骡马驮来的礼品。
两位将军亲自拜见苏赫拉布,
还传告了国王对他的叮咛嘱咐。
征服天下的勇士读罢信函,
立即离开驻地出师征战。
开疆拓土的善战的军士将军,
一个个跨上战马威风凛凛。
把战鼓擂响宣告大军出动,
雄师远征天下为之震动。
不论是雄狮也不论是巨鲸,
无人能阻拦大军奋勇前行。
他催军前进直驱波斯国境,
放把烈火烧毁一切毫不容情。

苏赫拉布进袭白堡

有座堡垒人称它为白堡,
是波斯人的屏障险关一道。
坐镇的是一位饱经战阵的将军,
名叫哈吉尔胸有韬略武艺超群。
当时,卡斯塔赫姆尚未成年,
未成年的小将也英勇善战。①
他有一个妹妹是巾帼英雄,
是有名的女将骑射样样精通。
当哈吉尔得知敌兵压境,
披挂整齐像雄狮一般悍勇。
当苏赫拉布来到白堡附近,
英勇善战的哈吉尔也看到来人。
他跨上战马如一阵旋风翻卷,
冲出堡垒来至两军阵前。
他到阵前面向土兰军队高喊,
将门之后这样高声开言:
说来的是哪路英雄何方好汉,
想必是出众的勇士能征惯战。
看你们军中这些不怕死的将官,

---

① 这两行诗与上下文意思不协调,而下文中也未出现卡斯塔赫姆出阵场面,可能是传抄中遗漏若干诗行。

哪个敢出阵与我较量一番?
见敌阵中并无人出阵与他较量,
他越发势盛挥舞兵器逞强。
善战的苏赫拉布见他喊叫,
勃然大怒嗖的一声马刀出鞘。
他从阵中冲出猛似雄狮一般,
威风凛凛出现在哈吉尔对面。
他对饱经征战的哈吉尔高喊,
说为何你阵内只你一人出战?
你一人出战未免势微力单,
本将有海鲨之力你这是冒险。
你姓甚名谁报上你家门世系,
你死后你父母要为你哭泣。
哈吉尔闻言也不相让,
说我出阵作战从不要人相帮。
你问我是何人有何手段,
告诉你雄狮见我也似狐狸一般。
我本是堂堂的哈里尔的将军,
我马上使你的头颅离开躯身。
我要把你的头颅给国王观看,
你的身躯可供兀鹰一顿美餐。
苏赫拉布闻言哈哈大笑,
催马向前对哈吉尔举枪便挑。
俩人枪来枪往厮杀奋战,
两位勇士分不清你我打成一片。
巨象般的勇士搏斗似霹雳烈焰,

战马在战场奔驰如山崩地陷。
哈吉尔挺枪刺向苏赫拉布腰间，
但未刺中，苏赫拉布身形一闪。
苏赫拉布立即回敬了一枪，
那枪尖狠扎在哈吉尔腰上。
他伸臂把哈吉尔拖落马鞍，
一串动作只发生在转瞬之间。
哈吉尔被打倒在地似大山崩陷，
他心知此番难免一场灾难。
苏赫拉布下马把哈吉尔压倒，
要取他首级伸手鞘中抽刀。
这时哈吉尔一滚把右手举起，
他这是求饶向苏赫拉布举手示意。
苏赫拉布立即起身把他饶恕，
战胜心喜又把哈吉尔叮咛嘱咐。
这时早有军士把他全身绑紧，
绑紧后立即送交胡曼将军。
胡曼见苏赫拉布如同天将无人能敌，
轻取对手，不禁心中暗暗称奇。
这时，白堡内早已得知详情，
说哈吉尔战败被带入敌营。
白堡内喊声一片男女都忧愁伤心，
说哈吉尔将军这样的白堡内能有几人。

苏赫拉布大战古尔德法里德

古什达哈姆①之女听到消息,
说军中主将被人俘虏而去。
她痛苦大呼一声深感忧虑,
从内心深处发出一声叹息。
她虽为女流但也是马上英雄,
时时不解战袍远近驰名。
名字叫作古尔德法里德,
她这样高超身手人们还未见过。
她感到羞愧,哈吉尔为何如此行动,
姑娘的双颊气得花样飞红。
形势紧急顾不得深思细想,
即时披挂飞身冲向战场。
她把发辫束在盔甲下隐藏,
选一顶罗马头盔戴在头上。
骑了匹快马四蹄如风似电,
她像狮子一样冲到堡垒外面。
如同一阵旋风扑到两军阵前,
以雷霆万钧之力猛然高喊。
你们那些勇士主帅是何人,
何人阵前迎敌何人辅佐中军?

---

① 古什达哈姆是波斯白堡地区的守将。

哪个敢出阵与我决一死战,
是英雄好汉前来较量一番。
这边虽有众多勇士侍立军前,
但并无一人出阵迎接她的挑战。
那雄狮般的苏赫拉布见她叫阵,
微微一笑,牙齿紧咬下唇。
说这来将又是一头野驴,
不晓得我的厉害分明是送礼。
他穿好铠甲全身披挂整齐,
头戴中国头盔紧束征衣。
他全速冲到古尔德法里德面前,
惯使套杆的姑娘抬头观看。
她撑满了弓嗖地射出一箭,
鸟儿也休想在她箭下逃窜。
她急似暴雨嗖嗖连发数箭,
箭箭不离苏赫拉布头侧耳边。
苏赫拉布一见心中不满,
他紧催战马迅速猛扑向前。
他用盾牌护住脸面头颅,
赶上前去想把对手捉住。
姑娘见对手猛地向他冲来,
像一团烈火躲也躲闪不开。
弓不卸弦顺手背到身后,
急把长枪一扬高撑过头。
她枪尖一抖向苏赫拉布刺去,
连冲带刺足有千钧之力。

苏赫拉布见对手出此毒招,
怒不可遏像一头发狂的斑豹。
他一勒马缰顺势向旁躲闪,
身手敏捷动如烈火一团。
如狮小将也愤怒地刺出一枪,
那枪向前刺去直取姑娘。
哪知他那向前夺命之枪乃是虚晃,
然后向身后刺去才是实枪。
这一枪正刺中对手腰间,
枪尖到处铠甲也被刺穿。
他轻舒双臂似击球的球杆,
眼看就把对手掠下马鞍。
女将在鞍上还在挣扎抵抗,
从腰间抽出匕首执在手上。
她用匕首砍断对手的长枪,
登时策马而逃一阵尘土飞扬。
她自知不是苏赫拉布的对手,
急忙勒马回城转身败走。
这边苏赫拉布抖鞍向前追赶,
他怒火冲天天地为之晦暗。
呐喊声中战马追上了战马,
他探出手去把她的头盔摘下。
她束在盔下的青丝披散而下,
衬出她的面颊似一道红霞。
小将发现对手原是一位姑娘,
她的秀发本在盔下隐藏。

他极为震惊说在波斯军中,
这样的姑娘也能陷阵冲锋。
那他们的勇士若上阵较量,
岂不要杀得天昏地暗日月无光。
波斯女流之辈尚且如此英勇,
那他们的勇士该个个是好汉英雄。
他从后鞍鞯上把套索取出,
扬起套索把她的身腰缚住。
他对姑娘说今日你休想脱逃,
你这如月的姑娘何必舞枪弄刀。
我捕获的野驴没有一头像你,
你不要挣扎我岂让你逃逸。
姑娘见已被对手逼入绝地,
露出颜面,转瞬心生一计。
她面向对手说,呵,勇士,
你身强体壮真像一头雄狮。
双方军队都在看你我厮斗,
看你来我往各显身手。
如今我在战场上抛头露面,
军中难免对你有讥诮之言。
说看他用尽力气大显身手,
可是对手原来竟是女流。
我们切不可这样再加迟延,
以免流言蜂起你我失尽颜面。
现在的上策是你我暗中罢兵,
贵人做事仔细思考多方权衡。

现在双方大军眼睁睁观看,
我岂能有半丝儿行为不检?
我方堡垒归你军队听你将令,
愿讲和以后永远不动刀兵。
堡垒仓库与守将全都归顺,
你来至此哪个敢抗命不遵?
苏赫拉布看到姑娘的颜面,
听到小枣般的口中温柔语言,
如同面前出现一座天堂之园,
姑娘体如翠柏稀世罕见。
她生了一双鹿眼眉似弯弓,
面色如花含苞欲放一片妍红。
苏赫拉布答道你不能花言巧语,
你看到战场上我力大无敌。
你不要自恃堡垒难攻壕深墙坚,
难道你这堡垒还能高过苍天?
到厮杀时我要挥舞我的大棒,
纵使你有长枪也无法抵挡。
古尔德法里德拨转马缰,
急忙奔驰向着堡垒的方向。
苏赫拉布也与他并马前行,
这边古什达哈姆已在堡门接应。
只见堡门一开姑娘猛向前冲,
带伤冲到门前进入堡垒之中。
堡中人们紧闭大门内心忧伤,
他们一个个担忧眼泪汪汪。

187

他们见哈吉尔及姑娘不是来将对手,
男女老少都为此而心中忧愁。
古什达哈姆来到女儿跟前,
他身后紧跟着一班勇士好汉。
父亲说孩子你是巾帼英雄,
你上阵厮杀人人为你受怕担惊。
你奋战一番还施了条妙计,
没辱门庭没毁坏声誉。
应感谢苍天之上的真主,
敌人未能加害也未把你捕获。
古尔德法里德闻言嫣然一笑,
她马上察看军情登上碉堡。
当他看到苏赫拉布还马上仰看,
便喊了一声,喂,土兰的好汉。
你还在傻等,也该收兵回营,
两军阵前岂可如此动情,
苏赫拉布说,美人呵,你听我说,
我发誓,凭日月光芒,凭王冠宝座。
我要把这堡垒夷为平地,
我要把你这妖精擒到手里。
当你被我捕获无计可施,
那时再想今日花言巧语已经太迟。
到那时悔恨懊丧又有何益,
是回转的苍穹降罚于你。
你忘记了你信誓旦旦的诺言?
古尔德法里德一闻此言,

微微一笑以此向他表示抱歉，
说土兰人与波斯人难结良缘。
命中注定你不能娶我为妻，
对此你不必耿耿于怀内心忧郁。
看来你并不是土兰的血统，
你一定出身皇族高贵门庭。
凭你这副身手这双臂膀，
勇士群中哪个敢与你较量。
可是当消息传到我们国王耳中，
说你从土兰大动干戈出师兴兵。
国王与鲁斯塔姆定会率兵迎战，
交兵时你一定败在鲁斯塔姆面前。
你军上下不会有一人生还，
那你准遭一场大灾大难。
看你这魁梧身躯这强劲臂膀，
何必曝尸田野填饱虎豹饥肠。
你切勿自以为蛮勇有恃无恐，
你这是一步一步把自己断送。
如今上策是你立即下道命令，
师返土兰你应赶紧收兵。
苏赫拉布一听感到受了侮辱，
以为拿下这堡垒如囊中取物。
在堡垒附近有一处村庄，
村庄在下方堡垒在村庄上方。
他要率领军队把那村庄荡平，
以此把与他为敌的对手严惩。

然后他说今日天色已晚,
天色昏黑不宜继续恋战。
明日一早我要率军再上战场,
誓把碉堡荡平把敌人一扫而光。
说完,他掉转马头反身回营,
不再恋战,立即回师收兵。

古什达哈姆上书卡乌斯

古什达哈姆见苏赫拉布收兵,
连忙传令快把文书官相请,
请他给国王写书信一封,
选派个下书人立即启程。
信中开头先向国王致以敬意,
然后通报近日的事件消息,
说现在我们遭重兵进攻,
来将个个是英雄好汉惯战能征。
敌军中有一位万夫不挡之将,
看模样年纪并不在十四岁以上。
他身材魁梧头高过翠柏,
面如日月有一派照人的风采。
他身形如同猛狮高大雄壮,
在波斯也找不到这样的勇将。
当他手执印度钢刀厮杀搏斗,
大海为之颤抖山也吓得低头。

他的喊声赛过震撼天地的迅雷,
钢刀也敌不过他强劲的手臂。
在波斯与土兰找不到这样的好汉,
勇士英雄一个个都要败在他面前。
这位勇士之名叫苏赫拉布,
他不惧妖魔能使狮象屈服。
冷眼看去他简直就是鲁斯塔姆,
难道这位英雄竟出自纳里曼家族?
当这位主帅率军奔袭进击,
指挥他的复仇大军来到这里,
哈吉尔将军连忙整束披挂,
翻身跨上他的飞奔的战马。
他奔到阵前向苏赫拉布扑去,
但三招两式就看出他无法匹敌。
那将军占了上风只在转瞬之际,
迅速得如同一阵香气入鼻,
苏赫拉布轻舒两臂把他擒下马鞍,
旁边的人都惊异不止呆呆观看。
如今哈吉尔被俘身陷敌营,
皮肉受苦内心想必十分苦痛。
看来世上无人能敌这员小将,
除非巨象般光荣的将军①走上战场。
能抵挡这小将的当今只有一人,
就是要请扎尔之子鲁斯塔姆出阵。

---

① 指鲁斯塔姆。

土兰的将官我也见识过许多,
但像这样的将军还未见过。
两军阵上只要这员小将出阵,
再勇猛的战将也会被他生擒。
我不想与他旷日持久地较量,
花岗石的山峰也难把他阻挡。
战斗厮杀时他会催马猛冲,
那威武的气势足以压倒山峰。
如若陛下只知议论推迟派兵,
不急图良策不遣将出征,
波斯的江山社稷则危在旦夕,
朗朗乾坤会被扫荡血洗。
他会自恃力强令我们纳贡称臣,
因为天下没有能与他匹敌之人。
谁都没见过这样的马上将军,
或许萨姆将军能与他相提并论。
他的大棒厉害身手确实不凡,
我们军中再无人能与他交战。
这是天不助我们恰逢厄运,
这小将却红星高照气势凌云。
今夜,我要收拾行囊与辎重,
趁昏黑撤离堡垒退至内地国中。
如若我们拖延数日做无谓牺牲,
不向陛下报告前线的实情,
这碉垒也同样会被他攻克,
连狮子遇到他也感到畏惧惶惑。

书信写就又加盖了印信,
天黑启程,频频叮嘱下书之人:
说派你下书你赶紧动身前往,
安全通过敌营明晨送交国王。
送走下书人携信动身而去,
古什达哈姆立即安排撤离。
他知道暗中有退路一条,
路在堡垒下是条秘密通道。
他收拾一切钻入了暗洞,
在那秘密通道中消失了身影。
古什达哈姆和他的军旅家人,
当夜都从那地道中撤离脱身。

苏赫拉布进占白堡

当太阳从山后射出阳光,
土兰人披挂整齐奔向战场。
主帅苏赫拉布手执一杆长枪,
纵身一跳坐到神驹快马背上。
他们意欲生擒驻守堡垒之人,
把他们捆绑起来如同牲口一群。
但到了堡下却不见一个人影,
他们似雄狮般发出震天吼声。
走到近前他们用力把堡门打开,
这时仍不见一人迎上前来。

堡中民众昨夜乘夜色离去,
大批将士也随古什达哈姆撤离。
当苏赫拉布率军进驻白堡,
才得知古什达哈姆早已遁逃。
但是那些尚未撤离的军民,
便无辜受累成了他们的替身。
苏赫拉布传令叫他们来见,
个个心惊胆战都想把性命保全。
他仍要找到古尔德法里德,
仍不忘情,对她依依不舍。
他长叹一声说千错万错,
皎月一轮却被云封雾遮。
我的命星不明时运不济,
到手猎物命运又从我手中掠去。
我捕获到一头罕见的鹿,
她挣脱了套索我却被爱索套住。
天仙般的美人突然展现容颜,
掠走我心给我留下满腹愁烦。
她乍一显现迅即倏忽不见,
把我抛入痛苦之中备受熬煎。
她使用了一条骗人的诡计,
自己平安脱身我却在血泊中悲泣。
不见她容颜我的生活暗淡愁苦,
我的身心如今成了她的俘虏。
我不知她对我有什么魅力,
见了她我就木然发呆不能言语。

她那样身手那样姿容那样言语,
这样的人儿再叫我何处寻觅。
我心头充溢着无限愁烦,
或许我与她根本不应见面。
我只有独自忧愁暗自悲泣,
谁能给我以体贴给我以慰藉。
他越思越想心头越加忧愁,
但自己的心事不愿向人披露。
但爱情无论如何也无法隐瞒,
揭穿隐秘的就是情人的泪眼。
内心焦灼自然长吁短叹,
不管情人多么慎重善于隐瞒。
苏赫拉布思念那高贵英勇的女郎,
他面无血色变得苍白焦黄。
胡曼虽不知主帅的心情底细,
不知他为什么而痛苦忧郁。
但他毕竟是有心人已猜到几分,
如此神魂颠倒必然事出有因。
他定然是陷入爱情的折磨,
成了美人青丝套索的俘虏。
虽竭力掩饰但内心充满焦虑,
心欲举步前行双足陷入污泥。
胡曼找了个机会与他对坐谈心,
说骄傲的勇士,你有雄狮般的胸襟。
古圣先贤心有理想品德崇高,
他们自重自尊并且洁身自好。

他们的心从不为俗念所累,
爱情之酒永远不能使他们沉醉。
他们有时会把一百头鹿生擒,
但没有一头鹿能迷惑他们的心。
纵让你妙龄少女千娇百媚,
真正的英雄也不为之陶醉。
三军的主帅天下的英雄,
连宇宙的太阳也对他俯首尊敬,
你本是雄狮勇士降魔的将军,
岂能因爱情而如此丧魄失魂。
如若为一个女子如此儿女情长,
岂能兴兵远征做世界之王。
阿夫拉西亚伯把你视为亲生,
你身为主帅海陆都飞传你的将令。
我们从土兰出兵前来征讨,
就是纵身跳入鲜血滚滚的波涛。
我们大军闯进了波斯国境,
白堡轻而易举落入我军手中。
虽然初战得胜但不可大意,
前面还有苦战前途艰险崎岖。
卡乌斯与图斯定然前来迎战,
鲁斯塔姆是力敌雄狮的勇将一员,
还有元帅古达尔兹勇士格乌,
法拉玛兹①巴赫拉姆狮子勒哈姆。
古尔金米拉德,法尔哈德英勇豪爽,
古拉兹身躯高大赛过巨象,

---

① 法拉玛兹是鲁斯塔姆之子。

这位钢筋铁臂般的英雄,
定然束装披挂迎接这场战争。
他们会一齐前来向我军猛扑,
谁能预卜我们的前途吉凶祸福。
你应准备迎敌与他们决一死战,
岂可心恋美女如此情意缠绵。
你应精神振奋斩断情肠,
以便明日不致兵败在战场。
年轻的勇士呵,你自恃英勇善战,
把一桩重任揽在自己的双肩。
你或许能专心致志取得成功,
或许兵败沙场断送性命。
凡一事费时艰难不易成功,
真的办成才确实使人扬名。
你刚做一事尚停在半途,
因何意马心猿分心旁顾?
你应征服天下凭男子汉的臂力,
把国王的宝座王冠夺取到手里。
当你据有国家加冕登基,
天下美女都会前来膜拜顶礼。
谁若是儿女情长心低志短,
财富与权力便完全与他无缘。
谁若征服天下成为世界霸主,
平民与贵族都会拜倒表示钦服。
胡曼恳切进言一片苦心,
是非利害对他一一列论。

苏赫拉布猛醒回心转意,
又一心扑在战事筹划军机。
他对胡曼说中国将官的首领,
你的话是金石良言句句是实情。
你这番话对我是及时提醒,
你所说的一切我定然听从。
我一定听从阿夫拉西亚伯的命令,
把世界海洋陆地全夺取到手中。
他说到做到对那美女不再衷情,
起身迈步在高高的帅位坐定。
然后给阿夫拉西亚伯修书一封,
报告攻占了白堡及行止军情。
土兰之王见信内心极为欢畅,
苏赫拉布得胜他备加赞扬。
在波斯方面霍斯陆见到书信,
看到信中所说情形忧在内心。
他下令召军中将军与谋臣上殿,
问计于臣属看他们有何高见。
于是一班文武应召而至,
来后坐在国王下手恭敬陪侍。
图斯、古达尔兹、格乌及克什瓦德,
英勇的古尔金、巴赫拉姆和法尔哈德。
国王把信文向他们宣读一遍,
也提及对方阵中新来小将一员。
国王对众将说形势不妙,
此事颇费周折看如何是好?

你们看古什达哈姆写的这信,
分明是无计可施为敌所困。
如今我们有什么对策方法,
波斯何人能与此将厮斗拼杀?
众口一词说格乌要走一趟,
去扎别尔请英勇统帅走上战场。
把这一消息向鲁斯塔姆传递,
说形势不好王家京师告急。
应当赶快把他召向战场,
他是波斯的支柱波斯的屏障。
于是谋臣与文书官修书一封,
说请你速来有紧急的军情。

卡乌斯下书鲁斯塔姆

国王传旨文书官修书一封,
写信给鲁斯塔姆通报军情。
开头先向勇士表示慰问之情,
说你有睿智的头脑开阔的心胸。
你可知土兰军队前来进犯,
统率中军的乃是小将一员。
他率领军队进占了白堡,
截断退路不让堡中军民外逃。
这员战将能征惯战并世无双,
他勇猛如同雄狮体如战象。

在波斯找不到何人与他匹敌，
只有你才能与他交战一试高低。
你是将门虎子有雄狮之勇，
马刀举处使敌人胆战心惊。
你是光荣的勇士四海扬名，
你是骄傲的将军威震天庭。
你是著名的统帅战象般的英雄，
勇士中的魁首众将中的明灯。
世界上有谁能与你相比，
对人对国扶危济困急公好义。
你是波斯勇士心目中的依靠，
你强劲的手臂如同雄狮巨爪。
你曾攻克马赞得朗城池，
你曾砸开哈玛瓦兰牢狱①。
你的大棒一挥太阳为之哭泣，
你钢刀一举火星也为之战栗。
拉赫什蹄下灰尘能搅混尼罗河水，
巨大的战象也不敢与你为仇作对。
你抛出套索能使雄狮低头，
你刺出一枪能把山石刺透。
你几次三番救波斯出于危难，
勇士们因有你而感到光荣体面。
感谢末日清算定人善恶的真主，

---

① 卡乌斯在马赞得朗及哈玛瓦兰两次遇难都是鲁斯塔姆把他搭救。

他加惠于戈尔沙斯帕、尼拉姆及萨姆,
让他们有你这样的后代儿孙,
有狮子般的勇敢和一颗纯洁的心。
我愿命运相助能与你见面,
愿你永远如意心安体健。
因为凭空遭到一场灾难,
想到此事我便心头愁烦。
现在,勇士们都在殿上议论,
读了古什达哈姆告急的信文。
众位勇士都献计献策异口同声,
说让格乌送信把你相请。
现在请格乌把信传送给你,
信中通报如今形势十分危急。
信到之时不论是白天还是夜晚,
不必细问详情以免耽搁迟延。
接信后万请即刻启程动身,
哪怕手上有花也不要去闻。
纵令信到之时你已安眠,
也快快起身片刻也勿迟延。
现在就需要你率领你的精兵,
开出扎别尔为国家兴师出征。
我们从古什达哈姆信中的消息,
得知除你以外无人与此将匹敌。
再一次请你见信后火速出征,

率兵赶赴战场切勿贻误军情。
写好书信在信封上盖印加封,
芬芳的香料早已调和到印泥之中。
加盖印章后把信交给格乌,
让他火速前往片刻不得延误。
国王对格乌说你千万紧赶,
跨上坐骑后就快马加鞭。
当你赶到扎别尔见到鲁斯塔姆,
不要歇息停留仍然不要耽误。
你若夜里赶到天明便应回程,
切记对他讲这是十万火急的军情。
他若不如期赶到这小将定然进军,
顽敌压境切不可掉以轻心。
格乌取过书信即刻启程,
马上餐饮中途也不宿营。
日夜兼程似迅风一样紧赶,
忘却饥渴飞马穿越关山。
当他快要到达扎别尔之际,
早有探马向鲁斯塔姆报告消息。
说从波斯方向飞驰来一人一骑,
他胯下战马一路奋飞扬蹄。
鲁斯塔姆连忙率众前来欢迎,
身后是一群头戴冠缨的武士英雄。
格乌一见立即跳下战马,
众勇士也一个个下马寒暄搭话。
鲁斯塔姆也下马站到平地,

问询国中情形问候国王起居。
一行人前后来到鲁斯塔姆的大殿,
落座后互相致意彼此寒暄。
格乌寒暄后递上书信,
把苏赫拉布描述一番说是位新人。
他告知鲁斯塔姆国中消息,
然后又把带去的各种礼品呈递。
鲁斯塔姆听了他的话把信看毕,
放声大笑但同时感到惊奇。
他说居然有位勇士出现在世上,
论相貌身躯与萨姆一模一样。
他若生在波斯勇士中本非意外,
但土兰竟有这般人物令人奇怪。
不知真主造就此人是何用意,
不知这土兰勇士出自何家门第?
无人得知哪里是他的家乡。
我也不知此将来自何方?
我与萨曼冈公主结亲有一子降生,
但此子尚幼未到成人年龄。
我那孩子还不懂作战兴兵,
也不能决定进退把利害权衡。
我曾托人为他捎去珠宝金银,
捎去财物礼品交给他的母亲。
细算起来我那心肝宝贝,
还不到领兵作战沙场搏斗的年岁。
苍天日夜回转,岁月悠悠,

他总共在世上度过十四个年头。
这小小年纪还不能与对手交锋,
也不能觥筹应酬饮酒行令。
他如今真可谓唇乳未干,
定然是喜怒无常幼稚冥顽。
当他成年以后似雄狮样来到这里,
众多的勇士都要在他面前屈膝。
但按你所述这新来的小将,
现在率兵前来进攻波斯。
他居然能把哈吉尔马上生擒,
用套索把他身体牢牢捆紧。
这样的事我儿尚不能完成,
虽然他定然膂力超人少年英雄。
格乌听了鲁斯塔姆的话这样回答,
说不定这番前来的小将是他。
他身躯高大有如翠柏一棵,
手持大棒,马鞍挂一副套索。
他臂膀强劲浑身力大无穷,
伸出手去能摘取天上星星。
这次如若是他倒无何可惧,
这分明是真主要把敌人置于死地。
这时鲁斯塔姆对格乌提议,
说勇敢的将军你是万夫不敌。
来,来,让我们去到大殿的月台,

到达斯坦①的大殿痛饮开怀。
让我们议论有何应对之方，
看土兰这位是哪里来的大将。
他们一行人来到达斯坦厅堂，
勇士鲁斯塔姆感到光荣心情欢畅。
他与格乌来到尼拉姆宫殿，
暂忘紧急军情得到片刻安闲。
格乌对鲁斯塔姆重新叙礼，
说你是天下英雄所向无敌。
江山社稷全仗你鼎力辅佐，
靠你之力皇冠才不致滚落，
卡乌斯国王对我早已有言在先，
说到了扎别尔千万不得迟延。
夜间赶到拂晓就应回程，
要切记这里的紧急的军情。
现在，光荣的勇士自豪的英雄，
我们应该赶赴波斯立即出兵。
鲁斯塔姆说你何必如此来去匆匆，
到头来我们都长眠在黄土之中。
今日既得欢乐权且欢乐开心，
何必系念卡乌斯与他的将军。
让我们享受一时清闲对叙畅饮，
啜饮几杯滋润干裂的双唇。
然后我们再一同去觐见国王，

---

① 达斯坦是鲁斯塔姆之父扎尔的绰号。

取道波斯奔赴两军的战场。
除非命运不济不得天时，
否则这区区小事何足挂齿。
烈火虽然喷吐熊熊的光焰，
但当大海波涛袭来也会化作飞烟。
人们只要远远看到我的战旗，
欢宴上的宾客也会愁烦忧郁。
那貌像扎尔之子鲁斯塔姆的小将，
他善使刀枪与挥舞狼牙大棒。
他像勇士萨姆一样英勇善战，
机智慓悍像山石一样威严。
他决不会如此迅速地推进，
因此，我们不必为此事担心。
于是他们开怀痛饮举杯在手，
耳闻丝竹之声把国王忘到脑后。
次日清晨鲁斯塔姆昏沉中起身，
还要备办酒宴下令给治膳的近臣，
那天也是整日沉醉欢歌畅饮，
第二天仍无意启程动身。
鲁斯塔姆仍命人准备酒宴，
顷刻间美酒佳肴一一治办。
酒足饭饱众勇士一道畅叙，
清音悦耳乐工把丝竹调理。
眼看这时间又过去了一天，
仍然是美馔豪饮传杯递盏。
这第三天也是从早到晚杯酒斟酌，

忘掉了卡乌斯,只顾寻欢作乐。
到了第四天格乌一早起身,
开言劝告那神勇的将军。
说卡乌斯性格暴躁刚愎自用,
此事不小,他要责你我贻误军情。
他会极端不满暴跳如雷,
责备我们在此恋盏贪杯。
我们在扎别尔斯坦多留一天,
卡乌斯的日子就多一分艰难。
国王陛下就会对我们严加究问,
满腔愤怒也会转变为仇恨。
鲁斯塔姆说此事不必多虑,
在世上还无人敢对我们乱发脾气,
于是他下令把拉赫什鞍鞯备好,
大军启动号手吹响号角。
军士们听到启动的号声响起,
赶来集合全身披挂整齐。
鲁斯塔姆率领重兵出征,
勇士扎瓦列①在军前领兵先行。

卡乌斯怒责鲁斯塔姆

鲁斯塔姆率领重兵赶来勤王,

---

① 扎瓦列是扎尔之子,鲁斯塔姆之弟。

这边众勇士奔驰一日迎候在路上。
图斯及克什瓦德家族的古达尔兹,
见到鲁斯塔姆立即下马迎接勇士。
鲁斯塔姆一见也弃马离鞍,
与众勇士致意问候寒暄。
他们一行人前来觐见国王,
为王分忧,心中安然欢畅。
他们见到国王便上前行礼问安,
国王竟勃然大怒不搭一言。
卡乌斯双眉紧蹙怒气难消,
像一头怒狮一般高声吼叫。
他开头向吉夫一声高喊,
不顾礼节也不顾国王的威严。
说鲁斯塔姆究竟是什么人,
胆敢见旨不行傲慢欺君。
如果现在我手边有一把钢刀,
我会手起刀落把他人头砍掉。
你们把他捉住活活送上绞架,
从此任何人也不要向我提他。
国王的话刺得格乌的心灼痛,
他竟要下此毒手结果勇士性命。
国王对格乌、鲁斯塔姆大发雷霆,
左右人等都哑口无言感到震惊。
国王真对图斯下了一道命令,
说快把这二人拉上绞架送终。
卡乌斯说完起身拂袖而去,

如火烧苇丛立时浓烟四起。
图斯一把抓起鲁斯塔姆的手臂,
此举使在场勇士感到十分惊奇。
他是想拉开鲁斯塔姆暂时躲避,
以免国王盛怒之下再受委屈。
谁知鲁斯塔姆也义愤填膺,
他对国王说你且慢发怒逞凶。
你的举措行为一桩不如一桩,
凭才干你本不应称君为王。
你虽头戴王冠但你根本不配,
与其戴在你卑微之头不如扣在蛇尾。
我是著名勇士扎尔之子鲁斯塔姆,
像你这样的国王我不屑一顾。
有本事何不去绞死苏赫拉布,
何不去阵前把袭来的顽敌截堵。
埃及、中国与哈玛瓦兰,
罗马、萨格萨尔与马赞得朗,
都屈服我钢刀与弓箭的威力,
见到我的拉赫什都纷纷低头回避。
在世上你靠我之力才得生存,
如今为何心中对我充满仇恨?
他举手往图斯手上猛击一掌,
这一掌有千钧之力,他真似一头怒象。
图斯被打突然跌倒在地,
鲁斯塔姆跨过他身体扬长而去。
他出门跨上自己的战马拉赫什,

口中说江山靠我打下,我力敌雄狮。
我怒来时卡乌斯有什么了不起,
图斯也要抓我他算什么东西。
真主佑助我成功真主赋予我神力,
我的力量不靠国王也不靠军旅。
头盔是我王冠拉赫什是我宝座,
大棒是我权杖大地是我王国。
我的伴侣乃是长枪与大棒,
我是国王的依靠国王的臂膀。
我钢刀闪光把黑夜照亮,
钢刀举处人头纷纷落在战场。
你因何责我我不是你的家奴,
我鲁斯塔姆只是主的奴仆。
勇士们也曾要求我为王登基,
授我以王冠宝座让我主宰社稷。
但我对王位从来不存野心,
我恪守为臣之礼遵循古训。
如若我登上宝座称帝为王,
岂容你今日如此暴躁逞狂。
上面所说一切我都当之无愧,
你本应感恩知德报答我的恩惠。
我曾力保凯哥巴德①登上王座,

---

① 凯哥巴德是卡乌斯之父,是传说中的波斯第二大王朝凯扬王朝的第一位国王。传说中的第一大王朝俾什达迪王朝最后一位国王戈尔沙斯帕死后无人继位,鲁斯塔姆之父扎尔命他去厄尔布士山中寻访法里东后人凯哥巴德继位。

卡乌斯岂可轻易发怒如此对我。
哥巴德在厄尔布士山处境悲惨，
是我前去把他救出厄尔布士山。
如若不是我把他带到波斯，
如若不是我为他效力挥舞刀枪，
你也不会像今日如此作福作威。
把萨姆与扎尔的后人怪罪。
如若当初我不去马赞得朗，
不去斗妖魔而挥舞手中大棒，
谁去为你搏斗把白妖击毙，
谁给你带来希望带来转机？
鲁斯塔姆如此侃侃而谈，
又回过头来把勇士们规劝。
他说勇士苏赫拉布向波斯进军，
大军到处不分贵贱玉石俱焚。
你们每人都应自寻万全之策，
聪明人何必自投灾难网罗？
这波斯从今后我永不返回，
你们愿意在此我要远走高飞。
他挥鞭催马从他们身旁掠过，
五内生烟气得皮肤都要炸破。
勇士们见此情状痛苦难以描述，
他们似畜群鲁斯塔姆把他们放牧。
众人对古达尔兹说此事仍需你成全，
瓶儿摔碎得你使它再次复原。
你的话语国王愿意采纳，

你去说项国王一定听你的话。
你应去规劝那邪了心的国王,
晓以利害,劝他不要暴躁发狂。
你劝说他要好言好语入情入理,
或许他能及时醒悟回心转意。
众勇士面面相觑围坐不动,
面对此情此景心潮起伏难平。
格乌、古达尔兹和狮子般的巴赫拉姆,
勇敢的骑手古尔金和勒哈姆,
他们互相低声窃窃私语,
说国王早已忘记勇士们的功绩。
是鲁斯塔姆这顶天立地的英雄,
拯救了卡乌斯国王的性命。
他赴汤蹈火救驾于危难,
这样侠肝义胆稀世罕见。
我们跟随国王出征马赞得朗,
那里的妖魔把我们及国王捆绑。
他救出国王兴高采烈辅佐他登基,
毕恭毕敬向他行君臣大礼。
另一次在哈玛瓦兰又遭灾祸,
国王被敌人监禁备受折磨。
为救国王他杀了多少当地贵胄,
危难当头他连眉头都不皱一皱。
他又一次辅佐卡乌斯登基,
又一次在他面前恭行大礼。
如此赫赫功勋竟以绞刑作为封赏,

我们怎能不退步抽身,还报效国王。
但是今天正是国家用人之际,
前线军情一阵比一阵紧急。
我们不能眼看敌军长驱直入,
在他们面前无兵将去截堵。
如今鲁斯塔姆受屈负气,
向扎别尔斯坦奔驰而去。
没有他我们怎么出兵征战,
出兵征战也会败在敌人面前。
现在最好有人出面去解劝,
劝解勇士暂消怒气再次返还。
克什瓦德之子古达尔兹出面,
去见卡乌斯国王当面陈言。
他说鲁斯塔姆可有何过错?
这岂不是把波斯断送折磨。
难道陛下忘记了哈玛瓦兰?
也忘记了群魔乱舞的马赞得朗?
你为何说把他活活押上绞架,
君无戏言你岂可口出此话。
你如此对待鲁斯塔姆实为不公,
一国之君此举实在不近人情。
他拂袖而去敌方重兵压境,
敌人气焰高涨似豺狼般无情。
两军相遇你派何人奔赴战场?
哪员将官能把顽敌阻挡?
古什达哈姆已详告前方军情,

众将官也已一五一十听清。
军情报告说我方千万要小心,
不要与敌方那位勇士对阵。
这时,谁责备鲁斯塔姆这样的将军,
那他一定缺心少智头脑发昏。
国君应睿智多谋明察事理,
遇事应该制怒暴躁于事无济。
国王听了古达尔兹一番劝说,
知道他见解高超腹有良谋。
他十分悔恨自己出言不慎,
由于脾气暴躁而头脑发昏。
对古达尔兹说这全是金石良言,
老者开口劝人胸有真知灼见。
请你速去把鲁斯塔姆追赶,
赶上后好言好语宽慰解劝。
劝他不要因我出言不当而气愤,
劝他多想我们往日君臣的情分。
千万把他追回带到我面前,
这样我心头的乌云才能驱散。
古达尔兹领命马上前去追赶,
循踪而去力劝勇士息怒返还。
军中将军都与他一道前往,
行色匆匆奔驰在追赶勇士的路上。
当远远看到巨象般勇士身影,
便立即赶上前去把他围在当中。
他们对鲁斯塔姆开口赞扬,

说愿你内心充满光辉长活世上。
愿天下都在你治下万民顺从,
愿你君临四方天下太平。
你本深知卡乌斯是无头脑的君王,
遇事暴躁如雷行止全无主张。
他说了那番话登时便感悔恨,
他希望你不要介意把旧情重温。
如若国王得罪了你鲁斯塔姆,
但波斯的百姓可无何错处。
人们会想他一走抛下波斯都城,
退步抽身不再理会人世纷争。
如今他已深悔自己讲话失当,
自己暴躁无理把你冲撞。
鲁斯塔姆闻言这样回答,
卡乌斯与我何干我无需理他。
头盔是我王冠战马是我宝座,
铠甲是我皇袍一死忠心报国。
在我眼中卡乌斯不啻一把黄沙,
他暴跳如雷我就感到惧怕?
国王既然已经对我口出不逊,
就不应责我言语无礼胆大欺君。
是我几番奋力救他出于灾难,
辅佐他登基为王主宰江山。
我曾力战马赞得朗的妖魔鬼怪,
也曾在哈玛瓦兰把国王战败。
当我看到他为敌所执身陷敌手,

是我救他脱离险境重获自由。
他冥顽不灵又兼专横暴戾,
胸无点墨完全不懂人情道理。
如今我心灰意懒情绪厌倦,
我只敬畏真主,对任何人也不婢膝奴颜。
古达尔兹等他把话讲完,
然后开言这样把他解劝:
你愤而出走当然是事出有因,
但国王与勇士们难免有所议论。
他们会说这是否害怕突厥小将?
人们会窃窃私语说短道长。
说人们听了古什达哈姆的叙述,
一个个不敢交战吓得面色如土。
连鲁斯塔姆也惧怕与他作战,
你我之辈见到他如何能上前。
人们见国王态度无礼举止傲慢,
也是内心不满私下颇有微言。
提到苏赫拉布都面现恐惧,
此时此刻你不应把波斯国王背弃。
形势危急你千万不要拒不回程,
返回波斯人们会更加赞扬你的英名。
敌军逼近国事已到危难之秋,
千万不能抛弃这江山不效力出谋。
土兰人给我们带来羞耻屈辱,
按纯洁的信仰也不能袖手不顾。
他滔滔不绝地对鲁斯塔姆苦苦相劝,

鲁斯塔姆低头沉吟不发一言。
后来他对古达尔兹这样说道：
我也曾走南闯北南征北讨。
你深知我从来不会临阵脱逃，
现在是国王对我无理粗鲁暴躁。
鲁斯塔姆见众人解劝不能不听，
于是他只好返回去国王王宫。
他强压下愤怒掉头回程，
大模大样步入国王的王宫。
国王见他前来立即起身相迎，
连声致歉说出语冒犯态度不恭。
说我这是天生的粗暴的脾气，
禀性难移常常对人失礼。
又兼听到土兰来将恶劣凶顽，
我心紧缩得如同新月一般。
于是下书请你前来出阵拒敌，
不期你来迟一步我动了怒气。
我岂忘记你是我大军的依靠，
我登基为王你是我王朝的骄傲。
我日日举杯遥祝你平安健康，
你的深恩我日夜铭记不敢或忘。
我称君为王全凭你鼎力辅佐，
我们本为同宗先人乃是贾姆席德。
你赴汤蹈火临危慨然赴难，
只要你一人为臣我也感到心安。
勇士呵，今天确实对你有所冒犯，

悔之不及,让泥沙把我这嘴巴填满。
鲁斯塔姆闻言说陛下是天下之君,
我们谨遵王命是陛下阶前之臣。
我在陛下阶前只是一名臣仆,
能为陛下臣仆我便心满意足。
现在我来到殿前请陛下颁令,
陛下君临天下我甘心服从。
卡乌斯一听连忙说我的勇士,
愿你的心中永远充满理智。
我意今天我们摆开宴席,
待到明日我们再共议军机。
于是顷刻间布置了宫廷酒宴,
大厅中气氛似热闹的春天。
请来公卿贵胄出席酒宴,
添彩助兴遍撒珠宝银钱。
美妙的笛音伴奏着曲曲歌声,
花儿似的美女国王面前舞步轻盈。
传杯递盏直饮到半夜时分,
且饮且谈人们高兴得谈古论今。
夜幕低垂人们已酒足饭饱,
王公贵人一个个直饮得昏头昏脑。
一个个酩酊大醉起身回家,
只剩下巡夜值更人不得闲暇。

卡乌斯与鲁斯塔姆率兵迎敌

当太阳撕破蒙头的黑纱,
顿时放射出漫天的彩霞。
卡乌斯给格乌与图斯传令,
战鼓绑到骆驼背上准备出征。
他下令打开库门犒赏三军,
备好辎重粮秣分兵列阵。
指派将官又选了十万精兵,
一个个武艺高强惯战能征。
大军浩浩荡荡开到城外,
马走灰扬尘土把阳光遮盖。
大军开出两米尔①之地扎营,
战马骆驼往来空际尘土飞腾。
鼓声阵阵把田野震撼,
烟尘蔽日遮得天昏地暗。
大队启动一站接一站前行,
阳光被遮蔽天地晦暗不明。
尘埃中飞镖闪闪发出光芒,
似蓝色的帐幕后的火光。
各色战旗中掩映着各种长枪,
金色盾牌与金色靴鞋闪着黄光。

---

① 长度单位,一米尔相当于四千肘关节至指端的长度。

恰似天际翻滚着一团乌云,
把金黄色的雨点遍洒在大地上。
入夜灯火齐明照得亮如白昼,
分不清哪里是人间灯火与天上星斗。
大军一路行来接近白堡寨门,
铺天盖地到处是军马人群。
这边瞭望兵士一见大喊一声,
连忙向苏赫拉布报告军情。
苏赫拉布听到士卒的喊声,
忙跨上战马出来观察动静。
他指点着敌军对胡曼开言,
说看这众多的军旅无际无边。
胡曼遥见开来这么多大军,
心中一震吓得他低头沉吟。
苏赫拉布一见连忙把他鼓励,
说不必担心此事毫不足虑。
你看来人虽然将广兵多,
但我看真正的好汉没有一个。
纵让他上苍降恩日月相助,
也不见得有人能与我战场比武。
休看他刀枪如林人多势众,
但来人中未必有一个知名英雄。
我托阿夫拉西亚伯的洪福,
让他们兵败战场血流漂杵。
苏赫拉布见了敌军毫无惧色,
他跳下战马越发开心欢乐。

他让侍酒官摆下酒宴,
泰然自若似乎尚未遇敌迎战。
摆开酒席大营中觥筹交错,
文官武将陪伴他饮酒作乐。
这时对方已经扎下了国王的皇营,
皇营四周布置好守卫的亲兵。
大军连营一座紧接一座,
远山近水全被座座军营淹没。

鲁斯塔姆手刃让德拉兹姆

当天色将晚太阳落山,
暗夜的皂裙把日月之光遮掩。
鲁斯塔姆来到国王面前,
渴望征战搏斗紧束腰带衣衫。
他说请陛下传令派我前往,
不戴冠冕我愿微服私访。
去看这新来之将究系何人,
何人挂帅何人辅佐中军。
卡乌斯说此事悉听尊便,
将军晓畅军机体格强健。
只求天神保佑你如意平安,
顺利完成使命速去速还。
鲁斯塔姆换了一身土兰衣裳,
暗暗前行接近对方哨兵近旁。

当他一步一步来到堡门之下,
听到土兰兵卒高喊与讲话。
勇敢的好汉侧身潜入堡垒之中,
像雄狮步入鹿群毫不心惊。
他看到高坐在上的众多将领,
神采飞扬面似鲜花般殷红。
正看之际勇将苏赫拉布走出,
有时还走近鲁斯塔姆隐蔽之处。
出征时苏母曾托嘱让德拉兹姆,
因为他在酒席宴上见过鲁斯塔姆。
他本是萨曼冈国王之子,
论辈分还是苏赫拉布的舅父。
苏母对让德拉兹姆叮咛嘱咐,
说请你与外甥一起上路。
当他率军到达波斯国境,
遇到波斯国王与敌交兵。
当厮杀之时两军彼此接近,
你要指给孩子谁是他的父亲。
此时,鲁斯塔姆见苏赫拉布端坐上方,
让德拉兹姆陪坐在他身旁。
此外作陪的还有勇士胡曼,
著名勇士包尔曼也在近前。
苏赫拉布气盛群雄谈笑风生,
他身材魁梧如一棵高大青松。
双臂粗壮如同骆驼的双腿,
腰如雄狮面孔气血充沛。

他身边还有一百名土兰勇士，
个个昂首挺胸有如雄狮。
五十名美女翩然跳起环舞，
欢畅的勇士面前飞旋着轻盈舞步。
人们乘兴高谈啧啧称赞，
称赞苏赫拉布身材高大身手不凡。
鲁斯塔姆把身形隐蔽在暗处，
坐在地上看着土兰人的酒席歌舞。
这时让德起身离席前去方便，
猛抬头见面前出现一个树般的大汉。
他寻思这军中还没有这样之人，
于是走上前去把他询问。
你是什么人？快快对我说，
到亮处来，让我看清你是哪个。
鲁斯塔姆一拳把他击倒在地，
他登时丧命灵魂飞离了躯体。
让德拉兹姆直挺挺地躺在平地，
再不能搏斗也无法出席宴席。
苏赫拉布等了好长的时间，
只见让德离席再不见他返还。
他命左右去查看一番，
因何让德一走不见回还？
左右见让德僵直地倒在地上，
从此告别了酒宴告别了战场。
他们喊叫着急忙赶去回禀，
见他死去都动了思念之情。

人们对苏赫拉布说出了大事,
让德被打倒在地已死多时。
苏赫拉布闻言大惊起身离席,
站起身来飞也似的来到出事之地。
他身后跟着执烛的仆人与乐工,
见让德躺在地上直挺僵硬。
苏赫拉布见状十分惊奇,
他连忙把众勇士召集到一起。
苏赫拉布对勇士嘱咐叮咛,
说列位个个是勇士人人英雄。
今夜你们可不能安然睡觉,
要机警清醒枪尖儿高挑。
这似乎是豺狼潜入了羊群,
见猎人与猎犬正作乐开心。
那豺狼从羊群掠走一只羔羊,
这样悲惨地把他打倒在地上。
愿造物主冥冥之中把我佑助,
让我的战马踏平敌人国土。
我要从鞍鞯摘下套索向空高抛,
抛出套索为让德雪耻报仇。
说完,他又坐在自己的帅位,
召唤勇士文臣两厢作陪。
说虽然让德从我帐中离去,
但我们不要因此而罢宴撤席。
且说鲁斯塔姆返回面见国王,
正赶上格乌在阵前率兵巡防。

格乌远远只见一个身影走近,
便伸手拔出匕首等候来人,
突然,他怒象一般一声大吼,
伸手把盾牌高举过头。
鲁斯塔姆心知已到波斯军中,
今晚是格乌当班巡视大营。
他哈哈一笑便高声答话,
格乌听到声音知道是他。
慌忙下马走到他的近前,
说将军深夜至此有何贵干?
夜色已深将军何故徒步而来,
鲁斯塔姆开口解释说请勿见怪。
他把始末情由讲了一遍,
说在敌营一拳打死一个将官。
格乌对他连声赞扬称颂,
说你是我们军中不可缺的英雄。
鲁斯塔姆告别去向国王回禀,
禀告亲见的土兰人及欢宴情形。
说到苏赫拉布魁梧的身躯,
强劲的腰身及坚强的双臂,
并且说我看他不像土兰之人,
长得似翠柏一般挺直的腰身。
波斯土兰实在无人与他相比,
酷似勇士萨姆,不差毫厘。
还提到一拳把让德击倒在地,
拳下命丧,让德拉兹姆登时倒毙。

他们边说边饮鲁德琴奏出乐曲,
通宵达旦欢饮畅叙毫无倦意。

苏赫拉布向哈吉尔讯问波斯将官姓名

当太阳高举起金黄色的盾牌,
在天际放射出夺目的光彩。
苏赫拉布收拾停当全身披挂,
一跃便翻身跨上青色战马。
一把印度的宝剑系在腰间,
一顶皇家王冠金光闪闪。
盘了六十圈的套索挂在马鞍鞯后,
他面色威严紧皱一双眉头。
他来到一处陡峭的山坡上,
来把对面敌情瞭望。
他下令把哈吉尔带到面前,
要有问必答不能胡说谎言。
箭靶要放正,不偏不倚,
箭靶歪歪扭扭箭头难于中的。
为人处世要紧的是坦诚正直,
坦诚正直之人才不受损失。
我讯问什么你要实言以对,
万勿狡猾骗人拨弄是非。

你若希望获释回去,
在众勇士面前不致名声扫地,
我问波斯情况你应告以实情,
万勿徒施诡计自作聪明。
如若你坦诚相待句句是实话,
那时,我决不负你定然报答。
我会赏你无数的金银珠宝,
你会因此得到无数财产与锦袍。
你若说谎骗人耍弄阴谋诡计,
那牢狱便是你永远栖身之地。
哈吉尔对苏赫拉布这样回答,
将军若向我询问波斯军情,
我定然实言相告尽自己所知,
决不弄虚作假自讨苦吃。
我这人从来不讲假话骗人,
讲假话骗人不符合我的良心。
世间人情事理诚最可贵,
虚假是万恶之首惹是生非。
苏赫拉布说我问的波斯军情,
有国王的一切以及文武公卿。
我要问到对方一个个知名人物,
像图斯、古达尔兹以及格乌。
像勇士古什达哈姆、巴赫拉姆,
还有著名的英雄鲁斯塔姆。
凡我问的你都要一一作答,
否则你休想活命推出便杀。

227

你看那五色斑斓的锦帐，
帐上绘有花斑豹的图样。
有战象百头拴在帐篷之内，
有一个青翠色宝座青中泛黑。
帐外一杆黄旗中有太阳图样，
紫色旗杆一弯金月点缀在杆上。
那是何人端坐在中军大帐，
你可知此人姓名快对我讲。
哈吉尔说那便是波斯国王，
为他守卫的乃是雄狮与战象。
苏赫拉布又说看那右路大军，
有无数辎重战象和骑马之人，
那里营帐颜色一派青黑，
营帐外排列着士卒的方队。
中军帐外又有无数帐篷，
后有战象前有雄狮等待号令。
大帐外竖起的是一杆象旗，
足蹬金靴的勇士穿梭来去。
这位波斯将官姓甚名谁，
他是哪方将领率哪方军队？
哈吉尔答那是努扎尔之子图斯，
他的军旗上有战象的标记。
这名统帅原本是皇家之后，
光荣的勇士有能征善战的身手。
雄狮与他对阵也力不能敌，
王公都惧他三分纷纷向他献礼。

苏赫拉布又问你看那红色营帐，
一彪军士在大帐前后往来奔忙。
帐前紫色大旗上有狮子图像，
旗上缀着珠宝闪闪发光。
大帐后面也有众多的兵丁，
一个个手执长枪盔甲严整。
你对我说那位将官的姓名，
弄虚作假我可决不容情。
哈吉尔说此将乃是高贵勇士之光，
是克什瓦德之子古达尔兹营帐。
他善用兵临阵勇冠三军，
有八十如狮似象之子个个是嫡亲。
他身手不凡能力敌战象，
野虎山豹见他也无法抵挡。
苏赫拉布又说你看那绿色大营，
波斯的将官都在那帐下听令。
营中有一宝座富丽堂皇，
有一杆卡维军旗帐前飘扬。
在宝座之上有一位勇士端坐，
他身高体壮相貌威武仪表堂堂。
他坐着也显出身材高大魁梧，
比身旁站立的还高一头长相突出。
一匹战马在他身旁伺候站立，
这样的马天下找不出第二匹。
他开口讲话有如震耳的洪钟，
似波浪滔滔的大海咆哮翻腾。

他面前还有许多披甲战象，
这勇士似急不可待摩拳擦掌。
在波斯这样的好汉举世无双，
他的套索从马背直拖到马掌。
他的旗上绘的是一条巨龙，
一头金狮点缀在他旗杆之顶。
你要告诉我这位勇士的姓名，
他开口讲话如同雄狮发出吼声。
哈吉尔这时心中暗暗盘算，
说我若指出鲁斯塔姆告他真言，
我若把鲁斯塔姆指给这位小将，
灾难若或降到鲁斯塔姆身上。
因此我最好对他隐瞒实情，
列举众将但不告他鲁斯塔姆其名。
他对苏赫拉布说这是中国将官，
近日来报效我王协助作战。
苏赫拉布又问此将叫何名字？
哈吉尔推说此人姓名我实不知。
苏赫拉布仍然紧迫不舍，
说既如此你把他中国名字告我。
哈吉尔此时只好虚应支吾，
说将军明鉴在下确有难处。
前些日当此将来到我王宫廷，
我一直驻守在白堡之中。
我只猜想他是中国来的将官，
因见他辎重与兵器崭新耀眼。

苏赫拉布一听此言心中忧郁，
至此他还未得到鲁斯塔姆的消息。
他母亲曾向他描述父亲的相貌，
但父子无缘相会虽已远远看到。
他仍让哈吉尔报上敌将姓名，
或许有一个名字正符合他的心情。
但是命运早已把一切般般注定，
铸就的命运无人能减无人能增。
命运好坏本系上苍安排决定，
世人只能俯首帖耳一切遵从。
稍停苏赫拉布又说你看旁边，
又有一座大营营中大将一员。
无数骑手与战象往来奔跑，
声声激越是号手吹起了号角。
他的战旗上绘有狼的图像，
黄色旗帜迎风高高飘扬。
在那营中安放了一个宝座，
成群仆役在主将四周来往穿梭。
你告我这员波斯将官的姓名，
他家乡在何处出自何人门庭。
哈吉尔说道他是古达尔兹之子格乌，
人们都称他为无敌勇士格乌。
他本出自高贵的古达尔兹家族，
他在波斯军中地位显赫突出，
他是鲁斯塔姆的东床娇婿，
论地位在波斯无人与他可比。

苏赫拉布又说太阳升起的东方,
那里支起一座白色的篷帐。
那帐篷的质地都是罗马锦缎,
帐前骑手往来穿梭人数近千。
此外还有许多执枪的步兵,
营前营后还驻扎着大量兵丁。
一位将军端坐在象牙宝座上面,
宝座上还放了个柚木坐垫。
宝座四周装饰着华丽的锦缎,
一队队仆人伺候在他近前。
这位将军他叫什么姓名?
出身哪一个显贵的世系门庭?
哈吉尔说他名叫菲里波尔兹,
是勇士中精英国王之子。
苏赫拉布说我看这员将官,
确像凤子龙孙仪表体面威严。
又说你看那边有一座黄色帐篷,
帐篷前一杆大旗招展迎风。
大营四周还竖起许多旗帜,
旗分红黄五色其中也有绛紫。
勇士前面的战旗有野猪图像,
他面如皓月生就高大臂膀。
你可知这位勇士的姓名?
你讲一讲他有什么特征。
哈吉尔说这位勇士名古拉兹,
他骁勇无畏可力敌群狮。

他足智多谋是格乌之后,
逢伤痛艰难他从不皱眉头。
一个意在寻父但不明言,
一个不讲实情有意隐瞒。
何必苦争世上一切早经铸就,
吉凶祸福都是出自造物之手。
铸就的命运处处违逆人意,
世人只有服从命运定而不移。
谁若在这逆旅般人世满怀期望,
他便处处碰壁辛苦备尝。
苏赫拉布又一次向哈吉尔提问,
问他想寻找的自己的亲人。
问到那好汉在绿营中端坐,
他的高头大马和盘绕起的套索。
哈吉尔回答说元帅明鉴,
我已尽所知相告未敢隐瞒。
如若有一中国将官我未报告,
那是因为他的名字我不知道。
苏赫拉布说你在耍弄诡计,
鲁斯塔姆之名你尚未提起?
他是天下有数的好汉英雄,
大军出征岂可不闻他的姓名。
你说过他是军中一员主将,
何处御敌他总要走上战场。
既然卡乌斯国王亲自率兵来战,
用战象驮来他的宝座与王冠,

当田野上出征的鼓角齐鸣,
天下闻名的好汉理应作大军先行。
哈吉尔这样回答苏赫拉布,
说对方军中或许找不到鲁斯塔姆。
他现在可能正在扎别尔斯坦,
寻欢作乐在明媚的花园。
苏赫拉布说此言不近情理,
当国王陛下率兵亲赴军机,
勇士们都争先恐后赶来勤王,
勤王出战他们来自四面八方。
天下闻名的英雄岂能袖手旁观,
上下老少怎会不把他责难。
今天,我要你说话一言为定,
无需多费唇舌好汉之言明确坦诚。
如若你指出谁是鲁斯塔姆,
我定然有赏保你高官厚禄。
我赏你一生用不尽的财产,
打开库门任凭你亲自拣选。
但是如若隐瞒这应说出的秘密,
你执意不讲对我不透露消息,
那么我就下令把你开刀问斩,
两条道路由你自己权衡挑选。
有位贤哲对一个国王说出言宜慎重,
当人开口讲话揭示一事真情,
他说话语未出口贵似珍珠,
一颗天然的珍珠尚未从蚌中取出。

当珍珠被取出剥离了蚌壳,
虽仍晶莹玉润但已不是无价之宝。①
哈吉尔对苏赫拉布这样开言,
说将军想必对王冠宝座感到厌倦。
因此,你才会找这样的勇士作战,
他搏斗时能把怒象一举打翻。
你若领教过他强劲的手掌,
见识过他的气概和有力的臂膀,
就会知道见到他准也休想逃脱,
不论是狼虫虎豹还是恶鬼妖魔。
当他挥舞千钧之力的大棒,
二百名武士在他面前也无法抵挡。
谁若是能与鲁斯塔姆较量一番,
他会骄傲得把头扬到青天。
在世上战象都不能与他匹敌,
他马蹄下的灰尘能把尼罗河遮蔽。
他身强力壮有百条好汉的膂力,
扬一扬头与大树比试高低。
当他战斗在疆场乘性厮杀,
兽中狮象人中好汉个个惧怕。
纵然他的对手是顽石花岗,
在战场上也不能把他阻挡。
鲁斯塔姆的身手天下闻名,
世上的英雄好汉个个知情。

---

① 这三个联句是诗人的感慨。

当他把印度的战刀愤然高举，
凭将军之力无法与他匹敌。
世界上还未见准有这样的膂力，
能把那沉重的大棒高高舞起。
这中国的统帅阿夫拉西亚伯，
有一群土兰的勇士把他辅佐。
但当鲁斯塔姆举起复仇的钢刀，
他们便似头上着火四散奔逃。
苏赫拉布闻言这样回答，
说克什瓦德古达尔兹着实堪悲。
他们竟生了你这样的儿孙，
无智无勇是个无能之辈。
你哪里见识过好汉英雄，
你哪里听到过骏马的蹄声。
你喋喋不休地吹捧鲁斯塔姆，
一项一项历数他的长处。
见到鲁斯塔姆时想起你这话语，
我的心似大海微风吹起涟漪。
你吹嘘鲁斯塔姆似一团烈火，
那是因为大海未掀起巨浪洪波。
当蔚蓝的大海掀起洪波巨浪，
一团火焰岂能再逞凶狂。
当太阳放射出灿烂的光焰，
黑夜就藏头缩尾收敛气焰。
勇士苏赫拉布气势汹汹，
内心忧郁嘴上说个不停。

哈吉尔缺少经验犹疑不定,
心想要把鲁斯塔姆特征讲明。
如若我把鲁斯塔姆指给了他,
就凭他这矫健的身手和战马,
他定然率一支兵前去进击,
攻击鲁斯塔姆大营出其不意。
他有这样的膂力身手与臂膀,
鲁斯塔姆怕在他手下遭殃。
到那时我们军中便感空虚,
到战场上便再无人与他匹敌。
波斯军中再无足以对阵的将官,
他伸出手去便直取卡乌斯王冠。
哈吉尔心想我宁可光荣牺牲,
也不愿为敌效劳苟且偷生。
如若我死在苏赫拉布手中,
白日不会变黑河水不会变红。
我死了古达尔兹还是儿子成群,
还有七十九子如狮的后人。
还有勇冠三军的大将格乌,
危难之际他出阵拼斗左冲右突。
巴赫拉姆列哈姆光荣的勇士,
有英勇善战的猛师席都什。
我死后他们还会为国效力,
奋不顾身搏斗抵御顽敌。

还有古达尔兹及八十个勇士,①
他们都愿尽忠国家疆场效死。
我若死去波斯会损失什么?
我曾听一个贤哲这样说过:
当青草坪上长出巍巍劲松,
山鸡便不再光顾杂乱的草丛。
这样一想他便说此事真正离奇,
你为何屡次把鲁斯塔姆提起?
你与他究竟有何种仇恨?
我实难奉告你徒然苦苦追问。
鲁斯塔姆在何处我确不知情,
你可以一怒断送我的性命。
你不应一心渴望拼斗厮杀,
而且还托词掩饰不讲实话。
与鲁斯塔姆相逢你不会取胜,
此事不易你不应想得过于轻松。
你还是不要寻衅向他挑战,
否则你会惨败在他面前。

苏赫拉布袭击卡乌斯大营

勇士之首听哈吉尔之言近于无理,
便不正面看他背过脸去。

---

① 由于哈吉尔是古达尔兹儿子之一,此句应为七十九个勇士。

他转脸不语一言不发，
对方隐瞒了实情没讲真话。
突然，他举起拳头朝哈吉尔猛击，
打倒哈吉尔他立即回营而去。
他思绪繁多心中充满忧愁，
反复思索想着即将到来的战斗。
他心中充满愤恨整装披挂，
把一顶黄金王冠从头上摘下。
全身穿好甲胄防备敌人刀枪，
拿一顶罗马头盔戴到头上。
他带好强弓套索与长枪，
还拿上神鬼惧怕的大棒。
他怒气填膺双颊涨得通红，
跨上战马立即向前奔腾。
战马呼啸而去如山崩地陷，
直扑战场如同怒象一般。
他奔驰而出渴望厮杀征战，
马蹄下的灰尘直冲霄汉。
转眼间他已冲到敌营之中，
眼看威胁了卡乌斯大营。
接近大营之后高举长枪，
枪尖儿挑起中军大帐。
这边的勇士如狼见狮子一般，
个个面现惧色不敢上前。
波斯的勇士们在旁观望，
无人敢上前把他抵挡。

人们见他手执马缰足踏马镫,
都惧怕他神力与长枪的威风。
波斯的勇士围聚在一起,
都说此将与鲁斯塔姆无异。
无人胆敢上前正面阻拦,
无人胆敢挺身而出与他争战。
这时苏赫拉布高喊一声,
叫一声卡乌斯历数他的罪行。
他说,呔,你听着卡乌斯国王,
你也配领兵来到两军战场。
你怎么配叫凯卡乌斯①,
战场上你无法力敌雄狮。
我只消抖动我手中长枪,
就让你手下兵将四散逃亡。
当让德被害在酒席宴前,
那晚我已当众立下誓言:
我要斩尽波斯的将官兵丁,
我要用绞架给卡乌斯送终。
波斯勇士哪一个手段高强,
来来来,与我在战场比武较量。
英勇的格乌、古达尔兹、图斯,
古什达哈姆菲里波尔兹卡乌斯之子,
骑士鲁斯塔姆天下的名将,
还有赞格勇士举世无双。

---

① 凯卡乌斯,即凯扬王朝国王卡乌斯。

他们如今安在?何不来逞一逞威风,
让我们在这战场上一决雌雄。
他这厢声声喝喊高叫挑战,
波斯方面鸦雀无声无人搭言。
这时苏赫拉布又驱马前行,
眼看逼近波斯的中军大营。
他一探身枪尖只轻轻一拨,
大营的七十颗地钉颗颗松脱。
那营帐的一角已经倒塌倾斜,
四面号角嘶叫声声不歇。
卡乌斯一见大惊失色高声喊叫,
说高贵的勇士们大事不妙。
快去人告知鲁斯塔姆,
说这个土兰人谁也无法对付。
我手下勇士无人与他匹敌,
波斯无人能把他阻挡抵御。
图斯领命去向鲁斯塔姆传递消息,
向那勇士传达国王的心意。
鲁斯塔姆说凡是国王传唤,
不是命我去搏杀就是召我赴宴。
但卡乌斯国王却与他人不同,
他下令必然是命我领兵出征。
于是他下令备好拉赫什骏马,
又命令兵丁儿郎准备上阵厮杀。
鲁斯塔姆从帐中向外观看,
只见格乌驰马飞掠过草原。

鲁斯塔姆整一整拉赫什的马鞍,
古尔金在旁催促不要迟延。
列哈姆把他的大棒紧紧绑牢,
图斯也已把他的铠甲穿好。
他们彼此催促说刻不容缓,
鲁斯塔姆在帐中已听到叫喊。
心想这岂不是去斗魔鬼阿赫里曼,
只一个人便吓得全军乱作一团。
他迅速穿好自己的虎皮战袍,
用御赐的腰带紧束起身腰。
他跨上战马拉赫什冲上前去,
扎瓦列留守营中代理军机。
鲁斯塔姆说你任留守不可轻动,
等我派人向你驰报军情。
兵丁高撑战旗,战旗高高飘扬,
鲁斯塔姆威风凛凛奔赴战场。
鲁斯塔姆见苏赫拉布身躯臂膀,
像勇士萨姆一样魁梧雄壮。
他对苏赫拉布说我们到那边战场,
那边是块空地平坦宽敞。
苏赫拉布心中不禁怒气冲冲,
听了来将之言催马向前移动。
他掠过敌兵队伍直奔战场,
一心要拼斗不住地摩拳擦掌。
他对鲁斯塔姆说,我们去到一旁,
找个地方你我二人比武较量。

波斯土兰双方都不派兵将，
一个对一个看谁手段高强。
战场之上可不是你逞强之地，
我手起拳落你未必经受得起。
别看你身躯魁梧膀大腰圆，
但已年迈体衰已步入老年。
鲁斯塔姆乘机把来将打量，
见他手臂强劲有力镫低腿长。
鲁斯塔姆说黄口小儿出言休得无礼，
你可知地上阳光温暖地下阴风凄凄。①
我虽年迈但我饱经阵战，
多少兵将被我击溃打翻。
多少妖魔鬼怪断送在我手中，
两军阵前我还从未败在下风。
交手之前你要把我仔细看清，
若不死在我手下便可力战恶鲸。
我一生征战跨过江海攀过高山，
也曾与土兰勇士几番决战。
我的业绩群星可以作证，
抖抖威风世界在我脚下震颤吃惊。
人们见我拼斗厮杀无比欢畅，
还以为我开怀畅饮在酒席宴上。
我从心中泛起对你的怜悯，

---

① 这一个联句的意思可能有两种理解：一解为任何事情均有顺利之时与困难之时，鲁意在警告苏可能失败；一解为如苏不败则是幸福的，如失败则被埋入地下。

使你身首异处我于心不忍。
土兰国找不到你这身躯臂膀,
在波斯你这身材也是举世无双。
听了鲁斯塔姆这番话语,
苏赫拉布似有些回心转意。
他开口说我有句话问你,
你可要如实相告心口如一。
请你告我你的亲族世系,
实言相告我才感到满意。
我猜想你准是鲁斯塔姆,
你定然出身尼拉姆家族。
鲁斯塔姆答道我不是鲁斯塔姆,
我并不出身尼拉姆家族。
我是无名小卒他是英雄好汉,
我身下无宝座头上也无王冠。
苏赫拉布的希望变为失望,
朗朗白日顿时变为一片昏黄。

鲁斯塔姆与苏赫拉布之战

苏赫拉布手执长枪向战场奔去,
心中为母亲嘱咐感到惊异。
他们二人来到一片不大的平地,
开始搏斗先用的是短小兵器。
后来打得长枪都剩下枪杆,

战马相逢时都把马头拨向左边。
后来他们都抽出印度战刀,
刀锋相撞霎时火星乱冒。
二人激烈搏杀刀刃变成锯齿,
杀得天昏地暗似乎到了世界末日。
刀战之后又挥舞沉重大棒,
棒来棒往棒棒飞舞在头上。
厮杀多时二人都气喘吁吁,
战马奔腾但勇士仍满心怒气。
激烈的战斗中击碎双方铠甲,
败鳞残甲纷纷洒落在马下。
战马力竭两位勇士也力竭神疲,
他们臂膀手掌也松软无力。
汗透征衣嘴里充塞着灰尘,
口干舌燥发出沙沙的声音。
激战稍停,二人远远对望,
父亲心中痛苦儿子满怀悲伤。
人世呵你阴错阳差不尽人意,
祸福难测成也在你败也在你。
此刻这二人刀兵相向四目圆睁,
失却了理智也毫无父子之情。
即使是牲畜也认得自己的幼崽,
不管野驴在草原鱼儿在大海。
而人却由于私欲也由于贪心,
嫡亲互不相认彼此视为敌人。
鲁斯塔姆心想此人勇如巨鲸,

在战斗中从未遇到过这样的英雄。
我曾轻而易举地战胜白妖,
但遇到今天的对手看来不妙。
此人不过是一个无名小辈,
一无震耳名声,二无显赫高位。
但是今天在两军阵前众目睽睽,
我确实已无心再战,意冷心灰。
这二人暂时罢手拉开一段距离,
他们的战马也因此而得以喘息。
二人突然张弓搭箭彼此对射,
羽箭在战场纷飞往来穿梭。
箭矢纷飞噗噗落在地面,
似秋风乍起横扫落叶一般。
他们都身披铠甲内有虎皮征衣,
箭虽锋利但并未触及躯体。
箭战不分胜负二人心中焦急,
忽又揪作一团彼此抓住征衣。
鲁斯塔姆平素有移山之力,
战斗时乘势能把高山举起。
英雄神力无穷力可移山,
在他手中坚石也蜡样松软。
他一把抓住鲁斯塔姆的腰带,
想把他从马鞍上拉拽过来。
但那小将身躯却纹丝不动,
鲁斯塔姆反变得力竭计穷。
无奈他只得把双手松开,

小将腰带牢靠使他感到奇怪。
此时,两位勇士都已力竭筋疲,
激烈搏斗后心想罢战喘息。
但苏赫拉布又从马鞍抽出大棒,
手执大棒催马奔向前方。
一棒狠打在鲁斯塔姆肩头,
鲁斯塔姆中棒浑身疼痛难受。
苏赫拉布见状说,喂,勇士,
这棒打下我看你已力不能支。
你胯下战马还有点驴子的力气,
然而勇士已经体力不济。
你鲜血如注染红了大地,
一股怜悯之情从我心中泛起。
你虽然是一位身躯魁梧的将军,
但如今年迈体衰失却了青春。
鲁斯塔姆对他只字也未回答,
感到惊异与疼痛所以不愿回话。
这二人谁也无法在搏斗中得胜,
虽酣战多时谁也无法占据上风。
他们各自拨转马头摆脱对方,
两人都默默地深思细想。
突然,鲁斯塔姆催马冲向敌军,
似一头豹子冲入了兽群。
苏赫拉布见状也抖一抖缰绳,
紧催战马冲入了波斯军中。
冲入波斯军中一阵乱砍乱杀,

多少波斯将士惨死在他手下。
他人马到处兵卒们纷纷逃散,
左冲右突如狼入羊群一般。
鲁斯塔姆猛然想到自己失算,
卡乌斯国王可能陷入危险。
这土兰凶悍的小将冲杀过去,
他全身披挂又有坚强的手臂
岂不太险,于是他掉头冲回本营,
担心苏赫拉布在营中逞凶。
他见苏赫拉布在他营中大杀大砍,
地上一片片殷红血洒平川。
小将似一头雄狮冲入众兽群中,
手臂与铠甲都被鲜血染红。
鲁斯塔姆见他浑身血迹,
不禁大喝一声冲将过去。
他说土兰人你也太为猖狂,
波斯军中无一人向你举起刀枪。
你为何不与我比试较量,
却狼一般驱赶与虐杀群羊?
苏赫拉布闻言也不相让,
说土兰军卒何罪?他们也只是观望。
我方士卒并无一人前来伤你,
是你拨转马头先冲杀过去。
鲁斯塔姆说今日天色已晚,
明日太阳升时你我前来再战。
明日一早我们再决胜负,

看哪方军士为他们将官痛哭。
如今大地上早已是星光洒遍，
到明天有人兵败疆场有人高堂华宴。
你刀法出众又兼箭术纯熟，
或许不会遭难不会败在他人之手。
今天我们血战竟日暂且收军，
看明天造物为你安排什么命运。

鲁斯塔姆与苏赫拉布回营

天色已晚他二人收兵回营，
苏赫拉布的神威震惊了天庭。
他仿佛生来就是为了征战，
时时驰骋疆场永远不离马鞍。
他的骏马是永不疲倦的铁骑，
他有坚强的意志与纯钢般的身体。
他乘着夜色回到自己大营，
暂罢刀兵获得短时的轻松。
他对胡曼说今日从早到晚，
真正经历了一场凶杀恶战。
对方将官实在武艺高强，
他手如狮爪还有一副雄劲的臂膀。
他与我在战场上不分上下，
来我军营何干说了什么话？
我看此人的本领举世无双，

他冲击我军把多少人杀伤?
虽是一员老将但却有雄狮之力
厮杀争斗从不感到力竭神疲。
如若在世上寻访把天下踏遍,
再找不到任何人比他能征善战。
胡曼回答向他讲述详情,
说将军有令军士不要轻举妄动。
我们的队伍整齐整阵以待,
在战场上把队伍阵势排开。
突然见一个将官策马狂奔,
愤怒地直冲我军的方阵。
看他的举动神情颇似醉汉,
旁若无人不停催马向前。
突然他拨转马头回奔原来方向,
从这里直奔波斯军士的营帐。
苏赫拉布连说幸运,幸运,
双方搏斗他未曾杀我一人。
可是我却杀死了波斯将士兵丁,
黄沙土地都被鲜血染红。
原来此将前来只是观察一番,
他未逞凶当然你们也无需迎战。
如若有一头雄狮向我猛扑,
也不必担心我的大棒足以对付。
我能压倒虎豹的凶恶气焰,
我一箭能把天火从云中引向人间。
勇士们如若突然见我出现在面前,

他们吓得浑身的铠甲也裂成碎片。
明天决定胜负还有一场恶战,
明天还要会一会那无敌的将官。
愿创世之主多多佑助降恩,
助我把天下勇士个个杀尽。
现在请为我摆上一桌酒席,
用美酒把心头愁烦冲洗。
在波斯这边鲁斯塔姆回到军中,
便与格乌议论战况军情。
他问格乌今天苏赫拉布来冲我营,
如何在我营中作恶逞凶?
见鲁斯塔姆发问格乌连忙回答,
说此将与众不同勇冠天下。
他闯入我军之中似一阵旋风,
催马奔驰直奔图斯大营。
他手执长枪策马向前飞奔,
时而端坐马上时而镫下藏身。
他见图斯手执长枪迎面而立,
似雄狮一般扑上前去。
他从侧面向图斯猛刺一枪,
便把图斯的头盔挑到地上。
图斯力不能敌拨马回避,
众勇士也一个个败下阵去。
勇士中并无一人能与他争斗,
除非将军你这样的身手。
我谨遵古老的规则与传统,

并未派兵参战向他进攻。
由于我方并无一将能够迎敌,
只好任他战场驰骋我们回避。
他长驱直入无一人单身迎战,
他冲杀中军后又袭击右军营盘。
他左右冲杀未遇任何反抗,
耀武扬威在战马鞍上得意洋洋。
鲁斯塔姆闻言内心感到不安,
他担心卡乌斯国王是否安全。
卡乌斯国王见勇士前来探望,
忙让了个座位请他坐在身旁。
鲁斯塔姆与国王把苏赫拉布谈起,
说到他的手臂与他的身躯。
说从未见过世上有这样的少年,
如此武艺高强如此英勇善战。
他身材高大伸手足以摘下星星,
他体格粗壮大地都承载不动。
我们今天酣战竟日难解难分,
刀枪大棒弓箭套索一一用尽。
我自忖在我与他交锋以前,
曾把无数勇士擒下马鞍。
这次我曾用力抓住他的腰带,
想一把把他拖拉过来。
我也想双手把他从鞍上举起,
像对别的将官把他摔下平地。
可是,纵使狂风吹动一座山峰,

这小将在马上也岿然不动。
因为黑夜没有月光昏暗不明,
我只好与他暂时罢战休兵。
明日天亮我再赴战场迎战,
到时要想方设法把他打翻。
我们罢兵时已经双方约定,
到明天疆场上再决雌雄。
我尽力而为但不知谁占上风,
这结局只看造物主如何决定。
造物主创造了月亮与太阳,
人间搏斗的胜负也决定在他手上。
卡乌斯说圣洁的真主自有明鉴,
他会使卑劣之徒碎尸万段。
我今晚要虔诚地为你伏地叩首,
向天神祈求把你保佑。
保佑你成功交逢好运,
战胜这土兰来的卑劣小人。
保佑你在战场上重振雄风,
保你功高日月四海扬名。
鲁斯塔姆说仰仗陛下德威,
我会旗开得胜凯旋而归。
他说完以后便起身告退,
直奔自己大营身心十分疲惫。
他回到营中闷闷不乐,
心中不服对手苦思对策。
这时扎瓦列轻轻迈步上前,

问今日交锋可是场凶杀恶战？
鲁斯塔姆劈面先要食物酒席，
进餐后一切都可从长计议。
席间他谈起与苏赫拉布之战，
从头到尾详细历数一遍。
说完又对兄弟嘱咐叮咛，
说你要有个准备要机警清醒。
明日一早我还要奔赴疆场，
去斗那土兰的骁勇的小将。
你要集合队伍安排好旗仗，
还有宝座及金黄色官靴一双。
安排好一切直等旭日东升，
你们在营前候命等我回营。
我如若在战斗中旗开得胜，
我定然立即回身片刻不停。
但若大事不好风云突变，
你切勿哭泣也不要慌乱。
鲁斯塔姆桩桩件件叮咛嘱咐，
待事到临头看如何对付。
说出什么事都是天神旨意，
也许一条性命断送在这少年手里。
那时，你千万不能鲁莽从事，
不要为我出战去报仇雪耻。
你要率领全军赶赴扎别尔斯坦，
从这里动身去见父亲达斯坦。
你要去设法安慰我母亲的心，
说这一切都是天意不取决于人。

你对她说不要为我悲伤,
不要为我郁结百转的愁肠。
世上并无一人能获得永生,
我也是死期已至走尽了行程。
多少妖魔鬼怪多少狼虫虎豹,
在与我搏斗中都被一笔勾销。
多少堡垒多少城池被我踏平,
在战斗中我从未居过下风。
谁若是久涉疆场饱经争斗,
如同常叩死亡之门难免一时失手。
纵然一个人的寿命长至千年,
他的路途与事业也只在瞬间。
你看尊贵的国王贾姆席德,
还有塔赫姆列斯力克妖魔,
如今这些伟大君主都已不在人世,
服从命运安排他们都已长逝。
论勇敢威严谁能比戈尔沙斯帕,
但苍穹回转把他的岁月消磨。
就是纳里曼与萨曼两位勇士,
也无法长留世上永生不死。
他们这些人都一个个远离,
我自然也应随他们而去。
这样劝解或许她的悲痛平息,
你应一心为国王陛下尽忠效力。
如若刀兵再起你不应退避,

要疆场效命听从陛下旨意。
不论老少世人都将奔向归宿,
谁也无法在世上久留长驻。
二人谈论苏赫拉布直至深夜,
夜深人静二人后半夜方才安歇。

苏赫拉布打倒鲁斯塔姆

当光辉灿烂的太阳伸展开翅膀,
乌鸦似的黑夜忙把头埋藏。
鲁斯塔姆连忙穿好虎皮征衣,
翻身跃上自己的骏马龙驹。
这一夜军中并无一人解带宽衣,
因对方大军就近在咫尺之地。
他又把铁的头盔戴到头上,
策马直奔昨日搏杀的战场。
人间痛苦全来自贪心不足,
清心寡欲能立时摆脱痛苦。
那边苏赫拉布与众位将官,
在乐曲声中畅饮摆开酒宴。
他对胡曼说这雄狮般将军,
昨日在战场与我打得难解难分。
他生了与我一样高大的身躯,
激烈厮杀他并不感过分吃力。
他的臂膀身躯与我一模一样,

似乎造物主曾经两相衡量。
我一见他就感到亲切激动,
从内心深处泛起一阵亲情。
我临行时母亲曾告我父亲特征,
我心里狐疑不定但未对他言明。
我猜想他一定是鲁斯塔姆,
像他这样的勇士屈指可数。
千万别让我与父亲对阵厮杀,
父子对阵可是天大的笑话。
在创世主面前我还有何颜面,
我会羞愧难当痛苦无颜。
为人之子决不能与生父为敌,
那样到彼世也无容身之地。
在世界王公贵族面前我会丢尽颜面,
波斯与土兰两军将士都会口出怨言。
人人都要指斥我忤逆弑父,
今生与彼世再不会有我立足之处。
这场厮杀使我永远无法抬头,
糟就糟在父子拼斗鲜血迸流。
胡曼说过去我也曾有几番争斗,
有机会与鲁斯塔姆交手。
你想必听说他在马赞得朗,
如何英勇地挥舞他的大棒。
此将的战马倒是颇似拉赫什,
但并不像拉赫什那样狂奔飞驰。
夜色已深眼看到了二更,

营外值更哨兵的喊声传入耳中。
勇士苏赫拉布满怀战斗豪情，
起身离席直奔自己的大营。
次日一早当太阳升起在东方，
壮士一觉醒来神清气爽。
苏赫拉布穿戴好战袍与征衣，
头脑里想着战斗心中又有些犹疑。
他高声呼叫着冲向战场，
手中挥舞着他的牛头大棒。
见到鲁斯塔姆他面带笑容，
似乎昨夜他二人同宿一营。
他说昨夜将军睡好今晨起身可早？
今日如何比试将军可曾想好？
让我们放下弓箭与仇恨的钢刀，
捐弃前嫌握手言归于好。
让我们弃鞍下马席地而坐，
用美酒驱散仇恨与不和。
让我们在创世主面前立下誓言，
从此永罢刀兵不再交战。
要厮杀让其他将领厮杀拼斗，
你我开怀畅叙共饮美酒。
我一见到你便感到与众不同，
从心底泛起一股脉脉的亲情。
你定然是勇士之子门庭显赫，
你应把你的门庭世系如实告我。
我曾经一再询问你的姓名，

别人未曾告我你自己应该讲明。
你既然走上战场与我交战,
自己的姓名因何对我隐瞒?
我猜想你一定是勇士扎尔之后,
扎别尔的天下知名的鲁斯塔姆。
鲁斯塔姆答道你一心寻求荣誉,
今天这番话又从何提起。
昨天你我已有一番凶杀恶战,
今天我怎会受你巧言欺骗。
你还年轻但我已不是孩童,
我已准备好与你做一番拼争。
让我们较量争斗分出个胜负,
胜负分明才符合创世主意图。
这里本是你死我活的战场,
不必细问姓甚名谁何处是家乡。
我征战一生历尽了沧桑,
决不会轻信人言受骗上当。
苏赫拉布对鲁斯塔姆说,老将呵,
我良言相劝你却执意不听。
我心中本来抱有一个愿望,
当你面临末日魂飞命丧,
好有个后人为你举哀送终,
把你的遗体葬入坟茔。
既然你的性命掌握在我手中,
我就按造物意旨给你送行。
说话之间二人翻身下马,

站到地上依然是全身披挂。
他们各自把战马拴到石上，
然后走到场上内心悲怆凄凉。
他们像两头狮子纠打到一起，
热汗混着鲜血从身上下滴。
从黎明时分直打到烈日当头，
难解难分你有一招我还一手。
苏赫拉布像发情的象猛一探身，
伸开巨掌一下子抓住敌人。
抓住鲁斯塔姆腰带往怀中一拽，
用尽力气似要把大地撕裂。
他猛然发力愤怒地一声吼叫，
竟把雄狮般的鲁斯塔姆撂倒。
他似一头怒象扑到对手身上，
把他提起来又摔到地上。
然后，他以膝头抵住对手胸腹，
鲁斯塔姆浑身与脸上沾满泥土。
像是雄狮捕捉住一头野驴，
挥拳便打打得野驴濒临咽气。
然后，他又拔出一把雪亮的匕首，
想把头颅割下结果对手。
这时鲁斯塔姆方才张口开言，
说有个规矩不能对你隐瞒。
你是一位力搏雄狮的勇将，
你精通套索刀枪以及大棒。
我们这里原本有一个规矩，

这规矩与你们的习惯或有差异。
如若一位勇士与人搏斗，
他武艺高强战胜了对手，
当他把对手首次打倒占了上风，
但不应立即下手结果对方性命。
如若二人起身从头再斗，
他第二次又打倒了对手。
这第二次就可下手结果对手性命，
时至今日这一规则我们一直奉行。
他为求得活命逃脱巨龙之爪，
才杜撰出这个规则施展巧计一条。
勇敢的年轻人居然信以为真，
那老将讲的一切他完全相信。
一是自恃勇敢无敌二是命运决定，
三是由于慷慨豪爽的勇士之风。
他放开对手纵马来到田野之上，
田野上麋鹿成群来来往往。
他忽然兴起开始追逐猎物，
完全忘掉与他搏斗的鲁斯塔姆。
后天色已晚苏赫拉布收兵回营，
胡曼见勇士归来忙问战情。
苏赫拉布把鲁斯塔姆战场之言，
详详细细向胡曼转述一遍。
胡曼听罢便说，唉，你太年轻，
或许为此你要断送自己性命。
像将军如此臂膀如此身躯，

这样的骏马这样高超的武艺,
制服他像把一头狮子装入牢笼,
但捉了又放行事未免草率莽撞。
这是行事不慎一朝失策,
看此举在战场上带来什么后果。
国王陛下曾经有过一句名言:
敌人无论多么弱小也不应小看。
他说完此话便沉默不言,
对苏赫拉布的命运有不祥预感。
苏赫拉布反而劝慰胡曼,
说区区小事何必心头愁烦。
当下次他再来与搏斗交锋,
我一定把枷锁套在他的项颈。
胡曼不发一语回到自己营帐,
心中埋怨苏赫拉布行事鲁莽。
再说鲁斯塔姆从小将手下死里逃生,
又挺立起来似一座钢铁山峰。
他步履蹒跚走到一条河边,
饱饮河水吮吸生命的甘泉。
饮水后痛痛快快洗了个澡,
然后又向造物主虔诚祷告。
口中念念有词向造物主祈求,
祈求造物主降恩把他保佑。
请造物主赐给他胜利与幸运,
但天知道日月赐福给何人。
或许命运不济苍天并不相助,

苏赫拉布把鲁斯塔姆打倒在地

摘掉王冠剩下他光秃的头颅。
听说鲁斯塔姆在孩提时期，
造化便赐给他超凡的神力。
如若他的双脚踏上一块石板，
石板上便有两个脚印深陷。
他的巨大神力曾使他感到麻烦，
他本心并不希望力大无边。
那时他曾向造物主苦苦祈求，
祈求造物应允他一项要求，
从他身上减掉些力气，
让他做事行路轻松顺利。
当他向造物主讲明了难处，
巨大的身躯便立即轻松自如。
可是今天又正需要膂力，
与苏赫拉布搏斗担心力不能敌。
他开口祈求说万能的主，
万请开恩把你的奴仆佑助。
我希望你仍赐我原来的膂力，
希望你使我像当初一样力大无敌。
于是造物主满足了他的愿望，
把当初减掉的力气又加到他身上。
他转身离开池塘又回到战场，
仍然是忧心忡忡脸色蜡黄。
只见苏赫拉布箭一般前冲，
套索挽在手臂手执一把强弓。
他耀武扬威发出狮子般的吼声，

他的黄马奔腾大地为之震动。
看着这小将如此英雄豪勇,
鲁斯塔姆不由得心头一惊。
他暗自思量心中细加盘算,
自料不敌惊愕之外又添愁烦。
苏赫拉布看到鲁斯塔姆的模样,
少年气盛仍不把他放在心上。
当他走近鲁斯塔姆仔细端详,
见他浑身是力头顶上有一股灵光。
他开口说勇士,你已败在下风,
此番回来莫非仍要拼争?
你心不诚出言句句失真,
你应讲明此番回来的原因。
莫不是你已经厌倦了人生,
又来与雄狮搏斗白白断送性命。
我可以再一次向你保证,
看你年迈体衰再饶你一命。
鲁斯塔姆闻言回答苏赫拉布,
你虽力敌千军但万勿过于自负。
在这战场上你不要大言欺人,
你无非凭血气之勇傲视我军。
雄狮呵,你与我老将再次较量,
看你会得到一种什么下场。

苏赫拉布惨死于鲁斯塔姆手下

他们二人又一次把战马系牢,
厄运此时在他们头上笼罩。
命运不济一个人处处为难,
花岗石也变得如同蜡样松软。
他们二人重又搏斗厮杀起来,
双方都紧紧抓住对方腰带。
苏赫拉布统帅有矫健的身手,
但天不作美气数到了尽头。
鲁斯塔姆怒从心起探出巨掌,
一把抓住那战豹的项颈臂膀。
他用力把年轻勇士腰身压弯,
也是命中注定小将全身瘫软。
鲁斯塔姆猛地把他打翻在地,
提防着他会奋力挣扎站起。
刷地从腰间拔出一把匕首,
在聪明的儿子身上划开血口。
每当你心起杀机恶生胆边,
你的匕首就会被鲜血沾染。
如若天命意欲置人于死地,
你身上的汗毛也根根竖立。
年轻人身躯一挣一声长叹,
与人间善恶从此永远绝缘。

他对对手说我这是自作自受,
我命当绝不过是假你之手。
不应怪你要怪伛偻的苍天,
它让我出生又匆忙把我送入黄泉。
我的同龄人还在优游嬉戏,
我这样力壮身强却要葬身地底。
母亲让我把父亲信物带在身边,
此生无缘再不能与父亲见面。
我想见生父到处把他寻觅,
如今一死带走对他的情意。
我身躯虽亡但心中怀有遗恨,
临死也无缘见到生身父亲。
纵然你变为海洋中的游鱼,
或者化为黑夜的漆黑的阴影。
或者离开大地升上高空,
变为高挂苍穹的一颗星星。
当我父发现我已黄土掩身,
也定会前来为我报仇雪恨。
那些公卿贵人朝中的文武,
会把这信物带给鲁斯塔姆,
告他苏赫拉布已被打翻在地,
临终时还把他探听寻觅。
鲁斯塔姆闻听此言大吃一惊,
登时眼前昏黑人事不省。
他只觉得身躯一软跌倒在地,
失去了知觉当场昏死过去。

等恢复了知觉时开口动问,
声音颤抖话语中伴着呻吟。
快告我你有什么鲁斯塔姆信物,
他不配为勇士真是奇耻大辱。
我就是鲁斯塔姆让我不要活在世上,
让萨姆之子①为我送终举丧。
他撕掠着头发不住地号叫,
胸中热血沸腾痛苦心焦。
苏赫拉布见他如此激动,
也猛然身向后仰人事不省。
醒来后他说原来你就是鲁斯塔姆,
你居然杀死我,这样狠毒。
我曾想方设法向你探询,
但你咬定牙关毫不动心。
现在你可以把我铠甲解开,
使我的身体裸露出来。
你会看到你的玉符戴在我手臂,
看我承受你这父亲什么恩惠。
当初金鼓齐鸣我率军出征,
母亲泪流满面忧心忡忡。
她因我出征而痛苦哭泣,
把这玉符系在我的手臂。
她说这是父亲的信物,
珍藏在身边日后定有用处。

---

① 萨姆之子指扎尔,鲁斯塔姆之父。

如今可以它为证但又有何益，
儿子在父亲面前眼睁睁死去。
鲁斯塔姆解开铠甲看到宝珠，
顿时悔恨交加撕开自己的衣服。
他说军中勇士人中的英雄，
万想不到你竟在我手中丧生。
他悲痛得乱扯自己的头发，
血泪合流抓土往头上抛撒。
苏赫拉布说一切已于事无济，
遇到这事何必落泪悲泣。
切不要这样枉然摧残自己，
过去的事就让它成为过去。
当光灿灿的太阳已然西坠，
鲁斯塔姆尚未从战场返回。
军中派出二十名勇士前去打听，
打听战场上的经过情形。
只见两匹战马在战场伫立，
马浑身是土却不见鲁斯塔姆踪迹。
这二十人在战场寻找勇士，
不见鲁斯塔姆在马上奔驰。
他们料想鲁斯塔姆已然牺牲，
勇士们低垂下头悲痛充满心胸。
于是拨转马头去给卡乌斯报信，
说只见坐骑不见鲁斯塔姆本人，
霎时间军营中哀声四起，
人们心头充塞着悲痛与焦急。

卡乌斯国王下令鼓角齐鸣，
统帅图斯闻讯走出大营。
国王卡乌斯向军士传下命令，
说速去战场查看实际情形。
快去看是否苏赫拉布占了上风，
他若得手必将危及我们都城。
如若勇士鲁斯塔姆死于敌手，
波斯还有什么人去与他拼斗。
我们要像贾姆席德一样逃亡，
一起向荒野与山冈四处流浪。
现在我就应该集合全军，
出其不意倾全力袭击敌人。
当波斯军中众人乱作一团，
苏赫拉布对鲁斯塔姆开言：
现在，我的寿命已濒临终点，
土兰军士面临风云骤变。
愿你能发善心劝阻国王，
不要派兵穷追把我军杀伤。
他们跋涉奔袭全是受我鼓动，
是我统领他们到波斯远征。
我曾以胜利前景赋予他们以希望，
鼓励他们使他们始终斗志昂扬。
著名的勇士呵，我何曾承想，
在生身父亲手下魂飞命丧。
我希望他们从此地平安撤军，
愿你们以礼相待不视为敌人。

我曾抛起套索把一名勇士捕获,
关在监牢至今也未放出。
我多次向他打听你的踪迹,
我猜想当时看到的是你。
可是他却胡编了一通谰言,
让他世人唾弃遗臭万年。
他的话使我完全失望,
青天白日登时一片昏黄。
他是个忠心耿耿的波斯将军,
你不必找他计较去报仇雪恨。
临出征时母亲给了我个信物,
我虽收下但没有看重这个玉符。
这也是际遇命运在冥冥中写就,
我注定要命丧自己的生父之手。
我来如闪电去似一阵轻风,
或许天堂之上再与你欢乐相逢。
我从痛苦中解脱气绝身亡,
眼中含着热泪心中充满悲伤。
鲁斯塔姆猛地跳上马鞍,
心中充满悲戚嘴里一声长叹。
他因自己的行动而深感痛苦,
高声嘶叫着冲向自己的队伍。
当波斯将士见到鲁斯塔姆,
他们都以额触地俯首行礼。
他们都称颂鲁斯塔姆的神威,
赢得一场恶战平安返回。

但是见他那副模样满头灰尘,
无精打采撕破了战袍与衣襟,
不禁发问:搏斗结果如何?
因何心绪不佳如此闷闷不乐?
他于是说出发生的那桩怪事,
他搏斗中亲手杀死了爱子。
众人一听惊奇得一片喊声,
这时,大军统帅立即人事不省。
苏醒来他向众将表明心迹,
说如今我已经力竭神疲。
你们不要再与土兰人交战,
我今天所作所为已够令人心寒。
这时扎瓦列来到鲁斯塔姆近前,
他也全身衣服撕破疲惫不堪。
鲁斯塔姆见兄弟如此悲痛,
立即向他讲述杀子的详情。
说我深深痛悔自己的所作所为,
这是遭到报应惩罚我的大罪。
人到暮年杀死爱子自己的亲人,
亲手断了自己之后斩草除根。
我一刀刺破年轻孩子的心肝,
苍天也为之垂泪他死得好惨。
鲁斯塔姆这时向胡曼发出信息,
说让我们都把钢刀收藏到鞘里。
他对扎瓦列说你去照应对方队伍,
要警惕谨慎切不可大意疏忽。

事已至此还有什么话可说，
只愿从此不再厮杀两罢干戈。
他用心险恶未对苏赫拉布讲明，
才使我陷入烈火烧灼的悲痛。
鲁斯塔姆又嘱咐自己的兄弟，
说聪明的勇士请你立即前去。
你护送胡曼直送到河边，
对任何人也不要发作不满。
扎瓦列闻言立即动身前去，
向胡曼转达了鲁斯塔姆的本意。
胡曼听了他的话这样回答：
不承想苏赫拉布惨死刀下。
都怪哈吉尔这个歹毒小人，
他不讲真话欺骗了将军。
苏赫拉布曾向他打听父亲行踪，
他用心险恶不把事实讲明。
是哈吉尔害了我们促成了悲剧，
应该把他开刀问斩使他身首异地。
扎瓦列听了又来见鲁斯塔姆，
把胡曼之言对他一一叙述。
鲁斯塔姆闻言大吃一惊，
两眼发黑登时天地晦暗不明。
他举步离开战场把哈吉尔找到，
一把揪住他的衣领把他摔倒。
随即抽出一把寒光逼人的匕首，
想手起刀落割下他的人头。

众将一拥上前为他求情,
苦苦哀求总算救他一命。
鲁斯塔姆从那里又回到战场,
赶到被刺死的儿子身旁。
众将官都跟随在他身后,
图斯、古达尔兹和古什达哈姆。
众人见状都想方设法解劝,
为使他宽心他们一一开言。
说事到如今只得求上苍保佑,
求上苍使你逢凶化吉为你解忧。
鲁斯塔姆顺手又抽出匕首,
想用匕首割下自己的头。
众将见此情状一拥上前,
拖住了他,他们也哭得血泪斑斑。
古达尔兹说如今纵让你随他而去,
但你此举又有什么真正意义?
你就是把自己砍得遍身伤痕,
也丝毫无助于那惨死的贵人。
如若命运不把他置于死地,
你们父子还能够生活在一起。
如若命中注定他命丧身亡,
请睁眼细看谁能永生在世上?
不论戴着头盔还是头戴王冠,
你我都是猎物到时无一幸免。
大限一到人人都要离开人世,
离开以后一切情形便一无所知。

将军呵,人生于世有谁能获永生,
我们倒是要为自己而垂泪悲痛。
我们是同路人不论路短路长,
一时结伴,分手后各奔他乡。

鲁斯塔姆向卡乌斯求药

这时,鲁斯塔姆请求古达尔兹,
说我的光荣而明智的勇士。
请代我给卡乌斯转达信息,
说我这里遭到了什么打击,
鲁斯塔姆用匕首把儿子心肝刺破,
这样的人本不应再在世上生活。
望你念我一生效忠朝廷,
体谅我此刻的悲痛心情。
请赏我一剂宝库中的灵丹妙药,
那妙药有起死回生的功效。
万望把良药一剂与清酒一杯,
交与派去之人给我带回。
托陛下洪福我儿或许再生,
那他会像我一样为陛下效忠。
古达尔兹闻言后如一阵迅风,
把他的话说与卡乌斯听。
卡乌斯闻听对古达尔兹开言,
说鲁斯塔姆乃军中上将一员。

我不忍心见他遭此不幸，
因为他赢得了我的尊敬。
但我若把灵丹妙药送到他手中，
妙药救了那慓悍勇士的性命，
鲁斯塔姆便不再把你放在眼里，
他也肯定会把我置于死地。
既然终有一天他会给我带来灾难，
他遭此横祸我们何必多管。
你没听他说图斯有什么了不起，
连卡乌斯国王我也不放在眼里。
那送了命的苏赫拉布也气势汹汹，
以王冠宝座发誓率兵出征。
他曾对我说我让你枪下命亡，
我把你的头颅吊在绞架之上。
世界虽大但容不下他的气焰，
他肩宽背厚又兼身手不凡。
他岂愿在我宝座前躬身侍立，
他怎能听从皇家命令低声下气。
不管是保国的忠良还是英勇的将军，
我可不愿对他妄发善心。
不久以前他对我谩骂无礼，
使我在军士面前颜面扫地。
如若他儿子性命能够得救，
我所得到的仅仅是黄土一抔。
你没有留心苏赫拉布的狂言，
便不是饱经阵战的大将有真知灼见。

他扬言断送成千波斯人性命,
要对卡乌斯活活施以绞刑。
如若此人性命得以保全,
那就给朝野贵贱带来灾难。
在世上谁若是对敌人宽纵,
便会在人间永远留下骂名。
古达尔兹听了国王这番议论,
去见鲁斯塔姆似疾风一阵。
他说国王秉性恶毒不肯救助,
他的心似一枚毒果结在毒树。
他性格粗暴乖戾不得人心,
见人遇难不肯伸手助人。
你应亲自前去向他当面求情,
这样也许能把铁石心肠说动。

鲁斯塔姆痛哭苏赫拉布

鲁斯塔姆对左右传令一道,
说速去取来一袭绣花锦袍。
铺好锦袍安置好年轻人躯体,
然后亲自去到卡乌斯营地。
要面见国王他刚刚起步动身,
后面便有人追上报告噩讯。
说苏赫拉布已最终离开人间,
他的归宿已是棺材而不是宫殿。

鲁斯塔姆闻听痛抓自己面颊，
捶打自己胸膛抓断自己头发。
不由自主地长吐一口冷气，
悲痛心焦双眉紧紧拧到一起。
他似一阵旋风赶回下马，
抓一把黄沙往自己头上撒。
军中将士个个不能自已，
人人都失声落泪悲伤哭泣。
鲁斯塔姆哭诉：孩子你无比英勇，
名门出身，你在战场上有凛凛威风。
日月经天从未见过你这样的勇士，
抛下盔甲王冠王座永远辞世。
谁像我如此不幸遭此厄运，
垂暮之年亲手杀死骨肉亲人。
你是天下勇士萨姆的后人，
我有何话语面对你出身名门的母亲。
论勇气没有一个勇士能与我相比，
但在他面前我却如孩童一样软弱无力。
我罪孽深重理应砍断我的双臂，
把我埋入深深的阴暗的地底。
我亲手把爱子苏赫拉布断送，
他乃是一位前无古人的勇士英雄。
萨姆、古尔沙斯、布格乌都略逊一筹，
他有大丈夫气概比他们高出一头。
我该怎么办，怎么通知他的母亲，
我该派什么人去给她送信。

我有什么可说?因何把他无辜残杀,
为什么断送了他的锦绣年华?
天下哪个父亲竟如此狠心,
理应众口谴责我是十恶不赦的罪人,
世界上有谁把儿子生命断送,
他聪明勇敢是盖世的英雄。
他的外祖父乃是一国高贵的国君,
我有何面目去见公主,他的母亲。
人人都会齐声咒骂我这萨姆后人,
骂我不近人情责我做事心狠。
谁能承想你这名门贵族的后代,
你身躯高大有如挺拔的翠柏,
居然率领千军万马前来出征,
使我光明日月顿时晦暗不明。
他吩咐人们取一块皇家织锦,
覆盖死去儿子的尸身。
他兴兵前来心想的是城池与宝座,
但得到的却是一具狭小的棺椁。
人们从战场把棺材抬起,
直奔鲁斯塔姆扎营的营地。
大营中点燃了一堆熊熊烈火,
上上下下都为这事而悲痛难过。
那营帐以及那绚烂的锦缎,
还有那描金绘彩的铺豹皮的宝座,
都一一投入火中被大火吞没,
天下无双的勇士泣不成声泪雨纷落。

他哭诉说世上再也见不到你这英雄,
再看不到你战场搏杀抖擞威风。
你的勇敢与谋略再也无法施展,
可惜膀厚肩宽身手不凡。
这是多么撕裂人心的惨剧,
告别母亲却命丧在父亲手里。
他眼中流血一把把手抓土地,
全身的战袍已撕成凌乱的丝缕。
他说父亲扎尔不会饶恕我的罪过,
贤母鲁达贝①也会把我痛加谴责。
他们会说鲁斯塔姆搏斗中占了上风,
一刀便刺到肝脏结束了他性命。
这件事我怎能得到他们饶恕,
说什么能够使他们感到信服?
当人们得知我在园中拔掉一棵劲松,
当这不幸的消息传到他们耳中,
当他们身边的勇士将官得知经过,
他们对此事会如何议论评说?
这时卡乌斯手下的众位将官,
都席地而坐围在鲁斯塔姆身边。
他们都纷纷开口把他劝慰,
但鲁斯塔姆悲痛得心已成灰。
高悬的苍天对人本不一般,
向一人抛出套索赐另一个以王冠。

---

① 鲁达贝是扎尔之妻,鲁斯塔姆之母。

得到高冠的从此春风得意,
被套索套住便被拉下马去。
对人世变幻何必痴迷不悟,
最终人人都踏上远行的路途。
苍天幽幽回转世事纷纭变幻,
祸福吉凶使人眼花缭乱。
不论是国王奴隶学者与哲人,
最终遭到的都是同等命运。
世界把成千上万的人吞入地底,
它多少次耍弄过这样的把戏。
你可屏心静气深深思量,
岂不是人人都要在地下埋藏。
不论命运是有意或无意对待世人,
毫无二致,它从来就是这么狠心。
这回转的苍穹怎么也琢磨不透,
茫无头绪世人无法细追根由。
我们对他之死不必哭泣,
这漫长的剧无人晓得它的结局。
当把苏赫拉布的死讯报告卡乌斯,
他立即率军来见鲁斯塔姆。
卡乌斯也开言把鲁斯塔姆解劝,
说小至苇叶大到厄尔布士山,
都要被回转的苍穹劫掠而去,
对这人世何必过于动情痴迷。
世人或迟或早都要撒手而走,
众人一路一死万事皆休。

他已走了你不必过于悲痛,
望你把智者的忠告记在心中。
纵然你能摇撼大地撕破青天,
纵然你能在世界上燃起烈焰。
你也无法使死去的人复生,
他的灵魂已飞逝到另一世界之中。
我从远处看到过他的身形,
他膀大腰圆大棒挥舞在手中。
我说过此将不似土兰之人,
他气宇不凡一定出自名门。
命运驱使他率领军队远征,
如今性命断送在你手中。
哪里有回天之策,事已酿成,
如此痛哭难道能使死者复生?
鲁斯塔姆说他已长眠不醒,
战场上还有胡曼率领的一支重兵。
军中还有土兰和中国的将军,
陛下千万不要把他们视为敌人。
扎瓦列禀承天神旨意国王成命,
前去他们兵营安排及早撤兵。
国王闻言说天下知名的英雄,
如今你还把他们记挂在心中。
虽然他们兴兵前来对我侵犯,
虽然他们入侵波斯肆虐凶残。
但因你无心与他们再战,
我与他们便不再计较纠缠。

你的悲痛也使我的心充满悲痛,
因此再也无心与他们进行战争。
这时,哈吉尔从对方营中赶到那里,
报告对方军队已班师而去。

鲁斯塔姆返回扎别尔斯坦

国王率领大军启程返回波斯,
留下鲁斯塔姆守在战场。
他等待扎瓦列从对方返回,
报告他土兰军队是否撤退。
黎明时分扎瓦列报告土兰退兵,
鲁斯塔姆也下令立即启程。
一千匹马的马尾①均已割断,
全军将士一个个都灰尘满面。
大队人马直奔扎别尔斯坦,
早有人把消息报告了达斯坦。
全西斯坦②的人都出动迎灵,
人们心头压抑着沉重的悲痛。
灵柩前面走着一队人马,
将官们都把黄土往头上抛撒。
一匹匹战马都截去了马尾,

---

① 割断马尾是波斯古代一种哀悼的表示。
② 这里西斯坦实即指扎别尔斯坦,其实这是两个地区,西斯坦在扎别尔斯坦西南,今伊朗东南部伊阿交界处。

一个个铜鼓都已断裂破碎。
萨姆之子达斯坦一见死者之灵,
连忙伏身下马弃了金镫。
鲁斯塔姆紧抢几步赶上前去,
内心已碎似他撕碎了的征衣。
众将官解开腰带走到灵柩跟前,
以头叩地个个心中惨然。
他们面带悲痛个个撕碎衣裳,
表示哀悼与沉痛把土扬到头上。
人们伏身对着灵柩观看,
为这勇士惨死深深感到遗憾。
鲁斯塔姆掀开盖棺的绣金织锦,
他声声哭诉地把经过禀告父亲:
他说,看呵这就是一个骑士萨姆,
但他竟委屈在这狭窄的去处。
达斯坦血泪从眼中涌流而出,
他开口向引导人的天神哭诉。
他说道:"勇士呀,你名满乾坤,
你去了留下我这垂暮可怜的老人。
苏赫拉布你的作为令人吃惊,
手挥沉重大棒阵前抖擞威风。
众将中的精英你勇冠三军,
哪位母亲养育了你这样的后人。"
他口中不住呼唤苏赫拉布,
睫毛上挂着溢流出的泪珠。

当鲁斯塔姆来到自己的厅堂，
人们便把灵柩轻轻地在那儿安放。
当鲁达贝看到苏赫拉布的棺材，
泪水便止不住从眼中涌流出来。
她见年轻的勇士倒卧在狭窄棺中，
不由得呼叫我的壮士，我的英雄。
我骄傲的英雄呵，她边哭边诉：
请你从棺中抬起你的头颅。
她越哭越痛悲痛摧人心肝，
又从心底发出一声凄凉的长叹。
她说你是猛狮之后盖世英雄，
像你这样的勇士世上从未诞生。
你还未及向祖母倾诉衷肠，
诉说玩耍嬉戏心情多么欢畅。
你青春年少就被锁进这监牢，
这可悲的去处局促而狭小。
你也未告我父亲对你如何，
因何如此无情把你心肝刺破？
她阵阵哭诉之声直薄天庭，
普天之下处处听到她的哭声。
鲁达贝心情沉痛步入后宫，
脸上流露出悲戚的表情。
鲁斯塔姆一见不禁又痛又悔，
此时，眼中又迸流出血泪。
到处是哭嚎之声有如末日来临，
欢乐无影无踪喜悦消逝净尽。

人们又一次把雄狮的棺椁,
抬到众位将官的面前。
启起棺上的铆钉打开棺盖,
解开尸衣把他遗体显露出来。
让人们再一次瞻仰他的遗体,
这时,又响起一片震天动地的哭泣。
在场的人不论男女老少,
一个个痛楚失声,一片哭嚎。
他们的衣服撕烂面色铁青,
垂头丧气用黄土撒向头顶。
整座大殿似乎变为一具木棺,
雄狮般的勇士安睡在里面。
睡着的勇士长得像萨姆般的身躯,
饮恨疆场如今已一眠不起。
人们纷纷瞻仰他的遗容,
不禁发出阵阵慨叹与嘘声。
然后,又给他披上黄色锦缎,
把他结结实实禁锢在棺材里面。
鲁斯塔姆说我要用黄金为他修墓,
在他墓穴四周撒上麝香。
因为我死了他的墓也会被遗忘,
瞻前顾后,我这是为来日设想。
我要想尽办法使他不被遗忘,
让人们永远记住他万世流芳。
为他修的墓穴呈现马蹄形,
普天下之人都为之痛哭失声。

他用沉香木打造了一具棺材,
棺材外面扎上织金的缎带。
天下风传着这一幕惨剧,
亲生儿子竟死在父亲手里。
谁听到这事都感到痛心,
普天下的人都为之而悲愤。
就这样又过了一段时光,
鲁斯塔姆郁郁不乐无心欢畅。
心情无法平静只有忍受痛苦,
除此之外,他看不到别的出路。
人世上发生了多少这样的悲剧,
在人们的心底烙上痛苦的印记。
谁在世上如若明智清醒,
他便不受欺骗,不过于痴情。
全波斯百姓得知这个不幸的事件,
他们的心痛苦得火燎油煎。
在对方,那胡曼回到了土兰,
向国王报告了他所闻所见。
土兰国王听了感到十分惊异,
从中也汲取了几许教益。

苏赫拉布之母惊悉勇士被杀

从土兰传来一个凶险的消息,
说苏赫拉布已战场捐躯。

当这消息传到萨曼冈国王耳中,
人们都撕碎衣裳痛不欲生。
有人把这消息传给苏赫拉布之母,
说父亲的刀杀死了苏赫拉布。
她听到儿子尚未成年竟遭此毒手,
失掉爱子撕衣哭泣,痛在心头。
她一把撕掉自己的上衣,
袒露出她的洁白如玉的身体。
她痛哭幼子大声呼叫哭嚎,
一阵紧似一阵阵阵失却知觉。
她伸出手指要挖掉一双眼睛,
想把双眼投到烈火之中。
她生着一头套索般黑发,
她把头发挽到指尖根根拔下。
她哭得鲜血流到了面颊,
血和着泪又从面颊点点滴下。
她抓把沙土撒上自己的头,
张口咬下自己手臂上的肉。
她吩咐人们点燃起一个火堆,
她要用烈火把乌发烧毁。
她边哭边诉说,儿呀,娘的心肝,
你地底何处栖身,黄沙血染。
我本来等你的信息望眼欲穿,
希望能得知你们父子平安。
我还以为你此番率队远征,
左冲右突到处抖擞威风。

我还以为你已经寻到生父,
正匆匆忙忙奔驰在归途。
孩子呵,我怎么想到传来的是凶信,
鲁斯塔姆手起刀落杀死亲人。
他毫不吝惜你青春的容颜,
也不吝惜你坚强的臂膀与躯干。
他竟忍心把锋利的钢刀举起,
刺穿你的心肝置你于死地。
儿呵,我日日夜夜把心血耗尽,
耗尽心血抚养你成人,
谁承想你如今倒卧在血地,
尸布缠身装裹成了你的外衣。
现在,我还能拥抱谁的身躯?
如今,还有谁能给我以慰藉?
如今,我呼唤亲儿有谁上前应声?
如今,有谁能了解我此刻的心情?
多么令人痛惜你的青春闪光的生命,
告别园林与殿堂在地下土掩尘封。
你勇冠三军率兵千里寻父,
寻父不成等待你的竟是一座坟墓。
你满怀热望如今俱成泡影,
如今长眠地底孤苦零丁。
当他伸手抽出匕首的瞬间,
当他用匕首刺向你的躯体与心肝,
你因何不把妈妈交给你的信物,
展示出来,拿给他观看?

那信物本是父亲交给母亲,
你若拿出他怎么会不相信。
如今,妈妈失去了你我的亲人,
悲哀与沉痛充塞我的内心。
为什么我当初不随军出征,
我若在军中你怎会遭此不幸。
要认出鲁斯塔姆我只消远远一望,
而你现在也会陪伴在我身旁。
认出后,他会把尖刀抛到一边,
孩子,你的心肝也不会被刺穿。
她一边哭诉一边撕掉头发,
还不住地用手劈打自己面颊。
她说你的心肝被尖刀刺破,
抛下妈妈可怜无告备受折磨。
听到她的哭声人们从四面围拢,
一个个也哭出血泪被她哭声震动。
她声声哭诉,痛楚摧人心肝,
人们也悲从中来,泪流满面。
她痛苦难忍突然昏倒在地,
人们见她如此,内心无限焦急。
像死人一般倒地一动不动,
血液似已凝固,全身挺直僵硬。
当苏醒来时重又抽泣呻吟,
哭自己的儿子,死去的亲人。
哭到痛处着实是血泪合流,
把苏赫拉布的王冠高举在手。

她面对着王冠宝座痛哭,
哭亲生儿子,皇家的大树。
然后命人牵过那千里神驹,
出征前苏赫拉布选中的坐骑。
她轻轻把那马头揽在怀中,
如今世上只有她与马相依为命。
她时而吻马头,时而吻马的面颊,
不多时一条血泪痕迹出现在马蹄下。
马蹄下的土被她血泪染红,
马的四蹄深陷在血染的土中。
她又吩咐拿来儿子的征衣,
一把抱紧,似把亲儿抱在怀里。
又吩咐人们拿弓箭与甲胄,
拿来他的大棒长枪与匕首。
她用沉重大棒捶打自己的头,
看见大棒便想起儿子的躯体身手。
又叫人取来马鞍、盾牌与缰绳,
一见盾牌与缰绳血便涌上头顶。
又吩咐取过他的七十肘长的套索,
看着盘绕起的套索心里万分难过。
又命人取过他的锁子甲与头盔,
说雄狮呵,你有力敌万夫的神威。
她一把抽出苏赫拉布的钢刀,
用刀把一半马鬃马尾割掉。
她把这些贵重物品分赠给贫人,
还赠送许多马匹黄金与白银,

然后他吩咐把宫廷大门紧闭,
撤去宝座把它掀翻在地。
又命令把座座宫门涂成漆黑,
把宫殿与回廊全部拆毁。
又令人拆除举行欢宴的大殿,
苏赫拉布行前在殿中曾举行盛宴。
然后她为自己换了一身黑衣,
黑衣上流满血泪她不住地悲泣。
她日日夜夜哭声不曾间断,
儿子死后她在世上又活了一年。
最后不胜悲痛辞世亡故,
她的灵魂飞升去投奔苏赫拉布。
贤者巴赫拉姆之言多么中肯,
世人不应眷恋死去之人。
谁在世上能够长生不老,
应珍惜光阴切勿韶光虚耗。
人世从来就是这样一番格局,
谁也休想探寻它的秘密。
父亲一朝赋予你以生命,
而这生命总有一天完结告终。
既然无人能探求人世秘密,
又何必冥思苦想寻根问底?
看着面前两扇门儿紧闭,
何必年华空耗妄图把门开启?
纷纭万物一切出自偶然,
事出偶然但有真主安排指点。

不必倾心这世上的五日三天,
倾心这五日三天空使自己愁烦。
这段故事凄凉悲惨催人落泪,
心软的人都把鲁斯塔姆责备。
现在,这段故事已经讲完,
让我把夏沃什的故事开篇。

3. 夏沃什的故事

故事的开端

如今,心中充满激情的诗人,
请把这则故事加意描述。
语言如若闪烁着理智之光,
叙述者便感到内心痛快酣畅。
一个人如若心术不正,
心存奸诈他的思想必不高明。
那样难免使自己尴尬难堪,
在智者面前便会惭愧汗颜。
但世人往往看不到自己的短处,
但愿你能真正了解自己的不足。
著述立言为后世留下著作,
便应展示给饱学之士裁判评说。
如若学者赞许必是上乘之作,
辛苦劳碌终于有了结果。
让我把贵族的古老的传说,

连缀成篇写成一部著作。
这些传说久已为人们忘怀,
让我赋予这传说以新的光彩。
如若命运假我以天年,
在这欢腾的人世有足够时间,
我就会栽种一棵硕果累累的果树,
在草坪上果实永远挂在树的枝头。
如今,我已活过了五十八年,
饱经沧桑对世事已无新鲜之感。
但是生之欲望并未稍减,
仍占课问卜盼望吉祥流年。
有位祭司说得多么中肯,
陈旧的已然陈旧,再无法翻新。
你应善自珍重,一心写作诗歌,
明智济世,切勿落落寡合。
早走晚走一切听从真主意愿,
不管是恶贯满盈还是与人为善。
有道是种豆得豆种瓜得瓜,
你对人无礼也会得到粗暴回答。
和颜悦色就不会遭到抢白揶揄,
与人交往应尽量彬彬有礼。
现在让我们再回到那贵族的传说,
听一听说书人讲的详情与经过。

夏沃什的母亲的故事

讲故事的祭司这样说道,
一天东方泛白雄鸡报晓。
图斯、格乌、古达尔兹及一队随从,
兴高采烈地骑马出了都城。
他们前去打猎,奔赴达古草原,
随身带上捕捉猎物的猎犬、猎鹰。
他们策马奔驰沿着一条小河,
东寻西找心想把猎物捕捉。
不多时就捕获了大批猎物,
足够他们四十天充饥果腹。
那猎场已然临近土兰国境,
远远望去前面黑压压一片连营。
前方较远的地方是片小林,
小林就处在土兰边境附近。
图斯与格乌二人策马向前,
几位勇士紧紧跟在他们后边。
转瞬间二马冲入那片小林,
他们在林中草地上细心搜寻。
突然,他们在林中发现一位美女,
二勇士面带微笑迎上前去。
这美女生得艳丽国色天香,
没有一点儿缺憾妩媚端庄。

皎月似的面庞翠柏似的身躯,
姿色不同一般楚楚动人。
图斯发问:"迷人的姑娘,
是谁把你领到这草原之上?"
姑娘答道:"昨夜父亲把我殴打,
逼得我走投无路背井离乡。
我父饮酒过量夜晚回到家中,
见我便勃然大怒气愤满胸。
他竟抽出一把浸过毒汁的匕首,
想杀死我,使我身首异处。
我无奈跑到这林中躲避,
匆匆外逃漫无目的来到这里。"
勇士们又问她的身家世系,
问她属何门何户支派亲嫡。
姑娘说:"我属格西乌的亲系,
上溯应属于法里东国王后裔。"
又问她:"你只一人又无坐骑马匹,
也无向导独身如何来到这里?"
姑娘答:"途中我的马失前蹄,
马力不支把我摔倒在平地。
我随身带了许多金银细软,
头上本戴着一顶光闪闪金冠。
但山那边的强人抢走我的财宝,
临了,他们还打了我一刀鞘。
我慌忙脱身,摆脱了强人,
双眼流出血泪权且在此栖身。

我想父亲酒醉过后就会清醒,
他定然派人寻找我的踪影。
我母亲也会急急把我找寻,
她不愿我只身在外久离家门。"
二勇士见此情状心生爱怜,
努扎尔之子图斯已丧魄失魂。
图斯说:"是我先发现这位姑娘,
因为我的马跑在最前方。"
格乌不让说:"尊敬的将军,
难道方才我们不是并肩前进?"
这时图斯无礼粗暴分辩,
说:"你怎么可能走到我的马前?"
格乌说:"将军此言于理不合,
原本我的马在前把猎物捕获。
贵人不应出言伤人强词夺理,
强词夺理有违勇士的情谊。"
他们二人唇枪舌剑各不相让,
愈演愈烈竟要杀掉那位姑娘。
众人苦苦相劝二人只是不听,
最后,还是一位勇士见解高明,
他说:"此事最好请国王决断,
国王下令他二人岂敢再有怨言。"
这二人闻言果然不再争论,
于是带上姑娘前去面君。
卡乌斯一见那貌美的姑娘,
不由得情动于衷魂飞神荡。

他对两位勇士这样说道:
"这区区小事你们何必争吵?
她犹如一头羚羊或一头麋鹿,
这样的猎物理应匹配君主。
为此事不必再多费唇舌,
勇士呵,你们乘快马能把太阳捕获。"
然后,国王又开口问那姑娘:
"你属何家何族,生得如天仙一样。"
姑娘说:"我母本是突厥公主,
上溯父系我本属法里东家族。
我的门庭世系再往下数,
格西乌之女便是我的生母。
格西乌是阿夫拉西亚伯的兄弟,
是土兰的王叔,国王的膀臂。"
国王说:"你身世显贵姿色动人,
为什么弃家出走逃亡到树林。
我要把你安置在金屋之中,
纳你为众妃之首使你富贵尊荣。"
姑娘答:"自从目睹陛下圣颜,
便感到陛下是人中之冠。"
于是国王赏两勇士宝座王冠,
此外,每人还赏赐十匹骏马。
国王命人把美女送到后宫,
赐给宝座安排她在宝座中坐定。
她坐在一座象牙宝座上面,
头戴一顶镶着红绿宝石的凤冠。

她身上穿的衣服都是黄绫绸缎,
上有红蓝绿色宝石把面料装点。
真是天从人愿称心如意,
一颗未钻孔的宝石,黄花处女。

夏沃什出生

日月如梭这样过了一段时光,
那妃子的面颊上渐渐泛出红光,
妃子怀胎九月终至一朝分娩,
生了个男孩美得似太阳一般。
左右连忙报告了卡乌斯国王,
如月的美人带给你如意吉祥。
她为陛下生一贵子,贵人贵命,
陛下的宝座该高耸入天庭。
这王子的面颊似天仙般漂亮,
他的脸上闪烁着火样的红光。
普天下都传说这男孩好看,
夸赞他的美发及面颊眉眼。
国王取夏沃什为王子之名,
愿苍天佑助保佑他一生。
国王下令宣召经验丰富的占卜之人,
觐见后先向他致意表示慰问,
请他预卜星相推测吉凶,
看此子一生途程际遇穷通。

术士细察星相发现命中主凶,
不禁心中犯难默不作声。
他见此子一生顺境不多逆境难免,
只有靠真主保佑赐他事事平安。
他把王子命运对他父王一一讲明,
详详细细描述了他的前程。
事有凑巧这日正值鲁斯塔姆觐见,
他有事面君来到国王殿前。
他说王子天生俊秀乃皇家后裔,
请交我抚养我定然竭尽全力。
既然宫中找不到照料此子之人,
请交我抚养,我定然尽力尽心。
国王闻言半晌沉吟不语,
心想这未必不是可行之计。
于是向勇士托付了宝贝心肝,
愿他长大成人主宰社稷江山。
塔赫姆坦把他带回扎别尔斯坦,
在一座花园中为他修了座宫殿,
教他骑马射箭及套兽的技艺,
教他拢缰认镫驾驭坐骑。
教他交往仪礼宴饮应酬,
教他捕捉猎物放鹰驱狗。
教他断狱判案处理国务军机,
率军布阵以及对人的言谈话语。
桩桩件件一一把他教导,
他也用心苦学付出巨大辛劳。

夏沃什日有所进迅速成长，
这样的王子堪称举世无双。
随着日月飞逝他已长大成人，
勇敌雄狮两臂膂力万钧。
他对尊敬的鲁斯塔姆这样开言，
说我如今想见我父王一面。
你千辛万苦终于把我培养成人，
教我般般技能使我成为国君。
如今，父王应该召我入宫，
看巨象般勇士教我什么本领。
雄狮般勇士为他备办行装，
又派出信使传告四面八方。
从各地调集仆人与马匹金银，
筹集钢刀王冠腰带与印信。
筹集各种衣物各种被服地毯，
以及各色礼品一一备办齐全。
凡是鲁斯塔姆的仓库中缺少之物，
都派人筹办一切准备充足。
然后，送他启程登上大路，
还派了兵马沿途照料卫护。
鲁斯塔姆也随王子一道前去，
以免国王担心挂念忧虑。
国内城乡到处悬灯结彩；
悬灯结彩迎接王子到来，
人们把香料与黄金搅拌在一起，
兴高采烈地向王子头上撒去。

普天之下到处欢声雷动,
处处喜气洋洋把王子欢迎。
阿拉伯良种马的蹄下撒满金币,
波斯一片欢腾不见一人垂头丧气。
人们用酒调和藏红花与麝香,
涂在马鬃上表示如意吉祥。

夏沃什从扎别尔斯坦返回

当人们把消息报告卡乌斯国王,
说王子夏沃什已经走在回程路上。
国王传旨格乌图斯率领军士兵丁,
欢迎王子,并吩咐鼓角齐鸣。
于是所有的勇士都遵旨会齐,
图斯与皮尔坦①在两边肃然侍立,
一行人缓缓来到大殿之上,
陪青松般的王子叩见父王。
这时,卡乌斯国王来到殿上,
只听一声高呼众人闪到两厢。
大殿上的仆役手执香炉熏香,
手抚前胸向他送去崇敬的目光。
每个角落都恭立三百名仆役,

---

① 皮尔坦意为大象般勇士,是鲁斯塔姆的绰号。这里从上下文看鲁斯塔姆似不应出现在欢迎的人群中,因他是随王子前来的,正走在路上。

中间是一棵秀柏挺拔翠绿。
只见黄金珠宝抛撒满地,
齐声欢呼向王子表示敬意。
夏沃什见卡乌斯端坐在象牙宝座,
头上的王冠红宝石晶莹闪烁。
连忙伏身施礼向父王致意,
拜倒在父王面前久久不起。
施礼已毕起身来到父王身边,
国王把他的头揽在胸前。
与他谈起鲁斯塔姆教导不易,
示意让他坐在一个翡翠宝座里。
见他这身躯臂膀,见他仪表堂堂,
见他谈吐不俗,气宇轩昂。
不禁心中赞赏,暗暗称奇,
口中夸赞流露出称心满意。
看他虽年齿尚幼并未成年,
但却聪明伶俐心有主见。
连忙伏身跪倒感谢真主,
感谢真主对他的关怀佑助。
他一面称谢一面向主祈祷,
呵,宇宙主宰理智之主,爱情之主!
一切善意都是你的意志的体现,
愿你永赐王子遂意平安。
全国的公卿贵胄都携带礼品,
兴高采烈赶来朝见国君。
一见夏沃什皇家气派个个称奇,

他们齐声称颂这是真主的赐予。
国王传旨三军的将士兵丁,
戎装列队对王子表示欢迎。
在花园大殿在月台前厅,
里里外外人们一片欢腾。
到处是一派热闹的节日景象,
摆酒设宴响起丝竹弹唱。
国王传旨开宴隆重庆祝一番,
皇家酒宴着实是盛况空前。
喜庆的酒宴整整持续七天,
到第八天打开库门犒赏银钱。
国王下令拿出库中一切财产,
诸如印信钢刀宝座与王冠。
阿拉伯骏马配上白杨木马鞍,
防身的甲胄和征战的衣衫。
一个个钱袋盛满金币银币,
绫罗绸缎世上的珠宝珍奇。
除了王冠,赐予一切金银财宝,
要授予王冠,他年龄尚小。
一切都赏给夏沃什祝他如意称心,
愿真主降恩保佑他万事遂顺。
国王一连考验他整整七年,
证明他正直高尚是合意人选。
第八年才下令给他准备金冠,
绵金的腰带和赤金的项链。
在白绫上书就一份诏书,

一切都依照皇家成例与习俗。
国王交付给他古老的"山地",
让他佩戴王冠,主宰社稷。
"山地"乃是当年那里的名称,
如今此地称作河中地区。

夏沃什母亲去世[①]

一切均按国王旨意安排就绪,
不幸王子的母亲却辞世而去。
夏沃什闻讯跳下宝座丧魄失魂,
哭声震天恸哭自己的母亲。
王子痛苦得撕碎自己的衣服,
往自己的头上撒一把把黑土。
母亲逝世使他极为哀伤悲痛,
犹如万箭穿心令他痛不欲生。
他日日夜夜哀伤不已,高声痛哭,
微笑从唇边消失,内心痛苦。
一个月内日日如此悲心哀伤,
哀伤的折磨使他痛断肝肠。
王公贵胄得知这一噩耗,
都来对夏沃什表示哀悼。
图斯、菲里波尔兹、格乌和古达尔兹,

① 根据原本注,认为这一节诗句松散无力,或系后人伪作。

各位勇士、皇家后人各位王子。
夏沃什一见众人簇拥来到,
不由得长叹一声五内中烧。
又勾起伤心事不禁落泪失声,
失声痛哭忆起慈母恩情。
古达尔兹见王子如此悲恸,
也不由得内心酸楚,十分同情。
他迈步上前说王子殿下,
请节哀珍摄我有几句劝解的话。
凡人脱离母体降生到世上,
总不会长生不老永不死亡。
如今殿下的母亲辞世而去,
这是登上天堂,无需如此悲泣。
他苦苦规劝开导晓之以理,
终于使王子不再悲恸内心平息。

苏达贝爱上夏沃什

光阴荏苒,这样又过了一些时光,
国王朝夕看着夏沃什内心欢畅。
一天卡乌斯正与王子对坐谈心,
恰巧,这时王妃苏达贝迈步进门。
苏达贝一见夏沃什长的模样,
不由自主顿时心神飘荡。
她一霎时心乱如麻千头万绪,

又如冰块儿烤火,水珠下滴。
她后来找个机会派人通报音讯,
告诉夏沃什王妃要会见他本人。
说你若择日造访国王后宫,
那并不算是什么越礼的事情。
派去之人把口信如实传递,
王子一听心中就充满怒气。
他说我可不是上后宫走动之人,
我非鼠窃狗偷之辈,这是何居心?
次日清晨苏达贝亲自奔忙,
她款款而来面见卡乌斯国王。
她说大军的统帅奴婢的王上,
陛下可称万古一人举世无双。
王子也神武英俊天下无比,
普天下人都羡慕你的福气。
你应派他去看一看后宫,
让后宫嫔妃姐妹对他表示欢迎。
你应叮嘱他到后宫造访,
前去后宫勤把姐妹们探望。
后宫的姐妹盼望见他一面,
盼得心中焦急,双眼泪水不干。
我们为他祈祷为他准备了礼品,
对他的崇拜与敬意充满我们内心。
国王对她说:"此话言之有理,
你就是母亲,对他应爱护培育。"
国王召见夏沃什对他叮嘱吩咐,

说都是一家骨肉切勿冷落生疏。
神圣的造物主把你如此造就,
只要一看到你人们就喜在心头。
创世主赋予你显贵的世系门庭,
你这样尊贵正直的王子世上从未诞生。
苏达贝见到你便感到可亲,
这因为是一家人天生的缘分。
我的后宫中还有你的众姐妹,
苏达贝对你犹如慈爱的母亲。
后宫中的众姐妹都是你的亲人,
你应时常去后宫小坐探视问讯。
夏沃什一听国王这番话语,
他久久凝视国王,闭口不语。
他口虽不言但心中暗自思量,
心想此事蹊跷,看来颇不寻常。
他认定这是父亲有意把他考验,
看他心地是否纯洁,心情是否散乱。
他心有主见又兼口齿伶俐,
机警清醒但又生性多疑。
他暗自思前想后打定主意,
想好主意便从容不迫一点不急。
他想如若我到父王后宫造访,
见到苏达贝人们难免飞短流长。
于是他这样回答卡乌斯国王:
"多谢父王授予权柄培育我为王。
自从太阳初次从东方升起,

自从阳光初次普照这片大地,
时至今日历史上出现的每位国王,
论才德与学识都无法与你相比。
请父王让我多结识高士与贤人,
胸襟坦荡之士,干练超群之人。
鼓励我舞枪弄棒,张弓射箭,
强身习武在两军阵前搏战。
教我为王之道治国安邦,
教我宴宾会客应对之方。
我在父王后宫能学到什么本领,
有谁见妇人之见卓越高明?
如若父王定然要儿造拜后宫,
儿谨遵王命诚心诚意服从。"
国王说:"孩子,愿你欢畅如意,
愿理智永远陪伴着你。
我很少听到你这样的明智之言,
但你也不妨听听我的规劝:
你切勿顾虑重重猜忌狐疑,
你应抛弃忧愁,欢欢喜喜。
你应去后宫与姐妹们团聚,
使她们高兴心中感到慰藉。
姐妹们平日都深居在后宫,
苏达贝犹如母亲,虽然不是亲生。"
夏沃什回答说:"为儿谨遵王命,
得暇时我一定去造访后宫。
现在,我就在父王面前听令,

父王之命为儿一心一意遵从。
父王命我去何处我就去何处,
父王是一国之主,我是父王的奴仆。"

夏沃什去见苏达贝

有个人名字叫作希尔巴德,
他心地善良从来不逞凶作恶。
他是后宫总管不放入闲杂人等,
后宫各处的钥匙掌管在他手中。
波斯国王对这忠仆传下命令,
说等东方破晓旭日东升,
你应去见夏沃什问有何吩咐,
他有何吩咐你应尽量满足。
你还要向苏达贝传达我的命令,
要遍撒香料珠宝对王子表示欢迎。
嫔妃姐妹以及后宫宫娥,
要准备琥珀藏红花迎接贵客。
当太阳从山后升起放出万道霞光,
夏沃什早早起身觐见父王。
他躬身施礼向父王问安,
卡乌斯国王与他亲切交谈。
交谈几句便下令传唤希尔巴德,
把昨天嘱咐的事又对他细说。
然后对夏沃什说:"你随他去后宫探望,

到后宫去见识见识新的地方。"
他们二人领命结伴前去后宫,
兴致勃勃内心充满欢乐之情。
但是当希尔巴德挑起宫门的门帘,
夏沃什心中已伏下不祥之感。
后宫的嫔妃宫娥一齐拥上前来,
都争先恐后一睹夏沃什的风采。
后宫中每一角落每个地方,
都撒满金币、藏红花与麝香。
黄灿灿的金币与异宝珍奇,
为迎贵客热情地撒满一地。
地上铺了一层中国锦缎,
锦缎上的珍珠晶莹灿烂。
到处是琼浆玉液到处响着雅乐轻歌,
头上凤冠的珍珠宝石光彩闪烁。
整个后宫装饰得如同天堂,
美女如林,珠光宝气,富丽堂皇。
夏沃什迈步走入后宫厅堂,
便见一个黄金宝座闪闪发光。
整个宝座全用翡翠宝石镶嵌,
座背与扶手上装饰着华丽的锦缎。
宝座上端坐着如月的美人苏达贝,
她浓妆艳抹,显得无限妩媚。
她貌似幸福之星一样光彩照人,
头上的秀发青丝波纹连着波纹。
她头顶上戴了一顶高高的凤冠,

如同套索的黑发下垂直达脚面。
侍女把一双织金绣鞋托在手里,
在她身旁毕恭毕敬垂头侍立。
苏达贝一见夏沃什的身影,
便殷勤地走下宝座上前来迎。
她款摆身腰向他深施一礼,
然后紧紧把王子抱在怀里。
她长时间吻王子的面颊眉眼,
情深意笃对王子着实是百看不厌。
她说:"我从心底祷告上苍,
我日夜祈祷祝你平安吉祥。
天下有谁有你这样出众的后人,
国王陛下做你父亲也逊色几分。"
夏沃什早知这番甜言蜜语的本意,
过分殷勤其实背后隐藏一番心机。
他连忙转身走向众位姐妹,
为的是避开她免得惹是生非。
众姐妹见了他连声称赞,
热情让座,递给他一个绣金靠垫。
他与众姐妹盘桓多时告辞而去,
缓步而行又回到父王那里。
他走后众嫔娥议论赞叹,
王子真是高尚儒雅应戴王冠。
他聪明俊秀是理想的贵人,
睿智机警可谓天下绝伦。
夏沃什回到父王面前开口回禀:

"我已见过众位姐妹去过后宫。
父王的前殿后宫都井然有序,
一切都安详和谐无可挑剔。
陛下可比贾姆法里东与胡山,
他们也没有这么多的军旅与财产。"
国王听了不禁喜笑开颜,
他命人把大殿布置得如明媚的春天。
饮酒奏乐尽情地开心享受,
觥筹交错忘记人间纠纷与忧愁。
当夜幕垂降大地白日已尽,
卡乌斯迈步走进后宫大门。
他向苏达贝询问这一天情况,
说:"你有一说一如实对我言讲。
你如何评价夏沃什的聪明才具?
他体态仪表可好,言谈是否合礼?
他可有足够的智慧,是否合乎理想?
他的名声是否符合你的想象?"
她答道:"遍寻陛下殿前与军中,
也找不到这样的王子,人中的英雄。
这样的人物可称举世无双,
婢妾之见对陛下一一明讲。"
国王一听说:"但愿他长大成人,
一切顺利,不要遭逢厄运。"
苏达贝说:"我有个想法不知是否可行,
我要向王子提起一件事情。

我从陛下女儿中为他选一位新娘①,
何必为此事找到外人家头上。
成亲后也可门庭有后早生贵子,
生出贵子模样一定与父亲相似。
我的后宫中你的女儿结队成群,
她们都是你的亲生出自皇门。
有的姑娘还是阿列什②或帕山的后裔,
也任他挑选,只要他感到中意。"
国王一听说:"此事正合我意,
添我皇家福祉,增我皇家声誉。"
次日一早夏沃什来到父王面前,
深施大礼高声向国王问好请安。
父亲与儿子二人对坐谈心,
父子间交谈旁人不得与闻。
父亲对儿子说:"我有一桩心愿,
愿真主保佑有朝一日能够实现。
愿你在世上留下后人接续香烟,
门庭有后,才能继承王位主宰江山。
这样我做祖父的也面上有光,
你看到爱子定然也心中欢畅。
我曾请人为你问命占卜,

---

① 波斯古代有近亲结婚的风习。
② 阿列什是波斯古代传说中的勇士,相传在玛努切赫尔国王时,波斯与土兰划分国界,由波斯勇士阿列什从厄尔布士尔山顶上射出一箭,箭落于阿姆河边,因此两国以阿姆河为界。

星相术士把你的命运做过描述：
说你身后留下一子成为国王，
他犹如你的纪念留在世上。
你应从贵族之女中为自己择妻，
后宫中有的姑娘出身帕山门第。
还有阿列什及别的家族之女，
任你选择，看哪位姑娘你感到中意。"
夏沃什回答："我是父王的仆从，
我的本分就是执行父王的命令。
父王认为可行儿便遵命，
仆从对父王陛下言听计从。
但是，我担心苏达贝从中参与，
她会把好事办坏乱出主意。
此事若办，但苏达贝不得干预，
她的后宫今后我不愿再去。"
国王听了他的话哑然失笑，
他不知个中曲折，不懂此事蹊跷。
国王说："如今要你去择偶选妻，
苏达贝又何值得你如此多虑。
她这主意表明她对你照顾关怀，
她从心中对你十分喜爱。"
夏沃什听了这话似乎喜在心头，
情绪为之一变，内心不再忧愁。
他又一次称颂父王是万方之主，
高声颂赞衷心为国王陛下祝福，
其实他仍怀疑居心叵测的苏达贝，

担心她从中破坏心中充满戒备。
他知道这一切全是她的主意,
担心她一步步把自己逼入绝地。

夏沃什二去后宫

他们说罢此事又过了一夜时光,
苍穹翻转,东方又透露出曙光。
苏达贝兴致勃勃端坐宝座之上,
头上镶嵌红宝石的凤冠闪闪发光。
她召唤后宫的全体姐妹姑娘,
让她们都坐在黄金宝座在自己身旁。
一列严妆侍女在她面前侍立,
后宫的排场气派可与天堂相比。
如月的美人传唤希尔巴德,
说你去找王子夏沃什这样说,
请烦劳遵旨再来一次后宫,
再睹王子颜面我们感到荣幸。
希尔巴德匆匆找到夏沃什,
把要传达的话一五一十告知。
王子一听不由得心中一怔,
他求主保佑,感到其中必有隐情。
他左思右想想不出万全之计,
苦无对策心中十分焦急。
无奈只得缓步入宫去见王妃,

去会头戴凤冠端坐宝座的苏达贝。
苏达贝见他前来忙起身致意,
她浓妆艳抹,满身珠光宝气。
夏沃什随即在一个黄金宝座中坐定,
苏达贝表示尊敬以手抚前胸。
然后她让众美女拜见夏沃什,
她们都是未钻孔的珍珠不假雕饰①。
她对夏沃什说:"你可仔细打量,
她们都是头戴金冠的后宫姑娘。
姑娘们豆蔻年华妩媚娇娆,
娇羞之态可人,是造物主的创造。
你可仔细审视她们的身材容貌,
看你认为哪个妩媚动人面貌姣好。"
夏沃什举目观看打量了一番,
只见众美女个个对他偷眼观看。
她们窃窃低语说他美如同月亮,
但对如月的夏沃什又羞于正面端详。
然后众美女都回到自己住房,
不知命运如何心中充满幻想。
当美女们走后苏达贝对王子说:
"殿下不妨告我你心意如何?
王子面如傅粉美如天仙,
有什么心事只管对我明言。
不管是谁远远望见你的容颜,

---

① 未钻孔的珍珠喻指处女。

也会神魂颠倒意惹情牵。
你可凭理智的慧目细心选择,
看这些美女中你选中了哪个?"
夏沃什低首沉吟长久不语,
这时一段往事在他心中忆起。
他不禁慨叹:我的命运真是不济,
难道注定讨一个敌人之女为妻。
我也从公卿大臣的口中,
听到他们讲述哈玛瓦兰的情形①。
哈玛瓦兰国王如何对待我父王,
波斯勇士提起此事个个心伤。
他的女儿苏达贝心肠歹毒,
她不愿我继承王位成为一国之主。
苏达贝见夏沃什良久不发一言,
她便掀开面纱露出了颜面。
她说:"如若一人正欣赏月光,
但同时他也看到了一轮太阳。
他觉得月亮相形失色,这有何可惊,
认为太阳超过月亮本是人之常情。
若有人见我端坐象牙宝座上面,
头戴镶嵌翡翠宝石的凤冠。
他如不恋慕月亮本无可惊异,
月亮虽美也无法与太阳相比。

---

① 卡乌斯曾征哈玛瓦兰,获胜后提出娶该国公主,即苏达贝,招亲时被哈玛瓦兰国王所执并囚禁入狱,后为鲁斯塔姆救出。

如若你对我有意我们便互相约定,
二人同心便没有办不成的事情。
我这里物色一个美女派到你身边,
让她晨夕伺候服侍你茶饭。
但现在你在此就要对天明誓,
对我要言听计从永不背叛。
当国王一旦辞世寿终正寝,
你我便成好事正式成亲。
要当心莫让人破坏我们的好事,
你要真心对我,要坦诚忠实。
现在,我就站在你的面前,
以身相许,完全出于心甘情愿。
你要我做什么,我都俯首遵从,
你设下捕机我就跳下你的陷阱。"
说话间她抱起王子的头匆匆一吻,
情急之时完全忘记了羞耻之心。
夏沃什却因害羞而双颊飞红,
委屈得似有一股血泪从眼中外涌。
他心中暗暗向宇宙之主祷告,
求主保佑千万不要落入魔爪。
心说我可不能鬼迷心窍心起歹意,
可不能背叛父王,乱伦越礼。
但我若冷言冷语把这妇人冷落,
她便会恼羞成怒燃起一腔怒火。
她会暗中施展出阴谋诡计,
天下之主也定然为她所蒙蔽。

为今之计还是对她虚与委蛇,
使她心中欢喜暂且不要发作。
想出此计他便对苏达贝说道:
"天下美人虽多但哪个能比你的容貌?
你颜面姣美如同一轮月亮,
你这样的人品只能匹配君王。
现在,你可选择一女与我为妻,
我就满足你的选择不再另娶。
事不宜迟你现在就去报告陛下,
看他意下如何怎样回答。
我就娶你选的美女并立下誓言,
对天明誓对你永不背叛。
我耐心等待你选之女长大成人,
她成人之前决不再属意他人。
你曾提到我怎么生得如此姣美,
你的心已经充满爱的陶醉。
我的容貌本是造物主这样造就,
天生的模样谁也不晓得原由。
你我的秘密你应深埋在心底,
我也守口如瓶决不对人提起。
你是嫔妃之首,你有王妃之尊,
我如今权且把你视为母亲。"
他说完此话便告辞出门,
剩下苏达贝呆呆地原地出神。
这时,正巧卡乌斯来到后宫,
苏达贝一见便立即起身相迎。

她忙向国王陛下报告喜讯,
说王子夏沃什刚刚在这里相亲。
我们后宫女儿一个个排队侍立,
任他选择,看哪个感到满意。
后宫中真正是美女成群,
个个都似月宫中降下的仙人。
众美女中他只相中了我的亲女,
相中了我的女儿对别个便不留意。
国王听了此话心中感到满意,
好像天际明月为他飘然降落平地。
于是下令左右打开仓库大门,
取出财物珍宝织金腰带上等织锦。
取出手镯王冠还有指环,
抬出宝座拿出勇士佩戴的项链。
凡是皇家仓库所储的般般物品,
金银财宝尽皆赏赐,拿出库门。
他吩咐苏达贝说这些你先保管,
为王子完婚不必再行筹办。
你告诉他这些财物区区有限,
日后我还要一百倍、二百倍地加添。
苏达贝一见心中感到十分惊奇,
她心中盘算打定一个歹毒主意。
如若夏沃什不肯听命于我,
那还真不如不在世上生活。
那对付他我就要设法或明或暗,
用人们用过的一切制服人的手段,

用种种计策把他困扰折磨,
让他备尝痛苦但却无法诉说。

夏沃什第三次去后宫

苏达贝端坐在宝座戴着耳环,
头戴着一顶镶珠宝的黄金凤冠。
她命人把夏沃什请至后宫,
与他详细议论各种重要事情。
她对王子说:"国王为你准备许多礼品,
有王冠宝座及数不尽的稀世奇珍,
各种珠宝财物多得不计其数,
用二百峰骆驼来驮也嫌不足。
我选自己的女儿与你匹配姻缘,
但我也有几分姿色不要对我冷淡。
你有什么理由拒绝我的爱情?
难道你看不到我的身姿我的风情?
老实说自从我第一眼看到了你,
早已体尝爱的煎熬以心相许。
我魂飞魄散白日也阴暗无光,
天际的太阳也变得惨淡昏黄。
如今,我忍受这种折磨已经七年,
每日眼中泣血时时以泪洗面。
我求你暗中赐我片刻之欢,
让我再次领略青春的甘甜。

我要比国王给你更多珠宝财物,
我给你宝座王冠样样使你满足。
我的请求如果你执意不听,
我的主意如果你执意不从,
我就设法使你不能继承江山,
天地无光,使日月在你眼前暗淡。"
夏沃什对她说:"不要如此无礼,
我不能为私欲把信念背弃。
这样的行为是对我父王不忠,
有违勇士之道也欠正大光明。
你是后宫之首一身贵为王妃,
不应自轻自贱可知这是犯罪?"
苏达贝一听猛然从宝座站起,
她愤怒地向王子夏沃什扑去。
她说:"我向你剖示了心底秘密,
你摆出正人君子面孔责我失礼。
你这是存心把我羞辱糟蹋,
在正直人面前责我不遵礼法。"

苏达贝欺骗卡乌斯

苏达贝一把撕碎了自己的衣衫,
再一把抓破自己的双颊颜面。
随后只听后宫中一声高喊,
喊声越过宫墙直达皇宫外面。

于是大殿与宫中一片嘈杂混乱，
似末日之夜景象呈现在面前。
消息立即传到卡乌斯国王耳中，
他走下王位前来查看宫中实情。
他心中不解发生了什么事情，
匆匆忙忙快步来到后宫。
到了后宫见苏达贝满面伤痕，
其他嫔妃宫女也彼此议论纷纷。
他莫名其妙向人们探询究竟，
并不知狠心妇人隐瞒了实情。
苏达贝见国王前来更加撒泼，
她撕掠头发双眼泪珠滚滚下落。
她说："夏沃什居然上了我的眠床，
伸手紧紧抓住我，死活不放。
他还说：'我心中充满对你的情意，
美人呵，你为何见了我总想回避？
除你以外我不爱任何美女，
你也应这样对我报答我的情意。'
他一把打落我头戴的凤冠，
还动手撕破我身上的衣衫。"
国王听他话后心中充满狐疑，
他进一步盘问细细寻根究底。
他边问边想如若此言当真，
如若她不是自取其辱假言骗人，
那夏沃什便应推出斩首示众，
以此杜绝不合人伦的不义之行。

这真是家庭内的纠纷清官难断,
又急又恼从额头上滚下了血汗。
他下令打发走后宫的嫔娥宫女,
她们一个个都聪明颖秀深明事理。
只剩他一人坐在一个宝座上面,
把苏达贝及夏沃什唤到面前。
他镇静而清醒地对夏沃什开言,
说:"你要讲清真相对我不应隐瞒。
此事不应怪你,要怪只能怪我自己,
怪我轻信听了人的无端言语。
我何必要你一定造访后宫,
现在又心情沉重地责你不义之行。
你要面对事实对我讲出实情,
把事实经过一五一十对我讲明。"
夏沃什详详细细述说了经过,
苏达贝如何挑逗,他如何把她谴责。
他把以前的事也和盘托出,
把过去的来言去语一一重述。
这时,苏达贝反驳:"他这是抵赖,
他说过宫中美女除我一个不爱。
我对他说当今的天下之主,
对他关怀备至赐他财产宝物。
把女儿赐他为妻赐给他江山,
赐给金银珠宝以及稀世的细软,
我还说我也要给他一份重礼,
做我女儿陪嫁保证使他满意。

他对我说他不爱天下资财,
我女儿生得再美他也不爱。
他说美女群中我选中了你,
没有你资财与美人毫无意义。
他还以双手把我牢牢抱在怀里,
心怀不轨妄图乱伦背信弃义。
我执意不从但他把我头发撕掠,
又伸手一把把我两颊抓破。
天下之主,你知道我已身怀有孕,
这是陛下的骨血皇家的后人。
我备受折磨胎儿几乎下坠,
眼前的世界变得一片昏黑。"
国王听了此话心中难于决断,
两人的话中似乎都有不实之言。
心想此事宜慎重处理不能急躁,
急则失算招祸不能充分思考。
对这类事首要的是三思而行,
有证据在手是非自然分明。
要紧的是判断二人中哪个行为不轨,
判明罪人是谁才能够量刑定罪。
他仔细观察竭力把证据寻找,
上前拉过夏沃什的手闻闻味道。
然后,又闻夏沃什的头与胳臂,
寻找气味闻遍了王子的身体。
而苏达贝身上散发着酒与香味,
她显然往自己身上洒了玫瑰香水。

但是在夏沃什身上却嗅不出异香,
看不到他与她接触的迹象,
于是认定苏达贝有罪是个贱妇,
国王心中充满压抑不住的愤怒。
他心想对待这样的贱人,
只能凌迟处死叫她碎骨粉身。
这时他突然想到哈玛瓦兰,
想到过去在那里的一场苦战。
想到自己曾经兵败受制于人,
落得孤零零一人举目无亲。
是苏达贝日夜把自己关怀照料,
她表示了极大的同情为他心焦。
终归是夫妻一场心中难免怜爱,
似应原谅她的错处一切忘怀。
除此以外,现在她还身怀有孕,
那皇家之后胎中婴儿可不是罪人。
此时国王已断定夏沃什完全无辜,
知道他是为人所欺无端受辱。
于是对他说此事你不必介意,
今后要谨慎清醒以免为人所欺。
这件事最好不要向外人提起,
以免交口相传闹得满城风雨。

苏达贝与巫婆施毒计

苏达贝知道自己已全然失宠,
国王卡乌斯对她已不念旧情。
她想出计策一条十分狠毒,
犹如栽种下一棵含毒的树。
后宫中有一个服侍她的妇人,
这妇诡计多端生了一颗黑心。
这时,这妇人也已身怀有孕,
只见她腹部隆起身子日益发沉。
苏达贝与她商议向她求计,
说请授我以良策摆脱这一境地。
感谢她相助苏达贝赏她许多黄金,
叮嘱她二人之事万勿泄露给他人。
说:"你要弄一副秘药使自己堕胎,
这堕胎的秘密不能向人公开。
此事虽假但我意欲弄假成真,
你堕胎后我把你的胎儿展示于人。
我要报告卡乌斯说这是我的死胎,
分明是坏人作恶看他如何制裁。
难道说这不是夏沃什的过错,
铸成滔天大罪还应把他宽赦?
如若国王不听我就会颜面扫地,
那就会离开皇宫只身远去。"

那女人忙道:"奴婢是王妃的奴仆,
王妃有事对奴仆尽管吩咐。"
夜深人静那妇人吞下药物一剂,
随即药性发作已死的胎儿落地。
一胞双胎似鬼一般奇丑,
母亲心术不正婴儿面貌丑陋。
苏达贝忙吩咐身边的侍女佣人,
说快去想法找来一个金盆。
拿来金盆便把两个丑胎放到盆中,
然后,苏达贝脱下衣服高叫一声。
这时她早已安排那妇人另室躲避,
人们都听到她的尖叫声在后宫响起。
宫中的侍女们听到她的尖叫之声,
都赶来看望不知发生了什么事情。
当人们看到那盆中的两个死婴,
深感意外也惊奇地发出叫声。
卡乌斯听到宫中响起嘈杂叫声,
心中一惊,惊醒了他的睡梦。
忙问情形,左右连忙向国王报告,
禀告陛下王妃身体不适大事不好。
国王一听心中有气不发一言,
黎明起身赶到后宫亲自查看。
见后宫之人来来往往一片混乱,
苏达贝躺在卧榻神色不安。
见一个金盆之中放了两个死婴,
其状甚为凄惨看了令人心痛。

苏达贝语未成声泪珠下滴,
说真相已然大白还因何迟疑?
我早对你说过他犯下罪行,
你对他相信我的话你全然不听。
国王闻言心中又增怀疑,
一言不发迈着沉重步子走去。
他心中自忖是应及早把是非明辨,
这类事事关重大不能视若等闲。

卡乌斯与群臣商议如何处理死婴一案

那天以后卡乌斯国王传下命令,
召集有名的星相术士们入宫。
从四面八方把星相术士邀请,
把他们让入宝座请他们参议政情。
与他们谈起苏达贝与哈玛瓦兰,
回忆起过去的哈玛瓦兰之战。
向他们详细提到苏达贝的举止言行,
她近日的所作所为也一一讲明。
最后也提到金盆中的一对死婴,
和盘托出一点也未隐瞒真情。
于是星相术士用星盘求神问卜,
整整七天他们都神秘地忙碌。
每个人都安置好自己的星盘,
每个人都守着星盘忙碌了七天。

七天过后他们找出了答案,
说杯中有毒醇酒成色改变。
这两个死婴乃是他人的骨肉,
不是王妃之胎不是陛下之后。
若婴儿是陛下骨血皇家后人,
这星盘上都一一表明不爽毫分。
天象上找不到这双婴儿踪迹,
地象上也无反映着实令人惊奇。
星相术士对国王与群臣解说,
这其中表明另有一刁妇从中作恶。
卡乌斯闻言不语不露声色,
此事深藏心底对谁也未明说。
但是苏达贝此时已经感到不安,
自家心虚向国王请求赦免。
她说:"我对陛下可谓一片忠心,
我不怕遭惩罚不怕逐出宫门。
但见到被虐杀的孩子我于心不忍,
时时刻刻悲伤痛苦刺痛我心。"
卡乌斯国王说:"你暂且回避,
语不服人你不能强词夺理。"
国王下令军士兵丁立即行动,
封锁关卡要路一律不得放行。
全城街巷要严密监视搜寻,
定要抓住那作恶多端的妇人。
不多时在王宫附近发现她的踪迹,
军士兵丁立即闻讯蜂拥而去。

人们赶到立时把那妇人拖来,
拖来面见卡乌斯任凭君王处裁。
国王耐心相问给她以希望,
晓以利害但她却什么也不讲。
她们的秘密她不愿对国王揭穿,
盘问多次,始终不发一言。
后来尊贵的国王失去了信心,
吩咐用刑具夹指对付这妇人。
但她仍坚不吐实不揭穿诡计,
不向国王透露丝毫的秘密。
后来吩咐把妇人拖出宫门,
让左右人等对他进行审讯。
如若不招就下令把她腰斩,
这是传统刑法对付这类案犯。
那妇人被人们拖出大殿,
囚入地牢只等到时开刀问斩。
这时她才说话:"我本属无辜,
我还有何可说全是自家糊涂。
事先我一点也不知道内情,
我的所作所为全是由于冥顽不灵。"
左右向国王转述了妇人之言,
水落石出,再也无法对他隐瞒。
于是国王立即传唤苏达贝上殿,
把星相术士的话对她说了一遍。
说你在这两个孩子身上玩弄了诡计,
看相貌极其丑陋是魔鬼的后裔。

苏达贝此时仍然强辞分辩,
说:"星相术士心中有苦难言。
他们心中还有不少难言之隐,
惧怕夏沃什他们不敢把实情告人。
夏沃什乃是身材魁梧的勇士,
筋强力壮可以降服一头猛狮。
他足以与八十头大象拼斗搏战,
兴来时能力挽尼罗河狂澜。
十万精兵也未必是他的对手,
战场上见他出现个个败走。
我这样纤弱怎能与他为敌,
只能终日血泪合流暗中悲泣。
他们岂不是只能讲他授意之言,
否则他们到何处去领取赏钱。
你既然对自己儿女都漠不关心,
我当然更难算是你的亲人。
你如此草率从事优柔寡断,
只好到彼世再来了结这段公案。"
一边说着一边双眼流下热泪,
滔滔不绝的热泪似尼罗河水。
国王听她讲得如此凄惨,
也不禁悲从中来心中惨然。
他心情沉重把苏达贝打发出去,
独自一人寻思希望理出个头绪。
他自忖此事定要究底寻根,
一定要水落石出决不半途停顿。

于是他召集祭司们前来商议,
又一次把苏达贝的事向他们提起。
一个祭司闻言向天下之主献策,
说陛下有忧臣子应代为解脱。
陛下若想求得个水落石出,
就应破釜沉舟置一切于不顾。
虽然儿子是亲生骨肉与陛下至亲,
但对他的行为陛下心中充满愁云。
那苏达贝又是哈玛瓦兰国王之女,
对她的惩赦宽严又多一层顾虑。
既然事已至此两人各执一词,
就应有一方钻火阵以辨明是非曲直。
苍天有眼冥冥中自有明鉴,
无罪之人能经得住烈火的考验。
国王传令左右前去把苏达贝传唤,
同时也命人把夏沃什唤到面前。
他对他们说他感到为难,
谁有罪谁无辜无法判断。
现在,要点燃起一堆烈焰,
用烈焰使罪人原形毕现。
苏达贝一听便抢先回答:
说:"我讲的句句都是实话。
为国王我已经产下两个死婴,
难道此事还需要别的证明?
要考验应该先把夏沃什考验,
是他行为不轨无耻厚颜。"

国王闻言便转身对王子说：
"事情已到这种地步你意下如何？"
王子夏沃什坚决地回答父王，
"我地狱也愿去，她的话把我刺伤。
山样高的火堆我也敢去闯，
她的话使我的心灵受到创伤。"

夏沃什勇穿火阵

卡乌斯国王终日痛苦焦心，
想着夏沃什与歹毒的苏达贝的纠纷。
如若有一个行为不轨居心不良，
日后还有谁愿尊我为一国之王。
儿子亲同骨肉妻子爱似心肝，
谁授我良策摆脱眼前疑难？
真愿找一个一劳永逸的良策，
把这恼人的困境彻底摆脱。
他想起一位大臣的话十分中肯，
终日疑虑愁烦岂能作理政的国君。
于是他给骆驼大队传一道旨意，
召一百队骆驼来王宫聚齐。
骆驼队多驮干柴把烈火点燃，
全波斯的人都走出家门前来观看。
只见一百队红毛骆驼奔波往来，
队队骆驼都急匆匆驮来干柴。

驮来的干柴堆成两座小山,
成堆的干柴已不能用斤两计算。
两法尔散格①之地都看得清清楚楚,
人们议论天火定把坏人惩处。
国王想以烈火查明哪个有罪,
判明谁是罪人自然弄清了是非。
当你从头到尾听完这则故事,
你就会明白接近女人并不是好事。
在世上万不可找不正经的女人为妻,
恶劣女人能使人名声扫地。
女人与蛇最好永远埋身地底,
清洁世界最好永无这两种不洁之体。
田野上驮来的干柴堆成小山两座,
缕缕行行的人来观看人声鼎沸。
两堆干柴中留出一条窄巷,
一位骑马人穿过并不感到宽敞。
这时,尊贵的国王的命令下传,
把黑色的石油浇到干柴上面。
只见二百名点火的兵丁出场,
点燃烈火似片刻间升起朝阳。
火堆上开初升起一股浓烟,
浓烟过后万道火舌向外翻卷。
火堆烧得大地似天空般明亮,
人声嘈杂干柴烧得劈啪作响。

---

① 法尔散格是长度单位,一法尔散格相当六公里。

整个田野都被一片大火吞没,
人们的笑脸顿时变得雨泪滂沱。
夏沃什来了,他先拜见父王,
一顶金灿灿的头盔戴在头上。
他精神振奋穿一身白衣,
唇边带笑希望埋藏在心底。
他胯下骑着的这匹乌黑的骏马,
奔走如飞月亮也要踏在蹄下。
他将一把樟脑撒上自己的素衣,
似乎一切都遵循着丧葬之礼。
好像他这是向天堂登攀,
而不是冒险去闯两堆火山。
他兜了一圈又回到卡乌斯面前,
下马深施一礼向父王致意问安。
卡乌斯面有愧色深感内疚,
他与夏沃什交谈细语温柔。
夏沃什劝父王请勿忧虑悲伤:
苍穹回转世事从来就是这样。
我现在心中只感到懊恼与羞愧,
但愿烈火有灵证明我清白无罪。
如若我行为不轨作恶逞凶,
上苍有眼,决不会轻易把我宽容。
此刻,我感到真主就在我身边,
对这熊熊烈火我内心镇定坦然。
当他驱马渐渐向火堆接近,
暗暗开口祷告真主保佑无罪之人。

他请求真主助他平安穿越烈火,
穿越烈火使父王从疑虑中解脱。
田野上军士兵丁听到他祷告之声,
都表示同情心中为他愤愤不平。
城内城外响起一片呼喊,
不满的喊声掠过田野平原。
苏达贝此时听到人们的呼喊,
她也走出来到屋顶瞭望观看。
她从心中希望夏沃什逢灾遭难,
让他不得安宁人人对他口出怨言。
这时人们的目光齐向卡乌斯望去,
口吐不平之声心怀不平之气。
只见夏沃什纵身把黑马紧催,
骏马前跃钻进熊熊燃烧的火堆。
火堆上的火舌向外飞卷,
马入火中火光马影连成一片。
田野上人们都眼睁睁等待,
等待王子安然从火堆中冲将出来。
突然,正直的勇士果然冲出火海,
他双唇含笑面颊似红花绽开。
人们一见立即响起一片欢呼,
欢呼王子从烈火中安然冲出。
骑士跨马奔驰他的素袍白衣,
一尘不染鲜艳得似一丛茉莉。
泼一盆水衣服上也会沾染污迹,
但此刻他的素衣白袍却洁白整齐。

这真是造物主佑人吉人自有天相,
任凭水火无情也不能把他损伤。
当他冲出火堆策马来至平原,
人群中立即响起欢腾叫喊。
军中骑士欢喜雀跃不能自已,
一把一把向王子抛撒金币。
城中郊外的气氛似节日般欢腾,
喜悦之情感染了贵胄与平民百姓。
人们高兴得到处奔走传告喜讯,
真主明鉴决不冤枉无罪之人。
苏达贝气恨交加撕掠自己头发,
痛苦落泪抓伤自己的面颊。
清白无罪的夏沃什来到父王面前,
毫无烟尘火迹真正是一尘不染。
这时卡乌斯国王也翻身下马,
随驾的军士也连忙站到地下。
夏沃什抢先几步赶到父王面前,
以头叩地恭颂父王顺遂平安。
他说我已平安冲出火堆,
让那恨我之人心头希望成灰。
国王对他说:"孩子,你勇敢豪爽,
你出身皇门,你品格高尚。
你有一位正直贤良的母亲,
她生产了你这皇家的后人。"
卡乌斯说着紧紧把他抱到怀中,
既表歉意也流露出父子之情。

卡乌斯与夏沃什缓步回到大殿，
他头上戴着一顶国王的王冠。
传令摆开酒宴调理丝竹管弦，
要为夏沃什着实庆祝一番。
庆祝的宴席一连摆了三天，
大开库门赏赐财宝银钱。

夏沃什恳求父王饶恕苏达贝

到第四日国王在王座上坐定，
一条牛头大棒提在手中。
满怀怒气下令把苏达贝传唤，
把过去的事一件件对她揭穿。
说："你这个贱妇作恶多端，
刺痛了我的心使我处境难堪。
你用尽阴谋诡计得到什么好处，
你想置我儿于死命心太歹毒。
是你行为不轨使他妄受烈火考验，
你设计诬人行事害理伤天。
如今真相大白决不能轻易饶恕，
这是咎由自取你准备受到惩处。
这样的人决不能留在世上，
应处以绞刑你本应得到如此报偿。"
苏达贝开言说道："我的陛下，
你不必恶语相逼如此恫吓。

如果理应处以极刑砍下头颅,
那也是自食其果我决不叫苦。
你下令吧,我甘愿从命决无异议,
只求得你心头上的仇恨平息。
夏沃什讲的句句都是实言,
陛下心中疑虑从此也可释然。
这一切定然是扎尔施行了妖术,
烈火才不伤他身他能平安冲出。"①
国王说:"你此时还在花言巧语,
毫不认错继续耍弄阴谋诡计。"
这时天下之主问群臣意下如何?
她背地里作恶应如何发落?
她的这种行为应如何惩处?
众臣见国王询问连声高呼:
"这种罪犯应该处以极刑。
让她自食其果得到应有报应。"
国王下令刽子手把她拉出示众,
然后吊上绞架处以极刑。
当刽子手把苏达贝拉去行刑,
后宫中响起一片刺耳喊声。
这时卡乌斯国王颜色骤变,
旧情难忘心中又泛起爱怜。
刽子手拖拖拉拉把苏达贝拖出,

---

① 扎尔得神鸟之助,神鸟赠他羽毛,遇难时焚羽毛可逢凶化吉。俄译的注也认为此语与上下文衔接不密切。

宫中人都侧过脸去不忍目睹。
王子见状自忖如若国王一时发怒,
命手下人拉出去把苏达贝惩处,
日后想起他定然感到后悔,
那时定然认定我是祸首罪魁。
于是他走上前去禀奏国王:
"这区区小事陛下何必心伤,
请看在我的面上饶她一命,
或许她能接受教训改邪归正。"
国王正在苦无宽赦她的借口,
这一来便找到饶恕她的因由。
他对夏沃什说:"你的品质磊落光明,
看在你的面上暂不把她严惩。"
夏沃什忙亲吻国王宝座表示谢恩,
然后站起身来迈步走出宫门。
这时,左右又把苏达贝带到后宫,
带到后宫是遵照国王的命令。
后宫的人们闻讯赶上前去,
躬身施礼对苏达贝表示欢迎。
从那以后又过了一段时间,
国王心中又逐渐对她产生了爱怜。
由于心中怀着对她的爱情,
天天望着她的面庞目不转睛。
苏达贝又一次利用国王的骄纵,
施展阴谋诡计作浪兴风。
她天生歹毒终于阴谋得逞,

挑拨了国王与夏沃什的父子之情。
听了她的谗言国王又对夏沃什不满,
但只是闷在心里未对人明言。
事情到了这一地步需要理智与冷静,
要有信念与见解行事要合理公平。
一个人若怀有对真主的畏惧之情,
他就能逢凶化吉得到成功。
如若命运多乖流年不利,
就不要指望遭逢好运称心如意。
你在造化面前只好俯首听命,
造化决定你遇事的际遇穷通。
苍穹回转冥冥中决定人的命运,
它深藏起谜底不肯明白告人。
有位贤人就此发了一番高论,
说人与人再近也近不过骨肉至亲。
当人有了一个品格正直的后人,
他便应对女人的妖媚怀有戒心。
须知女人从来就是心口不一,
你要她东去她偏偏要往西。

卡乌斯得知阿夫拉西亚伯来犯

国王卡乌斯心中正充满柔情,
军中细作报告敌兵压境。
阿夫拉西亚伯率十万大军,

个个都是土兰国精选的骑兵。
国王闻讯不禁心中为之一震,
要撤酒罢宴准备去迎战敌人。
于是召集基扬王朝的忠贞之臣,
来到殿上参谋军机共同议论。
国王说:"看来这个阿夫拉西亚伯,
他的身躯并非来自水土风火。
他的身躯并非一般材料,
此人似乎不是造物主所创造①。
他过去指天发誓信誓旦旦,
甜言蜜语立下斩钉截铁的誓言。
但是当他又集结了复仇的兵丁,
便又兴风作乱忘掉以前的言行。
如今,我要率领兵马上阵亲征,
要杀得他白日无光日月不明。
我此番出征定要结果他的性命,
不然斩不断祸根他还会作乱兴风。
他发兵作乱践踏我国波斯,
烧杀抢掠摧毁我们家邦。"
这时,一个祭司上前说此举大可不必,
国王陛下无需亲临征战之地。
这样要耗费偌大的国家资财,
节约为本,国库之门不必大开。

---

① 古代哲学中的一种观点,认为世上一切不外是水土风火所构成,人体也不例外。

陛下曾两次兴兵到前线征战,
两次国土都被敌人侵占。
如今,宜选择军中上将一员,
由上将率军赴前线拒敌征战。
国王闻言答道:"我虽有一支大军,
但却找不到合适的率军作战之人。
哪个将官能把土兰国王阻挡,
我要出征,犹如航船下水乘风破浪。
请各位贤臣权且退下阶前候命,
容我与军师们再详细议论军情。"
这时,夏沃什愁绪满怀心事重重,
心乱如麻一桩大事不能决定。
他暗下决心说我要向父王请兵,
我要表明心迹代父出征。
愿造物主助人从此我得到解脱,
不再受父王怀疑和苏达贝折磨。
何况如若大败敌军旗开得胜,
也是立下战功从此扬名。
决心已定,他迈步向前禀告父王,
说:"率兵拒敌为儿愿往。
我要与土兰之王决一死战,
让敌国的将领败在我面前。"
这也是造化铸就真主的意愿,
注定夏沃什出走异域命丧土兰。
人生在世只能听天由命无力回天,
命定的劫数世人无法改变。

夏沃什请求领兵拒敌代父出征,
卡乌斯深表赞许认为此计可行。
国王对夏沃什此举极为嘉许,
赐他新的封号命他率兵拒敌。
对他说:"国库的财产悉数由你调用,
三军由你调遣择日率军启程。
波斯军民看到请求出兵的义举,
都会对你欢呼向你表示敬意。"
国王传旨召鲁斯塔姆上殿,
好言好语对他劝勉一番。
对他说:"你力大无穷战象不敌,
你双臂有尼罗河水奔腾之力。
你不恋名利而且武艺超群,
夏沃什多承你把他教育成人。
此子如同埋藏在矿中之宝,
开矿取宝多承你付出辛劳。
如今夏沃什如同猛狮心雄胆壮,
他要代父率军出征走上战场。
既然此子有志有如此的雄心,
你意下如何?看他可是称职之人?
如若他出战阿夫拉西亚伯,
愿你随军出征托你把王子辅佐。
你能赴敌出征我就意适心安,
你若不能出战我必遭逢灾难。

如愿天下太平就要凭借你的刀锋,
天上明月也会对你俯首听命。"
鲁斯塔姆说:"我是陛下仆从,
陛下有什么指示我定然俯首领命。
夏沃什对我珍贵得如同生命与眼睛,
他头上的王冠就是我的指路明星。"
国王闻言心中大喜甚感欣慰,
说愿理智与你的生命永远伴随。

夏沃什领兵出征

光荣的统帅图斯威武地走在军前,
金鼓齐鸣声声高响震地惊天。
三军将士此时齐聚在王宫,
国王打开仓库大门把金银宝物分赠。
从库中取出战刀大棒金冠腰带,
还有头盔甲胄长矛以及盾牌。
也有缝制衣服的各色丝绸布匹,
索性把库门钥匙交到夏沃什手里。
说如今皇家的事物皇家的资财,
一切听命于你一切由你安排。
于是从骑士中挑选了十万精兵,
个个能征惯战个个是沙场上的英雄。
从帕列维、法尔斯、库奇与俾路支,

从四面八方吉朗与索路支,①
又挑选出十万步卒兵士,
由王子率领指挥御敌出师。
全波斯动员凡是军中骑士之后,
行伍子弟作战勇敢腹有奇谋。
论年纪一个个都与夏沃什一般大小,
个个稳重聪明身手灵巧。
又从勇士中挑选善战的武将,
有巴赫拉姆还有赞格·沙瓦朗。
此外又从波斯人中选了五名祭司,
让他们五人高撑着卡维军旗。
夏沃什一声号令全军出动,
从宫门侧面三军浩浩荡荡出城。
黑压压的一片,平原上无立锥之地,
到处都是步兵的脚印骑兵的马蹄。
只见卡维军旗在空际飘扬,
高高招展似头顶上的月亮。
这时卡乌斯国王从侧面赶到前面,
三军将士立即待命停步不前。
国王见军容整齐似出门的嫁娘,
鼓声隆隆队伍中有许多战象。
他不禁开口赞扬好威武的大军,

～～～～～～～

① 帕列维是古地名,在今里海东南岸;法尔斯在波斯南部,同时也是一民族名;库奇为民族名,该族生活在俾路支境内;俾路支为地名与族名,俾路支省是波斯东南端的省份,与巴基斯坦接壤;吉朗是波斯北部省份,在今里海西南岸;索路支在何处不确。

你们都是皇家后人常胜的将军。
祝你们旗开得胜吉星高照,
愿你们的敌人晦运当头败阵遁逃。
吉星高照之旅有强大的军力,
定能得胜班师力克强敌。
夏沃什命人把鼓绑上象身,
他自己骑马传令击鼓前进。
卡乌斯国王眼噙热泪前行,
他直送了儿子整整一天的路程。
终于父子二人拥抱洒泪分离,
双眼落泪如同春云降雨。
似乎二人心中有一种预感,
此地一别今生再难相见。
这就是世事多变天道无常,
有时给你毒药有时给你蜜糖。
告别后国王回身奔赴都城,
夏沃什率领大军继续前行。
大军从波斯直赴扎别尔斯坦,
会同鲁斯塔姆见到达斯坦。
有数日摆设酒宴调理管弦,
吉星高照的达斯坦把他们招待一番。
夏沃什有时与鲁斯塔姆饮酒作乐,
有时与扎瓦列闲谈对坐。
有时在达斯坦宫中坐上宝座,
有时又到苇塘打猎把时光消磨。
盘桓一个月之久又催军启程,

达斯坦留守鲁斯塔姆效力军中。
从扎别尔、喀布尔到印度边疆,
勇士率领大军行进在征途之上。
每到一地就招募贵族青年,
一路行来很快就到了赫拉特①平原。
沿途招募许多军士与兵丁,
招募的军士兵丁统由赞格·沙瓦朗统领。
前面去处是塔列甘及木鹿河,
上苍保佑一切顺利困难不多。
再往前行就到了巴尔赫城,
夏沃什精神振奋心中高兴。
这时,敌方大将格西伍与巴尔曼,
也统率大军风风火火地向前。
巴尔赫为先锋斯帕赫拉姆殿后随行,
早有人报告对方是王子亲率精兵。
从波斯发来威武大军迎敌,
军中勇士都是上层贵胄人材济济。
格西伍趁夜深人静四野无人,
派信使向阿夫拉西亚伯报信。
说对方派来数目众多的大军,
夏沃什做主帅帐中都是著名将军。
军中还有巨象般将军鲁斯塔姆,
他一手挥舞匕首一手提着裹尸丧服。
只要一接到陛下发出的命令,

---

① 赫拉特为阿富汗西北部城市。

我就调动军队立即冲锋。
陛下也应采取行动预做准备,
兵动如火,更何况风助火威。
信使迅行如飞恰似烈火一团,
一五一十传达了前方统帅的传言。
他向国中传达了前方信息,
使命完成犹如一块石头落地。
这时,夏沃什正率军行进在路上,
他指挥大队人马直奔巴尔赫方向。
当波斯方面大军渐渐逼近,
观望无益看来不免一场火拼。
格西伍饱经征战审时度势,
深知血战迫在眉睫事不宜迟。
当波斯军队开到巴尔赫附近,
便发起进攻企图夺取城门。
两军血战整整厮杀了三天,
第四天夏沃什把巴尔赫攻占。
每座城门都派波斯兵士据守,
巴尔赫城已落入波斯军队之手。
斯帕赫拉姆渡河仓皇逃遁,
急急赶去向阿夫拉西亚伯报信。

夏沃什致信卡乌斯

当夏沃什在巴尔赫大获全胜,

便写信给卡乌斯报告军情。
他书写信函用的是白绫一道，
在写好的墨汁中调合了香料。
信的开头照例是对造物主的颂赞，
主是本领力量与皇家灵光的源泉。
是造物主使日月行空回转运行，
是造物主授国王以冠冕令他主政。
主使人吉祥遂顺他定然万事遂顺，
主若使人不幸他定然遭逢厄运。
对主的旨意不能问："是何道理？"
聪明人俯首听命不问不疑。
是造物主冥冥中把万物造就，
世界一切无不是出自真主之手。
赞颂过真主又赞颂父王，
愿父王洪福齐天如意吉祥。
我精神振奋率兵来到巴尔赫城，
托父王洪福在此与敌交兵。
整整三天双方大军血战不可开交，
第四天靠真主佑助敌军遁逃。
斯帕赫拉姆向塔尔玛德逃窜，
巴尔曼也闻风而走似离弦之箭。
如今，我的大军已进至阿姆河南岸，
我头盔的光已笼罩阿姆河以南。
阿夫拉西亚伯率军驻扎在粟特，
我军隔河与他对峙尚未渡河。
如若父王下达向前进军的命令，

我即刻挥师前进与敌交锋。

卡乌斯给夏沃什的复信

卡乌斯收到夏沃什的来信,
兴高采烈喜悦发自内心。
王子初战得胜理应感谢真主,
胜利果实得来全凭主的佑助。
他心满意足回了一信文字酣畅,
信文美似春光欢畅得如居天堂。
他说让我祈求创造日月的真主,
让我祈求赋予国王权力的真主,
把你佑助使你永有一颗欢乐的心,
心中永无痛苦永不沾烦恼的灰尘。
愿胜利与荣誉永远与你在一起,
愿王冠与宝座永远伴随着你。
你请缨出兵踏上征途,
旗开得胜这是命中的洪福。
你年齿尚幼不到厮杀搏斗的年龄,
但你已把土兹①缠上你的强弓。
愿你身上永远放射理智之光,
愿你事业成功永远称心欢畅。
如今,你已取得初战的胜利,

---

① 土兹即一种植物名,用其皮缠绕弓背,增加韧性。

要沉着冷静切不可操之过急。
不论是行军还是驻军在一地，
切不可分兵，分兵于军有害无益。
那突厥头子生性狡诈多变，
虽也是皇族后人实乃魔鬼哈里曼。
他也是一国之尊南面称王，
他骄横无比把头扬到天上。
切记用兵布阵不可操之过急，
阿夫拉西亚伯会来率兵奔袭。
如若他现在就率重兵渡河，
无异于自寻死路自食苦果。
写完书信加盖国王的玉玺，
然后把下书人传唤到殿上。
把书信交给他打发他立即回转，
下书人一路疾驰越岭翻山。
下书人回来递上国王的书信，
夏沃什拆开信封读罢信文。
他心中宽慰不禁亲吻大地，
行动有了准则并未贻误军机。
他按信中吩咐执行父王旨意，
一丝不苟，忠实准确不爽毫厘。
再说那雄狮般勇士格西伍，
匆匆赶来见阿夫拉西亚伯土兰之主。
他向土兰之主报告了兵败的噩讯，
说夏沃什率军攻破巴尔赫城门。
他军中有鲁斯塔姆这位战将，

猛将如云其势真是锐不可当。
他们的兵力与我们是五十对一,
个个挥舞牛头大棒有无坚不摧的锐气。
步兵行动迅速如同一股烈焰,
盾牌兵弓箭手个个争相向前。
行军时尘土遮天苍鹰也迷失方向,
驻守时个个警惕斗志昂扬。
两军血战直打了三夜三天,
我军斗志全失又兼疲惫不堪。
敌军中如有一个疲倦歇息,
立即便有别的兵卒接替上去。
他们睡过一觉重又精神焕发,
重又参加战斗与我们厮杀。
阿夫拉西亚伯一听心急似火,
他烦躁不安无法安静地起居坐卧。
他怒目圆睁直视格西伍的脸,
恨不得一刀把他劈为两段。
他实在压抑不住心中怒火,
不禁大声叫喊高声怒喝。
他传下命令把贵胄贤臣召集,
又命人从速备办丰盛宴席。
在整个大地之上悬灯结彩,
把粟特按中国方式装饰起来。
众人饮酒作乐高高兴兴过了一天,
白日已尽黑夜降下了黑幔。
阿夫拉西亚伯离席前去休息,

但是辗转反侧终究是寝不安席。

阿夫拉西亚伯从噩梦中惊醒

夜色深沉大约过了二更光景,
阿夫拉西亚伯睡梦中全身抖动。
睡梦中他突然尖叫一声,
自己尖叫惊破了自己的睡梦。
这时,他已从卧榻滚落地下,
心还怦怦地跳受了一场惊吓。
宫中侍卫人等赶紧跑上近前,
众人开口都向国王陛下问安。
当这消息传到格西伍耳中,
人告君王不适皇运之星晦暗不明。
格西伍连忙赶来面见国王,
见阿夫拉西亚伯还躺在地上。
连忙把他抱起问他身体如何,
有何不适快对兄弟诉说。
国王对他说现在请不要发问,
让我安静片刻让我定一定神。
让我喘息少时等我恢复理智,
请扶我坐好,请把我抱紧。
少过片刻他的理智渐渐清醒,
分清了眼前人物不由得长叹一声。
人们点燃蜡烛拿到他的座前,

这时似风中之柳他仍全身抖颤。
此时,格西伍又向他提出问题,
请告我们梦中看到什么怪异?
尊贵的国王陛下这时开始述说,
这样的怪梦可能无人做过。
我记得在一个黑沉沉的夜晚,
不见一个男女老少在我身边。
我梦见地面上千万条蛇蠕动,
大地之上弥漫烟尘天上飞着兀鹰。
地面上怪石嶙峋凹凸不平,
天空上雾霭低垂晦暗不明。
我方大营就扎在这片田野之上,
营帐四周有无数兵丁战将。
突然一阵狂风从平地卷起,
狂风强劲折断了我方军旗。
这时只见田野上血流成河,
血潮汹涌势把我方大营吞没。
只见我方无数的兵丁将士,
顷刻间人头落地变成死尸。
波斯大军袭来人如潮涌,
有的手挺长枪,有的手执强弓。
他们都把人头挑在枪尖,
骑手们还把人头绑在马鞍。
他们的骑兵奋力向我的宝座冲击,
十万战士手执长枪身着黑衣。
他们疾驰而到把我拉下宝座,

又把我双手绑起无法走脱。
我举目四望打量一下身边,
并未发现一名我方战士在面前。
一个粗鲁的兵士一把抓住我不放,
风风火火押我去见卡乌斯国王。
只见一个宝座高悬在月宫之际,
卡乌斯国王端坐在这个宝座里。
有个年轻人面貌姣好有如月亮,
他也坐在卡乌斯国王身旁。
看上去他的年龄不过十三四岁,
当他见我全身捆绑双手倒背。
他便猛然跳起随后一声高喊,
举刀便把我身躯砍为两段。
我感到剧痛不禁尖叫一声,
被自己叫声惊醒原来是一场噩梦。
格西伍连忙安慰他说此梦离奇,
但依我看未必主凶或许主吉。
怪异之梦或预兆国祚兴隆,
噩梦可能意味着敌人希望落空。
现在,需找一位高人来圆梦,
要有经验与知识才能解说梦境。
要找一位博学多闻的祭司,
或者找一位聪明的星相术士。

阿夫拉西亚伯请祭司圆梦

有些人经验丰富善于圆梦,
分散在各地有的住在都城。
如今把他们一一传唤到王宫,
对他们讲明为什么集合在宫廷。
到了宫廷对他们招待十分殷勤,
国王接见亲自表示亲切慰问。
然后对高明的祭司开始述说,
述说自己梦境的详细经过。
他说看来这是个离奇的怪梦,
恐怕世上无人见过这样的梦境。
他又说如若有泄露梦中情形,
他可要杀掉此人决不容情。
警告以后又赏他们许多金银,
好使他们对他不存畏惧之心。
然后才向他们历数梦中所见。
当祭司们把国王的叙述听完,
都大惊失色,说望陛下海涵,
此梦怪异梦中所示不便明言,
要圆梦也可,得陛下先作出保证,
作出保证后方可把梦境言明。
我们要对梦中情形一一分析,
要对国王解释梦中的秘密,

说出对国王不利的话怕遭惩办,
因此要国王陛下先立下诺言。
祭司中有一位贤人见解高明,
他三言两语便把梦境讲清。
他开口说:"国王陛下容禀,
让我把陛下梦中所见一一讲清。
如今,波斯发来浩荡大兵,
他们军中人人善战,个个英雄。
波斯王子坐中军大帐率领大军,
他营中出谋划策有许多高人。
如今谁也比不上王子的齐天鸿运,
他要杀得我土兰国片瓦无存。
如若我主执意与夏沃什交兵,
土兰大地就会淹没在血泊之中。
那时我国土兰会变为无王之邦,
王上会悔恨交加无力抵抗。
如若万一夏沃什命丧我王之手,
那时土兰举国上下也会大难临头。
那时会遍地烽火遍地狼烟,
为夏沃什报仇他们会决一死战。
只有到家亡国破无处存身,
王上才知此言不虚句句是真。
那时王上走投无路就是插上翅膀,
也是插翅难逃无法飞到天上。
苍天回转冥冥中决定人的命运,
有时乖张横暴有时抚爱温存。"

阿夫拉西亚伯一听心中不安，
他再也不急于与夏沃什开战。
他对格西伍把祭司的话重述一遍，
把梦中秘密隐情对他明言。
他说如若在此不前按兵不动，
便不会结下深仇双方尚未交兵。
他不会在战斗时被杀我也不会遇难，
留条退路能使仇恨烟消云散。
卡乌斯也不会因复仇而兴兵，
土兰大地也不会永远不得安宁。
何必一意开疆拓土黩武穷兵，
为今之计应力争妥协和平。
我要派人多多送上财物金银，
献上王冠宝座表示我的殷勤。
玛努切赫尔①当初就分地不公，
土尔只把一小部分分到手中。
原来分给我们的我们也可让人，
我们可以让出自己的一份。
我把自己的国土让给波斯人，
这样他们或许不来把我国蹂躏。
或许我们能因此而避免一场灾难，
否则作对为仇徒令人神疲心烦。
当我无意于世上的利禄与财产，
世道也不会再把我折磨摧残。

---

① 这里的玛努切赫尔似应为法里东。

我逆来顺受不再作非分之想,
一切听其自然一切委决于上苍。

阿夫拉西亚伯与群臣共商大计

苍穹回转暗夜消逝了一半,
东方吐白接着便是日升中天。
王公贵胄一齐到殿上朝君,
恭请圣安的都是忠仆贤臣。
国王请公卿贤人一班人等,
共商大计出谋献策忠心参政。
阿夫拉西亚伯说我一生身经百战,
生命在战场度过从未有片刻空闲。
我一生充满征战一生战场交锋,
多少勇士名将死在我的手中。
我把多少城市夷为一片荒地,
我把多少园林变为一片荆棘。
人都说国君不公肆虐无道,
人间的善举便立时雾散云消。
兵荒马乱野驴都不能按时出生,
国无宁日小鹰产下便双目失明。
惊魂不定羚羊产后乳汁断绝,
烟尘飞扬澄清的泉水变得混浊不清。
人间山泉泉水日渐枯干,
鹿脐无香只因兵戈祸结刀兵动乱。

邪气猖獗正气受到压抑,
国中一片荒凉处处满目疮痍。
我早已厌倦彼此凶杀与战争,
决心遵循真主指引的路途改邪归正。
如今,我决心扶植艺文确立和平,
消除痛苦与烦恼让人间充满爱情。
世界会因两罢刀兵而变得安宁,
死神不会再突然袭来夺走人命。
世界三分有二统归我的治下,
波斯与土兰都算得上是我的家,
你们看每年会有多少勇士英雄,
到我这里朝拜纳税进贡。
如若你们现在认为此计可行,
我就派人给鲁斯塔姆下书一封①。
我也要叩开夏沃什的妥协之门,
派人给他送去财物礼品。
众将官一个个表明自己的见解,
都表示赞成和平与对方妥协。
都说道:"陛下是王上我们是仆从,
我们的天职是服从陛下命令。"
众臣说罢辞去心中感到高兴,
心头愁云一扫庆幸得到和平。
众臣走后国王对格西伍说道,
说此事请你去办你要辛苦一遭。

---

① 这里阿夫拉西亚伯似在描述自己将不战而得波斯。

你赶快动身启程不要迟疑,
选二百名精兵随你前去。
要为夏沃什送上各色礼品财物,
备办礼品财物要打开国库。
要送他阿拉伯骏马和镶金的马鞍,
送他印度钢刀配上镂金的刀鞘。
要送给他一顶镶宝石的王冠,
要送给他一百峰骆驼驮的地毯。
要带上二百名仆人和婢女,
对他说:"我们对你不怀敌意。"
你要对他应酬问答对他说明,
我军无意侵略波斯并未南行。
从中国到阿姆河归我国所有,
以阿姆河为界粟特在我军之手。
敌意的产生还始自土尔与萨勒姆,
从他们二人开始兄弟异路殊途。
这两位勇士竟然丧失了理智,
他们设计杀死了无辜的伊拉治。
波斯与土兰原本一体密不可分,
它们之间没有战争也没有仇恨。
我祈求真主降恩赐予安宁,
让人们安居乐业共享太平。
如今招惹得你从波斯发来大军,
愿你宽宏大量两国永息纠纷。
让世界永享你缔造的和平,
让世界永远没有仇杀与战争。

当格西伍前往你的大营,
望你好生接待把你的意图讲明。
当年英明的法里东分封全国土地,
如今我们何不也按他的办法处理。
把国土按他当年的成例分划,
永息刀兵,从此再不要互相残杀。
你是王子,请向波斯国王转告致意,
或许他心回意转不再起杀机。
对鲁斯塔姆也请以好言相劝,
晓以利害得失望他再勿无谓征战。
我们也为鲁斯塔姆备了一份厚礼,
切望笑纳并望他从中与力。
给他的礼品中没有皇家宝座,
他不是国王送他宝座于礼不合。

格西伍前去会见夏沃什

各种礼品宝物一一备办整齐,
格西伍带上礼品衔命而去。
他匆匆忙忙赶到阿姆河边,
然后选出一名勇士前去传言。
命他把消息传至夏沃什本人,
说格西伍前来晋见带来喜讯。
然后弃岸登舟用了一天时间,
上岸前行不远处巴尔赫已在面前。

报信人此时已见到夏沃什统帅，
说求和使者已从北方南来。
夏沃什闻言立即传唤鲁斯塔姆，
二人共同计议看对来人如何对付。
随后，格西伍已来到统帅大营，
夏沃什传令军士闪出一条大路相迎。
王子见格西伍来到连忙起身，
面带微笑起身迎接客人。
格西伍远远站定以口吻地，
他面带惭愧内心充满惊悸。
夏沃什把格西伍让至到宝座，
然后开口问候阿夫拉西亚伯。
格西伍坐在新结识的王子对面，
不住地打量王子的仪表与缨冠。
格西伍转向鲁斯塔姆这样开言：
阿夫拉西亚伯听说你也来参战。
他准备了一份薄礼作为纪念，
我先来晋见礼品队伍随在后面。
然后他命从人把礼品搬进帐来，
当着夏沃什的面一一摆开。
从城门一直到夏沃什的大营，
从人携马匹金银财宝缓缓前行。
琳琅满目的礼品难以数计，
王冠宝座缕缕行行抬到城里。
凡男仆都头上戴帽腰系饰带，
女仆戴黄金手镯项链增添风采。

夏沃什一见满心欢喜满面带笑,
听着格西伍的解说兴致颇高。
鲁斯塔姆劝夏沃什庆贺七天,
七天以后再给他们书写回函。
对方的要求应该从长计议,
要与军中人等一一仔细商议。
格西伍也颇乖觉,一听此话,
连忙吻地告别暂且退下。
夏沃什为他准备一处驿馆,
丝绸装饰住室另有专人供膳。
夏沃什鲁斯塔姆到一僻静之地,
为的是避开众人共议大计。
他二人慎重商量计议从容,
真假利害都一一仔细权衡。
鲁斯塔姆对格西伍表示怀疑,
敌使不期而至其中是否有计?
他立即向四面八方派出哨兵,
按用兵规则察看有无动静。
夏沃什开口向鲁斯塔姆问计,
说莫非有诈,请告其中奥秘。
如今他们因何派人前来,
他有来使我们应如何对待?
我们可否要求他派出亲属百人,
百人中个个都应是骨肉至亲。
把这些人派来充作人质,
以此表明他们说的句句是实。

你看他们是真的惧怕我们兵力,
还是其中有诈在玩弄诡计?
当我们与他们达成协议两罢刀兵,
要选一干练之人去通报军情。
向父王呈报前线议和消息,
让他对阿夫拉西亚伯不怀敌意。
鲁斯塔姆说我意此计可行,
除此以外,万不可订立城下之盟。

夏沃什与阿夫拉西亚伯订约

次日黎明时分格西伍又来朝拜,
他头戴冠冕腰系一条饰带。
到夏沃什面前他连忙以口吻地,
以此表示对波斯王子的敬意。
夏沃什问他夜间可睡得安稳,
这军中人声嘈杂是否吵人?
然后告诉他我们听了你的传言,
把你传来的话思索了一番。
依我看我们双方可谓不谋而合,
永罢刀兵使心灵从仇恨中解脱。
你去向阿夫拉西亚伯报告,
如若愿消除仇恨越早越好。
为人若心怀善意不行凶作恶,
便不会遭到报应自食苦果。

理智的光辉如若在谁心中照耀,
那便终生受用获得了无价之宝。
如若他真的有意双结盟,
就请他从速派出骨肉至亲百名。
这百人要出自鲁斯塔姆熟知的世系,
由你一一按人点名把他们聚齐。
你把这百口人交我们作为人质,
以表明你口无虚言所说句句是实。
然后,要把你们侵占的波斯国土,
悉数交还,退给它们的故主。
交出国土以后你们撤回土兰,
从此永息刀兵不再来战。
我的话语句句是肺腑之言,
人不如兽,如若转眼就把诺言背叛,
我就向我国国王修书呈报军情,
他或许会撤回大军确立和平。
格西伍听罢忙派回信使一名,
命他即刻返回把信送回国中。
说你从速去见阿夫拉西亚伯,
穿山越水片刻也不要耽搁。
你对他说我已迅速来到此地,
我方求和对方也不无此意。
但是他们向国王索要一批人质,
说既不再战就应证明所说是实。
他们要我们交出百名骨肉至亲,
这显然是鲁斯塔姆要扣压我们亲人。

信使前来向国王传达了消息,
说格西伍与夏沃什都向他致意。
阿夫拉西亚伯听了信使报告,
委决不下显得十分痛苦心焦。
他说道对方索要我亲属百名,
我似应把人派去把心迹表明。
这也是由于我方在战斗中遭到败绩,
兵败之将不能指望别人的善意。
如若我表示不愿派出亲人,
那他岂不认为我弄虚作假别有用心。
看来应向对方派去骨肉至亲,
无质签约无法取信于人。
如若赢得和平可免一场大灾,
临事要仔细权衡切忌鲁莽轻率。
于是他按照要求找鲁斯塔姆知名之人,
挑选了一百名个个都是骨肉至亲。
他把百名人质送至波斯王子殿前,
临行时送他们许多锦袍财产。
人质启程他吩咐鼓角齐鸣相送,
送走人质他下命令撤去大营。
他从布哈拉、粟特、撒马尔罕到恰奇,
从恰奇又前行到斯庇阿卜。
他撤退大军一路行至冈格,①

---

① 斯庇阿卜为中亚地名,冈格一说在布哈拉附近,一说在塔什干附近,依撤军路线,第二说较合实际。

未施诡计也未找借口耽搁。
鲁斯塔姆闻听土兰方面撤兵，
放下心来心情因而轻松。
他急速赶来晋见王子夏沃什，
把得到的军情告与他知。
他说看来如今大局已定，
应打发格西伍回土兰军中。
他立即吩咐左右快去备办，
准备兵器锦袍饰带与王冠。
又命人牵一匹阿拉伯马备好金鞍，
以及印度钢刀刀鞘金光闪闪。
格西伍见王子赐他锦袍，
似月降大地在他身边闪耀。
他连声称谢又频频致意，
告辞之后便启程离去。

夏沃什派鲁斯塔姆见卡乌斯面告军情

夏沃什坐在一个象牙宝座上面，
头上戴了一顶嵌着象牙的王冠。
他主张选派一人要善于言谈，
能说会道遇事要随机应变。
此人要在军内将士中选择，
能与国王交谈了解他的性格。
鲁斯塔姆昕说后这样回答：

"这样要求哪个敢对卡乌斯讲话。
卡乌斯的性格仍与过去一样,
不但未变和气反而更加乖张。
还是我去见他,我去回国入宫,
把前方军情对他一一讲明。
我愿走一遭请快下军令,
我去见他定然能马到成功。"
夏沃什闻言心中十分欢喜,
信使人选已定无需费时再议。
主帅与鲁斯塔姆二人坐定,
坐定后详详细细议论前方军情。
议论完毕传文书官上殿,
在一幅白绢上写一封信函。
信的开头先把造物主赞颂,
造物主赋予人力量机遇与本领。
造物主赋予人以思想传播正义,
明智者谨遵造物主教导获取胜利。
主创造了智慧创造了时间与力量,
明智者的心灵沐浴真主之光。
任何人都不能违反他的意愿,
违反造物主的意愿必遭一场灾难。
违反造物主意愿为主所不容,
是真主决定人间祸福与际遇穷通。
是真主创造了太阳与月亮,
是真主把宝座与王冠赐给国王。
国王靠真主庇护天下才长治久安,

国王靠真主佑助才能在天下掌权。
主的智慧能洞悉人间善恶是非，
主所体现的是至高的理智与智慧。
我已把巴尔赫与霍拉姆巴哈尔占领，
一切顺利，可谓是马到成功。
阿夫拉西亚伯得知我军前进，
他的朗朗白日顷刻布满乌云。
他深知双方交兵对他不利，
他要遭厄运天空密布阴霾。
他派遣兄弟格西伍携带礼品，
还带着许多盛装的婢女美人。
他向世界之主请求罢战媾和，
他向天下之主献上王冠宝座。
他说他不越出目前的国境，
这表示他已经有了自知之明。
他表示不想再占波斯的土地，
他说从此对波斯再不抱敌意。
他送来百名人质都是他的血亲，
鲁斯塔姆报告军情望获陛下恩准。
如今对方低声下气派人求和，
对前来求和者似不应条件过苛。
鲁斯塔姆率领军卒高撑军旗，
去面见国王陈述前线军机。
对方的格西伍也不停地赶路，
来见阿夫拉西亚伯土兰之主。
向他详述与夏沃什交涉的经过，

说这样的王子天下找不到第二个。
王子生得儒雅俊秀谈吐不俗，
聪明机智又兼经纶满腹。
勇敢豪爽身手不凡善于骑射，
精通兵书战策运筹帷幄。
阿夫拉西亚伯听了对他一笑，
说因此我才认定和比战高。
想起那场噩梦我仍心头抖颤，
似乎是从悬崖跌入万丈深渊。
我心烦意乱才想出求和之策，
一心求和把这痛苦心情摆脱。
我要用钱财换取心情平静，
看来或能如愿以偿双方罢兵。

鲁斯塔姆给卡乌斯送信

鲁斯塔姆一路疾驰不敢迟延，
赶到国中入宫与波斯国王会见。
见到卡乌斯以手抚胸向他致意，
卡乌斯见他前来连忙立起。
国王与鲁斯塔姆拥抱互相见礼，
问王儿可好，也问前线军机。
问前线将士如何，战况可还顺利，
你因何不在前方赶到这里？
鲁斯塔姆见问先俯首吻地，

以口吻地向国王表示敬意。
他未报军情先把夏沃什王子称赞,
然后再呈上王子给国王的信函。
当文书官把信给国王读了一遍,
只见他脸色阴沉面带不满。
然后他开口对鲁斯塔姆说道:
"就算夏沃什没有经验年龄幼小,
可是你却饱经沧桑身经百战,
你经验丰富能把是非明辨。
你是世界上独一无二的英雄,
战场上哪个英雄有你的本领。
你难道还不知阿夫拉西亚伯恶毒?
他搅得我们寝不安席食不果腹。
我本应去迎战,但我犹疑不定,
我心中充满对他的仇恨应与他交兵。
听群臣劝谏我未领兵拒敌,
培养王子让新人熟识军机。
世上之事恶人终遭恶报,
真主明鉴惩罚报应不爽分毫。
你们都看上了他送去的钱财,
你们都被他的不义之财收买。
他的钱财是从无辜手中劫掠而来,
你们见钱眼开把军情置之度外。
那百名突厥无名之辈又有何用?
难道这些人就能阻止你们进兵?
百名人质在我眼中毫无价值,

人质的性命我根本不予重视。
如若你们二人不愿继续远征,
我可不辞劳苦我要除恶务净。
现在我要给夏沃什另派一名将军,
此人应智勇双全谋略过人。
我告诉他去前线点一把烈火,
在土兰人身上加上镣铐枷锁。
放一把火把他们财产什物一概烧光,
什么东西也不要给他们留在世上。
然后把百名人质押来见我,
尽行斩首一个也不准他们走脱。
要率领义愤填膺的大军前行,
迅雷不及掩耳直捣他的宫廷。
打到他的巢穴无需手下留情,
如狼入羊群要把一切铲除尽净。
如若将官能挥舞复仇之剑,
他手下的兵丁也不会心慈手软。
当阿夫拉西亚伯感到寝食不安,
他就会被迫前来与我们交战。"
鲁斯塔姆闻言开口解劝,
说:"陛下息怒无需内心不安。
普天之下都遵从陛下的王命,
陛下听我一言容我讲清详情。
陛下曾明示不忙进军阿姆河彼岸,
不忙在那里与阿夫拉西亚伯交战。
你嘱我军应在南岸以逸待劳,

你说他一定过河我军应稍安毋躁。
我们忠实执行指示初战获胜,
双方签约从此永罢纷争。
对方退兵让步遣使求和,
此时若催兵再战似有不妥。
出尔反尔于王子威信有损,
背信弃义徒然贻笑于人。
王子挂帅出征勇如一条鳄鱼,
初战获胜对我军十分有利。
陛下所要的无非是王位与权柄,
以及波斯的财富与生活安宁。
这一切陛下已经得到请勿再战,
平静的心不要被搅得烦躁不安。
现在阿夫拉西亚伯已立下誓言,
如若他背信弃义把誓言背叛。
到那时再与他开战也为时不晚,
反正我们时刻紧握狮爪尖钩与刀剑。
到那时你与正直王子稳坐宝座,
免受军旅之苦享受人间欢乐。
只消我从扎别尔发一支轻兵,
便长驱直入直捣他的首府宫廷。
只要我挥舞大棒朝他打去,
他眼前便阳光顿消满目阴霾。
我与他曾多次在战场厮杀较量,
或许他要再比试一番看谁高强。
陛下不要使自己王子失信于天下,

陛下自己也不要讲于理不合的话。
事已至此我也只能向陛下讲明,
要王子背弃诺言他决然不会执行。
他前线签约本经过深思熟虑,
你的旨意会使他对人背信弃义。
陛下切勿令自己的王子进退两难,
王子进退两难事后陛下也于心不安。"

卡乌斯把鲁斯塔姆打发回扎别尔斯坦①

卡乌斯国王听了鲁斯塔姆的解劝,
不禁怒气从心头泛起两眼瞪圆。
天下之主对鲁斯塔姆声声指责:
"你要把话讲清我惯于有话直说。
我看这都你给他出的主意,
使他胸中的仇恨消减平息。
你在此番战斗中贪图享受安逸,
不思建功立业不图确保社稷。
你见了礼品财物便欣然接受,
接受人家财物便不想争斗。
既然如此就请你留在后方,
让统帅图斯整装奔上战场。

---

① 这里原文是打发鲁斯塔姆回西斯坦。显然菲尔多西把这两个地区,即西斯坦与扎别尔斯坦视为一个地区了,实际上西斯坦在扎别尔斯坦以西。

我即派一名快使奔赴巴尔赫,
写封书信信中要把夏沃什谴责。
如若夏沃什不愿遵从我的命令,
如若他不愿按我的指示行动,
那就让他把大军交图斯统领,
他与他的将官应一起回到宫廷。
回来后我要按律例把他惩处,
因他不服从王命执拗顽固。
从今以后我不再把你称为近臣,
也不再派你去战场赴敌上阵。"
鲁斯塔姆闻言胸中充满怒气,
他说:"苍天也不能把我的头压低。
难道图斯比鲁斯塔姆更为高强?
鲁斯塔姆在战场才并世无双。"
他说完便愤然离开国王,
满面怒气内心充满忧伤。
他率领手下将士匆匆离去,
马不停蹄直奔西斯坦地区。
这时卡乌斯国王召图斯上殿,
颁旨令他急速奔赴前线。
国王还写了一封措词严厉的书信,
令人把信带交夏沃什本人。
国王对图斯说:"无敌的勇士,
望你火速前去像一头雄狮。"
图斯告别卡乌斯走出宫廷,
下令部属奏乐鼓角齐鸣。

动员大军立即向前线开动,
要军心振奋不能贪图安宁。

夏沃什接到卡乌斯回信

卡乌斯召见信使宣慰一番,
嘱咐他信送到后立即返还。
于是立即传唤文书大臣,
让他坐在身边命他书写一信。
他口述一封语气严厉的信文,
信文似支支利箭刺痛人心。
信的开头先把创世真主颂赞,
真主决定双方和平还是开启战端。
真主创造了月亮、火星与土星,
识别善恶赋予皇家瑞气与权柄。
靠主的力量宇宙天体回转运行,
靠主的力量太阳光芒普照太空。
孩子,我祝你身体健康万事如意,
我祝你头戴王冠主宰社稷。
想必是你心中对我的命令产生怀疑,
你竟同意媾和贪图平静安逸。
你可知敌人多年兴兵进犯波斯,
得手之后,他们是何等残暴疯狂。
现在,你不应妄图赢得敌人尊敬,
对于我的指示命令你应一心服从。

若想得苍天佑助出人头地,
千万当心由年幼无知为人所欺。
你要给全部人质带上铐镣枷锁,
派人押送国内由我发落。
你受他人欺骗这并不足为奇,
我自己也有相同的疏忽与经历。
他过去也曾对我百般花言巧语,
我也多次与他讲和为他所欺。
但是罢兵之后他却不愿讲和,
我下达命令他并不依命去做。
你终日嬉乐生活在美女群中,
宴饮优游不愿再去战场拼争。
鲁斯塔姆也是贪图财宝银钱,
见财喜在心头真是贪得无厌。
对方拿来一顶破旧王冠,
你与他讲和不再继续作战。
要金银财宝要靠自己的刀锋,
国王的荣誉地位要看他治国本领。
现在我把统帅图斯派赴前线,
他要助你整顿眼前的局面。
图斯一到你要把人质戴枷捆绑,
用驴子驮上他们押送到后方。
上苍也会谴责你贸然与敌议和,
上苍降罚你定然会身罹大祸。
如若你遭难的消息传至国中,
定然举国不安引起人心骚动。

你应奋勇杀敌继续向前进兵,
切勿为人所骗空口侈谈和平。
当你领兵出战对敌进行奇袭,
杀得敌人溃不成军血浸大地,
那时,阿夫拉西亚伯就坐立不安,
他定然会率军前来与你决战。
如若你不愿从命碍于情面,
不愿他们说你背信弃义不守诺言,
你就应把军队交与图斯统领,
那你并不是真正的勇士真正的英雄。
写完信后加盖国王的玉玺,
把信交给信使打发他快快前去。
书信迅即传至夏沃什手中,
看罢那信中指责王子心潮难平。
王子传唤下书人讯问详情,
让他把事情经过一一讲清。
下书人转述了国王对鲁斯塔姆的话语,
提到图斯,也提到卡乌斯愤怒生气。
夏沃什王子听了下书人的叙述,
心中难过,他无限同情鲁斯塔姆。
父王这种决定使他极为担心,
担心重启战端与在押的土兰人。
他自语说百名人质好汉勇士,
是土兰国王的有名的嫡子亲支。
他们为和平做质实无罪过,
我怎可把他们交与父王发落。

父王见他们会不问是非短长，
一律活活地把他们吊在绞刑架上。
父王作虐我也要承担罪责，
来日见到天神我有何话可说？
如果我不顾一切无端再战，
催军向土兰国进攻重启战端，
真主也决不会原谅这桩罪过，
天下人也会口出怨言议论评说。
如若我现在回到父王宫廷，
把手中大军交统帅图斯统领，
那时父王对我也不会宽容饶恕，
如今处境真是进退两难走投无路。
苏达贝对我也不会轻易放过，
真不知今后有何遭遇天命如何？

夏沃什与巴赫拉姆和赞格商讨军情

夏沃什军中有两员大将，
一为巴赫拉姆一为赞格·沙瓦朗。
他把他们召来告知他们秘密，
与他们共同商计应对之计。
自从鲁斯塔姆离衔命归国，
他左右心腹之将就剩他们两个。
见面便对他们说此乃命中注定，
步步都遇磨难日月永无安宁。

父王心中原本对我充满慈爱，
如一棵大树果实累累枝叶覆盖。
但是苏达贝设计迷住他的心，
好似给大树浇了毒水生出了毒根。
她的后宫竟然变成了我的监牢，
从此我的唇边便消失了微笑。
那以后我的日子变得阴沉暗淡，
他对我的爱竟变成一片烈焰。
我舍弃乏味的宴席出阵拒敌，
或许这样才不致为恶人所欺。
巴尔赫城中屯驻着敌人重兵，
领兵的人是格西伍真正的英雄。
土兰之王亲自镇守在粟特城，
他手下有英勇善战的十万精兵。
我们兵动如火前来奔袭，
兵贵神迅未容敌人喘息。
当他们预感到将遭亡国惨祸，
便备办了礼品送来人质求和。
众祭司都力主与对方议和，
两国不再交战化干戈为玉帛。
如若我父王主战是为了财富，
如今一切均已到手还收复了国土。
这样因何还要无谓流血杀生？
因何让不解之仇充满心胸？
一个人若丧失理智头脑昏庸，
便导致善恶不分愚顽不冥。

哥巴德大帝已逝江山留给后人，
在他之后谁配与他相提并论？
父王对我所作所为处处不满，
他事事从中掣肘百般刁难。
他悍然下令命我驱军再战，
再启战端岂不违背自己的诺言？
为人行事决不可悖逆天意，
也不能破坏先祖留下的规矩，
按他意图行事两世我都无处安身，
走投无路只能进入魔鬼之门。
此外，有准预知在这场战争之中，
天命使哪方失败哪方获胜？
当年母亲真不应把我生在世上，
生在世上还不如趁早命丧夭亡。
人生世上要承受如此沉重的苦难，
人生道路上竟有这样多的痛苦愁烦。
比如有一棵大树叶茂根深，
但这树的果实含毒吃了害人。
我与对方签订了条约许下诺言，
向天神表明心迹发下誓愿。
如若我撕毁誓约背弃信义，
四面八方之人都会谴责与非议。
那时种种议论就会在世上流传，
说我违背了对土兰之王立下的誓言。
人们对我的行为会声声责备，
责备我不忠于信守作歹为非。

会说我煽起仇恨再启杀机,
说我出尔反尔无耻卑鄙。
这样天神怎会认为我行为正当,
命运怎会有甘甜果实任我品尝?
我想在世上觅得一隅之地,
再不见卡乌斯永远避世隐居。
天命难违,事情已经般般铸就,
天神的意志乃是万事的根由。
著名的勇士赞格·沙瓦朗,
如今要劳你之驾辛苦一趟。
请勿迟延也勿贪睡耽搁,
到土兰去见阿夫拉西亚伯。
你要带上这些人质和全部财产,
带着金币钱财带上宝座王冠。
把一切财宝人员都悉数退回,
告他们军情不测事与愿违。
然后他又嘱咐大将巴赫拉姆,
说托付给你这光荣大军和这国土。
大军的军营、战象战鼓都托付给你,
只等大军统帅图斯来到此地。
这一切兵力资财请好生照料,
图斯一到请即刻向他转交。
交割时要一笔一笔开列账目,
清点宝座王冠和军中的财库。
巴赫拉姆听到他的这番托嘱,
不禁悲从中来心中感到十分痛苦。

赞格在旁哭得血泪斑斑,
出言诅咒不义之邦哈玛瓦兰。
他两人对坐无言愁溢心胸,
王子的这番嘱托使他们心情沉重。
巴赫拉姆开口说:"这不是出路,
离开父王到何处寻求坦途?
我劝殿下再给父王修书一封,
请求恩准鲁斯塔姆重返大营。
如若国王执意要我们再战,
那就再战当机立断何必迟延。
如你不愿再战那也无妨,
向父王请罪求得他的原谅。
你若把人质押解到他的宫廷,
满足他的愿望他一定感到高兴。
你若从心里同情人质命运,
便把他们释放谁也不会告诉外人。
国王信中无非是要求我们再战,
我看并未演成不可收拾的局面。
为今之计我们应依命向前进军,
穷追不愿恋战的卑鄙敌人。
你不要优柔寡断坐失战机,
要顺从王命使国王内心满意。
我们事业如同大树果实累累,
不要破坏自己命运半途而废。
不要再使江山社稷陷入不幸,
不要再使举国上下人心不宁。

你应主宰这江山社稷国家宫廷，
还有这大军也不能不由你统领。
卡乌斯性格暴躁如同烈火，
他的书信与进军命令于理不合。
如若说这是天意与我们想法不一，
那有何可说？人不能总违逆天意。"
王子并未接受两位聪明勇士的忠言，
事情冥冥中向相反方向演变。
他回答："国王的圣旨崇高英明，
我视同天上日月太空中群星。
但天神意志更加不可违抗，
小而至荆棘杂草大至狮子大象，
谁若违背了天神的命令，
他就会内心不安无所适从。
难道我要双手沾满鲜血重启战端，
强使两国百姓陷入仇杀灾难？
不杀掉人质国王决不会心甘，
想起我所作所为他定然不满。
如若我按兵不动不再开战，
然后启程回朝去到他的身边，
那一定会惹得他动怒大发雷霆，
我便是飞鸟投罗身陷囹圄之中。
他便会发泄不满对我百般指责，
那真成了旧错之上又加上新错。
如若我的主意你们不以为然，
如若我这番话使你们为难，

我就在这片平原留下大军军营,
自己只身远走,奔自己的前程。
我对你们二位从未给予封赏,
这紧急关头不能要你们为我奔忙。
我要带上人质以及财产礼物,
去土兰投奔阿夫拉西亚伯。"
夏沃什回答了这番话语,
两位高贵勇士心头愁闷忧郁。
见分别在即不禁双眼泪垂,
如同火燎肝肠心头成灰。
他们似乎预见到命中的不幸,
冥冥中埋伏在夏沃什的前程。
他们深知今日一别便相会无期,
为王子而垂泪同情他的遭遇。
赞格说:"我们是殿下的奴仆,
衔殿下之恩,为殿下义无反顾。
我们甘心情愿为殿下身心性命,
献上自己的身心性命,不改初衷。"
听了善良的赞格的这一番话,
聪敏的王子对他这样回答:
"请你前去拜见土兰国王,
把我们处境对他详细言讲。
你告诉他双方言和我却遭不幸,
媾和对你有利我方只尝到苦果。
但是,虽由于议和而失掉江山,
我也不愿违背对你的诺言。

如今我能依靠的只有天神，
地如宝座天似王冠我孑然一身。
我所作所为决非一时冲动，
我不愿再见父王不愿回他王宫。
请借一条路允我从你国土穿行，
奔向天神指引给我的路程。
我要寻觅一片土地避世隐居，
愿我的名字永远不向卡乌斯提起。
我不愿再听到他的粗暴的话语，
再也不愿忍受他暴躁乖戾的脾气。"

赞格去见阿夫拉西亚伯

赞格启程身边带了百名骑手，
王子做主给百名人质以自由。
格西伍来时赠送的钱财礼物，
也一并带回去物归原主。
他逶迤行来直到土兰国京城，
高声传递消息哨兵看得分明。
一名著名将官出来与他相见，
这位将官名字叫土沃鲁克。
当赞格迈步进入土兰宫廷，
国王站立起身表示欢迎。
他走上前去把来使拥抱在怀中，
亲切有礼表示出好客之情。

双方坐定赞格向国王呈上信函,
然后把夏沃什的遭遇叙述一遍。
土兰之王读罢来信面色下沉,
他感到惑然不解心情郁闷。
他吩咐左右收拾馆驿一座,
要清洁舒适招待对方来客。
然后下令召见军中的统帅,
统帅名叫皮兰闻召匆匆赶来。
皮兰来到国王命左右人等退下,
他与皮兰商议二人单独筹划。
国王说卡乌斯无理力促再战,
他刚愎自用暴躁无礼口吐狂言。
他说着话面色转呈焦虑,
他同情夏沃什进退两难的遭遇。
他告诉皮兰,夏沃什派赞格下书,
赞格还把经过详细地描述。
国王问皮兰:"如今计将安出,
他来求助我们是否应该借路?"
听了阿夫拉西亚伯之话皮兰开言:
"臣下恭祝国王陛下永远康宁平安。
王上的英明决断定然是上策,
陛下拥有大军财物有勇有谋。
论聪明才智论运筹军机,
臣下不才岂能与陛下并论相提。
为人行事如若正直与善良,
世上之人便无人比他更加高强。

这样的人不会对王子不伸手相助,
对王子他会缺钱给钱借路让路。
我曾听说世上的贵胄王公,
没有一人比他更高贵聪明。
论身材论相貌论文雅谈吐,
论知识论见解论举止风度,
都与众不同,而且聪明干练,
这样出身皇门的王子实属罕见。
常言道人与事百闻不如一见,
见面之后方知他确是贵族之冠。
他虽遭此不幸还可有别的选择,
不必为百名人质与父王失和。
如今,他违逆父命拯救人质性命,
把王冠与宝座一举抛掷。
让宵小之辈去继承王位与江山,
自己则远走他乡隐居避难。
即使除此之外他别无其他贡献,
我们也不能不加援手使他心寒。
况且卡乌斯已然老朽来日无多,
他已苟延残喘不日离开宝座。
夏沃什风华正茂正值青年,
他理应继承卡乌斯的社稷江山。
他有求于你你不伸手相助,
徒令有识者耻笑说你做事糊涂。
如若陛下高瞻远瞩,慷慨相助,
应速写一信劝慰加以安抚。

陛下应写信安慰这聪明的年轻人,
像慈父安慰一个爱子的心。
要在我们国内找一个去处,
合乎王子身份安排他居住。
要把自己女儿许配给他为妻,
照料他的生活尊重他的荣誉。
这样,他就会留在陛下身边,
把土兰视为父母之邦自己家园。
如若他再愿回到父王的宫廷,
也足以显出陛下急人之难亮节高风。
那时,天下人都会对陛下怀有谢意,
世上的王公贵人对陛下也心中感激。
从此两国或许永息纷争罢战言和,
莫非是天神指引使他投奔我国。
按创世天神旨意应对他伸手相助,
这乃是上策,对双方都有益处。"
国王听了统帅皮兰的意见,
想到眼前形势已骤然改变。
他低头寻思半晌沉吟不语,
想将来的善恶吉凶权衡利弊。
然后他开口讲话回答皮兰:
"你讲的句句有理是金石之言。
在我殿前的文臣武将之中,
无一人似你这样忠心耿耿。
但是我曾经听人讲过一番经验,
说给你听看你是否也有同感。

人说如若你要养育一头幼狮,
待它牙坚爪利时你就成为狮子之食。
当它能自行捕食能跳跃直立,
便向抚养它的人猛扑过去。"
皮兰听罢说:"诚如陛下所言,
但此事陛下可以理智判断。
他父王暴虐无道他也不为所屈,
他竟会反而对别人放肆无礼?
陛下深知卡乌斯已老朽不堪,
老朽不堪的终究命丧黄泉。
夏沃什乃是继承江山社稷之人,
他还继承卡乌斯的宫殿及满库金银。
这乃是命运所赐求之不得的财富,
到那时两个国家全由陛下做主。"

阿夫拉西亚伯写信给夏沃什

阿夫拉西亚伯听了皮兰此言,
便下定了决心不再费心盘算。
传令召见经验丰富的文书大臣,
要对文书大臣口述一封书信。
大臣准备已毕伏案伺候,
把调入香料的墨汁蘸满笔头。
信文起始先把造物主赞颂,
赞颂造物主至仁至大,把万物包容。

真主无比崇高超越时空,
奴仆心智岂能把主的奥秘洞明。
他是理智与心灵之主智慧之主,
他把天下的明智者关怀佑助。
愿真主保佑王子万事遂顺,
王子是战场主帅统领大军。
王子心地善良心怀对主的敬畏,
王子心地纯洁清白无罪。
明智的将军赞格已详细述说,
原原本本述说了事情的经过。
天下之主对你如此粗暴发怒,
他这种态度使我内心感到痛苦。
世上才俊之士的抱负理想,
哪个不向往着皇家宫阙殿堂。
那巍峨的殿堂早已等候你去登基,
国家权柄天下资应悉数归你。
土兰全国城乡都向你俯首致敬,
我本人也衷心对你表示欢迎。
你如同我的爱子我如你的父亲,
父亲对儿子本应辛劳操心。
既然卡乌斯行事违背情理,
心中一怒便断绝了父子情意。
我心中对你同情一定伸手相助,
我为你选择地方为你安排住处。
我关心照料你视同骨肉至亲,
我死后你就是我在世上的后人。

如若你要觅地隐居只借路一条,
那会陷我于不义使天下英雄耻笑。
你此去前途坎坷山高路远,
只有祈求天神佑助保你平安。
由此往前已经无路可走,
再往前去中国海①便在前头。
即使是天神相助你无所需求,
也请你留在我国不必远走。
财产金银城池军旅全归你统领,
你心中不必多虑再也无需远行。
如若日后你愿和解去见父王,
我赠你王冠玉带宝座送你回乡。
你若率领部下从土兰直返波斯,
我会大道边送行虽然我内心忧伤。
你与父王的冲突也会云消雾散,
他已力不胜怒到了风烛残年。
比如一团烈火燃烧了六十五年,
六十五年光阴如水把火浇为飞烟。
到那时你统领军队财产成了波斯之王,
土兰也臣服于你成为你的属邦。
我接受这一天神意旨甘心情愿,
我一心一意听命在你的殿前。
我从未下令开战未存心害人,
也没心生歹意也未挑起争纷。

---

① 中国海或指阿姆河(见于穆因词典),但从诗文看方向不符。

书信写罢加盖了国王的玉玺,
又令人把忠实的赞格传到殿上。
嘱咐他即时启程捎回书信,
赐给他锦袍赐给他许多金银。
赞格骑了一匹金鞍快马启程,
一路迅跑赶到了夏沃什的大营。
当他来到夏沃什宝座之前,
向王子报告此行所闻所见。
夏沃什听了一则以忧一则以喜,
前途未卜不知今后是凶是吉。
以后要与敌人握手言欢,
烈火中岂能有生命的清泉。
敌人终究是敌人,心怀敌意,
多么委曲求全也不取决于人意。

夏沃什把军队交给巴赫拉姆

夏沃什立即给父王写信一封,
在信中详告他一切经过情形。
说从孩提时就已经深深懂得,
做人应与人为善不应害人作恶。
父王那种暴躁的烈火般性格,
我早已觉得格格不入与我内心不合。
起初父王后宫给我带来痛苦,
我暗中垂泪有苦无处倾诉。

我被迫蹚入烈焰冲出火堆,
田野上的鹿也为我而落泪。
我不愿受辱因此领兵拒敌,
摆开战场厮杀敌人恶如鲨鱼。
和议签订两国人的心情为之一松,
但父王铁石心肠心似刀锋。
父王认为我的举措违情悖理,
和议之门一开旋即把它关闭。
既然父王都不愿与我会面,
我也难于再回到父王面前。
我心如蛇噬心境痛苦凄凉,
愿父王永享欢乐福寿绵长。
不知今后冥冥中决定命运的苍天,
让我一切顺利还是前途多难?
书信写罢便昐咐巴赫拉姆,
说你应使自己扬名四方万事由你做主。
我把军中衣物资财宝座大营,
以及殷实的军库全交到你手中。
这军旗军鼓以及大象骑兵,
等统帅图斯一到应全数交清。
你今日受命准备来日向他移交,
图斯到来之前你应精心照料。
然后他从军卒中挑选三百骑兵,
个个是干练的骑士惯战能征。
此外,带上许多金币以备不时之需,
另外打点无数金银细软稀世珍奇。

还挑选了一百名精干的仆人，
腰系织金饰带骏马马鞍镶金。
吩咐左右把饰带武器与马匹，
一应物品他都要过目及时备齐。
一切准备停当便召见军中官员，
向他们嘱咐几句临别之言。
说对方的皮兰已前来联系，
他们已经向我传递了一个信息，
我如今启程前去投奔土兰，
你们应原地驻守切勿自乱。
你们一切听从巴赫拉姆的调动，
切勿不服调遣违抗他的将令。
勇士们闻言纷纷伏身吻地，
与王子告别行礼表示敬意。
当暮霭低垂太阳慢慢落山，
大地之上登时笼罩着一片黑暗。
夏沃什把身边亲随带到阿姆河边，
他双眼泪垂泪水浸湿了颜面。
当他们一行人来到特尔姆兹城①，
只见城中大街小巷结彩悬灯。
当他们继续前行到了恰奇，
恰奇似戴了凤冠项链像新娘般艳丽。
他们一程一程向前赶路，
站站都停下休息加餐小住。

~~~~~~~~~~

① 在今塔吉克斯坦境内的一座古城，位于阿姆河北岸。

这样逶迤行来到了卡恰尔巴什城，
就在该城停驻下来做数日休整。
这边统帅图斯赶到巴尔赫，
军中之人把经过对他一一述说。
说卡乌斯的高贵王子已离开大军，
去到北方投奔土兰统帅大军之人。
图斯召集夏沃什留下的兵将，
挥师返回把军队交给国王。
卡乌斯国王气得面色蜡黄，
无可奈何长叹一声徒然心伤。
他眼中含泪心中焦急似火，
恨夏沃什也恨阿夫拉西亚伯。
他不知苍天带给他的是祸是福，
这真是前途未卜吉凶难测。
无奈只好把满腔愤恨抛在一边，
从此被迫偃旗息鼓不思再战。
土兰这边早报知阿夫拉西亚伯，
说夏沃什在路上已率众渡河。
他率军已然接近我军大营，
派出联络之人已然到我宫廷。
国王下令对王子表示热烈欢迎，
公卿大臣出来见面鼓角齐鸣。
皮兰从帐下自选了千名亲兵，
拿了纸花彩带表示迎客之情。
又传令把四十头白象装饰打扮，
把这一喜讯在全军通报传遍。

在前面的是镶嵌了翡翠的宝座,
宝座后的旗杆似大树一棵。
旗杆顶是金色月亮旗是紫色,
紫色的织金绸面金紫映和。
宝座后面是三把金黄色座椅,
每把座椅都用丝绸完全裹起。
一百匹骏马匹匹配上金鞍,
鞍上还镶嵌了宝石光彩耀眼。
只见浩浩荡荡大军黑压压一片,
大军压地而来覆盖了田野平原。
夏沃什接到报告说大军开来,
忙下令欢迎大路边张旗结彩。
他看到皮兰帅旗迎风招展,
只听到象吼马嘶喊声震天。
王子抢上几步张臂拥抱皮兰,
祝贺贵国繁荣并问国王平安。
王子对他说:"大军的统帅,
区区小事何劳你屈驾前来。
我眼见你精神健旺身体平安,
极感欣慰这乃是生平的凤缘。"
皮兰见王子相貌堂堂俊逸潇洒,
不住地频频亲吻王子的额头与面颊。
他暗暗祷告上苍说天神明鉴,
人间一切都丝毫不能对天神隐瞒。
这样潇洒俊逸的人出现在我梦中,
我这老朽之辈也会变得年轻。

"现在我见王子身体健康神态安详,
首先我应感谢保佑王子的上苍。
王子可把阿夫拉西亚伯视为生父,
满朝文武个个都是王子的奴仆。
我的嫡庶宗亲人数多达千人,
人人都听王子调遣是王子的仆人。
我的全部家资就如同是你的财产,
我唯一的愿望就是你欢畅平安。
我愿你在我国一切如意称心,
我们全国百姓都是你的子民。
我如今已老朽不堪到了风烛残年,
如蒙不弃我也愿伺候在王子殿前。"
这二人一见如故并肩而行,
畅快地谈天说地纵论西东。
整个城中响彻了鼓乐之声,
鼓乐喧天真是全城一片欢腾。
城中街巷到处用香水喷洒,
街巷中奔走如飞的是阿拉伯骏马。
夏沃什见到这一片欢腾景象,
不禁双眼泪垂黯然神伤。
这时他忆起了扎别尔斯坦,
从扎别尔结彩直到喀布尔斯坦。
那次是鲁斯塔姆举行宴会,
全体公卿大臣都出席作陪。
席间燃着香料空际香烟缭绕,
人们抛撒金银抛撒珠宝。

这时他不禁忆起他的故土波斯,
思念故乡一声长叹发自肝肠。
想起了故乡五内如焚心肠似火,
火燎肝肠乡愁把人摧残折磨。
他急转过脸去唯恐皮兰发现,
但皮兰早已窥见他愁苦的颜面。
皮兰体会他此刻心中的感情,
他深表同情,权且默不作声。
两人并行一直来到卡恰尔巴什①,
驻扎下来才开口打破了沉寂。
皮兰观察王子的心情处处留意,
赞赏他的言谈举止及强健的身躯。
他的一双眼睛不离王子的身影,
连声祈祷感谢天上的神明。
他对王子说:"王子呵你名闻天下,
你是历代诸王的后人出生在皇家。
你身上具有世上三种稀有的东西,
其他王公贵族后人无法与你相比。
其一是:你是哥巴德大帝的后人,
哥巴德大帝家族后继有人。
其二是:你优雅的语言谈吐,
出言娓娓动听众人无不折服。
其三是:你亲切的态度和蔼的面容,

---

① 此处地名卡恰尔巴什似有误,因上文已经提到夏沃什到了该城。

与你交谈令人愉快如沐春风。
你的母亲论世系是格西伍的宗亲,
因此在波斯与土兰你都有亲人。"
王子夏沃什闻言如此回答皮兰:
"你心地如此纯洁句句是肺腑之言。
人生于世靠的是善意与忠诚,
不能为非作歹与作恶行凶。
如今你若不弃我们二人为友,
我深信你不违背诺言定然忠于誓守。
此番我前来当然是想落地为根,
还要多多仰仗你的关照与好心。
如若我居留贵邦内心感到安逸,
那当然好,也是我此行达到目的。
如若我居留此地有人感到不便,
我还可另投他国只求对我明言。"
皮兰安慰他说:"此事无需多虑,
你已离乡背井离开了波斯土地。
你不必匆匆忙忙再投奔别国,
阿夫拉西亚伯定会殷勤待客。
当然,他在世上没有良好的名声,
但是他可是一位心地善良的英雄。
他不仅聪明睿智而且志怀高远,
决不无理取闹也决不好战凶残。
我与他本是宗世的近亲,
是他的将军也是他的谋臣。
他封我以高位委我以重兵,

他遇事对我可谓言听计从。
在土兰国大地有十万骑兵，
都听从我的号令由我统领。
此外我还拥有亲兵一万两千，
一万两千精兵日夜待命由我调遣。
我统治之下有土地也有牛羊马匹，
有弓有箭有套杆与刀枪兵器。
除此以外我还有大量的私产，
我仓廪充实有用不完的珠宝银钱。
只要你在此称心如意不再远去，
这一切兵力财富全都给你。
如今我迎你前来这乃是天意，
有识之士都认为这是天赐良机。
既然这是神圣的天神旨意，
我衷心做你奴仆左右不离。
我要保护你不使你遭到危险，
但是天机奥妙世人无法预言。
只要土兰不因你在此而发生动乱，
你不破坏规矩不妄图谋反。"
夏沃什听了他的话喜在内心，
疑虑消失顿时心情振奋。
他们二人摆开酒席对酌共饮，
夏沃什像儿子皮兰好像父亲。
酒席宴罢又兴冲冲启程前行，
一路疾驰向前不再沿途扎营。
终于他们一行赶到冈格城下，

然后进入那座兴旺的都城下榻。
只见全城五彩缤纷结彩悬灯,
像中国画廊一片耀眼光明。

夏沃什会见阿夫拉西亚伯

早有人向阿夫拉西亚伯报告,
说王子夏沃什已兴冲冲来到。
阿夫拉西亚伯整衣下阶,
徒步出宫来到街头前去迎接。
夏沃什见土兰之王亲自来迎,
忙翻下马匆匆急步前行。
二人刚一见面便拥抱在一起,
互相吻着面颊乃是相见之礼。
见礼已毕,阿夫拉西亚伯开言:
"愿从今以后永息纷争天下平安。
从此不再有战争不再有动乱,
一片和谐麋鹿豹子也共饮一泉。
世上动乱本由桀骜的土尔引起,
两国连年交兵如今都已疲惫。
那时双方不和刀兵相见,
议和无望天下动乱不安。
如今仰仗你的努力天下太平,
再无流血的仇杀,再无激烈的战争。
土兰全国对你的好意感激不尽,

举国上下都是你的忠顺的仆人。
我甘心情愿侍奉在你的殿前,
统帅皮兰也是一片忠心向你奉献。
我对你心怀着慈父般的钟爱,
我对你充满亲人般的情怀。
这里的一切珠宝财富悉数归你,
只要你生活优渥我们都感满意。"
夏沃什先对他致以衷心问候,
祝他万事如意命星荫庇保佑。
然后便把创造万物的主颂赞,
由于造物主佑助双方言和罢战。
他说:"我见陛下身体康泰心情欢畅,
从内心感到欣慰有了希望。"
国王把王子的手拉在手中,
缓步而行让他在华贵的宝座坐定。
他仔细打量王子的容貌面庞,
说这等英俊人物天下无双。
天下何处去寻这般体态风采?
这般容貌这般身躯这般仪态?
这时国王转脸面对统帅皮兰,
说卡乌斯老矣真是愚贤不辨。
这样的王子他怎么还会不满,
这样的身躯臂膀这样的才干。
我刚才一睹王子的仪容,
就深知卡乌斯确已老朽昏庸。
一生一世能有这样的贵子后人,

他在世上还祈求什么福分？
于是吩咐左右选好一座宫殿，
宫中墙壁都装饰织金的锦缎。
又令人把一个黄金宝座在宫中安放，
宝座的腿上都雕刻着牛头形象。
宫中到处都装饰着中国锦缎，
各种什物生活用具一应俱全。
然后，便请夏沃什在宫中安歇，
祝他在宫中生活舒适事事满意。
夏沃什迈步进入宫殿的前厅，
前厅大柱根根高耸昂首云空。
他坐在那个黄金宝座之中，
万感交集，思绪如同泉涌。
这时，国王的盛宴已准备停当，
来客个个对夏沃什都十分景仰。
于是命人去请夏沃什赴宴，
众人相让把他让到黄金宝座里面。
陪客们频频致意为他洗尘接风，
人人都兴高采烈个个谈笑风生。
华宴已毕主客一齐离席起身，
到侧殿中再把甘醇美酒啜饮。
命人奏乐调理起丝竹管弦，
轻音袅袅，众人把盏畅谈。
酒足饭饱渐渐天色已晚，
饮酒过量感到自己头晕目眩。
夏沃什醉醺醺回到自己的宫里，

醉意陶然已不再把波斯忆起。
阿夫拉西亚伯对他真心诚意,
一心想着夏沃什寝不安席。
当晚阿夫拉西亚伯传下命令,
命令叫出席宴会之人前去执行。
他吩咐席德如此这般安排,
说明日一早当夏沃什一觉醒来,
你带上你我手下的亲随人等,
选能干的仆人侍卫中的精兵。
一早就带上仆人礼品前去求见,
良种骏马配上镶金的鞍鞯。
见到夏沃什时要对他恭恭敬敬,
要稳重恭谨表示对他的尊重。
要问一问军中何人有何赠礼,
不论是金币银币或珠宝珍奇。
把礼品钱财统统收集在一起,
为了表示欢迎随身给他带去。
这样,国王派人给他送去礼品财物,
一周时间就这样匆匆欢度。

夏沃什表演球艺

一天晚间,国王与夏沃什闲谈,
说明天一早我们到一处消遣。
让我们拿上马球带上球杆,

前去球场玩球得一日悠闲。
不少人对我说你有高超球艺，
勇士们期待你在球场献技。
夏沃什回答："愿陛下御体康泰，
愿陛下江山永固永无凶灾。
论球艺臣下应向陛下学习，
天下人哪个能与陛下相比。
能与陛下出游乃是我的幸运与愿望，
陛下仁德圣明处处是臣的榜样。"
阿夫拉西亚伯说："我的王子，
愿你永享欢乐永享无尽的幸福。
你身沐皇家瑞气你是皇家后人，
你应头戴凯扬王冠统率大军。"
次日清晨他们早早起身之后，
便吩咐布置球场派人恭候。
只见勇士们纷纷奔向球场而去，
一路上马蹄轻捷人们中欢声笑语。
到了球场国王向夏沃什建议，
说我们各选一批人比试高低。
你在这边，让我方占据对面，
一头一队两队以标志为线。
夏沃什忙回答说请陛下见谅，
谁敢与陛下在球场比试较量？
球场上我不是陛下的对手，
请陛下另选人马看健儿身手。
我永为陛下臣子陛下的侍从，

最好请陛下把我安排你的队中。
阿夫拉西亚伯听了满心欢喜,
其他人再有建议他一概不理。
于是他以卡乌斯的生命发誓,
说:"愿你永远与我并肩在一个阵营。
但你要向勇士们显示你的球艺,
让他们知道我不是无谓地选你。
让我手下勇士对你的技艺喝彩称赞,
这样,我也面上有光感到体面。"
夏沃什回答说:"谨遵陛下之命,
看我在球场上与勇士们交锋。"
于是国王又挑选了古尔巴德,
还有格西伍、贾汉与蒲拉德。
有皮兰再加上骁勇的纳斯蒂罕,
还有能水中捞球的胡曼。
他组成一队之后又为夏沃什点兵,
有勇士鲁因和席德都赫赫有名。
此外,还有勇敢的骑士安达里曼,
阿尔贾斯布勇猛得如狮子一般。
夏沃什一见说:"陛下听我一言,
我看陛下为我选的各位英雄,
个个都是陛下殿前的将领,
这队人中只我一人与他们不同。
如若陛下恩准,认为可行,
也从波斯骑士中挑选队友几名。
让他们入场助我一臂之力,

这样双方比试才公平合理。"
阿夫拉西亚伯听了他的建议,
点头认可,觉得他言之有理。
于是夏沃什从波斯军士中选几名好汉,
他们个个球艺精通身手矫健。
准备停当只听鼓声隆隆响起,
一片尘埃飞舞遮盖了天地。
锣鼓号角之声响彻云霄,
球场上气氛炽烈地动山摇。
国王用球杆把球打到场上,
勇士们大吼一声一拥而上。
皮兰挥臂把球重重一击,
那球唰的一声高高升起。
夏沃什看准球路催马向前,
不等球落地凌空打出一杆。
他开球第一杆就打得漂亮,
球儿从眼前消失不知去向。
尊贵的国王连忙吩咐左右,
说快快给王子送去一个新球。
夏沃什王子表示感谢把球儿轻吻,
这时,鼓角声又起腾飞入云。
王子此时又换了一匹新马,
把那新拿的球儿抛到地下。
然后看准那球重重击出一杆,
球儿直飞云霄去与月亮会面。
那球被他这杆击中又不知去向,

似乎飞上高天在云中躲藏。
球场上哪个能比他高超的球艺,
他抖擞威风着实无人与他相比。
阿夫拉西亚伯见他球艺心中欢喜,
众勇士见他球艺个个称奇。
他们齐声欢呼说好样的骑手,
这样超群身手世上罕有。
国王说:"此乃天神佑助之人,
得天神佑助才会有这样高的福分。
他的容貌与才干我早有耳闻,
见他本领与仪容又比耳闻超过几分。"
侍从把宝座安放到球场一边,
夏沃什也过来坐在国王近前。
二人坐定国王举目把夏沃什观看,
越看越爱真是打从心里喜欢。
这时他对军士们下令说众位好汉,
现在该你们试试身手双方开战。
双方军士听令一场球赛开战,
健儿们高声呼喊撼地震天。
双方球手你争我夺往来奔腾,
都力争把球抢到自己手中。
当土兰人迅速布置方阵队形,
心欲夺球一心想把对方战胜。
但波斯人此时早已把球夺去,
土兰人两手空空只得自认晦气。
夏沃什见此情景不禁心中警觉,

他以巴列维语向波斯人提出警告。
他说这不是战场,只是球场上的输赢,
你们应谨慎才是不能得意忘形。
双方拼抢正急你们应让步勒马,
让那球也能滚到土兰人马下。
波斯人遵命把坐下马轻勒,
只是虚应慢打不再奋力争夺。
这时土兰人才打出漂亮的一杆,
打出这一杆才算挽出些颜面。
此刻,土兰之王听到异国之音,
知道那语言传达了某种音信。
于是,土兰之主开口说道:
"我听过一位好心人对我述说,
说若论膂力、臂膀、射箭与撑弓,
世上无人能比过王子的本领。"
夏沃什听了国王讲的话语,
马上伸手从弓囊取弓拿在手里。
国王要过弓来仔细审视端详,
想寻个究竟看王子的弓怎样。
他端详一番不禁暗暗吃惊,
这乃是特造的硬弓他赞不绝声。
然后国王把弓交到格西伍手中,
让他试试这张弓的软硬。
格西伍奋力想把弓弦挂上弓的一头,
但是力不从心只得懊丧地住手。
国王从格西伍手中取过弓单腿跪地,

双手用力把硬弓弓背压得弯曲。
他面带微笑把弓弦挂上弓的一端,
说用此弓射出一箭直刺云天。
我年轻力壮时也用过这种硬弓,
但时过境迁如今我已老态龙钟。
我看在波斯与土兰的勇士之中,
战场厮斗无人能挽这把强弓。
当然,若提到身强如象的鲁斯塔姆,
那不在话下他能力敌哈里曼恶魔。
以夏沃什的膂力与他的臂膀,
理应撑此强弓驰骋在马上。
说话间兵士们在场上树起箭靶,
夏沃什欣然点头并不说二话。
他紧催胯下快马口中大喝一声,
那马似个精灵奋力向前猛冲。
他就势射出一箭恰好中的,
勇士们在旁观看个个惊奇。
然后他又把一支翎毛箭搭上弓弦,
张臂拉满硬弓准备射出一箭。
催马向前他眼睛瞄准靶心,
心想时间已到那弓越拉越紧。
他就势把马缰绳往右手盘绕,
一箭射出,羽箭登时在靶心钉牢。
于是他把弓一背未卸弓弦,
快马奋蹄一路冲到国王面前。
到国王面前下马国王起身相迎,

说今日有幸看到你高超的本领。
他们二人从球场直奔国王大殿，
一路威威赫赫欢声笑语不断。
众人落座立即摆开皇宴酒席，
命人调理丝竹奏起轻柔的乐曲。
酒过数巡人们心情兴奋，
又纷纷盛赞夏沃什武艺过人。
在酒席宴上国王命人取锦袍一袭，
取过王冠宝座马鞍及骏马一匹，
取过整匹未裁剪的上等衣料，
件件都是罕见之物稀世珍宝。
取过钱袋装满金币与银币，
还有翡翠宝石与许多无价的珍奇。
又命人带来众多的男仆与婢女，
一只碗中装着光彩熠熠的红玉，
国王命人把财宝金银一一清点，
清点完毕派人送到夏沃什的宫殿。
他的关怀宠爱集于夏沃什一身，
宠爱关怀王子超过其他亲人。
他赐予夏沃什所有的财产，
还日复一日为王子摆开盛宴。
他还下令给军中全体将士兵丁，
说你们一个个都应听从他的命令。

阿夫拉西亚伯与夏沃什前去打猎

一天,国王对夏沃什王子说,
找一天你我同去打猎意下如何?
让你我二人偷得一日之闲,
去追逐猎物身心轻松消遣。
王子回答说谨遵陛下之命,
陛下命我去何方我便立即启程。
一天,他们果然动身奔猎场而去,
国王身边还带上猎犬与猎鹰。
当然也带上身边的士卒与亲随,
有波斯人与土兰人左右伺候护卫,
夏沃什在队伍中正向前走,
见一头野驴他立即拨转马头。
他抖缰夹腿紧催胯下战马,
似一阵旋风奔驰在山坡上下。
见他只举起一刀便把野驴劈为两半,
一手分提一半,人马变成了秤杆。
国王与众亲兵随上前打量端详,
见两手所提重量相等分毫不差。
见此情景人人称奇个个赞叹,
说这才是真正的勇士人中的好汉。
有的人彼此交谈说这个波斯人,
终究会利用波斯之力给我们带来厄运。

说土兰的将官会遭受挫折,
此事不宜迟延应及早对国王诉说。
夏沃什这时仍左右奔驰追逐猎物,
他矫健的身手激起一阵阵欢呼。
他时而奔驰在平原时而登上山巅,
有时用刀有时用矛有时用弓箭。
每到一处都捕获许多的猎物,
丰盛的猎物保证一行人食品充足。
打猎以后一行人启程回宫,
乘兴而返一路上谈笑风生。
自此以后国王不论或忧或喜,
总是与夏沃什王子在一起寸步不离。
不论见到谁,见到格西伍或贾汉,
都显得闷闷不乐郁郁寡欢。
除非与夏沃什日夜形影不离,
这样脸上才消失愁颜显出笑意。
就这样二人相伴终日盘桓,
忧喜与共不知不觉过了一年。

皮兰把女儿嫁给夏沃什

一天夏沃什与皮兰对坐闲叙,
轻松交谈漫无目的地谈天说地。
皮兰说有一句话想对你说,
我总感到你在此是异乡作客。

但是国王对你却充满实意真情,
他甚至在梦中也在呼唤你的姓名。
他见到你如同见到生机勃勃的春天,
你是他的安慰排解他的愁烦。
你身世显贵是卡乌斯的后人,
精通文韬武略心怀满腹经纶。
你注定要成为波斯与土兰之王,
你是皇家的骄傲你是皇家之光。
但是我见你在这里并无亲人,
因此,你感受不到亲人的温存。
在土兰,我见你总是形孤影单,
只身无伴难免心中郁郁寡欢。
你没有兄弟姐妹也无伴侣妻室,
似绿草坪上孤零零红花一枝。
我奉劝你最好选择一室妻房,
不必再为波斯而烦恼神伤。
卡乌斯死后你将主宰江山社稷,
勇士的王冠宝座尽行属你。
国王的深宫后苑储秀藏娇,
有三位如月的美人妍丽妖娆。
如若月亮窥见她们的面庞,
也会驻足凝神魂销神荡。
格西乌的宫中也有三个美人,
论父母世系都是皇家宗亲。
是法里东的后人国王的近亲,
先祖做过高官出身显赫家门。

我家中也有四个伶俐的姑娘,
四个姑娘都愿服侍在你身旁。
四个女儿中贾里莱年纪最长,
论相貌超群出众天下无双。
你如不弃,她情愿终生相伴,
她是你的仆人服侍在你身边。
夏沃什对他说我心感激不尽,
感激你待我如子感激你的深恩。
美人之中我看贾里莱是我意中之人,
我深感荣幸与你当面结亲联姻。
她定会成为我心爱的亲人,
除她以外我不愿与别人结亲。
你促成这桩亲事我终生感激,
地久天长此恩我永不背弃。
皮兰告辞离开夏沃什的王宫,
匆匆去见古尔沙德①回到自己府中。
对她说你去料理准备贾里莱出阁,
我给她找了夏沃什这是天作之合。
古尔沙德开口说请问将军,
你今天因何如此高兴如此兴奋。
皮兰对古尔沙德说我贤惠的夫人,
三生有幸,我今天能与夏沃什结亲。
叫我如何不高兴喜事临门,
我们的女婿乃是哥巴德之孙。

---

① 古尔沙德是皮兰之妻。

古尔沙德把贾里莱唤到近前，
在她头顶上戴上一顶凤冠。
为她准备了金币银币丝绸锦缎，
熏香的香料香水一应俱全，
她把女儿打扮得春天般艳丽，
夜幕降临便送她到王子宫里。
当夜贾里莱与王子匹配良缘，
新娘姿容艳丽如皎月高悬中天。
她的嫁妆与财产不可数计，
还有个黄金宝座，座上镶着珠玉。
夏沃什看着贾里莱心中喜爱，
高兴得满面春风满腹情怀。
他与她形影不离如胶似漆，
从此便不再把卡乌斯忆起。
这夫妻二人同起同坐过了一段时光，
夏沃什事事满意心无忧伤。
他备受阿夫拉西亚伯恩宠，
财产日益增多地位日益上升。

皮兰对夏沃什提起法兰吉斯

一天好心的皮兰来见夏沃什，
说王子呵老臣前来有一桩要事。
你可知我们土兰国军民之王，
尊贵无比把头高高扬到天上。

他愿你日夜相随左右不离，
他视你如同心肝亲似自己儿女。
如若你能与国王联姻结亲，
你就成了他更加亲密的亲人。
虽然如今你已与我女儿结亲。
但我仍然担心你在此地位不稳。
虽然贾里莱生得月貌花容，
虽然你与她相爱一见钟情，
但是你还应进一步与国王接近，
要与他的女儿结亲联姻。
他有个女儿法兰吉斯姿容艳丽，
她的秀发与颜色天下无人能比。
她的姿容堪比天上的月亮，
她比月亮多一条发辫又弯又长。
她的体态如同翠柏一样端庄，
散发异香的秀发如同凤冠一样。
她的才学见识更胜她的容颜，
天生的聪明颖秀见解不凡。
土兰的美人中只有她能配你，
除她以外谁也不能与你相比。
喀布尔与克什米尔也找不到这样的美人，
你应要求阿夫拉西亚伯与她结亲。
如若你与尊贵的国王成了翁婿，
那你岂不事事顺遂得命运荫庇。
如若你认为可行我就前去提亲，
他看在我的面上定然恩准。

夏沃什眼看着皮兰慢慢开言,
说凡属天神意志便不能违反。
如若天神之意早已如此注定,
那人力岂能随意把天意变更。
但是我现在已与贾里莱成亲,
岂可再有二心眼盯着别人。
我不寻求高位不希望为官,
不恋着姿色也不羡慕容颜。
我誓与贾里莱相依为命共历悲欢,
决不愿再与他人匹配姻缘。
皮兰说,劝说贾里莱我自当前去,
此事你尽管放心不必多虑。
无论如何我要取得她的同意,
她同意后我再把消息告你。
此事看来对我似乎不利,
但对你有利我就感到满意。
夏沃什说我明智的年迈的将军,
如若事出必然我深知天不由人。
你认为可行就请你去办理,
你办的事定然合乎天理。
只是我再也不能回返波斯,
再也无法看到卡乌斯父王。
再也看不到鲁斯塔姆我的养父,
他似春风化雨辛勤把我抚育。
再也见不到巴赫拉姆、赞格·沙瓦朗,

再也见不到众多的波斯勇士与好汉。
从此要永远割断与他们的联系,
把土兰作为永远安身立命之地。
事已至此一切请你做主安排,
只是事成之前且请暂不公开。
他说此话时眼中热泪盈眶,
从心里长叹一声无限凄凉。
皮兰这时又对他劝解开导,
说聪明人识命不固执执拗。
你再抗也抗不过头上的苍天,
苍天注定你幸运欢畅或痛苦愁烦。
你在波斯确实有许多挚友亲人,
但既已离开就不必再牵肠挂心。
如今这里才是你安身立命之地,
何必总想着波斯它远在千里。

皮兰与阿夫拉西亚伯议事

皮兰了解了夏沃什的底细,
立即作别,起身告辞而去。
他高高兴兴到宫中来见国王,
宫中人见他到来都躲闪到两旁。
皮兰在宫中逗留多时不走,
国王看出说今日来此必有情由。
说你到我宫中若有要事相商,

不必多虑你可当面明讲。
我的财产军旅全由你支配统领,
你我可谓亲密无间共损共荣。
狱中囚禁许多罪徒犯人,
如若开狱放掉他们于我有损,
如果你提出要求要我把他们放掉,
我会立即打开狱门毫不计较。
你有何要求尽可当面明言,
你要印信刀箭还是要宝座王冠?
明智的将军如此回禀,
说臣恭祝陛下永远国祚兴隆。
陛下臣民生活安宁康泰富裕,
臣个人之事岂能劳陛下多虑。
臣有大队的军旅满库财产,
托陛下洪福也有宝座王冠及刀箭。
臣今天进宫转达夏沃什的致意,
他有要事一桩要我向陛下提起。
他说请转告国王陛下我在此地,
可以说是富贵尊荣事事如意。
陛下待我至厚如同亲生儿女,
事事关照安排令我称心满意。
如今再请陛下恩准好事一桩,
请求成全此事此外再无别的愿望。
听说陛下后宫有一位美女,
愿陛下恩准把此女许配我为妻。
法兰吉斯,听说是母亲为她取名,

如蒙不弃臣下真是三生有幸。
阿夫拉西亚伯闻言心情沉重,
说话时忧虑悲愁泪水模糊了眼睛。
说有些话我曾多次对你提起,
但你未曾重视并未真正留意。
记得有一位高人曾把我开导,
这位高人聪明博学见解高超。
说你若愿抚养狮崽,待他成长,
那就要历尽艰辛辛苦备尝。
你还要费力教它各种本领,
它长成以后便一口要了你的性命。
当那狮子开始自己用爪捕食,
便首先扑向恩人开口把他吞食。
我记得过去勇士中有个传说,
说祭司们从星相中推出个结果。
此事似乎是星相家对我父提起,
前因后果讲得十分明白详细。
说土尔之后与哥巴德之后结亲,
产下一子,便成为公正的国君。
祭司与星相家们早已经预见,
说我日后与外孙①有一番纠缠。
我的王位军队生命与财产,
我的国家、国土、我的社稷与江山,
这一切都会失掉,属于他人,

---

① 这里的外孙指夏沃什与法兰吉斯之子霍斯陆。

我本人也被逼迫得无处存身。
他将攻陷与占领我整个王国,
他将给我带来数不清的折磨。
如今我真的相信此言不爽,
苍天在上,冥冥中安排人间兴亡。
这两支结亲将有一位国王出世,
这位国王会独霸世界横行一时。
他来扫荡我们国土将荒无人烟,
我的宝座也会被他彻底掀翻。
既然一棵树生毒叶毒果害人性命,
我为什么还要亲手把这树栽种?
卡乌斯之后与阿夫拉西亚伯之女,
水火不容,不能共存于天地。
不知何时他对波斯又泛起旧情,
谁能保证他对土兰永远忠诚。
为什么明知不妙还要偏尝苦果?
为什么伸手去把蛇尾抚摸?
他留在我国一天我就好生招待,
我把他视为兄弟爱护关怀。
如若一旦他有意重新返回波斯,
我会以礼相送决不阻挡。
我隆重送行让他去见父亲,
真主的教谕我一定恭行遵循。
皮兰对他说陛下请听我讲,
这是好事陛下不必担心忧伤。
陛下切勿相信星相术士妖言骗人,

请陛下仔细思量夏沃什的人品。
如若是夏沃什王子有了后人,
那定然是聪明颖秀人品超群。
这两支的后人如若婚配联姻,
他们的子女定然是出众的后人。
那时,波斯与土兰将共有一主,
从此两国永罢刀兵不再互相杀戮。
一支是法里东一支是哥巴德,
到哪里去找如此理想的结合?
如若这两支人不联姻结亲,
那天命便不会赐世人以福分。
命运如何冥冥中都已注定,
一分不会减少一分也不会添增。
请陛下三思这确实是美满良缘,
天命从中相助真是天从人愿。
国王听罢对皮兰开口说道:
你确实是一片好心想得周到。
我依你之言行事听你的劝告,
请你去备办一切费心操劳。
皮兰躬身致意向国王连连行礼,
他赞赏国王明智起身告辞而去。
他匆匆忙忙赶到夏沃什宫中,
详详细细报告了经过情形。
这一晚他二人对坐畅叙欢谈,
对饮美酒以酒洗去心头愁烦。

法兰吉斯与夏沃什成亲

当东方泛红升起一轮朝阳,
喷薄而出似金黄色盾牌一样。
皮兰跨上一匹健步如飞的骏马,
来会夏沃什把他的喜事筹划。
他迈步登阶进入夏沃什的宫殿,
连声致意向王子问好请安。
他对王子说好事宜早趁今日良宵,
今天就筹办完备把公主迎到。
请你下令我就做你的迎亲之人,
我已做好一切准备去迎娶新人。
夏沃什王子此时羞愧难言,
他感到双颊发热愧对皮兰。
他娶了他的女儿成了他的女婿,
他与贾里莱情投意合两情相依。
他对皮兰说此事你尽管去办,
你深知我无何秘密对你隐瞒。
皮兰见他应承连忙赶到家里,
全力操办准备把公主迎娶。
把钥匙交古尔沙德打开仓库大门,
取出各色衣料迎娶新人。
他说她可是千娇百媚的皇家之女,
是出众的美人天生得聪明伶俐。

到库中把上等的丝绸拣选,
还选上中国的织金锦缎。
黄玉的托盘配上翡翠的碗,
托盘里的碗中把各种香料装满。
又拿两顶缀着宝石的凤冠,
有一副手镯一个项链一副耳环。
搬过六十峰骆驼才驮动的地毯,
以及能做三身礼服的织金锦缎。
全身的衣服上缀好各色金饰,
金饰之外还配上各式各样的宝石。
三十峰骆驼驮着各色彩礼,
托盘中间放的是波斯锦衣。
还有四条长凳及一个黄金宝座,
三双金黄色的绣鞋缀着红玉。
行列中有二百名手捧金杯的宫女,
厅内人来人往无立足之地。
三百名仆人个个高戴金黄色高帽,
近百名远近亲属也早已来到。
古尔沙德率领百名宫娥婢女,
抬着百盘香料百盘藏红花作送亲之礼。
抬着一顶上等锦缎的黄金色软轿,
一队迎亲之人一路上热热闹闹。
古尔沙德随身带了十万枚金币,
迎亲时分撒给众人图个吉利。
陪嫁的物品都请法兰吉斯观看,
人们见到公主都向她问候平安。

古尔沙德以口吻地然后开言,
说这是太阳与金星匹配姻缘。
郎才女貌定然十分幸福美满,
如意吉祥是天赐的良缘。
男方一边有皮兰与阿夫拉西亚伯,
他们也多方尽力为夏沃什张罗。
国王把女儿配与夏沃什为妻,
一切活动都遵从传统的仪礼。
男女双方应当着宾客恭行大礼,
一切如仪男恩女爱誓死不移。
这时皮兰派人给古尔沙德报信,
说赶紧安排新人会见新人。
古尔沙德满面春风告诉公主,
说请公主尽快去夏沃什王府。
今晚就前去夏沃什的王宫,
让他的王宫充满月亮的光明。
古尔沙德说完就请公主理妆,
红花一朵插到芳香的云鬓之上。
法兰吉斯公主似一轮月亮,
前来会见那未来的国王。
公主与王子二人并肩而坐,
似日月同辉真乃天作之合。
日月同辉王子与公主匹配良缘,
二人以心相许纵然海枯石烂。
夏沃什王子的目光落到公主面庞,
把那如月的美人上下打量。

见她身如翠柏面目美似月亮,
两绺秀发下垂秀发又细又长。
双颊泛出月亮的晶莹的光芒,
双眼灿若寒星熠熠发光。
齿如珍珠双唇美得如同红玉,
公主真似太白金星一样美丽。
当她要启齿开言把双唇开启,
便露出两排珍珠吐出可人言语。
公主全身散发异香貌似仙女,
多情多意也祈望对她的情意。
她身上没有半点可指责的缺点,
莫不真的是天上的仙女下凡?
夏沃什如同太阳她如同月亮,
太阳匹配月亮多么幸福欢畅。
这二人新婚燕尔情投意合,
情意随着日月一样增多。
一连七日鱼儿与鸟儿都活跃狂欢,
一连七日人们高兴得未曾合眼,
广阔大地繁花似锦一片灿烂,
乐曲笙歌发自丝竹管弦。

阿夫拉西亚伯给夏沃什分封国土

人们在喜庆中度过了七天,
七天过后国王又赏赐了许多财产。

有阿拉伯骏马也有羔羊,
有头盔甲胄也有套索大棒。
有一袋袋的金币与一袋袋银币,
有四时穿用的各色锦衣。
然后给王子册封土地城乡,
从国都到中国海慨然封赏。
这片土地有一百法尔散格之长,
纵宽多少尚无人能够衡量。
写册封的文字用的是一块白绫,
一切都依古制凯扬王朝的传统。
写好之后连同赐给他的珠宝财产,
派人送给他,此外还有宝座王冠。
传下命令在王宫中摆开宴席,
远近来的陪客都一一入席。
饮酒奏乐众人极尽欢畅,
觥筹交错主客尽情把美酒品尝。
酒足饭饱客人们告辞起身,
还带了酒食回家款待自己的客人。
国王下令命人打开监狱大门,
他高兴得释放犯人让他们交逢好运。
第八天一早夏沃什与皮兰,
二人同来把阿夫拉西亚伯朝见。
他们是奉王旨返回自己王宫,
回宫之前再一次感谢国王恩情。
他们入得宫来见国王连忙问安,
说恭祝天下之主御体康健。

愿我主国祚兴隆势强基固,
愿陛下之敌沮丧遭灾永无出路。
愿陛下御体康泰万寿无疆,
愿陛下洪福齐天事事顺畅。
陛下是无敌的雄踞天下之王,
陛下的善政天下人钦敬景仰。
他二人告别国王回到夏沃什宫中,
一路上心情欢畅感念国王的恩情。
夏沃什得到国王的关怀与封赏,
春风秋月悠闲地度过一年时光。
突然一天国王派一位使者登门,
使者给他带来了国王的音讯。
使者说国王陛下向你表示问候,
问候你尊贵的王子一向可好?
说王子对封地是否并不满足?
你心目中是否还有更好的去处?
我已封你到中国边境之地,
你应启程去巡视自己的封地。
你也可以另去寻找中意的地方,
只要你中意我就把它封赏。
你应在封地永远定居安身立命,
享受人间富贵把封地经营。
夏沃什王子闻言心中高兴,
于是鼓乐喧天立即收拾启程。
他率领军队兵丁收拾细软金银,
一切都随身带上马上动身。

一行人中还有许多宫人婢女,
为她们赶路备好一个个乘舆。
法兰吉斯坐在一个乘舆之中,
只见一路上军士兵丁前呼后拥。
皮兰与夏沃什并马前行,
不忍王子离去心中充满别离之情。
大军前行一路上浩浩荡荡,
精神振奋一直奔向和田方向。
和田的军民本由皮兰统领,
百姓军旅都承受他的恩情。
夏沃什到了和田皮兰好言相劝,
在那里做客度过一个月时间。
一个月时光在悠闲欢乐中度过,
时而外出打猎时而宫中欢歌。
一个月过去了一早雄鸡高唱,
金鼓齐鸣一行人又奔向远方。
大军行到目的地贵胄早已知情,
他们赶来向王子表示欢迎。
见远方来客他们心中高兴,
四野城乡到处都结彩悬灯。
为迎接王子到来到处欢声雷动,
声震九霄,欢呼声直薄天庭。
欢呼声与号角声混成一片,
人们激动得心儿跳到嘴边。
他们一行人来到一处地方,
是个好去处既平坦又十分宽敞。

一面临海另一面背靠高山,
一边是猎场远离市井人烟。
气候温和土地湿润肥沃,
地面如同豹皮泛着一层油色。
有茂密青翠的树木流水淙淙,
令人心旷神怡好似返老还童。
夏沃什对皮兰说此地别有洞天,
我就决意在此好好经营一番。
我要把这里建造得富丽堂皇,
以便在此地游乐消遣宴饮欢畅。
我要在此地建起一座大城,
城中广造亭台花榭楼宇王宫。
我要把高楼筑得直插月宫,
显示出皇家气派与皇家威风。
皮兰对夏沃什说殿下高见,
殿下可按自己意图建造宫殿。
如蒙殿下不弃颁下命令,
老臣定会建起楼台直薄月宫。
我决不会吝惜资财与土地,
我的一切财产土地都属于你。
夏沃什对他说祝你交逢好运,
你栽种的果树定然枝叶成荫。
是你给了我财产给了我幸福,
到何处都多承你把我关怀庇护。
我决心已定在此建造一座大城,
日后让人们看到都会大吃一惊。

于是皮兰告辞而去夏沃什择地而居，
王子就留在那风景宜人之地。

夏沃什建造冈格城

如今让我的叙述从头开始
讲述这个古老动人的故事。
这个故事让人听了感到惊奇，
或许能够从中吸取几许教益。
我讲的是夏沃什的冈格城，
在那里有一则古老的故事发生。
首先我要赞颂造世的真主，
是真主从无到有创造了万物。
真主主宰无形宇宙及世上万物，
世上万物成双成对但只有一个真主。
此外还应向先知表示敬意，
对先知的助手也要衷心致礼。
既然古圣先贤都已一一作古，
你在世上也不要妄想久留长驻。
那历代帝王的王冠如今安在？
还有那勇士们的威武的风采？
那些贤士与学者都逝向何方？
他们苦读不辍伴着晨曦与夕阳。
那婀娜多姿的淑女俱已何往？
她们俐齿伶牙时时浅斟低唱。

那些蛰居深山的隐士到何处寻求？
他们弃绝了市井红尘万念皆休。
到何处寻求那昂首青天的勇士，
勇士们力大无穷能力搏雄狮。
俱往矣，一切均已化作一抔黄土，
种善果者定然把善果收获。
我们本来自黄土又复归黄土之中，
应存畏主之心万勿作恶逞凶。
这世上一切到处给人善的启迪，
如若一无所获只是自己粗心大意。
当一个人的生命已到六十六岁，
已无意进取会变得意冷心灰。
你将辞世而去这世界将永在长留，
人生的奥秘岂可凭知识寻求？
你在世上何苦还苦苦奔忙，
多少同行者从你身边掠过奔赴他乡？
这些教谕如若你听了无动于衷，
我愿把一则古老故事讲给你听。
那些帝王将相都不能长留世上，
你何必惨淡经营劳碌奔忙？
那时世上充满了正义与公正，
他们的辛劳使世界繁华兴盛。
他们拥有许多财产与巍峨的宫殿，
但临去时可带走一座宫殿一项财产？
现在我把古老的冈格城对你叙述，
但愿你听了这个故事有些益处。

冈格城在人间可谓并世无双,
那里有赏心悦目的迷人风光。
那座城本是夏沃什王子建造,
为建这座城他付出许多辛劳。
此地过了中国海还有一个月的路程,
当时这地方默默无闻并不出名。
过河之后要穿过一片荒原,
过了荒原眼前便出现一片平滩。
过了平滩就会看到一座大城,
城池热闹非凡市井买卖兴隆。
城后面巍立一座雄伟的高山,
山高岩险一眼望不到山巅。
这山是屏障把冈格城环抱,
你应知这种地形十分险要。
山脚四周有一百法尔散格长,
从山上往下望令人头晕心慌。
莽莽高山巍峨势壮浑然一体,
从山外并无一条路通向山里。
在山上三十三法尔散格方园,
构筑了一道高墙,以石为砖。
固守时只需要害处派五名好汉,
派出五名好汉把敌人阻拦。
即使来攻打的是十万精锐骑兵,
也休想通过隘口向高山攀登。
再往前走看到那热闹的大城,
城中到处是园林花圃广场与王宫。

城内有浴池溪流与小河,
全城香烟缭绕处处欢歌。
山坡就是猎场到处可见麋鹿,
能到此城岂不把麋鹿捕获。
松鸡孔雀与山鹧鸪盘山飞翔,
小羊匆匆忙忙奔跑在山坡之上。
这里气候温和不热也不冷,
全体百姓心满意足生活安宁。
整个城内无一人生灾得病,
真像是天堂之园一片郁郁葱葱。
悠悠河水澄清碧绿不染一尘,
一片春光的大地繁花似锦。
全城,如若以波斯长度①衡量,
长与宽都恰恰是三十见方。
那山有一个半法尔散格之高,
壮汉攀登也会感到疲劳。
山背后是一片沃野平原,
这样的沃野平原世间罕见。
夏沃什前去把那片平原查看,
见土兰的这片平原他心中喜欢。
他在那平原上筑了道围墙,
兴家立业他要使自己威名远扬。
灰石筑墙又添加大理石料,
还点缀了奇石,石名无人知晓。

---

① 波斯长度这里并未确切指出多长。

围墙高度有一百肘有余,
墙的厚度足足有三十五肘。
仰攻这样高墙只能望之兴叹,
它不怕弩炮礌石也不怕弯弓射箭。
如若不亲眼见这巍峨高墙,
定然以为说书人任意夸张。
从墙上到山脚有两法尔散格距离,
挖一条壕沟把墙下四周围起。①
站在山顶望不到山下情形,
要攀登这样的高山难倒雄鹰。
夏沃什苦心经营历尽艰辛,
造一座安放宝座的都城立命安身。
他选择的是一个绝妙的地方,
在选择的地方建座大城构筑围墙。
在城中修建了宫殿厅堂与广场,
把各种树木栽种在广场之上。
这座城市修得美丽如同天堂,
风信子玫瑰茉莉水仙四时飘香。

夏沃什对皮兰预言后事

一天夏沃什从那风景宜人之地,
忧心忡忡地回到自己住地。

---

① 上文讲山有一个半法尔散格高,此处从墙上到山脚距离与山高似不合。

原来是正直的夏沃什王子,
曾经约上皮兰,他是威赛之子,
他们一同去那个地方察看,
老人到了那里都再现童颜。
那儿风光绮丽四野飘香,
土地肥沃遍山遍野的牛羊。
见这里的一片宫殿与一片楼宇,
王子频频点头感到称心如意。
这时,他忽然向星相术士提出问题,
说你们看我新建的这片楼宇。
请告我这片楼宇风水主凶主吉?
建了这片楼宇是否能事事如意?
星相术士们闻言向王子禀报,
说依我们看来此地风水不妙。
王子听了术士们的话内心忧伤,
内心忧伤眼中不禁泪水汪汪。
于是信马由缰前行心绪不高,
愁苦的心境催下热泪滔滔。
皮兰见王子不快上前讯问:
"王子呵,有何不快使你心情郁闷?"
王子回答:"这乃是天不助我,
才使我心中不快闷闷不乐。
你看我虽然为自己构筑了宫殿,
也积累了不计其数的珠宝财产。
这一切终将落入对头之手,
天不作美我得到的不过黄土一抔。

你看这冈格堡真是天下无双,
到何处去寻这城池的风光?
看起来似乎冥冥中命运相助,
万事顺遂前方都是平安坦途。
我在此地经营构筑这座大城,
城中楼台高耸直薄北斗七星。
现在我在此筹划在此经营,
为楼宇描金绘彩涂绿抹红,
宫宇建成更为此地添增风光,
四方献宝进贡人人羡慕景仰。
但命中注定我不能在此地久留,
宫宇虽好终究要落入他人之手。
我本人与我的儿女无缘消受,
我的亲人眷属也将被赶走。
我命中注定身亡寿数告终,
这厅堂楼宇于我又有何用?
宫殿要被阿夫拉西亚伯占据,
他将把我这无罪之人置于死地。
天命不可违抗世人只得服从,
它时而使人欢畅顺利时而使人沮丧扫兴。"
皮兰闻言开口说:"尊贵的王子,
为人切不可自寻烦恼忧虑重重。
阿夫拉西亚伯乃是你靠山,
他犹如一块宝石镶在你的指环。
我老夫只要是在世上一息尚存,
决不背弃诺言不改一片忠心。

我决不允许人们动你一根毫毛,
谁若存心害你我决然不会轻饶。"
夏沃什对皮兰说:"我的好心人,
你真是肝胆相照一片真心。
今天,我已向你披露了秘密,
望你永享平安望你事事留意。
我晓得冥冥中的定数玄机,
我向你宣示了主的意旨与秘密。
我把以后的事一一向你讲明,
此后不久我就会被逐出王宫。
请你以后不要感到惊奇,
说这个歹徒对夏沃什如此无理。
勇士呵,我明智的皮兰将军,
我对你说这番话你应仔细留心,
从今往后不消多少时间,
国王陛下就会动手不再迟延。
我清白无辜但将遭不白之冤,
会有别人登上王位摘取王冠。
我深知你忠心耿耿大义凛然,
但天意如此世人无法逆转。
由于命运不济小人挑拨离间,
才使我这无罪之人遭此劫难。
我遇难的消息会飞传到波斯,
波斯会有人来把我后人查访。
波斯与土兰又会重启战端,
和平宁静的生活再被打乱。

大地之上会重新燃起战火,
人们头上又一次仇恨地刀起刀落。
波斯将发来大军阵中招展军旗,
红黄黑紫的旗帜遮天盖地。
大好河山又会遭到抢掠,
财产散失百姓到处流亡。
广袤的国土又遭铁蹄蹂躏,
百姓们又该战战兢兢日夜不安。
那时土兰国王会感到举措失当,
但是悔之已晚只好空自悲伤。
那时眼见滚滚浓烟向上升腾,
空自心中悔恨又有何用?
波斯土兰到处是厮杀之声,
我的鲜血又一次激起仇恨的刀兵。
造物主早已把桩桩历历书就,
这乃是冤冤相报谁种谁收。
来,让我们欢乐地开怀畅叙,
该成为过去的定然成为过去。
何必无端贪恋这短暂人生,
富有何必炫耀辛劳何必愤愤不平?
万贯资财终究归别人消受,
造物主既造你我缘何又造对头?"
皮兰听了他的话深深思索,
心中对王子这番话反复琢磨。
如若他的这番话句句是实言,
似乎话语中透露了对我的不满。

是我力主把他迎至我国土兰，
谁承想此举又开启了战端。
我竭力担保迎接他来到我国，
赐了他国土财产以及王家宝座。
此时,我才真正记起国王的话语，
他时时把这话对我提起。
听了王子的话才觉得国王言之有理，
句句都至关重要不是多余的顾虑。
然后,他低头对自己自言自语，
说这一切都该是冥冥中的天意。
王子顿时领悟到事理玄机，
对波斯的思念在他心头泛起。
他思念起卡乌斯他的父王，
怀念起过去的幸福的时光。
他如此说或是出于怀乡之情，
但未必他讲的都一一验应。
他们一路行来谈论这桩事情，
未来的一切惹得他们心绪不宁。
当他们回到住处翻身下马，
才停止这场关于未来的谈话。
他们铺好金黄色的餐布摆好美酒，
啜饮美酒欣赏着乐工的吹拉弹奏。

阿夫拉西亚伯派皮兰去收取赋税贡物

他们二人一起高高兴兴过了七天,
感念天下之主恩德无边。
第八天国王差人送来一封书信,
送给皮兰这位统领土兰大军之人。
信中命令他说你要赴中国海岸,
挑选精兵一支临行带在身边。
你领兵前行至印度的边界,
在那里设法渡过信德河。
到那里向沿途各国收取税贡,
直到哈扎尔①国边境都要布防驻兵。
接到此信后在将军皮兰门前,
真是人声鼎沸又兼鼓乐喧天。
军队从四面八方来此聚齐,
立即组成一支士气高昂的劲旅。
军士们在皮兰住处门前待命,
按国王指示的方向整装出征。
带不走的金银财宝什物马匹,
都请夏沃什王子代为收起。
皮兰与王子依依而别踏上征程,
遵王命收取贡物率军远行。

---

① 哈扎尔族人生活于里海沿岸一带。

夏沃什修建夏沃什城

阿夫拉西亚伯派出信使一名,
信使火速赶路日夜兼程。
他送来阿夫拉西亚伯的书信一封,
信文语句明快但充满深情。
说自你走后我便精神不振,
时时思念忧愁郁结于心。
如今我按照你的心意,
在土兰为你选择了可心之地。
虽然你现在去的地方风景宜人,
但我要找一地对你更加称心。
请你立即启程奔向你的封地,
好生经营,让忌恨你的人垂头丧气。
王子接信后立即收拾启程,
忠实而迅速地执行国王命令。
用了一千峰红毛母驼专管运输,
骆驼队驮了日用的行囊什物。
一百峰骆驼驮的是银币,
以四十峰骆驼驮上金币。
又从波斯人与土兰人中选精锐骑兵,
一万名骑兵护卫大队人马启程。
大队前面驮金银细软的行列先行,
还有不少宫人婢女坐在乘舆之中。

驮的物品中有各种珠宝镶嵌的凤冠,
红色宝石绿色翡翠闪光耀眼。
沉香、麝香、龙涎香一应俱全,
也有一匹匹的丝绸与锦缎。
这些香料丝绸来自埃及、法尔斯与中国,
光驮这些东西就用了三十峰骆驼。
他们逶迤行来向霍拉姆巴哈尔行进,
王子夏沃什亲自率领这支大军。
当他们一行人终于来到目的地,
立即动手把方圆两法尔散格之城建起。
城中广建厅堂楼宇高堂华殿,
殿内建起游廊殿外建起花园。
前厅墙上描绘各种图景,
有诸王的肖像有饮宴战争。
画着头戴王冠的卡乌斯国王,
画上皇家宝座与手镯大棒。
在卡乌斯座前有鲁斯塔姆侍奉,
有扎尔和古达尔兹一干人等。
对面墙上画土兰之王及他的大军,
还画上皮兰及格西伍复仇的将军。
在波斯与土兰的贤人高士中间,
霍拉姆城的名声广为流传。
只见城中高楼耸立鳞次栉比,
座座高楼廊展檐飞直插天际。
城中乐声时起四方弦歌,
处处是王公勇士的府第宅舍。

人们把此城命名为夏沃什城,
这个城名使百姓们十分高兴。

皮兰造访夏沃什城

皮兰从印度与中国①收完赋贡,
就听说夏沃什修造了一座大城。
在土兰都把这城称为夏沃什城,
这也是天意如此,此城应运而生。
城内有宫殿花园厅堂与回廊,
城外有山有河有平原也有牧场。
皮兰穿城入宫急急前去造访,
看王子如何生活在这可心的地方。
他身边带了许多文武随员,
他们一同前去把那座城观看。
与他同去的勇士足有一千,
动身时把他们带在身边。
当他们一行人接近了大城,
夏沃什早已率军表示欢迎。
皮兰远远看到夏沃什王子来迎,
忙赶到近前下马表示尊敬。
夏沃什也忙下了青色坐骑,

---

① 上文未提及皮兰到印度与中国,此处与上节文字有矛盾。

抢上几步把皮兰拥抱到怀里。
夏沃什与皮兰二人并肩而行,
他们兴高采烈地来到城中。
进城之后他们先各处巡视一番,
这里原本是荆棘丛生荒冢一片。
如今这里建起广厦高楼明媚的花园,
厅堂屋宇到处都是金光灿烂。
皮兰见这城中的诸般景象,
不住声地对夏沃什连声夸奖。
他对王子说若没有凯扬的瑞气,
若不是你博学多闻多才多艺,
怎么能经营得好这一片地方,
怎能建起这一片高殿华堂。
这厅堂宫殿将永远在此屹立,
成为英雄勇士栖息休养之地。
世代儿孙将永远在此享用,
他们将永主社稷国祚兴隆。
他们只巡视了大城的一个角落,
然后,便前去夏沃什的王府落座。
他们兴高采烈地登上一座华堂,
前去把法兰吉斯公主造访。
公主对他们表示亲切欢迎,
致意问候把金币向他们抛扔。
还有美人贾里莱如一轮红日升起,
体如翠柏发香充溢空际。
她也与公主一同出来拜见父亲,

宫女们前呼后拥周到殷勤。
皮兰落座打量公主的殿堂,
宫人婢女默默地站立在两厢。
见到这后宫他也是赞不绝口,
连说建起如此高楼多承真主保佑,
他口中不住地把造物主颂赞,
说靠主保佑建起这高堂华殿。
然后他们又摆开了酒宴,
奏乐伴饮调理丝竹管弦。
皮兰在那里整整停留了七天,
终日消遣游乐时时深杯酒满。
到第八天告辞时拿出赠礼,
人各一份按受礼人地位高低。
有红玉宝石以及丝绸锦缎,
还有镶嵌着珠宝玉石的王冠。
有金币快马以及杨木的马鞍,
马鞍以金丝系牢豹皮蒙面。
给法兰吉斯的是凤冠及耳环,
还有手镯及镶嵌珍珠的项链。
送完礼品便率领他的威武大军,
向着和田的方向逶迤前进。
当皮兰到了和田回到府中,
迈步登门立即来到后宫。
他对古尔沙德说谁若未见过天堂,
他便不会知晓天堂的景象。
可是如若能见识那赏心悦目的地方,

453

就能想象天堂是一副什么模样。
夏沃什居住在那华美的宫中，
像太阳一样给宫殿带来光明。
你定要走一遭不要怕路途遥远，
前去看一看夏沃什的华堂宫殿。
夏沃什乃是宫殿之主高居华堂，
他容光焕发似一轮朝阳。
还有那法兰吉斯姿容秀丽，
似十四的月亮与太阳两情相依。
皮兰又从和田赶去见阿夫拉西亚伯，
似船驶河面轻吻微波。
见到国王详述此行的情形，
然后令人呈上收来的赋贡。
说在印度还展开一场战斗，
刀枪高举迫使敌人低头俯首。
又提到曾与夏沃什王子见面，
把所见所闻描述了一番。
国王开口问及夏沃什的新城，
说新城可好百姓可还安生？
皮兰说那城美得如天堂一般，
景色宜人似阳春二月的花园。
城景之美可谓天下无双，
明媚清朗胜过黎明的朝阳。
夏沃什建造了那片巍峨的宫殿，
明眼人见了都点头啧啧称赞。
莫不是他得到天启深晓天意，

把那城修造得如此清幽明丽。
到了那一带一眼便看到城郭,
这样的城在土兰谁也未曾见过。
城中遍布楼台园林到处是溪流,
匠心独运,一见就令人喜在心头。
当我在远处看到法兰吉斯的宫殿,
真像珍珠宝石砌成一片光芒耀眼。
纵然天使从天堂降临大地,
他的风采气派也未必能与夏沃什相比。
那天使该会对世人怀有嫉意,
嫉妒世人为什么一切称心如意。
嫉妒陛下有这样一位可心女婿,
做事合情合理可人心意。
由于波斯土兰两国议和永罢刀兵,
丧失理智的人也都变聪明。
愿陛下江山永固地久天长,
凡正直与聪明之士都感到欢畅。
国王听了他的话心中高兴,
总算开花结果,不辜负苦心经营。

阿夫拉西亚伯派格西伍去看望夏沃什

关于筑城之事国王对格西伍讲了一番,
他平时不愿公开的话如今对人明言。
说我派你到夏沃什城前去察看,

你要到那城中去巡视一番。
看夏沃什是不是安心住在土兰，
再不思念波斯他的家园。
看他离开故国江山是否常常忆想：
古达尔兹、巴赫拉姆与卡乌斯国王？
看他是否思念扎尔之子鲁斯塔姆，
看他是否准备大棒武器重整队伍？
他在一片荆棘丛生的不毛之地，
建起一座大城，城中风光绮丽。
为法兰吉斯修造了一座王宫，
她生活在那宫内富贵尊荣。
你去拜见他会见他头戴王冠，
坐在象牙翡翠宝座中主宰江山。
见面后要请安问好好言宣慰，
对他要恭谨有礼他出身高贵。
在贵族卿相面前要对他表示尊重，
要赞扬夸奖提高他的名声。
你去拜望他要带上一批重礼，
要准备好王冠玉带金币与马匹。
带上镶宝石的宝座中国的锦缎，
还有戒指手镯大棒与刀剑。
带上黄金珊瑚及名贵礼品，
各种珍珠宝石多多携带在身。
各种香料以及各样地毯，
把你府中的库房仔细检视一番。
给法兰吉斯也要准备一份礼品，

要好言慰问表示你的关心。
如若主人热情待客心中欢喜,
你可在那美丽的城中停留两个星期。
格西伍在国王殿前领命,
下殿去点了土兰的千名精兵。
千人的队伍奔驰而来尘土飞扬,
到夏沃什城把王子拜望。
夏沃什王子闻讯率众相迎,
连忙赶出城外相迎在道路之中。
他们二人相见互相拥抱,
夏沃什首先问候国王身体安好。
见过礼后,把客人让至大殿,
夏沃什下令为客人收拾驿馆。
次日一早格西伍上殿晋见,
展示诸般礼品说国王祝王子平安。
夏沃什见那国王送的锦袍,
鲜艳耀眼似春花般妖娆。
王子翻身上马登上千里坐骑,
波斯的骑士在他身边左右不离。
他们把城中街巷指给格西伍观看,
看完又回身来到王宫大殿。

夏沃什之子法鲁德诞生

这时,一名骑手快马如风,

把喜讯传到夏沃什王子耳中。
说皮兰将军之女产一贵子到世上,
贵子眉清目秀似皎月一般漂亮。
给这孩子取名就叫法鲁德,
深夜这个喜讯就传给皮兰他的外公。
皮兰当时就命令几名骑兵,
去赶到王子宫中表达祝贺之情。
还要祝贺新生贵子的母亲,
贾里莱那女中魁首尊贵的夫人。
让贾里莱关照吩咐左右,
用婴儿之手蘸上藏红花制的印油,
在一封信的信文背面打上手印①,
这封信本是给夏沃什他幸运的父亲。
皮兰还带话说我已是暮年老人,
但造物主保佑万事顺利遂心。
夏沃什说但愿此子顺利成长,
领受先辈贵人的恩惠事事吉祥。
王子赏赐下书人大量银币,
赏赐丰厚银币多得提都无法提起。
当格西伍听到贵子降生的消息,
说皮兰与王子都因此而欢天喜地,
他连忙赶去到法兰吉斯后宫,
把这个贵子降生的喜讯说给她听。

---

① 这是波斯古代一种风习,把新生婴儿的手印或脚印送给亲人从而看出婴儿发育情况。

他见法兰吉斯坐在一个象牙宝座之中,
一顶镶嵌翡翠的凤冠戴在头顶。
几名婢女宫娥个个头戴金冠,
在旁侍立似众星把明月围在中间。
当法兰吉斯见格西伍进宫,
喜形于色,高兴得无法形容。
她连忙起身离座问好请安,
问起国中情形问候国王平安。
格西伍一见那宫中的气派情景,
便感到不满心中暗暗吃惊。
他心中思量口上自言自语,
夏沃什拥兵坐镇此事堪虑。
这样下去时间不多只消一年,
夏沃什便会藐视众人羽翼丰满。
这完全是皇家的宫殿皇家的排场,
他拥有皇家的宝库兵强马壮。
他心虽郁郁但人前并未发作,
只是脸上显形微露不悦之色。
他对王子只说多亏苦心经营,
建起这样一片赏心悦目的王宫。
他们在金碧辉煌的宫中放两个宝座,
二人对坐叙谈心中充满欢乐。
一边饮酒一边倾听鲁德琴的弹奏,
坐在镶嵌宝石的宝座中其乐悠悠。
他欣赏着芦笛与鲁德琴的乐声,
二人心中得意陶然忘情。

夏沃什打马球

当光芒四射的太阳露出颜面,
给世界带来光明照彻中天,
夏沃什王子从王宫直奔球场,
他在球场中来回奔驰几趟。
格西伍首先把球开到场里,
王子见球扑身赶上前去。
当他用球杆把球控制在手中,
他的球伴在场内便占据了上风。
王子猛击一杆球儿便高高飞起,
远远离开地面似乎飞上天去。
当那球儿又重新落到了地上,
凯扬的健儿又及时赶到球旁。
王子又一次把球高高击起,
土兰人目瞪口呆个个感到惊奇。
然后他命令军士们奋勇击球,
说球场球杆球儿俱在何不一显身手。
双方的勇士以及无敌的好汉,
个个策马而奔人人勇敢向前。
霎时间双方健儿混战在一起,
球来球往依照球场的规矩。
当波斯军士在球场上驰骋,
从土兰人手里把球抢到手中,

夏沃什见波斯人的身手心中高兴，
他骄傲得身躯似翠柏一样直挺。
他又命人搬过两个黄金宝座，
看着兵士们投掷梭镖取乐。
两位贵人端坐在宝座之中，
看谁在投掷梭镖中取胜。
骑手们在场上迅走如风，
把一个个梭镖投出力争上风。
骑手们来来往往聚成一群，
波斯人与土兰人很难区分。
格西伍对夏沃什说：将军，
你身手不凡是皇家王室的后人。
你不仅出身显贵而且身手不凡，
今天何不一试身手让土兰人开眼。
不管你用弓箭还是用长枪，
请显示你的本领下场走上几趟。
夏沃什以手抚胸表示遵命照办，
随即起身离开宝座跨上马鞍。
他命人把五副铁甲绑到一起，
这种铁甲只穿一副便感到吃力。
绑好的铁甲放到沙场一边，
四周的兵士都惊奇地观看。
夏沃什把一支皇家长枪高挑，
这枪乃是他父亲给的传家之宝。
他父王用此枪在马赞得朗作战，
狩猎时这枪使雄狮心惊胆战。

夏沃什手握长枪直奔沙场，
他急急如同怒象一挽马缰。
他一枪刺向铁甲把铁甲挑起，
用力一抖那锁子甲便环扣脱离。
他的枪尖挑起铁甲向上高扬，
然后用力一甩把铁甲甩到一旁。
这时格西伍与众骁勇的好汉，
也手执长枪个个策马向前，
他们围着那铁甲转了一圈，
竟无一人能把铁甲挑上枪尖。
这时，夏沃什又要了四面吉朗盾牌，
让人在盾牌上用两副铁甲覆盖。
他撑开一面强弓手执黄杨木羽箭，
三支箭在手六支箭挂在腰间。
一支箭搭在弓上双腿一催坐骑，
四周的兵卒观看个个表示惊奇。
王子之箭射出锋利无比，
刺穿了四面盾牌两层铁甲征衣。
十支箭一无虚发箭箭中的，
四周老少兵卒见了喝彩声四起。
十支箭射出竟无一箭脱靶，
人人都说天神佑助传为佳话。
这时格西伍对他说将军，
波斯与土兰找不到与你匹敌之人。
来，让我们二人在沙场比试武艺，
在两军兵士面前一试高低。

让我们二人展开一场凶杀恶斗,
彼此抓住腰带试一试身手。
在土兰我也未曾遇到对手,
我的战马也比别人的马胜过一筹。
你在波斯也可称并世无双,
你身材魁梧本领十分高强。
如若我能把你在马上擒拿,
我就会猛然一伸手把你摔到马下。
那便证明我是真正的英雄,
论勇敢论武艺我都占了上风。
如若在搏斗中你把我打倒在地,
那我从心里佩服决不再斗气。
夏沃什对他说请不要讲这样话语,
你是尊贵的将军雄狮也无法相比。
你的马也比我的马百倍高强,
你的头盔也放射出圣火之光。
你不要上场请选一名土兰勇士,
让我在沙场与他争斗比试。
格西伍说,王子呵你身负盛誉,
比武不过是玩耍不必过虑。
下场之人一招一式比试一番,
抓住对方腰带把对手掀翻。
夏沃什回答:将军此言差矣,
论身手武功我岂能与你相比。
比武较量也颇似战场争斗,
虽然面带笑容但也心怀杀机。

天下之主乃是你的兄长,
你尊贵无比马蹄踏着月亮。
你有什么吩咐我俯首服从,
我诚心诚意决不违抗你的命令。
还是请从你手下人中选一名勇士,
让他跨上战马我与他比试。
你若有意考验我的武艺身手,
你军中佼佼勇士也不是对手。
比武时我一定一拳一脚奉陪到底,
决不甘拜下风挫伤自家锐气。
格西伍听了夏沃什这番话语,
心中满意觉得他的话合情合理。
于是,他对土兰人说,各位英雄,
你们谁想试一试身手从此天下闻名。
与夏沃什在场中比试一番,
让骄傲的王子俯首就范。
众位勇士面面相觑无人发言,
突然,格拉维扎列跨步向前。
我来,他说道,如若无人与他较量,
我与他比试看谁的本领高强。
夏沃什一听一阵不满充塞心头,
他的脸色变得阴沉眉头紧皱。
格西伍此时说王子殿下,
全军之中无人不败在他手下。
夏沃什回答说我当然不能与你相比,
除你以外任何人我也不放在眼里,

勇士中你可以选两个人出场,
让两个人同时与我比试较量。
达姆尔,这是选出的第二位好汉,
也是位无敌的英雄勇冠土兰。
因为他听到夏沃什口出此言,
也一心想比武较量迈步向前。
这边达姆尔与格拉维快步下场,
那边夏沃什也迈步场中准备较量。
夏沃什一伸手便抓住格拉维腰带,
那手紧紧抓牢决不再松开。
然后把他从马鞍上提起摔到地上,
轻取一条好汉未用套索与大棒。
这时,他又转身向达姆尔冲去,
双手一探擒住他的颈项与身躯。
唰的一声就把达姆尔擒离马鞍,
众勇士在旁看了都心惊胆战。
他把达姆尔提到格西伍面前,
就像提了只要宰的小鸡一般。
他翻身下马边走边搓着手掌,
坐在宝座中微笑还挂在脸上。
格西伍见他如此心中不快,
心中不快脸色一阵发黄一阵泛白。
不多时他们离开宝座回到王宫,
仿佛从尘世回到了天宫。
一连七日他们都摆宴畅叙奏乐饮酒,
陪客们都是贤士名流公卿贵胄。

第八天格西伍收拾行装准备启程,
夏沃什连忙着手修书一封。
修书一封捎带给土兰国王,
请安问候恭颂国王如意吉祥。
然后又给格西伍一份重礼,
让他离开那美丽之城时心中欢喜。
一路上格西伍等人议论交谈,
说那城中景象及王子身手不凡。
格西伍心怀叵测出言挑拨,
说我们迎来波斯人,定遭横祸。
国王从波斯引进这么一位英雄,
此人定然把我们淹没在血泊之中。
达姆尔与格拉维似两头猛狮,
他们身手高强谁人不知。
但是他们在他手下失败得多么凄惨,
全不是对手全身武艺不得施展。
还不止此,今后还有重重磨难,
陛下此举实不明智,这是自招凶险。

格西伍施挑拨离间计

他们一行人赶路日夜兼程,
一站不停直到阿夫拉西亚伯王宫。
他们来至王宫见到国王陛下,
国王接见来人向他们问话。

他们详述经过始末呈上书信,
国王读罢信文喜在内心。
格西伍在旁观察国王的表情,
他见国王读了来信颇为高兴。
他心中却充满愤恨与烦恼,
似光辉的太阳被愁云笼罩。
出于无奈他只得起身告辞离去,
离去时怀着满腹牢骚与忧郁。
他彻夜忧愁不眠辗转反侧,
直至晨光冲破暗夜眼都未阖。
心中充满仇恨之人夜不成眠,
一早便起身入宫把国王朝见。
他与国王二人密谈屏退左右人等,
兄弟对坐详述此行经过情形。
格西伍说陛下应多加小心,
夏沃什行止可疑似有异心。
卡乌斯国王曾秘遣使臣,
至他的宫中数次秘密访问。
他与中国罗马都时有信息来访,
甚至公然举杯祝卡乌斯健康。
他手下兵丁也日益人多势众,
我主的性命会有一日丧在他手中。
这也是当年土尔种下了祸根,
他不杀伊拉治双方岂会成为仇人。
自古水火异性两下各不相容,
势同水火,终究要启动刀兵。

陛下愿双方和好这只是幻想,
引狼入室到头来自家遭殃。
如若我隐瞒真相不讲实情,
徒令天下人耻笑妄招骂名。
国王闻听此言忧心忡忡,
忧愁烦恼充塞了他的心胸。
他对格西伍说你我本为手足,
你自然对我一心处处照顾。
你给我三天时间容我仔细考虑,
然后我们再就此事郑重商议。
我们对待此事应该符合理智,
为人符合理智才可着手办事。
阿夫拉西亚伯在三天之中,
冷静思考似把水滴入火中。
第四日格西伍又来面见国王,
他头上戴冠腰带紧束在腰上。
国王把他召唤到自己近前,
就夏沃什之事与他详细交谈。
对他说兄弟你是帕山的后人,
世界上还有谁比你我更亲。
我想什么都不应对你隐瞒,
你应仔细思量我听你的意见。
还是原来那场噩梦使我担忧,
一阵阵烦恼常常袭击我的心头。
于是我们决定与夏沃什罢战言和,
夏沃什对我们也未继续逼迫。

他终于放弃即将继承的江山,
明智地接受我们好意前来避难。
他到来以后对我毕恭毕敬,
我也是诚心相待视同亲生。
我赏给他宝库赐给他江山,
过去的冲突纠葛不再放在心间。
我还与他联姻结成翁婿,
与波斯过去的仇恨全然忘记。
我把女儿嫁给他又给了他财产,
如同给了他我宝贵的双眼。
我对他殷勤款待优礼有加,
社稷与宝座双手奉送给他。
如若现在我对他心怀疑虑,
天下人都会耻笑我不仁不义。
我若对他制裁便是师出无名,
师出无名便不应兴师动兵。
我若行动定会触怒公卿贵族,
我会空落骂名他们心中不服。
这种事定然违背创世主旨意,
世上的名流贤士也不会同意。
众兽之中属雄狮牙坚爪利,
雄狮对钢刀利刃也无所畏惧。
如若雄狮之崽惨遭杀害,
狮子一怒会搅得树林翻江倒海。
如若我们出兵虐杀无辜的人,
日月天地也决然不会容忍。

或许召他回朝是可行之计,
打发他回波斯去他父王宫里。
任凭他去继承王位继承江山,
与我们国家各行其道两不相干。
格西伍对他说尊贵的国王,
此乃大事万勿如此草率匆忙。
假如这样放他返回波斯,
因此我国就会倒霉遭殃。
这乃是引狼入室他深知我国虚实,
祸起萧墙终至闹到不可收拾。
如今,谁能够阻止灾祸到来,
陛下应听劝告听劝能祛难免灾。
如若他兴兵来攻谁能抵挡?
听我劝告吧我有妙计良方。
此人只能给你带来灾难,
危及你的家族、名誉与财产。
一旦亲人反目恩情变为仇恨,
那时你才会醒悟认清世人。
你切记要谨防他加害于你,
日日夜夜要当心谨慎万般警惕。
因为他深知陛下虚实与底细,
所以也容易给陛下致命一击。
陛下不见那些驯养豹子的人,
最终还不是被豹子一口生吞。
阿夫拉西亚伯思量格西伍的话语,
认为他说得不错言之有理。

他为自己的行动深感悔恨，
如今他真的为自己的未来担心。
他对格西伍说我听了你的话，
感到事情不妙但又委决不下。
此事如何演变要看天意如何，
看天意怎样决定人间福祸。
做事应该谨慎不应匆忙着急，
权且静观待变让事情自显端倪。
我们宜耐心等待看天神意志如何，
看命运的烛光向何方照射。
假如此时召他立即回朝入宫，
追问他在外面有什么隐情，
那时把事情讲明便不留余地，
他定然铤而走险无所顾忌。
最好是引而不发不要说破，
待事情自然发展必有结果。
此事对任何人都不应责备，
是我们咎由自取合该自己受罪。
心怀仇恨的格西伍又开口说话，
他说陛下圣明此言不假。
夏沃什如今仓廪充实兵多将广，
备有诸般武器又兼手段高强。
他决不会不带兵卒只身到你宫廷，
不来则已要来就是带兵出征。
如今的夏沃什已不是原来模样，
他头颅高昂头盔都扬到天上。

法兰吉斯也变了，真是今非昔比，
她如今是一无需求春风得意。
陛下的兵卒都纷纷前去投奔，
牧人已无事可做因为已无羊群。
当兵士们发现有了一位新王，
他生得魁梧英俊又慷慨大方。
那就不会再尊你为一国之君，
陛下这里冷落空虚他那里有财有人，
如今，他建造了那么一座大城，
他据有大城国库殷实国祚兴盛。
你怎能像臣属一样召他入宫，
他岂会应召回宫俯首听命？
自古世人不能与狮象同眠，
水火互不相容洪水决不迁就烈焰。
如若人把一个刚出世的狮崽抚养，
把绫罗绸缎穿在小狮身上，
每天喂小狮给它奶水与蜜糖，
把那小狮视同亲生娇子一样，
当小狮长大后野性也不会改变，
小狮性起时能与大象决一死战。
他一席话说得国王沉吟不语，
神色不悦心中充满愁烦与疑虑。
国王开口说此事尚应从长计议，
切不能草率从事操之过急。
与其草率鲁莽不如深思熟虑，
三思而行使人立于不败之地。

遇事草率操切实在不值称赞,
有位高士对此早有明智之言,
说看那行色匆匆的狂风,
到头来只落得两手空空。
如一人生得眉清目秀体态端庄,
那也一无可取,如若他遇事草率慌张。
格西伍告别了国王,心中不悦,
满怀愤恨不满又无处可以发泄。
此后他仍然朝见国王日日入宫,
挑拨离间尽力想把国王说动。
他挖空心思用尽花言巧语,
总想在国王心中把仇恨挑起。
终于一天,他的用心居然得逞,
仇恨与敌意竟充塞在国王心中。
国王这天终于下定了决心,
他要从国中铲除对手与外人。
他想起要处理夏沃什的事情,
于是便对格西伍下了一道命令。
对他说此事你还要辛苦一趟,
去到他宫中住下得便对他言讲:
你对他说:对国王与宫中之人,
难道你都不想请安探询?
你对他说:国王对你日夜思念,
他还想与法兰吉斯见上一面。
我们真想与他再相聚在一起,
他博学多闻从他言谈中汲取教益。

我们这里的山坡上也满是猎物,
琥珀杯中也日日奶酒充足。
如若你思念自己的锦绣家园,
到这里让我们在一起开心消遣。
让我们偷数日之闲观赏景色,
请你前来到我们这里饮酒作乐。
你不必再去思念凯扬宫廷,
望你收拾行装及早启程。

格西伍再次去见夏沃什

格西伍这奸诈小人打点动身,
心怀鬼胎满脑装着诡计与仇恨。
当他看已接近夏沃什城,
从军中挑选出一人授与他命令:
说你去向夏沃什传达我的致意,
说你是皇家之子皇族后裔。
让我发誓,以土兰国王生命的名义,
以卡乌斯国王的生命及王位的名义。
万请不要劳动你大驾出城,
不必到城外对我表示欢迎。
你博学多才又兼身世显贵,
是尊贵的王子又有灵光伴随。
这区区小事不必操心你应自重,
不必为此事而离开自己王宫。

那使者来到夏沃什王宫,
以口吻地把这个意思说与他听。
当夏沃什听了格西伍的这个信息,
惑然不解内心里颇为诧异。
他沉思良久不明这是何意,
自言自语说其中定有不宣之秘。
我不知这好心的格西伍,
在土兰宫廷如何把我描述。
当格西伍来到他的宫廷,
他立即走下殿来表示欢迎。
问候国王平安问他一路起居,
问宫中军中是否一切顺利。
格西伍向他转达了国王致意,
听到国王致意夏沃什满心欢喜。
他回答说国王陛下对我恩深无比,
为陛下效力我甘愿肝脑涂地。
我此刻就愿前去觐见国王,
让我们启程马缰紧挨着马缰。
可是我仍愿在这豪华的宫殿,
请你略事休息痛饮三天。
人世如同逆旅充满忧虑烦愁,
若终日在忧愁中度过便永无尽头。
那存心不良的格西伍闻言,
不由得陷入恐惧心惊胆战。
他心想夏沃什若与我同回土兰,
见到国王立即会把一切揭穿。

他如此勇敢又如此聪明,
我的想法他一定能够看清。
那时我再说什么也于事无济,
国王会发现我使用了阴谋诡计。
如今定然要想个对策良方,
要夏沃什从心里怀疑国王。
他心中想事口上一言不发,
眼光滴溜溜注视夏沃什面颊。
他居然从眼中挤出两滴黄色泪水,
用泪水掩饰他在骗人捣鬼。
夏沃什见他落泪如此伤心,
不禁对他表示同情无限关心。
对他说:你因何落泪?将军!
伤心落泪必有难言之隐。
你伤心落泪心情如此沉重,
莫不是土兰之王做事有欠公平?
让我与你前去一道回到他的王宫,
调动大队人马杀到他的宫中。
他因何做事刺伤你的心?
因何不顾情意不照顾亲人?
如若你有什么对手什么敌人,
那也完全不必为此事而担心。
我与你二人同心患难与共,
你领兵作战我愿随军出征。
如若是在阿夫拉西亚伯宫中,
你因故名声扫地殿前失宠,

或是由于什么小人挑拨离间，
你的地位与威信已大不如前，
这一切你千万都不要瞒我，
让我为你分忧为你寻找对策。
有我在多么困难的事也会变易，
我能使卑劣小人伤心悲泣。
格西伍对他说王子英名远播，
我与国王之间并无任何隔阂。
我也没有什么对付不了的仇敌，
我有足够的财产足够的勇气。
但我本性善良内心有个顾虑，
有一句明智之言时时忆起。
纷乱与灾祸本是土尔首先惹起，
随即天神的灵光便离他而去。
你一定听说过他对伊拉治多么无理，
伊拉治文静寡言他却仇恨充塞胸际。
王位传到玛努切赫尔与阿夫拉西亚伯，
波斯与土兰一直纷争势同水火。
这两国彼此分道扬镳亲人反目。
从此便背离了理智指引的道路。
土兰国王比土尔还暴虐无道，
我看分明又酝酿着一场风暴。
他的险恶用心你当然无法看清，
待以时日一切便会自然分明。
你可以想象阿格利尔斯的结局，

是国王亲手把他置于死地。
阿格利尔斯是他的兄弟他的亲人,
聪明颖秀,但他一点也不讲亲人情分。
从那以后,有多少出名的贤良,
惨遭杀害,无辜遭到祸殃。
我今日明言完全出于关切之心,
望王子安然无恙能识别他人。
自从你来到我土兰避难,
土兰人中无一人对你打击刁难。
你到处都遇到诚意与关怀,
你博学多闻给土兰增加了光彩。
如今恶魔阿赫里曼挑拨离间,
挑拨国王对你产生不满。
国王心中充满对你的仇恨,
不知创世主如何决定人的命运。
你知道我是你的知心朋友,
与你患难与共与你永不分手。
日后你可千万不能埋怨,
说我明知危险但却对你隐瞒。
如若我知内情但未及时言讲,
在人们看来那定是大罪一桩。
夏沃什对他说你不必多虑,
创世主会保佑我逢凶化吉。
国王陛下对我满怀希望,
他助我度过暗夜迎来朝阳。

如若疑虑与不满充塞在他心中,
在众人中他怎会对我如此器重。
那他就不会托我以江山授我以王冠,
招我为婿赏给我以财产。
现在我就与你动身回宫,
使他破除疑虑把一切讲明。
只要问心无愧磊落光明,
一切谎言挑拨就不会得逞。
我要向阿夫拉西亚伯表明心迹,
我的心坦坦荡荡可与高天红日相比。
你尽管放心不必为此忧虑,
凡事都应心胸开阔不必抑郁。
谁若能脚踩住毒蛇之尾,
他就不惧天地勇敢无畏。
格西伍说王子你心地善良,
可是你不能以好心揣度国王。
其次,还要虑到天有不测风云,
晴朗白日转眼会变得一片阴沉。
此人历来处世诡计多端,
再聪明机智的人也难于预见。
你见多识广而且聪明干练,
你身手矫健遇事又有主见。
你也无法猜透他的阴谋,
像你这样的人真不应受厄运折磨。
他施障目之法迷住你的眼睛,

用计迷惑了你使你好坏分辨不清。
他首先设法与你联姻招你为婿,
使你喜出望外称心满意。
然后又委以高位派你为封疆大吏,
请上公卿贵胄为你摆开酒席。
他这是骄纵你心意抬高你的身份,
使天下人无法对他再加议论。
论心智你比阿格利尔斯聪明,
论远近亲疏他们乃是一母所生。
同胞兄弟被他一刀斩为两段,
他这一举使天下有识之士为之心寒。
如今他对你的歹意已渐分明,
你万勿以为是翁婿有恃无恐。
我愿把一切顾虑及心中所想,
我见到的所有的不寻常迹象,
都一一奉告向你当面陈情,
如日月经天桩桩都历历分明。
你离开波斯你的老父尚在国中,
到了土兰你建此繁华的大城。
你诚心相信阿夫拉西亚伯的话语,
你对他十分尊敬处处待之以礼。
但是他亲手栽种下一棵恶树,
这树的叶子苦涩果实含毒。
格西伍苦苦劝说二人眼中含泪,
他口中不住长叹其实心中有鬼。
夏沃什此时心中也满怀忧伤,

两行热泪顺着他的面颊下淌。
此时,他想起过去经受的苦难,
那时自己时运不济苍天也不见怜。
他风华正茂但一切都成过去,
从那以后日月阴晦命运不济。
他神情沮丧内心感到忧伤,
无精打采冷冷叹息挂在唇上。
他对格西伍说我左思右想,
厄运再不应降临到我的头上。
我想自己所作所为言谈话语,
从未刺伤他人从未损人利己。
我接受了他的财产领受了恩情,
所有这一切我都牢记在心中。
就算他改变主意对我负义,
我也不忘恩抗命对他无礼。
现在我不带一兵一卒随你前去,
看国王究竟对我有何疑虑。
格西伍说,王子你美名远扬,
但是这样前去我看似有不妥。
为人行事不应自己去纵身投火,
也不应在海上冒险委身巨波。
你这样前去实在是自投罗网,
自找厄运行止有欠思量。
有我在,当然会保你逢凶化吉,
他似烈焰让我用冷水把他浇熄。
你如今最好写上回信一封,

481

把是非利害向他一一陈清。
如若我见他心中怒火平息，
这也是你的好运与你的福气。
那时我会派一名骑手通报音讯，
让喜讯拂掉你心头的愁云。
但愿真主降福佑助于你，
真主洞悉人间一切隐秘。
愿真主保佑使他捐弃前嫌，
愿真主保佑使他摆脱偏见。
如若我见他心中仍怀诡计，
我也定遣信使把消息传递给你。
到那时你应速谋应急之策，
切不可自寻死路飞鸟投罗。
这里四通八达离各国不远，
四方英雄豪杰都可作为外援。
这里离中国只有一百二十法尔散格之地，
到波斯也只有三百四十法尔散格距离。
中国方面对你都深表同情，
愿你前去做客对你表示欢迎。
波斯方面你父王也望你早日还乡，
那里城乡百姓都在翘首盼望。
你应向各方都写一信告急，
行事要仔细斟酌切勿坐失良机。
夏沃什依他之言往各地修书，
有备无患给自己留条后路。
他对格西伍说你的话有理，

我按你说的做依你之计。
望你在国王面前多多美言,
告他不要逼人太甚应与人为善。

夏沃什致函阿夫拉西亚伯

夏沃什传唤宫廷文书上殿,
口授信文倾吐满腔肺腑之言。
致函阿夫拉西亚伯,他命令文书,
写书信一封,语言似光灿灿的珍珠。
信文开头先赞颂创世之主,
主使自己的奴仆免除灾难摆脱痛苦。
赞颂真主以后又把理智颂赞,
接着是向土兰之王问候请安。
说国王陛下你无往不胜国泰民安,
愿你永远恩泽天下主宰土兰。
陛下欲召我回宫我感谢圣恩,
陛下殿前侍奉的都是智者贤人。
陛下意欲法兰吉斯随我前往,
父女之情常常记挂在心上。
但法兰吉斯目前难于成行,
她茶饭不思日夜坐卧不宁。
她终日卧病我不便远离,
她身体虚弱生命危在旦夕。
我日夜盼望能一睹圣颜,

盼望能聆听教诲把我指点。
待她病体好转痛苦减轻，
我们立即启程马上回宫。
我不能成行全然由于她的病体，
她身体不适使我无法远离。
写完书信加盖了自己的印章，
把信交给格西伍这歹毒的豺狼。
格西伍选了骑快马的勇士三人，
日夜兼程与他一起赶回国王王宫送信。
这四人一连在路上奔波了三天，
长途跋涉穿越峻岭与高山。
第四天赶到上殿面见国王，
满口的谎话内心里肮脏。
国王见他们劳碌奔波迅速回宫，
开口动问此行经过情形。
国王说你们为何如此匆忙，
何必仓促赶回山高路长。
格西伍说眼看即将大祸临头，
拖延时日岂不是等别人对我们下手。
夏沃什对我轻蔑正眼都不看，
他不出城迎接态度极其傲慢。
他不听我讲话也不看书信，
命我殿上下跪不能与他平身。
他与波斯时有书信往还，
但我们赶到时却托故不愿相见。
那里从罗马与中国都调去队伍，

一队队兵丁在那里进进出出。
夏沃什之事如若再拖延迟疑,
祸起之后再后悔也于事无济。
如若坐失良机血战再起,
他会一举把两个国家夺取到手里。
如若一旦他率军返回波斯,
哪个胆敢出战把他阻挡?
因此我赶来为陛下通报音讯,
宜当机立断切不可再犹疑因循。

夏沃什致阿夫拉西亚伯的信文

阿夫拉西亚伯听了他这番言谈,
感到事态严重态度骤变。
他心头的怒火燃烧怒不可遏,
气得对格西伍什么话也未说。
他命令立即吹响号角及喇叭,
奏起印度的锣和军中的铙钹。
他盛怒之下调动手下大军,
甩手抛出夏沃什的书信。
这是听信了歹毒的格西伍的挑拨,
栽下了毒树种下了苦果。
狡猾的格西伍又跨上战马,
到夏沃什王宫立即启程出发。
再说夏沃什心情忧郁回到后宫,

他脸焦黄身体不住地抖动。
法兰吉斯问:我雄狮般勇士,
为何心情焦躁身体有何不适?
王子回答说美丽的公主我的贤妻,
土兰似不容我我已名声扫地。
我现在真不知应如何回答,
左右为难做什么也委决不下。
如若格西伍之言果然当真,
那我实际已陷入重围无法脱身。
法兰吉斯用手抓住自己的发辫,
又用手指狠抓自己芙蓉似的脸。
鲜血顺着香发滴滴下流,
泪水簌簌下垂伴她满腹忧愁。
热泪滚滚不停地滴在她雪白的前胸,
血泪合流染红了她花样的面孔。
她痛苦垂泪把自己秀发撕掠,
想父王的行止举措于理不合。
她对夏沃什说,骄傲的王子殿下,
你应思应对之策快想万全之法。
目前,你的父王对你心生疑惧,
势不相容,你无法再回波斯躲避。
去罗马求救无奈路途遥远,
请中国相助你又似有口难言。
莽莽人世有谁来把你卫护帮助?
如今保佑你的只有日月与真主。
谁若施展诡计把你暗算,

让他年年月月痛苦不得心安。
夏沃什对他说我的贤妻,
不要破坏颜面不要如此悲泣。
一切凭创世主做主不必忧虑,
人间之事完全是依照主的旨意。
我们权且等待好心的格西伍回音,
他或许从国王宫廷带来喜讯。
或许国王能原谅我,他心回意转,
满腔仇恨或许变为关切爱怜。
虽然夏沃什口上说靠真主佑助,
但是他心中仍为不幸的命运而痛苦。

夏沃什的噩梦

就这样时光又过去了三天,
夏沃什像蛇一样坐立不安。
第四天夜里王子在内宫安眠,
身旁有如月美丽的娇妻陪伴。
突然王子全身发抖惊叫了一声,
似一头怒象从睡梦中惊醒。
法兰吉斯连忙一把把他抱在怀中,
对他说,王子呵,发生了什么事情。
人们慌乱中把蜡烛点亮,

忙在他身边烧起香料及芸香①。
阿夫拉西亚伯之女问起梦境,
说尊贵的王子,请告我梦中详情。
夏沃什对她说此梦颇为神秘,
请千万不要把此梦对人提起。
说在睡梦中我面前出现一条大河,
河面浩瀚河中滚滚洪波。
河对面是一座喷火的高山,
敌人的军队就驻守在河边。
战场一侧燃烧着熊熊烈火,
夏沃什城转瞬被这大火吞没。
这样一边是大河一边是熊熊烈火,
水与火之间是象队及阿夫拉西亚伯。
他见到我脸色一沉满面怒容,
他口吐狂风使烈火烧得更猛。
似乎是那格西伍点燃了烈焰,
那熊熊烈焰往我身上翻卷。
法兰吉斯说王子不必介意,
我看这不是凶兆此梦主吉。
让格西伍遭报应见他的鬼去,
让他死在罗马大军统帅的手里。
王子呵,你应振作精神不必悲伤,
此梦是吉兆佳音你应心情欢畅。
夏沃什命令全体军士集合待命,

---

① 据传在波斯认为烧芸香可避邪。

把兵力布置在宫门、大殿与前厅。
他不再去睡,就捧刀而坐,
派出前哨探听消息直奔冈格。
当夜四更时分探马回到宫里,
回到宫中向王子报告信息。
阿夫拉西亚伯率领重兵,
正在来此地路上迅猛前行。
这时,格西伍已派出一名快马使者,
告诉夏沃什王子宜速寻对策。
他告王子说,我的话国王全然不听,
盛怒之下他决定出师兴兵。
你定要寻求一个应对之方,
兵力布置在何处哪里辟作战场。
夏沃什并不知他这是阴谋诡计,
还以为他句句是实一片善意。
法兰吉斯劝他说,聪明的王子,
事到如今你不必再牵挂我们。
你应选一匹快马到远方躲避,
再不应迟疑土兰已成是非之地。
我唯一的希望是你能幸免于难,
快快启程吧,事已至此再不应迟延。

夏沃什对法兰吉斯的劝告

王子对法兰吉斯说我的梦已应验,

河中泛起黑浪翻江倒澜。
看来我生命至此已然到了尽头,
今后的日子会伴随着忧愁。
茫茫苍穹从来就是如此这般,
令人一时欢乐转瞬降下灾难。
纵然我修筑的宫殿高耸入云,
死期一至也要把死亡之酒啜饮。
纵使长命百岁活到一千二百年,
到尽头也要在一抔黄土下安眠。
或是落入狮子之口成了它一顿饱餐,
或落入鹰鸟之口被一口口啄烂。
谁能在暗夜中寻求光明,
渊博的知识在此丝毫无用。
你如今已经怀了五个月的身孕,
你即将产下的婴儿是皇家后人。
你栽下的果树将结出硕果,
他将成为国王统治一国。
请你给他命名为霍斯陆,
对他要悉心抚养加意卫护。
从光芒四射的太阳直到大地,
从怒象的象足直到蚊虫之翼,
从尼罗河水直到山间清泉,
一切都无法逃脱天神的旨意。
冥冥中注定我葬身土兰黄土,
谁能说波斯才是我的归宿?
四时不辍的苍穹就如此旋转,

已往的已往无人能使之返还。
今后,只要阿夫拉西亚伯下令,
我的青春的命运便登时告终。
他们诿罪于无辜决意杀我,
我的王冠也将滚落在血泊。
我会落得身无寿衣死无棺墓,
众人之中有谁为我动心一哭?
快刀落下登时便身首异处,
做了异域之鬼葬身他乡黄土。
国王的侍从对你也会百般凌辱,
他们会抓住你掀开头巾剥光衣服。
皮兰将军会赶到把你解救,
要求你父亲赦你由他收留。
你虽清白无罪但要自己珍重,
你痛哭流涕他会把你带回府中。
你在那足智多谋的老将府中,
将产下一子以霍斯陆命名,
此后,你将度过漫长时光,
待霍斯陆长大成人身强体壮。
终有一天波斯会来人解救,
他按真主旨意救你们出虎口。
此人名叫格乌他英勇慓悍,
遍寻土兰找不到这样的好汉。
他会秘密地把你们带到河边,
把你们母子二人送到河对岸。
他会拥立霍斯陆为波斯之主,

鸟兽虫鱼普天之下尽皆臣服。
当他登基为王头戴王冠,
他就要报仇不报此仇他内心羞惭。
当大地回春田野山花烂漫,
霍斯陆便急不可待不再迟延。
那时波斯便发来复仇大军,
大地上又充满战火与烟尘。
将来的情景定然是这样,
谁的日子也不会平静与安详。
那时滚滚而来的是为我复仇的劲旅,
他们身披坚甲英勇无比。
普天之下将掀起一场动乱,
霍斯陆将是这动乱之源。
到时,红黄黑紫斑斓的旌旗,
从波斯招展而来覆盖土兰大地。
鲁斯塔姆的战马将践踏土兰国土,
土兰人人人自危无法相顾。
今日杀死我使我受屈含冤,
到世界末日两国都刀兵相见。
说完后,这正直的夏沃什王子,
看着公主他的爱妻法兰吉斯,
他对法兰吉斯说,我的爱妻:
就此分别了我即将启程远去。
记住我的话,你要刚强不屈,
拥有王冠宝座的日子已永远逝去。
他长叹一声,内心充溢着忧愁,

满面愁容迈步向外就走。
苍天呵,你何必把人养育?
养育了人为何又把他劫掠而去?
法兰吉斯撕掠头发抓破面颊,
热泪滚滚从面颊顺流而下。
夏沃什对爱妻倾诉了心曲,
法兰吉斯扑身向前不忍他离去。
夏沃什内心翻腾双眼冒出火星,
大跨步走向喂养骏马的马棚。
他手挽住黑色骏马贝赫扎德的缰绳,
那马在征战时向前飞奔四蹄生风。
他把马头搂在自己的怀中,
为它卸去鞍鞴解开缰绳。
长时与那马轻轻低语絮谈,
似嘱咐马警醒勿轻信人言。
当霍斯陆率军前来报仇,
你会再一次戴起你的笼头。
那时,你将不依恋你的马棚,
充当他的坐骑在他胯下出征。
你将驮上他去征服整个天下,
用你的铁蹄把敌人国土践踏。
然后,他拔刀把其余的马腿砍断,
刀砍马腿似到时收获芦苇一般。
随即放一把火焚烧花园与宫殿,
连同满库的资财与金银细软,
其中有珠宝玩物丝绸锦缎,

还有腰带快刀高帽与王冠。

夏沃什为阿夫拉西亚伯所执

他安排了一切便启程动身,
心中始终不解因何遭此厄运。
他要与身边亲随返回波斯,
直哭得泪水洗面眼泪汪汪。
他们只走出半个法尔散格之遥,
土兰国王便急匆匆率军来到。
他见夏沃什一行都全副铠甲手执武器,
夏沃什也是一身戎装披挂整齐。
国王心想格西伍之言果然不虚,
眼前的事实谁也无法回避。
当土兰国王逼到夏沃什面前,
他已预感性命不保有杀身之险。
他的亲随人马也都心存畏惧,
土兰人早已封锁了山口与要地。
双方怒目而视心中充满仇恨,
但在此以前双方并不是敌人。
土兰骑兵惧怕夏沃什的勇力,
小心翼翼地慢慢向前进逼。
波斯人见此时气氛如此紧张,
便开口叫道:王子,我们的大王!
因何我们在此要引颈就戮,

死在这荒沙野漠无人之处?
我们应该给他们颜色看看抵挡一阵,
为什么我们要自寻死路束手就擒?
夏沃什对他们说此事万万不可,
进行这场战斗于理不合。
国王当初待我充满深情厚谊,
我如今岂能向他开战作为回礼。
如若我无辜被害小人结果我的性命,
那也是苍天意旨事事均属前定。
我虽能征善战反抗也属无益,
谁能与造物主相左一争高低?
不闻睿智的先贤有过名言:
遭到不幸命运挣扎也是徒然。
然后他转向阿夫拉西亚伯土兰之王,
说我尊敬的陛下,我的国王,
你何必自己率军前来进击。
我本无辜缘何定要置我于死地?
因何挑动两国军士再怀仇恨,
使大地天空再次布满战争风云。
这时格西伍上前说,蠢材休要诡辩,
你怎么配说出这种语言。
如你所说你本受屈含冤,
但你为何全身披挂来到国王面前?
你这种装束岂是在接风迎客,
见国王陛下执弓披甲于礼不合。
夏沃什闻听他的这番言语,

说你这歹毒小人用心卑鄙。
我听了你的话中了你的诡计,
你说国王对我不满心中狐疑。
善良人被杀只因你施此毒计,
千万颗无辜者人头将滚滚落地。
你施此诡计定会遭到报应,
你播下什么种子定然把什么收成。
然后夏沃什说陛下你应当心,
切不可自寻烦恼引火烧身。
这并非儿戏与无罪者结下冤仇,
平白无故使我这无辜之人头断血流。
你可不能轻信格西伍一片谎言,
断送了自己也断送了土兰。
这时格西伍在旁观察动静,
夏沃什与国王谈话他留心细听。
他故作姿态说陛下这是为何?
与敌人还有什么是非长短可说。
这边格西伍不断催促国王,
阿夫拉西亚伯闻言头颅高昂。
他对手下军士下令抽出刀剑,
兵士们闻言断喝一声如山崩地陷。
天地震撼灰尘遮掩日月之光,
一方蓄意挑战一方镇静安详。
夏沃什自忖与国王有约在先,
此时他坚决不对国王舞动刀剑。
他也未对任何兵士下达命令,

让他们去与对方厮杀拼争。
可是那暴怒的阿夫拉西亚伯,
对波斯王子却百般凌辱折磨。
他下令兵士们进攻奋勇拼搏,
黄沙血染,让大地血流成河。
此刻,波斯军士聚集了千人,
个个身手矫健人人饱历战阵。
这千人队伍都被杀在战场,
血沃平川他们身死处鲜花开放。
一度双方厮杀波斯人奋力抵抗,
乱军之中夏沃什身负重伤。
他身负刀伤又中了数箭,
体力不支突然滚下了马鞍。
他似醉酒人事不省倒卧在地上,
格拉维列扎上前将他捆绑。
立时把一面重枷戴在他颈项,
背过他双手用绳子牢牢反绑。
他的傅粉似的面颊血肉模糊,
年轻的王子从未受过这般凌辱。
一群如狼似虎的凶恶的兵丁,
骑在马上把他拖着前行。
身前身后到处是土兰的兵丁,
押解着他直奔夏沃什城。
这时,土兰之王给军士下了道命令,
说与其这样拖拖拉拉前行,
不如一刀砍下他的头颅,

留他何益,他乃是个忘恩负义之徒。
你们应把他处死让他血流黄沙,
此事不应迟疑也不必惧怕。
这时,众军士上前纷纷说陛下,
他犯有何罪要匆匆把他虐杀?
他做了什么事可称忘恩负义,
你今日定要使他人头落地?
你因何定要把这样的人杀害,
虐杀了他江山社稷要遭一场大灾。
为人得意时切不可种下毒树,
栽种毒树结果也含有剧毒。
此时,在一旁的是卑劣的格西伍,
他生性顽劣心肠凶恶歹毒,
他力促结果夏沃什的性命,
比武时的屈辱还留在他心中。
再说皮兰有一位英俊聪明的兄弟,
他编在军中在兄长帐前效力。
名字叫皮尔索姆,他青春年少,
此时他说:这是一个挂满苦果的枝条。
如今,在树根上浇上鲜血与仇恨,
来日,仇恨催树长高枝叶高耸入云。
我听先贤讲过一句箴言警句,
聪明人都晓得此言有理。
说遇事慎思才不致悔恨,
理智避免差错鲁莽种下祸根。
鲁莽操切是鬼迷了心窍,

事后悔之已晚身心备受煎熬。
此人性命关系到江山社稷，
岂可如此匆忙把他置之死地？
不如暂且把他囚禁在狱里，
召来智士谋臣就此从长计议。
当理智之风吹进你的心胸，
如仍认定要开刀问斩再颁布命令。
陛下目前实不应如此焦躁匆忙，
匆忙招致悔恨焦躁处事失当。
一颗国君的头颅本应戴上王冠，
切不可操切从事开刀问斩。
要虑到你杀了无辜者的头颅，
卡乌斯、鲁斯塔姆定来报仇。
他父亲是国王，鲁斯塔姆抚育他成人，
鲁斯塔姆培养他费尽苦心。
杀他乃不义之举定遭报应，
多行不义定然受命运严惩。
刀光闪闪陛下应常记不忘，
利刃挥舞普天下又一片血海汪洋。
波斯勇士一怒前来征战，
世界上哪个还能再保平安？
古达尔兹、古尔金、法尔哈德与图斯，
把战鼓绑在象背来兴问罪之师。
这些怒象般的勇士前来较量，
众位好汉哪个敢上前阻挡？
卡乌斯之子菲里波尔兹有雄狮之勇，

他从不怯懦厌战出名的惯战能征。
有巴赫拉姆和沙瓦朗之子赞格，
勇士古什达哈姆与卡什特哈姆，
扎瓦列、法拉玛兹及萨姆，
都一个个会把钢刀从鞘中抽出。
卡乌斯国王的众位英雄勇士，
都气概非凡个个勇似雄狮。
他们若一齐兴兵来报仇雪恨，
我国大地岂不变为刀枪的森林。
像我这样的将官岂能抵挡，
我们的勇士哪位比他们高强？
皮兰很快就会赶到这里，
陛下也应听一听他的主意。
难道陛下不愿听他有何良策，
何必匆忙行事结下仇恨铸成大错。
陛下，我劝你万万不要匆忙，
匆忙操切会导致土兰灭亡。
国王听了他的话怒气稍平，
但他那兄弟却决然不想容情。
格西伍说陛下你睿智圣明，
这后生小子之言你何必听从。
你何必听信皮尔索姆一派胡言，
斩草除根行事要防患于未然。
过去波斯人陈尸战场兀鹰乱舞，
早已结下了仇恨如今还怕报复。
夏沃什若从罗马中国借兵来攻，

大地上刀枪并举怎会得安生?
你现在所做的一切已结下仇冤,
如今再听什么人劝告为时已晚。
你脚踩蛇尾打烂了蛇头,
还要做好人在蛇身裹上丝绸。
如若你今天把他宽赦饶恕,
那请容我远走高飞另寻去处。
我要寻个去处独自隐居,
让未来的光阴日月尽快逝去。
这时达姆尔与格拉维迈步上前,
他们二人开口向国王进言:
处决夏沃什陛下因何优柔寡断,
操刀不割日后定生凶险。
格西伍说的是肺腑之言,
铲除仇敌望陛下及早决断。
你既然布下罗网捕获了敌人,
捕获了就应下手以免贻笑于人。
此事宜当机立断不可迟疑,
对敌人就是要使他们灰心丧气。
对待他的军队应收缴刀枪,
你不见他们如何对待你这国王。
如若无人冒犯你的圣颜,
不治夏沃什之罪也还有情可原。
如今上计是把他开刀问斩,
从今以后世上再无夏沃什出现。
国王听了他们的话这样对他们说,

我确实没有发现夏沃什的罪过。
但是依照星相术士们的预言，
他的下场将会是十分悲惨。
如若我今天执意把他杀害，
这无异于给土兰惹祸招灾。
那时会日月无光天昏地暗，
明智之士会备受折磨备受摧残。
在土兰我可能受到无情伤害，
终日心情不欢乐舒畅愁锁胸怀。
虽然杀死他会使我陷入忧虑，
而放掉他比杀死他更不可取。
人无论是聪明能干还是木呆迟钝，
总也无法得知苍天主宰的命运。

法兰吉斯哭求阿夫拉西亚伯

法兰吉斯闻讯急得抓掠面颊，
殷红的鲜血顺面颊流下。
她跌跌撞撞来到父王面前，
鲜血染红了她的如月的颜面。
她凄凄楚楚见到了父王，
痛苦得抓把土扬到头上。
她对国王说："圣明的陛下，
你为什么叫我年纪轻轻守寡？
你为何轻信人言上当受骗，

看不清山下情形因你站在山巅。
你不应把一位王子这样杀害，
日月天地不容此事实不应该。
夏沃什抛却波斯投奔土兰，
是上苍指引来到父王殿前。
他这一举刺伤了卡乌斯的心，
他把江山社稷金银财宝赋予了外人。
他来北方实指望寻求父王庇护，
如今你可见他有何不轨之处？
他是皇家之后身居宝座头戴王冠，
这样的贵人不应如此开刀问斩。
请父王不要无端把我折磨，
世事如烟一切都将匆匆流过。
你把一个尊贵之人锁在牢狱，
扶植一个卑劣之徒主宰社稷。
到最后两个人都将葬身地底，
命运令他们同在地穴安息。
你不要轻信格西伍的胡言乱语，
使自己在世人面前名声扫地。
那样，你生前人们会把你谴责，
死后也会下地狱备受折磨。
你可听说那阿拉伯人佐哈克，
暴虐无道，法里东如何把他折磨。
你可知玛努切赫尔国王如何惩处，
那心肠歹毒的土尔和萨勒姆。
如今卡乌斯国王依然在位当权，

扎尔与鲁斯塔姆定会来报仇申冤。
在战斗中古达尔兹的大棒无人能敌，
狮子见了丧胆，他能剥下豹子的皮。
还有巴赫拉姆与沙瓦朗之子赞格，
也都有万夫不当之勇无人能敌。
如若格乌与古达尔兹也率军出征，
大地为之惊惧在他们脚下悸动。
有图斯、卡什特哈姆及雄狮古尔金，
还有哈拉德他马上力敌众人。
有手疾眼快的哈拉姆与阿什科什，
还有那勇敢如同海鲸的师都什。
你这是在地里栽种了一棵毒树，
这毒树枝条滴血果实含毒。
悲悼夏沃什河中之水也沸腾翻滚，
苍天也诅咒阿夫拉西亚伯不是好人。
你这是自己作恶落得自己遭殃，
我这番话你应牢记在心上。
这真如你外出打猎未猎到野驴，
倒把一头麋鹿射倒在盐沼地。
你把王子一把从宝座上拉下，
日月也因之失去光辉你定遭万人唾骂。
你不应这样做不应把土兰断送，
听了我的话你应该及早警醒。"
说完这话她转身向王子哭诉，
见王子她以手抓面失声痛哭。
王子呵，我大军的统帅，英雄好汉，

你是骄傲的雄狮,你英勇果敢。
你背井离乡远离了故国波斯,
来到北国投奔土兰之王。
如今把你连拖带拉双手反绑,
你的王冠何在,你的宝座在何方?
难道国王不是郑重其事做了千番许诺,
对这背信弃义之举日月星辰都惊讶哆嗦。
格乌、图斯、鲁斯塔姆何在?
法拉玛兹、达斯坦勇士们因何不来?
如若波斯得知这个凶讯,
太平日月就立即会笼罩一片阴云。
你受折磨都是因格西伍施了诡计,
该诅咒的是他,还有达姆尔与格拉维。
让那些把毒手伸向你的人,
在刀下亡命死后无处葬身。
愿真主保佑你平安无事免除灾难,
让你的对头敌人胆战心寒。
让我双目失明吧我不愿看见,
你被人捆绑拖拉这样凄惨。
父亲如此待我还有什么父女之情?
日月无光,我身旁鼓荡着阴风。
国王听了女儿这一番哭诉,
不由得内心涌起一阵痛楚。
土兰之王对女儿刚刚有些同情,
但随即斩断情肠把心一横。
对她说,你不应久留此地,

505

况且你并不知我是何心意。
国王高耸的宫中本有牢房一座,
在冷僻之处法兰吉斯从未到过。
国王吩咐左右快把她拖走,
人们拖开她似拖一具尸首。
拖走后便把她关入那黑牢,
牢门加上重锁以防她跑掉。

夏沃什被格拉维杀害

格西伍以眼色向格拉维示意,
格拉维会意立即走上前去。
他跨步来到夏沃什的面前,
道德仁义全都抛到了一边。
他探出手去掠住王子的胡须,
一按就把王子按倒在平地。
夏沃什惨叫一声求真主保佑,
说主宰命运的至高无上的真主。
请让我身后有人接续香烟,
让他的业绩像太阳一样光辉灿烂。
让他消灭敌人为我复仇申冤,
让他重整我的王业再理江山。
让他奖掖艺文慷慨宽仁,
成为普天之下尊贵的国君。
此刻,皮尔索姆就在他身后,

双眼含着血泪满腹凄苦。
夏沃什转向他道一声:"珍重再见,
愿你在世上万事顺遂一切平安。
请代我向皮兰告别向他致意,
请告他风云突变风波骤起。
皮兰他不愿见我到这步田地,
他的忠告落空我似风中之柳无靠无依。
他劝我随身率领十万精兵,
要披挂整齐个个善战能征。
说遇险可找我我保你平安,
遇有不测我这里保你安全。
如今陷于格西伍之手凄凄惶惶,
受尽凌辱被人拖拉在路上。
眼前想找一知心之人但遍寻不见,
谁能为我一哭日后为我申冤?"
这时,军士们已把他拖过城外大营,
推推搡搡来到田野之中。
格拉维扎列从格西伍手中,
接过一把淬火的尖刀准备行凶。
他手揪住夏沃什头发步步向前,
反绑双手把他拖到预定的地点。
原来就是当初射箭比武之地,
夏沃什曾与雄狮般的格西伍坐在一起。
当把他拖到当初箭靶近前,
歹毒的格拉维迈步向前。
他把力敌怒象的勇士按倒在地,

此刻他既不感羞耻也毫不畏惧。
他把一个金盆放在勇士身旁,
只一刀便使他身首异处登时命亡。
格拉维把盛血的金盆端起,
血盆一倾把鲜血倒在平地。
只见在那鲜血浸润的土地,
登时就有一丛鲜花平地长起。
那鲜花一分一秒地慢慢开放,
除了造世主谁晓得鲜花因何生长。
让我把这种花指给你看,
人称"夏沃什之血",以此把他悼念。
当王子的灵魂离开躯体飞升,
他便长眠地底复归沉沉大梦。
他一眠不醒而岁月匆匆流逝,
他一动不动再也不省人事。
这时,平地卷起一阵黑风,
天昏地暗日月晦暗不明。
人们对面而立彼此看不到颜面,
众人都对格拉维口出怨言。
王子已被杀害皇家宝座空虚,
太阳晦暗不明翠柏不复翠绿。
我反复思量我苦苦寻觅,
寻觅思量也悟不透人情世理。
一个人行为不轨但命运亨通,
世理命运都助他作恶行凶。
一个人循规蹈矩一生善良,

但却遭灾罹难得不到好的下场。
这也无需悲痛心头切莫笼罩烦愁，
世事无常不值得世人为之担忧。
人世不永，它从不佑助世人，
过去的已然过去何必悲痛伤心？
福祸顺逆你都应处之泰然，
事过之后一切都烟消云散。

4. 埃斯凡迪亚尔与鲁斯塔姆的故事

故事的开端

我聆听着夜莺的歌声,
把一则古代故事唱给人听。[①]
且说埃斯凡迪亚尔醉酒不醒,
因对国王的不满积郁在心中。
凯萨之女克塔永是他的生母,
夜间把他抱在怀中照料看护。
夜半时分埃斯凡迪亚尔起身,
摸过一杯酒来又一饮而尽。
他对母亲透露了自己的心曲:
父王陛下似对我不怀善意。
他曾命我与阿尔贾斯布拼斗,

[①] 据贾法尔·舒阿尔博士及哈桑·安瓦里博士《鲁斯塔姆与埃斯凡迪亚尔之战》的注释本注,这句诗的意思可能指这一故事的出处是某一巴列维语(中古波斯语)的说唱本。

去为罗赫拉斯帕国①雪耻报仇,
去把被囚的姐妹们解救,
使王家的名声永世传流。
去把世上的卑劣小人除尽,
让世界重享和平与安宁。
那时便让你主宰江山统帅军旅,
宝库财产王冠宝座全然归你。
现在已阳光普照天下太平,
父王也已似从睡梦中清醒,
如若我向他提起他做的许诺,
我看他对我有何话可说?
如若他果真把江山社稷让我,
我便顶礼膜拜似佛家弟子敬佛。
如若他脸上流露出一丝难色,
我就要以创造世界的真主发誓,
我会坚决地自己戴起王冠,
主宰波斯国家给波斯人以财产。
我封你为波斯王国的太后,
我要用计与力把权力夺取到手。
母亲听到此话不禁内心担忧,
如坐针毡虽然全身披裹丝绸。
她深知那名声远播的君王,

---

① 罗赫拉斯帕是波斯国王,是国王卡什塔斯帕之父,埃斯凡迪亚尔的祖父。罗赫拉斯帕与土兰人作战时阵亡,埃斯凡迪亚尔为其报仇。

不会将江山国库向他禅让。
母亲对他说："我苦命的孩子,
你何必还一心想坐江山。
如今国库与军队全归你掌管,
不应再有其他要求不应贪得无厌。
孩子呵,你父王如今只有一顶王冠,
你手上却有兵有势有地有权。
你如同雄狮一样勇猛果敢,
效力父王心中还有何不满?
他一死,江山社稷还不是归你,
到那时你不就主宰江山社稷。"
埃斯凡迪亚尔听了母亲的话,
说智者贤士的话果然不假。
他们说对女人切勿透露秘密,
话语一出登时便传遍乡里。
做事时也不应与女人商量议论,
曾见哪个女人成了策士谋臣。
他母亲一听此话心中闷闷不乐,
自悔失言,有话何必对他去说。
但是,埃斯凡迪亚尔未去找父王,
他只是饮酒作乐静度时光。
他独饮闷酒度过两夜两天,
烦恼时与宫女们嬉戏消遣。
第三天卡什塔斯帕得到消息,
说王子有意继承江山社稷。
于是国王召来大臣贾玛斯帕,

还有罗赫拉斯帕的星相术士。
这一干人等拿了星盘进宫,
国王要向他们讯问王子情形。
要问王子是否享有足够的寿命?
他一生中是否事事如意幸福安宁?
是否应使他头顶高戴王冠?
头戴王冠会不会逢灾遭难?
当波斯的博学之士听到此言,
便举目注视那古老的星盘。
他不禁心中踌躇紧皱双眉,
痛苦得睫毛上都沾着泪水。
贾玛斯帕说道我真不幸,
这一卦的结果令人痛苦充溢心胸。
还不如当日我随扎里尔①出征,
在雄狮般勇士手下送命。
不如不看到他满身血污,
那样悲惨地葬身地底黄土。
还不如出世后就被父亲虐杀,
不做这贾玛斯帕为人问卜占卦。
埃斯凡迪亚尔曾驰骋在战场,
他的凛凛威风使雄狮心惊胆丧。
他曾把世上的敌人尽行消灭,
战斗厮杀时他丝毫也不畏惧胆怯。

---

① 扎里尔是罗赫拉斯帕之子,是卡什塔斯帕的兄弟,在与土兰作战中阵亡。

他曾经结果了许多歹徒的性命,
也曾一刀腰斩凶猛的毒龙。
可是从今以后他会遇到麻烦,
他的心头总会笼罩痛苦与愁烦。
国王对他说:"我的博学的爱卿,
望你多多开导有事对我讲明。
如若他的命运与扎里尔一样,
那我今后的日月会充满忧伤。
快说吧,有什么都请对我明言,
我问你就是对他的命运感到不安。
他生于世上最后在谁手中丧生?
为他的死我们都会痛哭失声。"
贾玛斯帕这时才开言说道:
"陛下,如若我讲明愿不要遭到恶报。
他注定要在扎别尔斯坦丧生,
达斯坦扎尔之子结果他的性命。
他的寿数在扎别尔斯坦达到终点,
在那里他将与达斯坦之子①开战。"
这时,国王又对贾玛斯帕开言,
说:"此事何必轻信纯系无稽之谈。
如今,我若把江山与社稷相让,
给他头戴王冠国库由他掌管,
他便不必去扎别尔斯坦,
在喀布尔斯坦也无人见他露面。

---

① 达斯坦是扎尔的绰号,达斯坦扎尔之子即指鲁斯塔姆。

514

那他岂不就摆脱了注定的命运,
好运岂不就会把他前途指引?"
贾玛斯帕听了对国王这样陈说:
"注定的命运哪个人能够摆脱。
有谁能凭借自己的意愿与力量,
能逃脱这探出的巨龙的魔掌。
注定发生的一切终将发生,
聪明人不空想摆脱他知道早已注定。
他必然死于一位巨人之手,
即使梦中天启①下降也无法得救。"
此时,波斯国王心中千头万绪,
千头万绪不知从何处清理。
注定的命运向他步步紧逼,
他感到前景不测茫无头绪。

埃斯凡迪亚尔向父亲要王位

当黑夜,这巡回的更夫开始回程,
东方泛白万道霞光冉冉上升。
国王陛下端坐在黄金宝座之上,
英俊的埃斯凡迪亚尔侍立在旁。
他在父王面前谨慎恭敬,
满怀的心事把手抚在前胸。

---

① 天启即指真主对世人的启示,由天使传达。

除他以外还有勇士及群臣,
以及身边卫士都在座前侍立躬身。
全体祭司也伺候在国王座前,
一位位总督将军也在殿上当班。
埃斯凡迪亚尔他似雄狮般勇敢,
心里有事不由得口上开言。
他说道:"国王陛下,愿你国祚兴盛,
你得到灵光照耀此乃主的恩情。
你的业绩是正义与仁爱的体现,
你的功德装点了王位与江山。
我是陛下阶前的一名小臣,
我的使命就是要使陛下万事顺心。
你知道阿尔贾斯布以改教①为名,
率领中国②骑兵向我国进攻。
我曾遵循与接受天神的旨意,
发出我的神圣的誓言。
谁若是如此蛮横干预宗教,
他便是异教之徒离经叛道。
我就用战刀把他一刀腰斩,
搏斗时我无所畏惧一往无前。
自从阿尔贾斯布领兵到来,

---

① 据菲尔多西《列王纪》中所写的故事,国王卡什塔斯布接受琐罗亚斯德教(即祆教或拜火教)。土兰国王阿尔贾斯布反对此教,兴兵征波斯。
② 此处的中国系指新疆边界一带的地方政权,据贾法尔·舒阿尔博士及哈桑·安瓦里博士的《鲁斯塔姆与埃斯凡迪亚尔之战》注,在《列王纪》中出现的中国实际指土兰。

我便像一头豹子从未从战场离开。
我把战场变为埋人的坟场,
我未让一个见到我的敌人端坐马上。
你曾经举行过一次皇家盛宴,
你竟在那战时听信了古拉兹姆①的谗言。
你命人把我身体用铁索牢牢捆绑,
铁钉又连起铁索把我钉在柱上。
你命人把我押解到共巴得要塞,
父子生疑用外人把我看管起来。
你离开了巴尔赫②去扎别尔斯坦,
把两军厮斗看成是一桌酒宴。
你竟忽略了那阿尔贾斯布的利剑,
他的剑把卢赫拉斯帕身躯刺穿。
当贾玛斯帕③到来见我全身被绑,
见我处于囚禁之中心情沮丧。
他也认为我应主宰天下登基为王,
还反复述说陈述他的主张。
我曾对他说这沉重的铁链,
这根根铁柱与这些铁钉,
到复活日我要拿给真主,

① 古拉兹姆是卡什塔斯帕的大臣,曾进谗言说埃斯凡迪亚尔有野心,欲取其父而代之。
② 这时,巴尔赫(在今阿富汗北部)是波斯国都。
③ 国王戈什塔斯帕囚禁儿子埃斯凡迪亚尔以后,离开巴尔赫到扎别尔斯坦两年,在此期间土兰国王阿尔贾斯布入侵巴尔赫,杀死先王卢赫拉斯帕,后国王又遣大臣贾玛斯帕去看埃斯凡迪亚尔,请他出来拒敌并答应把江山授与他。

在真主面前把挑拨者揭露。
他对我说我方多少骄傲的勇士,
他们都全身披挂全副武装,
但是在战场上他们都身受箭伤,
你的姐妹也都被俘身陷魔掌。
还有高贵的勇士法尔席德瓦尔德,
也被打倒在战场而捐躯命丧。
国王也不愿迎战力图避开敌人,
而你埃斯凡迪亚尔却铁索缠身。
这一次次的惨败多么令人心痛,
你的心怎可能对此无动于衷?
此外,他还说了许多这样的话语,
他说话时满怀感情令人忧虑。
后来他把几名铁匠唤至近前,
让他们打开我的铁锁与铁链。
但铁匠们手艺不高动作迟缓,
我心急似火容不得片刻迟延。
我挣断了缠身铁索与肩上的枷,
飞跑着来见百姓之首国王陛下。
我对国王陛下并未有任何不满,
打倒了无数土兰人使他们死伤一片。
如若历数战斗经过我连闯七关,
几天几夜怕也述说不完。
我终于斩下了阿尔贾斯布首级,
给卡什塔斯帕赢得了荣誉。
我把阿尔贾斯布的王冠宝座与财产,

全都缴获,此外还有他的家人与内眷。
我冒险搏斗不顾战斗辛苦,
缴获无数银钱资财充实国库。
由于你曾发出信誓旦旦的诺言,
听到你的诺言我心里感到温暖。
你说过如若你我再一次见面,
便甘心情愿托给你这国家江山。
因你英勇无比无人能与你匹敌,
王冠与宝座理应传授给你。
我如今受到贵族公卿的嘲笑,
他们说军权与国库你什么也未得到。
我拼杀争战你现在有何言语对我,
我戎马辛劳你如今有何可说?
陛下呵,你应履行自己的诺言,
不应自己的诺言自己推翻。
你应把王冠戴在儿的头上,
像当年祖父为你加冕使你为王。"

卡什塔斯帕对儿子的回答

国王听了此话对儿子这样说:
"为人确实应言必信行必果。
你也的确没有夸大自己功绩,
愿真主佑助永远与你在一起。
现在在世界之上你的敌人,

不论是公开作对还是暗中藏身,
听到你的名字莫不闻风丧胆,
岂止闻风丧胆简直要魂飞魄散。
当今世界你可谓并世无双,
当然那扎尔之子也手段高强。
他雄踞一方镇守在扎别尔斯坦,
统治帕斯特、伽色尼①与喀布尔斯坦。
他趾高气扬把头高昂到天上,
不论在谁面前他都要抢先占上。
他平日就从不把我放在眼里,
他对我竟敢抗命不遵违背旨意。
他在卡乌斯国王面前称臣,
到霍斯陆国王时他也效力献身。
他竟说卡什塔斯帕是位新君,
而他则是功勋卓著的朝廷老臣。
他在世上也可谓无人匹敌,
罗马与土兰的勇士无人能比。
你可听说当年霍斯陆国王,
把江山交到卢赫拉斯帕手上,
殿上群臣都向他象牙宝座抛撒黄金,
鲁斯塔姆却不以为然心中郁闷。
那心怀恶意的人竟在骄傲的国王面前,
声嘶力竭地大声吵嚷叫喊。

① 帕斯特是阿富汗境内赫尔曼德河上古城;伽色尼为一古城,在今阿富汗中心地区的北部。

说哪个若把卢赫拉斯帕尊为国王,
让灾难降落到他的头上。
他对卢赫拉斯帕都如此愤恨,
对我的旨意当然更抗命不遵。
他对我们怀有深深的仇恨,
这岂不是自立为王自封孤家寡人。
不见阿尔贾斯布向巴尔赫进兵,
我们的四面八方出现了险情。
他竟率军后退不去迎战,
似乎他耻于保卫我的江山。
他认为这是他的准则与本分,
可是这种行动与敌人有何区分?
现在,你应到西斯坦走上一遭,
施展本领前去把他征讨。
你应手执大棒钢刀出鞘,
把扎尔之子鲁斯塔姆捉到。
把扎瓦列和法拉玛兹也要捉住,
不让他们再在马上扬威耀武。
以赋予人勇力的真主的名义宣誓,
以给日月星辰光芒的真主宣誓,
以赞德,琐罗亚斯德①和圣教的名义。

---

① 赞德是解释琐罗亚斯德教圣经《阿维斯塔》的巴列维语文字本,在古代波斯人心目中具有神圣意义,琐罗亚斯德是该教创始人,据传生活于公元前六世纪到公元前十五世纪的某一时期。

以努什阿扎尔火坛①、火神和灵光宣誓,
如若你再把这一功勋成就,
我就决不再提出任何理由。
那时,我将授予你宝座与王冠,
我主持你登基为王让你主宰江山。"
埃斯凡迪亚尔闻言如此回答:
"英明的父王,远近闻名的陛下,
你这样做岂不背离了古礼,
为人做事说话都应守个规矩。
你竟想挑起一场与中国国王②的战争,
让他们的勇士在战场上丧生。
你为什么要借故反对一名老臣,
卡乌斯曾赞他是力降雄狮之人。
从玛努切赫尔直到哥巴德,
是他保卫波斯百姓安宁康乐。
人们赞他是骏马拉赫什③之主,
是王冠的捍卫者能把雄狮降伏。
他并不是一个新人刚刚崭露头角,
霍斯陆早已封他为王他地位崇高。
即使他没有过去诸王的分封,
他的地位也不取决于陛下传旨下令。"
国王听了这样回答埃斯凡迪亚尔:
"孩子,你是名扬天下的骄傲的勇士,

---

① 努什阿扎尔是波斯古代七大火坛之一,在巴尔赫城。
② 这里中国国王指鲁斯塔姆,从这两行诗句来看,在《列王纪》中提到的"中国"这一概念是不确切的。
③ 拉赫什是鲁斯塔姆的战马名。

如若一个人行为违背了真主旨意,
就是受到诸王分封也毫无意义。
卡乌斯国王的经历你可知道,
他想入非非被鬼迷住了心窍。
他居然想凭借鹰翅飞上天空,
可悲的是一下子落入萨里①水中。
他从哈玛瓦兰娶回了个妖精,
竟让这妖精主宰自己后宫。
夏沃什之死全起因于她的折磨,
王子被害王家巨星突然殒落。
一个人做事如若违背天意,
与这样的人便不应再讲什么道理。
如若你真想登基为王主宰江山,
就应率领大军前去出征西斯坦。
到那里高高抛出你的套索,
把鲁斯塔姆给我生擒活捉。
扎瓦列、法拉玛兹及萨姆之子扎尔,
要谨防他们奸计也应一一捉住。
要用马拖,把他们拖到宫廷,
要全军将士见识见识你的威风。
虽然你备尝辛苦北战南征,
那时天下便无人再不听令。"
大军统帅不由得眉头耸起,
他对国王说:"人行事不能不顾大义。

---

① 萨里是波斯北方里海南岸一城名。

你感到扎尔与鲁斯塔姆不肯就范,
就想利用埃斯凡迪亚尔去排除困难。
你不愿让出王位不愿我为王,
才把我打发到遥远的地方。
你尽可称君为王作天下之尊,
我可择一隅之地权且栖身。
但是,我是你阶前一名奴隶,
我应该忠实地执行你的旨意。
我现在就领兵征讨西斯坦,
我好战的陛下,我领命前去作战。
可是我若出师不利有三长两短,
到复活日真主可要找你清算。
现在我已横下心来一切在所不计,
去与鲁斯塔姆搏斗一番比试高低。"
卡什塔斯帕说:"你何必生气,
且不要发怒,这是你建功立业的时机。
你要在军中选择众多的骑兵,
一个个都要饱经战阵善战能征。
你现在手中有资财麾下有大军,
忧虑愁烦的应该是你的敌人。
没有你,我要军队与王冠何用?
这宝座与金色王冠还不是一场虚空。
此刻,你心中因何如此不安,
快率军去扎别尔斯坦万勿迟延。
你去后放把烈火把西斯坦烧光,
让那里的人只有黑夜不见阳光。"

听了此话埃斯凡迪亚尔回答:
"空有军力决定不了我的命运。
如果命中注定我的大限来临,
军力何用?它不能阻挡我的厄运。"
他郁郁不乐告别父王而去,
心求王位,但终归话不投机。
他垂头丧气地来到自己的王宫,
心中怀着悲戚唇边挂着叹息。

克塔永对埃斯凡迪亚尔的劝告

姣美如同太阳的克塔永内心不满,
她双眼含泪来到儿子面前。
她对高贵的埃斯凡迪亚尔说道:
"你是历代国王之后是他们的骄傲。
巴赫曼①说你要从都城这明媚的花园,
启程前去扎别尔斯坦。
你要前去制服扎尔之子鲁斯塔姆,
他可是武艺高强枪棒纯熟。
你要记取母亲的良言相劝,
切勿为非作歹不要心生恶念。
他是一位将军能勇斗怒象,
他火起时能扭转尼罗河的流向。

---

① 巴赫曼是埃斯凡迪亚尔之子。

白妖①的身躯他能一刀刺穿,
太阳见他刀光也收敛起光焰。
他一刀结果了哈玛瓦兰之月②的性命,
哪个敢对他说这是不义的暴行。
有位勇士名字叫作苏赫拉布,
他没有搏斗经验因他初出茅庐。
他与生身之父在战场凶杀恶斗,
结果在战场死于父亲之手。
在战场他能打翻坚强劲敌,
抛出套索把勇士套到索里。
你可曾听说当初妖怪阿克旺③出现,
鲁斯塔姆发出一声震天动地的高喊。
他以套索活捉了卡姆斯④国王,
拖回来用绳索把他牢牢捆绑。
他与申格尔⑤有场搏斗你可听说?
你可知他用短刀如何把那勇士结果?
为夏沃什报仇他曾力斗阿夫拉西亚伯,
杀人如麻把大地变成了血泊。

～～～～～～～～～～～

① 白妖见于《列王纪》故事,在北方马赞得朗地区作乱,把去征讨的卡乌斯困住,鲁斯塔姆力斩白妖解救了卡乌斯。
② 哈玛瓦兰之月指国王卡乌斯王妃苏达贝,苏达贝向王子夏沃什求爱,被王子拒绝,后王子因感到在宫廷可能受害乃领兵去拒敌,又因反对卡乌斯的穷兵黩武政策,遂流落敌国土兰,后被害于土兰(见本书第三个故事),鲁斯塔姆在夏沃什被害后,杀死苏达贝,卡乌斯未置一言。
③ 阿克旺是国王霍斯陆时出现的妖怪,无人能制服,被鲁斯塔姆所杀。
④ 卡姆斯是桑加布国王(古时候该国在今伊朗克尔曼沙以西),卡姆斯曾支援阿夫拉西亚伯,为鲁斯塔姆所杀。
⑤ 申格尔是印度的一位国王,曾支援阿夫拉西亚伯,被鲁斯塔姆所杀。

我提到的这勇士武艺高强能征善战,
要说他的本领三天三夜也说不完。
你切莫把与塔赫姆坦的搏斗视若等闲,
何必以身躯以性命前去冒险。
你不要因追求王冠倒赔一颗头颅,
谁也不是头戴王冠离开母腹。
父王已年迈力衰你正年富力强,
你英勇无畏全身充满力量。
全军都对你寄予厚望心悦诚服,
你不要一气之下走上灾难的道路。
西斯坦之外天地仍辽阔宽广,
不应意气用事不要轻率鲁莽。
你不要做出事来使我两世①不幸,
做娘的好言相劝你应用心聆听。"
埃斯凡迪亚尔对母亲这样回答,
说:"妈妈也请听为儿的知心话。
你所提到的鲁斯塔姆手段高强,
你像唱诗一样把他夸赞颂扬。
他为波斯建立了巨大的功勋,
这样的有功之臣找不到第二个人。
我本不应为捉他而大举兴兵,
国王颁下此令实在有欠高明。
但是,事已至此你也不要再刺伤我的心,
我的心被刺伤我会一蹶不振。

---

① 两世指今世和彼世。

我怎能对国王陛下抗命不遵,
我也不能对江山社稷漠不关心。
这次征扎别尔如若我气数该尽,
也是天意如此并不怨他人。
如若鲁斯塔姆听从我的命令,
那我决不会对他桀骜不敬。"
此时,母亲的睫毛上滴下血泪,
他胸中充塞痛苦心已成灰。
母亲对他说:"勇士呵你似雄狮般英勇,
人若只凭血气之勇往往送掉性命。
你不如大象般勇士手段高强,
不带上千军万马切勿走上战场。
你不应去向怒象般勇士挑战,
你不应拿自己的生命前去冒险。
他不会对你的意旨表示遵从,
他不会低头服从你的命令。
他担心人们会把他非难指责,
会更加骄傲放肆不计后果。
自恃是盖世英雄不向任何人低头,
论家门世系他还是贾姆席德之后。
他对卡乌斯国王也从不迁就,
一言不合站立起身拂袖便走。
勇士图斯那也是尊贵无比,
但他一巴掌就把图斯打倒在地。
他曾对卡乌斯说我本皇族王亲,
我本应主宰江山我勇武过人。

他说是我保哥巴德登基为王,
我完全不介意你对我嫉恨还是封赏①。
他年轻时就敢于这样粗暴无礼,
顶撞卡乌斯国王不顾君臣之礼。
如今他已到暮年闯练一生,
怎么会轻易屈从他人不惜英名。
我对你是苦口婆心良言相劝,
你反责我鬼迷心窍心受羁绊。
但人生于世哪怕是只早一日,
他也比晚来者多懂多知。
你要用心听取母亲的忠言,
听取母亲劝告不要前去冒险。
如若你执意要去扎别尔征讨,
那才真是被魔鬼迷住了心窍。
你也不要把自己的儿子们②推入地狱,
明智人都晓得此举既蠢且愚。"
勇士听了此话这样回答母亲:
"不携子上阵可无颜面见人。
年轻人如若终日困守家门,
就会变得心胸狭窄格调低沉。
男子汉应在战场上真刀真枪,
那样才能四海钦服名扬八方。
在战斗时让他们去搏斗较量,

---

① 这两句诗是克塔永引鲁斯塔姆对卡乌斯说的话。第二句中的你指卡乌斯。
② 埃斯凡迪亚尔有三个儿子,即巴赫曼、努什阿扎尔和梅赫尔努什。

我只是从旁指点压阵助场。
因此我并不需要重兵保卫,
我带领的只要几名卫士与亲随。"

埃斯凡迪亚尔领兵赴扎别尔

黎明时分一声雄鸡报晓,
从王宫响起的鼓声直冲云霄。
埃斯凡迪亚尔似大象一样跨上战马,
大军威威赫赫启程出发。
当大队人马走到一个交叉路口,
王子与队伍停住脚步不向前走。
前方一条路通共巴得要塞,
另一条路直达扎别尔斯坦。
突然,前面发现了一峰骆驼,
席地而卧与茫茫黄沙混成一色。
不管赶骆驼的人如何棒打它的头,
它就是纹丝不动不肯往前走。
埃斯凡迪亚尔认为这是不祥之兆,
他下令左右把那骆驼的头砍掉。
砍掉骆驼的头可以改变厄运,
这样,神的灵光不致从他身上隐遁。
勇士们依命而行砍下骆驼的头,
顿时铲除了遭逢厄运的因由。
但是埃斯凡迪亚尔仍闷闷不乐,

总是摆脱不开那不吉祥的骆驼。
他心想若一人处处顺心如意吉祥,
那定是命运相助吉人自有天相。
祸福穷通一切取决于上天,
人应冷静对待面带笑颜。
随后,他们继续前行奔向赫尔曼德河①,
心怀谨慎以免出现闪失招致横祸。
行至一处他们照例扎下大营,
何处扎营要听命于统帅大军的英雄。
王子下令扎营左右摆好了宝座,
正交好运的王子在宝座中落座。
埃斯凡迪亚尔下令摆酒奏起乐曲,
王子身边坐着帕舒坦他的胞弟。
优美的乐曲令人心情欢畅,
众勇士开怀畅饮神采飞扬。
饮下陈年老酒脸儿红涨心中欢乐,
一张张面孔似阳春催开的花儿朵朵。
埃斯凡迪亚尔对众将陈述心情,
说我这次遵王命勉力率军远征。
国王命我此去把鲁斯塔姆捉住,
把他绑来回宫不必顾虑踌躇。
但我并不想按父王指示行动,
那老将勇似雄狮是盖世英雄。
鲁斯塔姆为了诸王的江山,

---

① 赫尔曼德河在今阿富汗中部。

手执一条大棒常年南北转战。
波斯座座城池都靠他之力繁荣昌盛，
上自国王下至百姓都承受了他的恩情。
现在，我要选派一人前去见他，
此人要聪明博学敏于应答，
需要选派一名出身高贵的勇士前去，
才可不辱使命不为鲁斯塔姆所欺。
假若他愿意前来我们大营，
不啻是给我们忧郁的心带来光明。
他若双手让我捆绑伸将过来，
那便是明智之举我不会把他伤害。
如若他的头脑中不充塞着傲气，
我定然谦恭接待待他以礼。
帕舒坦说这才是正道与上策，
何必树敌结怨恨自己敌人不多。

埃斯凡迪亚尔派巴赫曼去见鲁斯塔姆

埃斯凡迪亚尔召见巴赫曼，
对他叮咛嘱咐万语千言。
对他说你骑上那匹黑色坐骑，
穿上你的中国的锦缎绸衣。
要把一顶王冠戴到头上，
有皇家气派让王冠宝石闪光。
要显得气宇不凡尊贵大方，

人们一看就知道你是皇家儿郎。
要让他知道你是当今陛下的王孙，
让他赞颂真主创造了你这皇家后人。
你要随身带上五名优秀的骑士，
还要带上十名出众的博学的祭司①。
你们一行人前去鲁斯塔姆的王宫，
要相机行事切不可草率鲁莽。
你要待他以礼以我名义致意，
要恭谨尊重对他要好言好语。
对他说谁若地位崇高功绩显赫，
他就会雄踞天下不受灾难折磨。
世人应该衷心感谢上天，
上天佑助世人恩惠无际无边。
一个人如若决心一生行善，
那他定然性情温和不暴躁凶残。
那他就会广有财产福寿康宁，
在欢乐与幸福中度过一生。
由于在这个世界没有恶行，
去世后定然向天堂飞升。
人若明智便会把世事看清，
穷通际遇是水月镜花终成泡影。
谁到头来都要在地下长眠，
纯洁的灵魂会飞向苍天，
世上之人只要他诚心尊敬天神，

① 祭司本为琐罗亚斯德教神职人员，这里可作文官解。

他也不会与国王作对不会轻慢国君。
现在我们要求你遵守礼法尊重国王,
不是要你卑躬屈膝但不要藐视王上。
有道是岁月悠悠光阴似箭,
你度过许多年头效力在诸王阶前。
只要你凭自己理智仔细思量,
就懂得实不应如此对待当今国王。
你如今如此显贵有这么多的财产,
有无数良马有军旅与王冠,
这一切不都是我们先人所赐,
因你是臣属辅佐他们稳坐江山。
卢赫拉斯帕国王品尊位显,
但你从不登他的殿堂前去叩见。
他后来把江山让给卡什塔斯帕,
对卡什塔斯帕你更加无礼轻薄。
你不愿居他之下尊他为王。
你甚至未向他上过一次奏章。
你不愿在他面前俯首低头,
尊他一声陛下你都羞于出口。
从胡山、贾姆席德直到法里东,
他从佐哈克之手把江山夺到手中。
代代下传直至哥巴德国王,
他也是一国之主王冠高戴在头上。
王权传到卡什塔斯帕之手,
他精于狩猎饮宴能征善战腹有良谋。
他接受了纯洁而神圣的宗教,

四海升平邪恶顿时全消。
那以后阿尔贾斯布率兵进犯,
他的兵丁凶恶如同虎狼一般。
他兵卒不计其数人多势众,
闻名天下的国王①陛下率众亲征。
直杀得尸横遍野悲凉凄惨,
一具具的死尸覆盖了地面。
这乃是一场令人永不忘记的恶战,
到复活日提起仍令人胆战心寒。
如今他统治着东方与西方,
雄狮都在他面前俯首尊他为王,
从土兰、印度直到罗马,
都俯首称臣统归他的治下。
甚至那荒原中的执矛的英雄,
也派了使者数骑②来到他的宫廷。
他们向他缴纳本土的贡物,
以此表示不想交战甘愿臣服。
我上面已对你提示了一番,
对你的桀骜不驯他很不以为然。
你从来不去他的宫廷觐见,
从来就不去向他致意问安。
你表示十分矜持尽量回避,
显然是有意与他保持距离。

---

① 这里的国王指卡什塔斯帕。
② 指阿拉伯人。

可是王公贵人怎能把你遗忘，
除非他们的心已不在胸腔。
你一生建功立业完成赫赫功勋，
执行国王命令成为贵人中的贵人。
如若有人能历数你的业绩辛劳，
多么优厚的封赏也嫌太轻太少。
很少有国王得到你这样的忠臣，
保卫江山社稷表现出如此耿耿忠心。
国王陛下曾经这样对我说过，
说鲁斯塔姆坐镇扎别尔财广粮多。
他镇守在扎别尔骄傲自满，
骄傲自满便目空一切举步不前。
需他出战时他却退步抽身，
平日也不见面从不陪我宴饮。
一天他突然火起竟然起誓发愿，
起誓发愿时愤怒得指地问天。
他说除非是去人把他绑上拖至殿前，
军中上下谁别想见他一面。
现在我从波斯来到这里，
国王命令立即行动无需迟疑。
你最好暂忍一时避其锋芒，
你深知他发怒是什么模样。
你应前来，应服从他的命令，
受些委屈他要求的权且答应。
我以太阳以扎里尔的纯洁灵魂，
以我尊贵的父王性命发誓，

我一定劝说我的父王息怒,
千方百计使他胸中怒气平复。
帕舒坦在此可以为我作证,
他给我出谋献策他机警聪明。
为了你我曾数次劝父王息怒,
但平心而论你也有你的错处。
父王是一国之主我不过是他的子民,
他的王命我岂可抗拒不遵?
你们全族之人应该集中在一起,
众人议论个良策有道是集思广益。
扎瓦列,法拉玛兹和萨姆之子扎尔,
还有鲁达贝她名闻遐迩。
万请你们接受我这一番良言,
接受我这一片好心的规劝。
你们的家园不应被破坏摧残,
变为狮豹横行无忌的荒滩。
如若能把你双手捆绑送到宫廷,
向他报告你的桩桩错误与罪行,
从此以后只要我侍奉在他殿前,
定使他消除怒气捐弃前嫌。
我出身皇族行事说到做到,
我保你平安决不损你一根毫毛。

巴赫曼会见扎尔

巴赫曼听了王子殿下的嘱咐,
便整理行装启程上路。
他身穿皇家人的织金锦袍,
头上戴一顶皇家人的高帽。
他庄重举步走出军中大营,
身后一杆将旗轻拂微风。
他青春年少在高头大马上端坐,
来至河边渡过了赫尔曼德河。
这边早有瞭望的哨兵发现了他,
哨兵一声高喊向扎别尔方向传话。
说对面来了一位勇敢的骑手,
他胯下一匹黑马金丝绳的笼头。
在他身后还见有一伙随从,
他们不慌不忙渡河态度镇静。
这时正值扎尔巡视骑在马上,
他的套索放在鞍鞒手执大棒。
当扎尔在瞭望哨看到巴赫曼,
不由得一惊他内心里盘算。
心想一看来者便是皇族后人,
因为他穿的是皇家衣服在身。
因此这定然是卢赫拉斯帕的后人,
他来此地或许是给我们带来福音。

他离开瞭望哨径直奔赴王宫,
在马上陷入沉思内心翻腾。
正思虑之际巴赫曼已来至近前,
他洋洋得意昂首直向青天。
原来这年轻人与扎尔并不熟悉,
但他仍表尊敬对他彬彬有礼。
巴赫曼来至近前呼一声:贵人,
我看你世系高贵是尊贵出身。
贵方主帅达斯坦之子他在何方?
看起来最近他的命运不强。
埃斯凡迪亚尔来到扎别尔斯坦,
他的大营就扎赫尔曼德河边。
扎尔对他说我踌躇满志的小将,
请下马饮一杯酒何必如此匆忙。
不巧鲁斯塔姆打猎前去围场,
带了扎瓦列、法拉玛兹及随身兵将。
来吧,既然你与这些高贵勇士前来,
请你们开怀畅饮我们用美酒款待。
巴赫曼回答:埃斯凡迪亚尔有言在先,
让我们来此不是休息也不是参加饮宴。
请你找一名兵士他要熟悉道路,
让他带领我们奔上去猎场的路途。
扎尔对他说你如此匆忙有何事情?
照理你应先行通报自己的姓名。
我猜想你准是卡什塔斯帕的后人,
与卢赫拉斯帕一定带故沾亲。

巴赫曼说刀枪不入的王子①是我的父亲,
我名叫巴赫曼是王子的后人。
扎尔闻言立即向他致意,
下马向他深深敬施一礼。
到处人们都对他十分热情,
不论遇到的人年老还是年轻。
巴赫曼此时早已滚鞍下马,
向对方探问情况双方有问有答。
扎尔对巴赫曼挽留欢迎,
说实不应如此来去匆匆。
巴赫曼说埃斯凡迪亚尔捎话,
此事不便拖延宜及早回答,
于是立即挑选了一名识路的勇士,
带领他们一行人前赴猎场。
这位勇士之名就叫作席尔洪,
他充做向导带领他们登程。
走近猎场就遥遥用手示意,
然后就告辞顺原路回去。

巴赫曼传话给鲁斯塔姆

年轻人眼前出现一座大山,

---

① 刀枪不入的王子指埃斯凡迪亚尔,据传说是袄教教主琐罗亚斯德给了他一个石榴,吃后即全身刀枪不入。

他不禁心情振奋催马向前。
再往前行就到达了猎场,
大军主帅就驰骋在猎场之上。
见一位勇士身躯如比斯通山①一样雄壮,
他手执一根树枝,不,这是一根木杠。
有一头野驴挂在木杠之上,
身边放着大棒和他的衣裳。
那勇士手上还端着一杯美酒,
身边一个童子侍立躬身垂手。
河边的牧场上长着青草与树木,
他的骏马拉赫什在牧场上踱步。
巴赫曼自忖此人定是鲁斯塔姆,
要不就是黎明的太阳把光焰喷吐。
且不说这样的英雄世上从未出现,
就是关于这样勇士的传说也未闻流传。
我真为勇士埃斯凡迪亚尔担心,
担心他无法战胜这么强的敌人。
我何不以一块大石结果他的性命,
让扎尔与鲁达贝心中充满悲痛。
于是从山上他把一块巨石掀翻,
那巨石被掀翻便滚滚下山。
这一切扎瓦列早已发现,
巨石滚动的隆隆声也传到耳边,
他高声呼叫那骑马的勇士,

---

① 比斯通山是克尔曼沙市附近一座高山。

小心从山上滚落的一块巨石。
鲁斯塔姆纹丝不动野驴都未放下,
扎瓦列可真为他担惊害怕。
眼看巨石滚滚落下高山,
整个山峦变得天昏地暗。
鲁斯塔姆飞起一脚把巨石蹬到一旁,
扎瓦列不禁为之欢呼欣喜若狂。
巴赫曼见自己此举已被人发现,
不由得心虚害怕惭愧无颜。
心想埃斯凡迪亚尔高贵的英雄,
如若一旦与这样的勇士较量交锋,
那肯定不是这样的人的对手,
不如我与他应付对他曲意奉承。
谁若想统治整个的波斯,
在战场上必须武艺比此人高强。
他忧心忡忡坐在战马上,
那马缓步前行走下山冈。
他向随行祭司述说看到的情形,
循着一条平缓的路走下山峰。
当他们一行人向猎场走近,
鲁斯塔姆也看到了山路上的来人。
他对身边祭司说这一行是何人,
我猜想这些人一定出自卡什塔斯帕家门。
鲁斯塔姆与扎瓦列会见了他们,
过来见礼的还有其他亲随下人。
巴赫曼慌慌张张滚鞍下马,

躬身施礼上前寒暄搭话。
鲁斯塔姆说你应先通报姓名,
然后我们才能对你表示欢迎。
巴赫曼说埃斯凡迪亚尔是我父亲,
我名巴赫曼人称我是贵人中的贵人。
鲁斯塔姆连忙上前把他拥抱,
说有失远迎不合敬客之道。
于是这二人走到一旁席地坐定,
他们旁边是两方的亲随人等。
坐定之后巴赫曼先开口寒暄,
传达国王及群臣致意问暖嘘寒。
然后说埃斯凡迪亚尔来到此地,
他从王宫出发前来十万火急。
他在赫尔曼德河边扎下大营,
这一切行动全是遵从国王的命令。
埃斯凡迪亚尔叫我前来捎话,
他要我把他的话向勇士传达。
鲁斯塔姆说:王子你跋涉漫长路途,
长途跋涉定然十分劳累辛苦。
让我们拿现有的吃食权且充饥,
然后要说什么一切随你。
说完他命人铺好餐布进餐,
接待客人一切按照他的习惯。
餐布上摆好松软可口的大饼,
然后端上油煎的驴肉热气腾腾。
左右招待巴赫曼把餐布铺在他面前,

鲁斯塔姆与他应酬说地谈天。
为陪客人他也叫过了自己的兄弟,
其他人等都一律没有入席。
然后,人们把驴肉端到他面前,
他每餐都要把一只整驴吃完。
他在肉上撒盐一块块品尝,
巴赫曼在旁看他吃肉的模样。
这驴肉巴赫曼却吃得甚少,
连鲁斯塔姆的十分之一还都不到。
鲁斯塔姆见了不觉微微一笑,
说王子呵拿了肉来就是请你吃饱。
你吃起饭来如此斯文细嚼慢咽,
战斗时怎么可能去连闯七关?①
王子呵,进餐时如若食量过少,
战斗时怎有力挥舞得动长矛?
巴赫曼对他说:"王子出身皇家,
可不是酒囊饭袋,但应酬时却敏于对答。
不要看吃喝少但搏斗时不惧敌人,
勇敢向前进击时奋不顾身。"
这时,鲁斯塔姆一笑对他高声说道:
"大丈夫心怀坦荡此言甚好。"
说着此话他在金杯中倒满美酒,
一饮而尽说此杯为怀念高贵的朋友。
然后又倒满一杯递给巴赫曼,

---

① 这里鲁斯塔姆可能是指自己到马赞得朗救卡乌斯时连闯七关的事迹。

544

说也请你饮这杯把你故人怀念。
巴赫曼见那杯酒内心踌躇，
扎瓦列见状自己举杯先喝。
鲁斯塔姆对他说皇家的后人，
愿这酒使你高兴开怀舒心。
巴赫曼这时才顺手端起酒杯，
放心大胆地品尝了美酒滋味。
他见鲁斯塔姆的饭量豪兴与身躯，
不禁在内心感到十分惊奇。
当他们在一起把野餐吃罢，
便令人牵过他们各自的战马。
他们二人并马前行信马由缰，
巴赫曼骑马走在鲁斯塔姆身旁。
这时才把埃斯凡迪亚尔要传达的话，
一五一十详细向鲁斯塔姆转达。

鲁斯塔姆对巴赫曼的回答

鲁斯塔姆听了巴赫曼的传话，
老人陷入沉思未立即回答。
过了一会儿他说见到你我满心欢喜，
我也听清了你所传达的信息。
请以我的名义向埃斯凡迪亚尔致意，
他是雄狮般勇士英勇无比。
一个人如若他睿智聪明，

定然会把事情的原委弄清。
他英勇无畏又兼功勋卓著,
拥有无数的财产及宝库。
在天下英雄贵人的心目之中,
他是位可敬的勇士享有盛名。
像你这样的一位尊贵的英雄,
不应具有不良的品格秉性。
让我们恪守敬主之道和公正真理,
我们谁对谁都未曾粗暴无理。
那些说不出口的无礼之言,
如同果树结出涩果不给人以甘甜。
如若你一心贪求贪得无厌,
那在今后会给你带来无穷麻烦。
不闻智者曾说人出言应思量斟酌,
出言若不与人为善宁可不说。
当然你赞我是无双的勇士无人可比,
我还是喜在内心无限感激。
你说我勇敢文雅聪明干练,
处处超过先人胜过祖先。
你的名声已在印度传遍,
也传遍了中国、罗马和贾都斯坦①。
对你的劝告我是衷心感谢,
我为你祈祷祝福日日夜夜。

---

① 贾都斯坦是鬼蜮横行之地,从其他故事中所描写的内容看,此处可能指波斯北部马赞得朗地区。

我过去就向真主表示过一个愿望,
这愿望得以满足我心才欢畅,
我要有幸一睹你的端庄的容颜,
你是那样厚道仁义豪爽与勇敢。
我愿我与你一朝欢乐聚首,
祝愿当今陛下高举一杯美酒。
如今看来我祈求的一切都可如愿,
我定然赶去候命快马加鞭。
我一定到你那里去不带人马,
为的是听你传达国王的话。
从霍斯陆到哥巴德都颁发分封文书,
我要拿这些文书一一请你过目。
王子呵,请你仔细检视我的行止,
看一看我忍受过多少辛苦做过什么事。
你应该了解我完成的业绩与树建,
知道我付出的辛苦与遇到的艰难。
我对历代国王都恭谨服从,
不论是对过去国王与当今陛下都衷心尊敬。
但想不到我的忠心与辛劳,
竟换来波斯国王的一副手铐。
早知有这些坎坷最好不生在世上,
生在世上也不要生活得久长。
我定然前来向你倾诉心曲,
我以我的行动在世上赢得盛誉。
如若我真做了坏事存有歹心,
就请把我惩处让身首两分。

那我就用一条绳索绑牢双臂,
用豹皮拧成的绳绑住我的双腿。
我曾经砍下怒象的头,
把它抛到尼罗河的洪流。①
请不要对我讲不中听的语言,
也不要坏事做尽令魔鬼②惭愧汗颜。
不合乎礼貌的话请不要对我言讲,
要凭勇力锁住狂风那是妄想。
有见识的人决不会钻入烈火,
不会游泳的人不要投身滚滚洪波。
明月的皎洁之光岂能遮起,
狐狸与狮子岂能共居一地?
你不要在我这里挑起纠纷,
我这人与人争执从不肯让人。
还没有人看到我的脚上带镣,
雄狮怒吼也决然不能把我吓倒。
你的行为举止应符合王子身份,
不要施展鬼蜮伎俩作恶害人。
你要心胸广阔不要无故树敌结怨,
年轻人入世不深做事见解浮浅。
你应抛弃芥蒂渡河到我对岸,
我们一定热情款待按照真主意愿。

① 据贾法尔·舒阿尔博士与哈桑·安瓦里《鲁斯塔姆与埃斯凡迪亚尔之战》注释本注,鲁斯塔姆并未把象抛到河中之举,但是他幼年便战胜过大象。
② 指人做坏事魔鬼也自愧不如。

请你光临我们的寒舍家门，
不要刺伤热情欢迎者的心。
我曾是哥巴德国王阶前的近臣，
今天能与你见面也喜在内心。
你既然率领人马来到这里，
权且停留两月在这里休养生息。
让大队人马休息整顿养精蓄锐，
让敌人锐气受挫意冷心灰。
这里水有游鱼兽走荒滩，
何必来去匆匆应该打猎消遣。
也让我们趁此机会见识你的身手，
手执钢刀与狮子豹子斗上一斗。
当你想率军回程赶赴波斯，
赴回波斯去面见勇士之王，
我这里有一座凭钢刀积攒起的宝库，
你走时我便给你打开大库之门。
大库中有我多年辛劳积下的财产，
你需要什么东西只管任意挑选。
你喜爱的自己留下其余分赏众人，
好来好走不要叫我们日日忧心。
金币赏赐部下不要生气动怒，
你乘兴来到这里满意离开此处。
当你想要返回波斯之日，
当你想要面见国王之时，
我决不会拒绝与你同行，
我要与你同去到国王宫廷。

我要求他原谅请他息怒,
吻他的头与脚我是他的奴仆。
我要问一声做事不公的国王陛下,
因何下令把我的手脚戴上锁枷?
我说的这一切你都牢记在心,
把这话告诉埃斯凡迪亚尔贵人。

巴赫曼返回埃斯凡迪亚尔大营

听了鲁斯塔姆回答巴赫曼连忙启程,
身边的正直的祭司与他同行。
鲁斯塔姆骑着马站在路边,
他把扎瓦列法拉玛兹叫到近前。
说你快快前去见达斯坦,
快去告诉扎别尔斯坦的明月①:
就说埃斯凡迪亚尔已到河对岸,
野心勃勃要总揽天下大权。
让他们在高堂安放好黄金宝座,
宝座上的垫饰等物按皇家铺设。
仪礼要像接待卡乌斯国王,
甚至比接待卡乌斯还要富丽堂皇。
请烹制各色的佳肴美馔,
数量要富裕充足随吃随添。

---

① 扎别尔斯坦的明月指鲁斯塔姆之母鲁达贝。

他乃是王子亲自来到我们这地方,
善者不来他可能要挑起恶战一场。
他不仅是王子还是勇猛的壮士,
在田野上他足以力敌雄狮。
我对他发出邀请他若肯赏光,
那就是好兆表明有了希望。
如若我见他通情达理与人为善,
我就用红宝石镶嵌他的王冠。
我对他根本不吝惜金银财宝,
还有诸般武器刀枪长矛。
但是如若我从他那里失望而返,
那么,我们之间就会有一场凶杀恶战。
你们可知当他抛出长长的套索,
怒象也要就范被他所捕获。
扎瓦列对他说此事你不必多虑,
谁无冤无仇也不会轻易树敌。
我看天下的一个个君主国王,
论才略与勇气无人比他更强。
聪明明智之人岂会行事失算,
我们从来也没有招致他的不满。
这时扎瓦列去找扎尔报告消息,
鲁斯塔姆这才催马向前走去。
他催马来到赫尔曼德河岸,
感到心绪不宁情绪不安。
他在河边把马缰揽紧,
等着巴赫曼去后带来回音。

再说当那巴赫曼赶回大营,
来至在父亲面前轻轻站定。
尊贵的埃斯凡迪亚尔问他,
那名闻遐迩的英雄有何回答。
巴赫曼见父亲发问屈身坐定,
一五一十把那回话对他讲明。
他先向父亲转达了鲁斯塔姆的致意,
然后提他们的谈话那边的消息。
他向父亲报告眼见的情形,
也报告了眼见不到的隐情。
他说鲁斯塔姆生得膀大腰圆,
这样的人物在勇士群中我还未见。
他生了颗雄狮之心巨象之体,
他能一把从尼罗河中拖出条鲸鱼。
现在,他已来到赫尔曼德河边,
未带兵马也未穿铠甲未拿套杆。
他说他愿与父王见上一面,
我也不知他心中有何话要谈。
埃斯凡迪亚尔一听勃然大怒,
他当众把巴赫曼挖苦羞辱。
他说凡是高贵的明智之人,
从不把秘密告诉女人。
如若把国家大事委托给孩童,
他决不会审谨勇敢不辱使命。
你见识过多少武艺超群的英雄,
你听到过多少战马奔腾的蹄声。

你竟然把鲁斯塔姆与怒象相比,
徒然长他人威风灭自家志气。
他说完此话便与帕舒坦商议,
他说那高贵的饱经阵战的雄狮,
目前,还精力充沛筋强体壮,
虽然年老但却无垂暮老朽的迹象。

鲁斯塔姆会见埃斯凡迪亚尔

埃斯凡迪亚尔命人备好乌骓马,
马背上备好黄金色的马鞍。
在军中挑选精壮骑手百人,
高贵的勇士来与鲁斯塔姆会面。
他急匆匆赶到赫尔曼德河边,
他的马鞍鞒上挂着一副长长的套杆。
河对岸的拉赫什引颈长啸,
这岸的勇士的骏马回报一声高叫。
鲁斯塔姆翻身下了拉赫什骏马,
站到地上向勇士致意与他搭话。
他说道:"我早就向真主表达过心愿,
希望能与你早日见上一面。
如今你光临此地精神振奋,
随你前来的还有人马大军。
让我们坐在一起叙谈一番,
让我们亲耳聆听你妙语高见。

真主作证,我这话是出于真心,
我讲这话是理智把我指引。
我从不自夸炫耀故弄玄虚,
从不说谎骗人,我事事真心实意。
如若我与夏沃什①相逢,
也不会如此欣喜这样高兴。
夏沃什他是保卫江山的王子,
只有他才与你有些相似。
但他也没有这样好的后人,
他那身躯相貌让父亲感到自豪称心。
你将主宰波斯不久就要登基,
你鸿运当头万民膜拜顶礼。
谁若与你为仇作对那准是发了疯,
他会处处碰壁命星晦暗不明。
让你所有的对头都对你心怀畏惧,
让歹人之心时刻都颤抖惊悸。
愿你时时鸿运当头无往不胜,
愿你在暗夜身边也一片光明。"
埃斯凡迪亚尔一听他讲的话,
连忙翻身下了骏马跨到地下。
他上前拥抱鲁斯塔姆巨象般身躯,
一再频频地向他表示问候致意。
说信仰天神的勇士英雄,

---

① 夏沃什是卡乌斯之子,由鲁斯塔姆抚养成人,后为敌国土兰国王杀害。详见本书第三个故事。

我见你如此开朗这样高兴。
你的确值得我们夸奖称赞,
你曾击败过许多天下好汉。
可庆幸的是你也是门庭有后,
你是枝他是果挂在你这枝头。
可庆幸的后人似你一样雄壮,
不会遭逢灾难身体永远健康。
看到了你我把扎里尔忆起,
他是雄狮般的统帅英勇无比。
鲁斯塔姆这时对他说:"王子殿下,
你睿智圣明你据有天下。
殿下容告我有一桩心愿,
今天见到殿下是难得的机缘。
请殿下屈尊到我们寒舍草堂,
殿下光临定为我们敝舍增光。
我们虽缺珍馐美味供殿下进餐,
但我们也会加意经营全力备办。"
埃斯凡迪亚尔开言回答鲁斯塔姆,
说:"你是世上的英雄人间的翘楚。
谁若是似你这样天下闻名,
整个波斯都要仰仗他的名声。
人们怎可违抗这样勇士之命,
过他的家门不入岂不是不敬。
但是,当今陛下有圣旨在先,
我领王命在身不便独行自专。
陛下令我来此不准耽误迟延,

说对扎别尔的勇士也勿轻易开战。
请你自己选择一个合适的时间,
按国王之命去把陛下朝见。
请你在你双脚加上脚镣,
这也不算丢丑,其实是敬王之道。
我再把你绑好带上国王大殿,
到大殿再把你的错处陈述一番。
当然把你捆绑我的心也被刺痛,
在你的面前我只是个仆从。
我保证你手铐脚镣不戴到夜晚,
我保证你平安不遭任何危险。
壮士呵,这都是你离心离德之故,
否则国王不会如此不满与震怒。
国王已亲口许给我社稷江山,
连同王冠和宝库中的财产。
只要我有朝一日能登基为王,
我保证把江山交到你手上。
这样真主面前我并无行止不当之处,
对国王,我所做的一切全是他的吩咐。
如若当阳春到来园中群芳争艳,
你想回你的扎别尔斯坦,
我将奉赠给你巨额财产,
请你拿那财产把扎别尔装扮。"
鲁斯塔姆回答:"勇士,你四海名扬,
与你欢会正是我向造世主表达的愿望。
我有幸与你相见心中极为高兴,

听了你的话更是喜在心中。
你我一老一少都是骄傲的英雄,
我们是两个勇士同样地眼亮心明。
我怕的是我们遭逢毒眼①陷于不幸,
霎时间惊破一场美妙的好梦。
也许魔鬼作祟鬼迷了心窍,
让你那心中只想着王冠与皇袍。
但对我来说这可是个耻辱,
天长地久我会把此事牢牢记住:
像殿下这样的统帅这样的英雄,
你并世无双有雄狮般勇猛,
来到这里竟然未进我的家门,
未来做客也未在一道畅叙共饮。
如若你从心中排除了对我的敌意,
那就是战胜了魔鬼的险恶心机。
让我们招待你一番使我们感到荣幸,
你来做客我决不违抗你的命令。
当然,对我决不能手足捆绑,
那是奇耻大辱令人心情不畅。
我这个人秉性脾气从来就是这样,
世上人谁也不会看到我手足被绑。
纵让我的头埋藏在乱石丛中,
也不能辱没与败坏我的名声。"

～～～～～～～～～～

① 毒眼,按波斯民间传说,有一种人眼光不吉,看到什么人,被看的人即陷于不幸。

埃斯凡迪亚尔闻言这样回答:
"你是真正的英雄并世无双。
你讲的是真情句句是实话,
大丈夫心口如一不弄虚作假。
但是帕舒坦可以作为见证,
我临行时国王如何嘱咐叮咛。
他说你此去哪怕与他拼争开战,
也要把鲁斯塔姆绑到我的大殿。
如若我现在随你到家中做客,
与你在一起开怀畅饮对酌取乐。
那便是违背了我父王的旨意,
朗朗白日会立时变为一片阴霾。
如若今后我与你二人厮杀较量,
如狼似虎拼命打倒对方。
那岂不是受人之恩又恩将仇报,
那乃是不义之举有违忠厚之道。
此外,如若我行为举止有违王命,
怕到彼世也要落到火狱之中。
如若你从内心里有此要求,
愿你我二人同坐共饮美酒。
但谁知明天会发生什么事情,
还是不去猜测吧谁也解释不清。"
听到这些话鲁斯塔姆说:
"容我换身衣裳到你这里做客。
我已整整七天滞留在猎场,
七天我只吃驴肉未尝到小羊。

进餐时,当你与亲随在一起围坐,
请召唤一声我到你这里做客。"
说完他便飞身跨上拉赫什战马,
忧心忡忡思虑万千心绪如麻。
他紧催战马很快来到自己王宫,
见萨姆之子扎尔已把他久等。
他开口说道:"闻名的老将父亲,
我去见到了埃斯凡迪亚尔那位贵人。
他骑在骏马上风度翩翩,
仰承皇恩国运正处于锦绣华年。
他真像那勇士国王法里东,
他承袭了法里东的学识与襟胸。
常言道见面胜似闻名,
他确实气宇不俗面带皇家人神情。"

埃斯凡迪亚尔未邀鲁斯塔姆前去做客

当鲁斯塔姆从赫尔曼德河边离去,
埃斯凡迪亚尔心中十分忧郁。
帕舒坦平日常常把他开导,
说来凑巧此时帕舒坦正好赶到。
埃斯凡迪亚尔说:"我遇到个难题,
但这难题被我轻轻应付过去。
我无论如何不能去拜访他的宫殿,
也不宜邀他前来这里赴宴。

知他无诚意不必请他前来，
如若双方言语冲突反而把事情破坏。
双方若有一死生者便心似油煎，
到那时才悔恨在这时见面。"
帕舒坦说道："埃斯凡迪亚尔，兄弟，
你我本是手足亲密无比。
以真主名义发誓我看到你们见面，
彼此并无仇恨双方悦色和颜，
我的心快乐得似三月阳春，
为他高兴为你高兴，为你们二人。
但我见你们不和气氛紧张，
我感到这是魔鬼作祟邪恶逞狂。
你深晓圣主正道与交往之礼，
理智之光照耀着你的心底。
你应谨慎不要妄送掉性命，
兄弟的忠告你要仔细聆听。
我听说鲁斯塔姆仗义重诺，
他心怀仁爱襟怀广阔。
他的双脚决不会戴上你的脚镣，
你的王子地位决不会把他吓倒。
萨姆之孙扎尔之子是盖世英雄，
他决不会轻易落入你敷设的陷阱。
我担心此事会惹出许多麻烦，
两位勇士相斗定然是一场凶杀恶战。
你心胸宽广见识在国王之上，
厮杀征战治国安邦都比他强。

一个要开怀对饮一个要战争与杀戮,
试看谁的主张更令人信服。"
埃斯凡迪亚尔闻言如此回答:
"我行事不能违背国王的意愿。
若违反他的意愿今生会受到责备,
到来日清算也要因此而问罪。
我不能把两世抛弃而讨他心欢,
谁也不愿用钢针刺穿自己的心与眼。"
帕舒坦说:"如若他人劝告你善于听取,
那对你的身心都大有裨益。
我只是提出劝告你可择善而从,
只是行事不要刺伤别的勇士英雄。"
统帅命人到厨下取来酒饭,
但他并未派人去请鲁斯塔姆赴宴。
他吃罢大饼又高举一杯美酒,
边吃边回忆青铜堡①的战斗,
忆起过去征战中勇敢豪强,
又举杯敬颂父王陛下身体健康。
那边鲁斯塔姆还在宫中等待,
他与埃斯凡迪亚尔约好派人前来,
过了很长时间并无任何音信,
他引颈向路上张望并不见来人。
进餐的时间过了很久,

---

① 青铜堡的战斗指埃斯凡迪亚尔与土兰国王阿尔贾斯布在该地的战斗,
在这场战斗中阿尔贾斯布战败被杀。

烦躁与恼怒充满英雄心头。
他淡然一笑说:"兄弟,备饭,
请各位贤士王公一同进餐。
如若这就是埃斯凡迪亚尔的作风,
这种行为有辱我们的名声。
我已与他约好但他不派人来请,
对他不能抱有希望他徒令我久等。"
说话时左右早已备有餐饭,
众人一齐落座共同进餐。
餐毕鲁斯塔姆让法拉玛兹传话,
请他传下话去左右赶快备马。
把战马拉赫什牵到他面前,
那战马还要备好中国鞍鞯。
他说:"我要去对埃斯凡迪亚尔讲明,
他若是真正的王子此理并不难懂。
如若许诺而不做那便是食言,
食言毁约就是把信义抛到一边。"

埃斯凡迪亚尔由于未邀鲁斯塔姆赴宴而向他致歉

勇士胯下的拉赫什似巨象一般,
一阵飞奔已跑出二个米尔之远。
他很快来到赫尔曼德河岸边,
这边的驻军早已把他发现。

军中士卒看到他的仪容风采,
人人赞叹个个心中喜爱。
大家众口一词描绘谈论,
说这样的英雄只像萨姆一人。
他端坐马上如同铁铸的好汉,
他胯下的拉赫什颇似阿赫里曼。
假若他的战场上对手是一头怒象,
他也会猛力一击让象头鲜血流淌。
国王陛下不够明智有欠思虑,
把灵光佑助的勇士置于两难之地。
为了满足他登基为王的愿望,
把明月似的勇士推向死亡。
人真是越老越贪得无厌,
越老越爱权越老越舍不得江山。
当鲁斯塔姆来到高贵王子面前,
埃斯凡迪亚尔施礼与他相见。
鲁斯塔姆对埃斯凡迪亚尔说道:
"你风华正茂是皇家后起之秀。
我想来做客难道不值你一请?
难道这就是你行事的习惯与作风?
我说的话请你句句牢记在心,
你因何与我这老朽纠缠争论?
你尽管自视甚高自鸣得意,
在臣僚之中自认出人头地,
你自认比我勇敢把我轻视,
你认为我比你缺少见识与知识。

天地间并世无双的好汉是鲁斯塔姆,
我的先人乃是高贵的尼拉姆。
黑色魔鬼见了我也退缩畏惧,
我力战妖魔把他们抛到井里。
多少名将一见到我的盔甲,
一听到我的狮子般的吼声,
都不战而退纷纷败阵逃命,
吓得把弓箭往战场上乱扔。
那能征善战的卡姆斯和中国可汗,
心怀仇恨的骑士与马上的儿郎,
我曾用套索从马后把他们捕获,
然后从头到脚把他们牢牢捆绑。
我是波斯国王的卫士江山靠我支撑,
我是勇士的依靠率领他们厮杀拼争。
我要求赴宴你可不要有何错觉,
万勿自鸣得意自视比天还高。
我见你有灵光保佑是皇家之后,
因此才提出到此赴宴的要求。
我并不愿看到你这样的王子王孙,
在战斗中在我手上亡命丧身。
英雄萨姆那才是真正的勇士,
他在世上这片林中留下一头雄狮。
我是他留在世上的纪念与身影,
王子埃斯凡迪亚尔也是这样的英雄。

我曾长年在世上抖擞威风,
从来没受过委屈未忍受苦痛。
是我把世上的敌人一一清除,
我一生征战备尝艰辛劳苦。
感谢真主过了这漫漫长年,
终于看到一枝强劲枝条出现。
他厮杀拼斗消灭邪恶的敌人,
天下之人都称颂他的功勋。"
埃斯凡迪亚尔一笑对鲁斯塔姆说:
"我的英勇的骑士,萨姆的后人,
你责我骄傲未派人去相请,
但事不由我,我也不是以此与你争名。
且请息怒,天气暑热路途遥远,
我不想使你为此劳累困倦。
我们今早还在此议论交谈,
我准备前去向你赔礼道歉。
因为我们见到老英雄心中感到高兴,
高兴能有机会与你重逢。
现在你不避辛劳把我们拜访,
你离开家门来到这荒原之上。
让我布置一番我们共饮一杯美酒,
共饮一杯美酒,驱除怒气与忧愁。"
说完他便命人摆上美酒,
把鲁斯塔姆让在自己的左首。
饱经世事的英雄说:"这里我不落座,

要我落座那地方就应与我身份符合①。"
王子吩咐巴赫曼在右首设座,
他愿坐何处可由他去坐。
这时,巴赫曼不满地站立起身,
心中不快不由得两道眉毛拧紧。
鲁斯塔姆发现他满面怒容,
不禁也心中不满开始激动。
他怒气冲冲地对王子这样说:
"请你睁开双眼仔细看一看我。
我一身本领,我出身自名门,
勇士萨姆那是我的先人。
而萨姆的先祖乃是贾姆席德,
那贾姆席德地上当政又代表天上日月。
如若我到此都没有落座的地方,
那有何可虑助我的自有灵光。"
王子听了以后连忙吩咐巴赫曼,
快把一把黄金宝座搬到他面前。
对鲁斯塔姆说现在请你落座,
但愿这宝座与你身份符合。
鲁斯塔姆这时才坐在宝座里面,
满面怒容手执着一个香橼。

---

① 按波斯古代习惯右首为上,左首为下。

埃斯凡迪亚尔责鲁斯塔姆出身不正

王子对鲁斯塔姆这样说道:
"我的心似雄狮的高贵的英雄,
我曾听祭司们中间流传一个说法,
一些名流贤士也都这样传说。
他们说达斯坦乃是魔鬼所生,
世界上还有谁比这更出身不正?
当那婴儿出生时人们对萨姆隐瞒,
都认为对萨姆那是一场灾难。
那孩子全身发黑面孔头发呈白色,
萨姆一见心中便感到十分恼火。
立即下令把此子抛到海边,
让鱼与鸟把他身体啄碎撕烂。
这时神鸟展翅飞到他头顶上,
看不出他出身高贵也不见有灵光。
于是那鸟便把婴儿叼回鸟巢,
心想这或许能够自己一餐。
叼回之后便抛给了幼鸟,
叫他们进食时把他吃掉。
但小鸟不愿以他为自己餐饭,
一见就心生厌倦不愿上前。
它们把他抛到一边不再理睬,
转身离他而去再也不愿回来。

虽然神鸟腹中饥肠辘辘,
但它见扎尔之肉不洁也不光顾。
于是众鸟便把他抛到鸟巢之旁,
平日无人上前也无人前去看望。
他日日吃的都是死兽的尸体,
赤身裸体全身上下无遮无衣。
这神鸟可谓对他恩重如山,
日月穿梭这样过去了多年。
他就吃着死兽尸体度日,
然后众鸟把他赤身拖到西斯坦。
此时萨姆竟然又把此子收留,
也是由于老年昏庸膝下无后。
还多亏我们家族中的祖先,
那些先王他们都心地良善。
赏赐许多衣物关怀他的生活,
许多年头他都平安度过。
他恰如柏树上一根未经修剪的荒枝,
而正是在这根枝头鲁斯塔姆出世。
他自恃勇敢聪明敬主虔诚,
所以才在世上横行傲气直冲天庭。
他作福作威时时发号施令,
自吹自擂处处霸道横行。
直闹到不听从国王陛下的命令,
行为不轨为人也不正大光明。
你岂能忘掉你父得生乃神鸟之助,
吃死尸长大,有何颜面对真主?"

鲁斯塔姆回答埃斯凡迪亚尔并历数自己的世系及功勋

鲁斯塔姆回答："请勿喋喋不休,
你语无伦次也无任何理由。
你现在完全是鬼迷住了心窍,
显然这是中了魔走上邪魔外道。
你讲话应符合王子的身份,
皇家人讲话决不应信口胡云。
国王知道萨姆之子达斯坦的名声,
是伟大的勇士博学而有广阔的心胸。
萨姆本是纳里曼之后,
纳里曼又是卡里曼的后人。
这样上溯可追溯到戈尔沙斯帕,
再由他上数就应是贾姆席德。
你们家族的先人为王还靠我家辅助,
否则有谁愿意对他们表示臣服?
那贤明的哥巴德是我从厄尔布士山,
把他寻到领到勇士们中间。
他原来不过是一位虔信佛教之人,
两手空空一无钱财二无大军。
你想必也听说过萨姆的名声,
在世上可有哪个能与他齐名?

他在图斯曾经力斩毒龙，
那龙十分凶恶谁在他爪下都会丧命。
山野里的狗和海中的鲸，
遇到他再也休想保命逃生。
下海他敏捷地活抓游鱼，
高扬起手能捉住飞鸟的羽翼。
他大吼一声能吓退巨象，
对头们一想起他就黯然神伤。
有条恶龙平日藏在大海深处，
海水都黑浪翻滚因为此龙放毒。
他用大棒把那毒龙击毙，
天下人都为此而向他欢呼。
另外，还有一个恶魔逞凶，
这恶魔脚踩在地上头顶苍穹。
中国海中的波涛只没及它的胸腹，
由于太阳当头照射他十分痛苦。
这恶魔从海中生擒活鱼，
伸一伸头，头顶便达到月宫天际。
他在阳光下把活鱼烤干，
苍天对它都是一筹莫展。
但萨姆把这恶魔拦腰斩断，
从此世界免除此害永享平安。
就这样除此两害它们不再肆虐逞狂，
勇士萨姆手起刀落两害皆亡。

我母亲本是米赫拉布①之女,
米赫拉布本统治信德地区。
他乃是佐哈克的五代重孙,
门庭显赫,也是一位皇族中贵人。
试问哪还有比这更光荣的门庭世系,
聪明人做事明白世情事理。
更何况普天之下的众位武士英雄,
都要向我学习武艺与本领。
开初我受到卡乌斯国王的分封,
谁人不知?国王亲封情深恩重。
后来加封我的是公正贤明的霍斯陆,
凯扬王朝的诸王中他的功勋卓著。
我四处征战走过许多地方,
手起刀落结果不少不仁的国王。
当我率兵渡过阿姆河,
阿夫拉西亚伯就从土兰逃往中国。
那卡乌斯国王不听达斯坦的规劝,
一意孤行率军去征讨马赞得朗。
你或曾听说魔鬼逼得他身陷绝境,
弄瞎了他的眼睛要杀害他的性命。
是我只身奔赴马赞得朗,
不顾路途遥远也不怕夜色茫茫。
我没放过欧让格也未放过白妖,

① 米赫拉布是鲁斯塔姆的外祖父。

散哲、甘迪欧拉德①及比德一个也未跑掉。
我甚至为国王杀死了自己的亲人,
我的爱子英勇无比聪明过人。
苏赫拉布这样的勇士我还未曾遇到,
他膂力过人胸怀武略文韬。
自从我脱离父体②来到这世上,
已经足足有五百个年头以上。
我从来就是世界上的好汉英雄,
行事心口如一磊落光明。
我的举止作为好像高贵的法里东,
他把伟大的王冠戴上自己头顶。
他把那佐哈克推下王座,
把他王冠抛到地下把他江山夺过。
还似一位英雄萨姆我的先人,
他博学多闻精通法术与战阵。
第三个英雄就是我忠心耿耿,
效力朝廷国王才不必劳师远征。
那些日子真是国泰民安天下太平,
邪恶之徒根本不敢侵掠入境。
那时我打遍天下无往不胜,
一把战刀一条大棒抖擞威风。
我历数这一切就是让你知道,

---

① 白妖是马赞得朗的主要妖怪,欧让格、散哲、甘迪欧拉德及比德都是小妖,以上各妖均被鲁斯塔姆杀死。
② 脱离父体指精子授胎。

你是王子而勇士如同你放牧的羊羔。
你是皇家之后但你是刚出场的新手,
虽然你可依仗灵光保佑。
在世界上你看到的只有你自己,
不晓得天下还有许多不宣之秘。
恕我赘言,让我们饮一杯美酒,
用美酒洗涤心头的忧愁。"

埃斯凡迪亚尔夸耀自己的出身

埃斯凡迪亚尔听了这番语言,
不禁一笑,这时他感到高兴与心安。
他说:"我知道你所经历的战斗,
也知道你付出的辛劳吃过的苦头。
现在也请你听听我做过什么,
我也是英雄好汉中的佼佼者。
我最初为保卫圣教①而献身,
把世上的邪教徒铲除净尽。
世上还未见过有哪位勇士,
像我一样杀人众多遍地陈尸。
卡什塔斯帕是我的父亲,
而他又是卢赫拉斯帕的后人。
欧兰德国王是卢赫拉斯帕之父,

---

① 圣教指琐罗亚斯德教。

他名扬天下是一国之主。
再往上溯可以追溯到凯帕琛,
父辈都夸凯帕琛是皇家可靠的后人。
凯帕琛又是哥巴德之后,
哥巴德乃是公正贤明的国君。
这样直向上溯可追溯到法里东,
他是国家的根基社稷的明灯。
我母亲之父乃是罗马恺撒,
恺撒是一国之主统辖罗马。
凯撒原本是萨勒姆之后,
萨勒姆也曾有正义与灵光保佑。
那萨勒姆乃是法里东的后人,
他本属皇族也是高贵的皇家出身。
我对你所说句句都是实情,
世上正直人少到处坏人横行。
你和你的先人为我先人效力,
我的先人尊贵伟大有纯洁的心地。
你和你的先人在我祖辈阶下称臣,
说这样话并无意傲视于人。
你的地位全是由于我的先王荫庇,
因你曾辛劳奔走为朝廷效力。
请听我说,我还要告你许多实情,
不实之处请你不吝指正。
当王位传到卡什塔斯帕手中,

我就成了一名臣子在朝中效命。
不论是谁凡是违抗圣教的邪教之徒，
在土兰与中国我都一概铲除。
后来由于古拉兹姆进了谗言，
父王便把我囚禁不准外出赴宴。
由于我被囚卢赫拉斯帕遭难，
他在土兰人手下命丧黄泉。
后来贾玛斯帕这位饱经世事的贤臣，
他曾率军到共巴得要塞把我探询。
他到了要塞见我全身被捆绑，
也看到我因此而志丧神伤。
于是他下令找来几名铁匠，
让他们为我快快开镣松绑。
那些铁匠动作缓慢手脚无力，
我又急于解脱内心焦急。
我心中不快向他们大喝一声，
请他们后退这纯属劳而无功。
我站起身来用尽全身之力一挣，
挣断了镣铐及全身上的粗绳。
但我并没从囚禁地奔赴战场，
命运使卡斯塔斯帕迷途逃亡。
阿尔贾斯布率军在我面前逃窜，
因此我这才重又整军参战。
这时我重整军威又赴战场，
依然所向无敌像雄狮一样。

想你一定耳闻我连闯七关,
狮子与鬼怪在我面前哪个能拦?
我用计攀登上鲁因碉堡,
我把那碉堡从根基上掀倒;
我在土兰战场上勇建功勋,
我在土兰战场也备尝苦辛。
豹爪下的野驴也没受那番折磨,
水手捕获的鲸鱼也没我受的苦多。
我还到过一个要塞堡垒筑在山巅,
这建在野岭荒山的要塞远离人烟。
当我攻上去时见很多异教徒,
他们神情惊愕好像是喝醉了酒。
这法里东之子土尔时的要塞已无人记起,
这么多年人们早已把它忘记。
我奋勇作战终于把要塞攻陷,
攻陷碉堡便把偶像全都打翻。
我放一把圣火把那里的一切烧光,
那圣火乃是以火盘取自天上。
靠唯一的天神的荫庇佑助,
我战斗之后又回到波斯国土。
那时已经宇内升平没有敌人,
从一切庙宇中清除了婆罗门①。
我此次出征乃是只身拼搏,
在战斗中并无士卒兵将前去助我。

~~~~~~~~~~~~~~~~

① 婆罗门教为印度古代宗教,后经改革,称印度教。

说来话长我说这些已嫌啰嗦,

你如口渴请饮一杯美酒解渴。"

鲁斯塔姆夸耀自己的业绩

鲁斯塔姆对王子说:"我有个心愿,

愿我们的功勋业绩在后世流传。

现在请你耐心听我讲述一番,

请听一听我这年迈体衰的老汉之言。

如若我不随身携带我的大棒,

如若我不奔赴马赞得朗,

图斯、古达尔兹与格乌都要双目失明,

那名闻天下的国王①也不能死里逃生。

谁能挖出白妖的心挖出它的脑髓?

哪个凭力气敢与白妖为仇作对?

是谁救出卡乌斯使他免于灾难?

是谁辅佐他使他再主江山?

我把他救出监牢保他重新登基,

波斯人喜笑颜开人人满意。

我把那些妖怪尽行斩首,

他们并无尸布裹身也不知葬身何处。

在那些战斗中骏马拉赫什是我的助手,

---

① 名闻天下的国王指卡乌斯、卡乌斯征马赞得朗(波斯北方,里海南岸)被白妖施法术弄瞎眼睛,后被鲁斯塔姆救出。

我一把钢刀走遍天下并无敌手。
在那以后国王又去哈玛瓦兰,
他又一次被困只因他前去冒险。
我又一次从波斯率兵出征,
那里也有名臣名将也是艰难的征程。
我在哈玛瓦兰杀死了那里的国王,
把他们的国土踏平扫荡。
卡乌斯国王被全身捆绑,
劳累受辱不由得心情沮丧。
这时波斯又遭阿夫拉西亚伯入侵,
他率军入侵波斯军中颇有名将高人。
我赶快从囚禁中救出卡乌斯,
还有古达尔兹、格乌以及图斯。
我把这些公卿贵胄以及国王,
从哈玛瓦兰护送到波斯。
然后,连夜赶到前方去作战,
我爱护自己名誉不图舒适安闲。
当敌人看到我的光辉的帅旗,
我的拉赫什长嘶传到他们耳际,
他们便赶忙逃出波斯直奔中国,
这时才宇内升平人人庆贺。
如果卡乌斯被杀身亡,
那夏沃什王子怎可能生到世上。
那霍斯陆便也不可能出世,
因此,他也不能让卢赫拉斯帕为王。

我父亲那勇敢而高尚的勇士，
由于封他为王①而感到羞耻，
卢赫拉斯帕并未扬名世上，
为什么要封这样的人为王。
听取我的劝告吧我的勇士，
不要过于倾心这变幻无常的人世，
不要自视年轻力壮正处华年，
你也应听取老者的语言。
你不要按卡什塔斯帕的话做，
他本胸无珠玑腹无良策。
他秉性不好从父亲手中索取江山，
真令人不齿此举真是无耻厚颜。
父亲见他不堪重任有一副贪婪心肠，
自己选了条退路乃是祈拜上苍。
父亲见他性格不好秉性劣顽，
便退步抽身自己去了拜火祭坛。
他自己奔赴了扎别尔斯坦，
把父亲抛在巴尔赫身遭横祸。
最后，敌人从中国方向扑来，
狠毒地把卢赫拉斯帕杀害。
一个人对自己父亲如此漠不关心，
他对自己的儿子怎会是个慈爱的父亲。
他这是在对你耍弄阴谋诡计，
卡什塔斯帕的心对你充满敌意。

---

① 扎尔曾反对封卢赫拉斯帕为王。

他从心里盼着看到你一命呜呼,
因此他才促使与鲁斯塔姆冲突。
这是由于他心中对你存有畏惧,
所以才踏上歧路陷入污泥。
这真是怪事一桩完全不可想象,
你怎能把我伤害把我捆绑。
王子呵,听我劝告不能只凭意气,
卡什塔斯帕才是你的死敌。
他不愿交给你江山与王位,
因此才挑动你与我为仇作对。
让他永远为王,让他永主社稷,
让他把王冠伸入乌云带到地狱。
如若一个父亲不愿把江山交给后人,
那他心中就像长了把刀一样凶狠。
一个父亲亲手把儿子推向死亡,
那怎么是父亲简直是豺狼。
我们有扎尔作亲人何必认这个豺狼,
而且,我手中还有大棒与长枪。
我保你坐江山成为波斯与土兰之王,
谁反对你我定然叫他身亡命丧。
如若你执意要把我捆绑,
即使绑起我也不会给你增光。
我建立如此功勋天下闻名,
卢赫拉斯帕还不过是个叙利亚骑兵。
我拥有这样多的财富雄踞一方,
卡什塔斯帕还曾在罗马做过铁匠。

他头戴王冠有什么值得骄傲,
这王位还不是从卢赫拉斯帕手中讨要。
他居然说要给鲁斯塔姆上绑,
连上苍对鲁斯塔姆也不会这样。
我从年轻时到如今已至暮年,
还从未听说过有人出此语言。
我从不屑于对人低声下气,
低声下气有损我的荣誉。"
埃斯凡迪亚尔含笑开言,
他还伸出手去抓住他的手与双肩。
他说:"鲁斯塔姆巨象般的勇士,
我听人谈起你,你的名声尽人皆知。
你的强劲的手臂像狮腿一样,
身躯与腰腹胜似一条巨蟒。
你的腰身很细如同斑豹,
战斗时刻左旋右转全得用腰。"
他说这话时手上开始用力,
但那老将神色自若全不在意。
他握得鲁斯塔姆的手指黄水滴落。
但那英雄依然丝毫不露声色。
这时,鲁斯塔姆拉起王子的手,
对他说:"我的信仰圣教的王子,
这真是卡什塔斯帕国王的幸运,
有埃斯凡迪亚尔你这样的后人。
他得了你这样杰出的后人,
普天之下都仰承他的福荫。"

说话时他也紧紧把王子的手握在手中，
他一阵阵发力王子脸涨得通红。
王子的手指也鲜血欲滴，
脸色难看面部肌肉扭曲。
埃斯凡迪亚尔强露出笑容，
对鲁斯塔姆说："你天下闻名。
你今天在此吃酒明天就要开战，
两军阵前不要忘记今日酒宴。
当我给我的黑马备好马鞍，
头顶上戴好我皇家的缨冠。
我就会用枪尖把你挑到平地，
那时便不再搏斗厮杀也不再动气。
我要绑上你双手押到国王宫廷，
但我要对他说你无任何罪行。
我一定在国王殿上为你进言，
促成你们和解不要再为仇结怨。
我一定不使你受到责备感到痛苦，
受了委屈之后定让你获得财富。"
鲁斯塔姆听罢放声大笑又一次开言：
"我看你这样似乎是厌战。
你哪里见识勇士们搏杀争斗，
你怎么见过大棒呼啸高举过头。
假如命运注定早晚有这一场，
两人反目走上拼斗的战场，
到那时再也无需红色酒浆，
那时派用场将是仇恨与弓箭刀枪。

那时我们的战鼓乃是赫尔曼德河的涛声,
刀来枪往传递我们彼此问候之情。
我高贵的勇士你应该明白,
什么才是捉对厮杀把战场摆开。
明天让我们在战场会面交锋,
以武相会好汉对着英雄。
我会一把把你从鞍上抱起,
把你直带到高贵的勇士扎尔那里。
我请你坐在皇家的宝座里面,
请你戴上朝思暮想的王冠。
这王冠乃是哥巴德国王留在世上,
愿他在天堂心情永远舒畅。
我要打开我的宝库的大门,
赠你不计其数的珠宝金银。
我要丰盛地犒赏你的三军,
我要十分敬你使你王冠高耸入云。
然后,我再前去面见国王,
高高兴兴上路启程整装。
我义不容辞,要给你戴上王冠,
当然也要感谢卡什塔斯帕的恩典。
你为王以后我要恭谨地效力宫廷,
就像我对过去国王一样一片赤诚。
我心中欣喜将获得新生,
把一切恶人从大地上铲除尽净。
你登基为王我保定你的江山,
世上哪个不服还敢造反?"

鲁斯塔姆与埃斯凡迪亚尔对饮

埃斯凡迪亚尔对鲁斯塔姆说,
"人要是话说多了就显得啰嗦。
你我饿着肚子讲了半天,
所说的都是战场上的征战。
快传话下去把饮食酒席料理,
谁喋喋不休不请他入席。"
酒席摆好鲁斯塔姆进餐,
旁边的人都惊愕地观看。
埃斯凡迪亚尔与众位勇士,
命人把小羊摆在鲁斯塔姆两边。
鲁斯塔姆狼吞虎咽一扫而光,
王子与其他人等惊奇看他吃羊。
王子此时又呼唤人备酒,
斟满红色美酒请他品尝。
他心想且等鲁斯塔姆美酒入肚,
看他如何议论卡乌斯,看他有何谈吐。
于是左右立即端上美酒,
本是陈酒佳酿经过许多年头。
鲁斯塔姆举杯痛饮佳酿,
饮这杯酒恭祝国王陛下健康。
侍酒童子又拿过美酒一杯,
那杯乃是皇家器物无比华贵。

鲁斯塔姆对童子轻轻地说：
"这酒中请千万不要掺水。
酒中掺水是出于什么原因，
酒力大减完全破坏了佳酿甘醇。"
帕舒坦对童子连忙吩咐，
说去取一杯无水的纯酒。
端上美酒又请过琴师乐工，
人们都为英雄的饭量酒量感到吃惊。
当酒足饭饱到了告辞时分，
鲁斯塔姆这才起身推杯不饮。
埃斯凡迪亚尔对他相送以礼，
说："祝你生活愉快一切如意。
愿今日酒宴有益你的健康，
愿这酒宴启迪你心智增添你的雅量。"
鲁斯塔姆对他回答说："王子，
愿指引你的是你的理智。
你我都饮了此酒都有益健康，
愿这酒是开启人心智的佳酿。
如若你从心中排除对我的仇恨，
那定会大大增加你的身份与威信。
请你越过荒原去到我家宫殿，
有劳尊趾你到我舍下做客几天。
我一定一切都按我说的去做，
我是以理智把你启迪劝说。
你歇息数日千万不要铤而走险，
要聪明懂事就要接受人劝。"

埃斯凡迪亚尔听后这样回答：
"不发芽的种子请勿往田里抛撒。
你明天就要领略我们勇士的身手，
我要束装催马与你厮杀拼斗。
请你在这里再勿炫耀夸口，
权且回府准备明天的搏斗。
你可以看到我走马出入战阵，
轻松愉快似酒席宴上陪客畅饮。
你在战场上不是我的对手，
接受劝告吧，不要与我拼斗。
你可以听出我的话满含善意，
请不要激起我胸中的怒气。
我说的这些请千万接受，
按国王意旨见面时绑起双手。
当我们从扎别尔动身去波斯，
奔赴波斯去觐见波斯国王，
国王的意旨遵循圣教之人都应遵从，
国王的旨意也就是天神的指令。"
这时，鲁斯塔姆心中千头万绪，
他眼前的世界变为一片荒地。
心想要么就是我被他捆绑，
要么就是在战场上我把他打伤。
这两种结果都不应出现，
这是开了个坏头后果不堪设想。
我若被捆绑就会丑名远扬，
我杀死了他自己也得不到好下场。

为今之计怎么做才是出路,
哪种结局出现都令人为之一哭。
若被捆绑就会令人羞耻汗颜,
天下勇士就会把此事传为笑谈。
说鲁斯塔姆败在后生小子手下,
束手就擒在扎别尔被人擒拿。
那我就一夜之间名声扫地,
我这勇士之名从此再无人记起。
如若在战场他为我所杀,
那国王问起我有何言语对答?
人们会说他把王子置于死地,
就因为王子讲话对他失礼。
那我在世上也会永留骂名,
说我心无信仰做事有欠权衡。
如若我在战场死于他手,
那扎别尔斯坦岂不群龙无首。
那萨姆与扎尔就会断子绝孙,
从此,扎别尔斯坦再也无人。
其实,我劝他的都是金石良言,
我死后这些话也会交口相传。
就算是他杀死我夺走我的生命,
我在世上也总算留下个理智的善名。
这样寻思,然后对高贵的王子开言:
"请看,思虑使我满面愁颜。
你何必坚持定要把我上绑,
这样坚持下去你不会有好下场。

如若这是天意那自然又应别论,
万事取决天意半点不会由人。
你要做的似乎都是魔鬼的主意,
别人的良言相劝一概不睬不理。
你毕竟是年齿尚幼缺乏经验,
国王的欺骗你未能看穿。
你入世不深缺乏人生经验,
你可知你这是自己在寻求灾难。
虽然卡什塔斯帕占有宝座头戴王冠,
但他对已有的一切仍深感不满。
他还是把你派遣到遥远地方,
迫使你南征北战辛苦备尝。
他总用尽心机算计别人,
他的聪明智慧似刀枪一样伤人。
他留心世上有哪位英雄勇士,
敢与你在战场较量比试。
最好是那位勇士能把你击毙,
这样王冠与王座还留在他的手里。
我们真应齐声诅咒这顶王冠,
宁愿长眠地下也不要为此而开战。
你为什么反反复复把我责备,
而从来就不思量事情的原委?
你这真是自讨苦吃自找麻烦,
而敌人倒未必能把你打翻。
王子呵,你不要如此盛气凌人,
不要自寻烦恼自己埋下祸根。

王子呵，你不要刺伤我的心，
你伤害我的心也祸及你的躯身。
你要按天神意志听取我的规劝，
不要再自找苦吃再徒然冒险。
你根本无此必要与我作对为仇，
你我何苦战场拼杀势同寇仇？
这乃是命运驱使你领兵来到这里，
假我之手把你置于死地。
那样我的骂名便会长留人间，
但是卡斯塔斯帕下场也会十分悲惨。"
当骄傲的埃斯凡迪亚尔听了此话，
叫了声天下闻名的鲁斯塔姆，这样回答：
"你可知古圣先贤如何教导，
他们睿智聪明出言高妙。
老年人往往骗人自作聪明，
即使一时得手也不算怎么高明。
你几次三番对我花言巧语，
最终还是为了解救你自己。
你总是让别人相信你的蜜语甜言，
轻信了你的话为你所欺骗。
人们会说鲁斯塔姆高兴前来好语好言，
把埃斯凡迪亚尔几番规劝。
人们会说我不近人情，
说你是清醒的男子汉有广阔心胸。"
统帅听了他的话心中不快，
看来一场凶杀恶战躲也躲避不开。

他的和解的要求被认为是软弱,
王子出语伤人真是不由分说。
王子说:"我只服从国王的命令,
我服从他的命令不是为了王位与前程。
我在世上祸福穷通全都由他,
上天堂下地狱也取决于他一句话,
你在这里吃了酒祝你健康,
谁心怀恶意叫他不得好下场。
请你现在返回你的宫廷,
把我的话讲给你们的人听,
你回去调兵遣将准备开战,
切勿再拖延应付巧语花言。
明早请你前来比试高低,
从今以后不应再延误迟疑。
你明天在战场上就会发现,
你眼前的世界会是一片黑暗。
你应该知道英雄好汉比武较量,
那就是要压倒对方分毫不让。"
鲁斯塔姆说:"王子呵,
如若你这样坚持定要开战,
那我的战马拉赫什要跨过你的尸体,
我要用长枪大棒让你懂些规矩。
在国中流传着关于你的传言,
而你自恃此言不虚为自己壮胆。
说埃斯凡迪亚尔有金钟罩铁布衫,
战场上敌人枪矛无法把他身体刺穿。

明天请看我的战马奔驰在战场,
请领教一番我刺出的一枪。
从那以后我敢保你再也无力,
在战场上与对手比试高低。"
年轻的勇士不禁微露笑容,
从笑容中看出他藐视这位老英雄。
他对鲁斯塔姆说:"我的英雄,
你口出此言未免把别人看轻。
明天你我相会在两军战场,
你才会知道强手之中更有高强。
且不说我,我胯下战马也似高山,
明日不靠兵将我只身一人出战。
要制服我除非是请来天神,
凭你那刀剑丝毫也无法伤我躯身①。
可是如若你的头碰上我的大棒,
我保你母要哭儿悲痛心伤。
如若你战场上不死于我手下,
我就把你捆绑起来去见国王陛下。
也叫你这样不驯的人臣,
再不敢挑衅犯上反对国君。"

---

① 埃斯凡迪亚尔得神助全身刀枪不入。

鲁斯塔姆回到自己宫中

当鲁斯塔姆从大帐中迈步出门,
他在帐门边停留了一阵。
他对营帐说:"给人以希望的大帐,
贾姆席德坐镇时你多么肃穆辉煌。
法里东当政时你也充满皇家气派,
玛努切赫尔时你不乏风采。
哥巴德时你是仁德的大帐,
他把仁德之政在世上播扬。
卡乌斯时你有八面威风,
霍斯陆时期你也繁荣昌盛。
可是如今你的吉祥之门已然关闭,
坐镇你帐中之人不仁不义①。"
勇士埃斯凡迪亚尔闻听此言,
他迈步出帐来到鲁斯塔姆面前。
他对鲁斯塔姆说:"勇士,你磊落豪爽,
但这番气话为什么对帐篷言讲?
我看你这治地扎别尔斯坦,
在有见识的人看来却荒凉而又杂乱。
主人即使对来客心存芥蒂,
也不应指桑骂槐发泄怒气。"

---

① 这里鲁斯塔姆以大帐比喻国家,坐镇你帐中之人暗指国王卡什塔斯帕。

他也对大帐说:"过去确有一段时间,
是贾姆席德主宰社稷江山。
他恭行天神之道严整朝纲,
但那时也不是幸福时日也不是天堂。
后来轮到了法里东临政登基,
命运不济他头顶上布满阴霾。
从玛努切赫尔到哥巴德当政,
并无一人把天神记在心中。
自从王位轮替传到卡乌斯手中,
这大帐的确变成了一座兵营。
他哪里想到履行天神之道,
他想的飞升到天际去摘星①,
他主政以后便天下大乱,
到处是厮杀劫掠到处是混战。
当今的国王乃是卡什塔斯帕,
阶下有贤臣贾玛斯帕辅佐。
他的一侧坐着琐罗亚斯德,
他从天堂携来了神圣的赞德。
另一侧坐着勇士帕舒坦,
他经历了许多世事有丰富的经验。
埃斯凡迪尔主持他的中军大帐,
有这高贵的勇士在天地都感欢畅。
他对善良之人是一个鼓舞,
邪恶之辈在他刀下成了俘虏。"

① 卡乌斯曾把两只鹰绑到他王座上,妄想飞上天空。

话到此时,英雄跨马而去,
王子在背后看着他渐渐远离。
回来后他与帕舒坦议论,
说:"他真乃大丈夫豪气咄咄逼人。
这样的战马与勇士我还从未见过,
谁知明日这一战结果如何?
他真似冈格山上的一头大象,
如若他手执武器走向战场,
只看他身躯就透露出凛凛威风,
但是我还是预感他会败在我手中。
我见他满面容光心里就不安,
但国王的命令我又不能违反。
明天当他去到厮杀的战场,
我也只能使他眼前世界昏暗无光。
也许他会结果了我的性命,
两军战场上什么意外都会发生。"
帕舒坦闻言说:"你应听取我的规劝,
不要无缘无故与他开战。
我已对你讲过如今还要对你说:
为人做事不可偏离正理对人过苛。
你不应把正直高尚之人欺侮,
高尚正直之人从不奴颜婢膝人前受辱。
今夜你睡上一觉明天天亮,
你不要带兵将只身到他宫中造访。
到他宫中化敌为友握手言欢,
他问什么我们对以善意的语言。

你想他功高位显保定江山,
上下臣民都把他功德感念。
他不会完全不理会你的主张,
他也会妥协前去安抚国王。
你何必对他如此仇恨这样苛刻,
应驱散心中仇恨眼睛不再喷射怒火。"
埃斯凡迪亚尔听了连忙答话:
"这真是花园之中花草混杂。
凡是信仰纯洁的圣教之人,
都不会发出你这种谬论。
如若你是波斯的策士谋臣,
如若勇士们都接受你的言论,
如若你认为你说的是唯一出路,
那便是丧失理智,招致国王愤怒。
那我半生辛劳岂不一概付诸东流,
琐罗亚斯德教义再也无人遵守。
有一条教义说谁违反国王旨意,
他来日容身之处定是地狱。
你这是几次三番教我犯下罪行,
唆使我无端违背国王命令。
你这样说但我决然不能实行,
你的这番见解恕我不能遵从。
如若这样说是出于对我生命的担忧,
我现在劝你万勿为此而发愁。
人生在世大限不到不致死亡,
横死暴卒之人名声不会长留世上。

595

你明日战场上看我身手,
看我如何与鲨鱼般勇士搏斗。"
帕舒坦对他说:"我著名的英雄,
为什么你口中总离不开厮杀战争?
过去,只要你拿起大棒长枪,
妖魔鬼怪都不敢接近你身旁。
如今你似乎是鬼迷了心窍,
无论如何也听不进良言劝告。
我看你心智不明脑中充满仇恨,
见你如此我实在痛苦为你担心。
如今,我真不知什么才是上策良计,
我无论如何也摆脱不开我的忧虑。
两位壮士,两头雄狮,两位英雄,
天晓得明日谁占上风谁居下风。"
埃斯凡迪亚尔对他一句未答,
他虽十分自负但又心乱如麻。

扎尔对鲁斯塔姆的劝告

当鲁斯塔姆来到自己的宫殿,
心中已料到一场恶战势不可免。
这时扎瓦列来到他的面前,
见他心中不悦满面愁颜。
鲁斯塔姆对他说你去取来印度钢刀,
还有铠甲以及头盔下的衬帽。

取来弓、马护甲及取来头盔,
取来套索大棒及虎皮战袍。
扎瓦列把命令传下,按他吩咐,
从库中把战斗武器一一取出。
当鲁斯塔姆看到诸般武器,
挥了挥手从胸中叹了口气。
他说道:"战斗的伙伴,我的铠甲,
这一阵你颇得了几日闲暇。
如今不免一战而且是凶杀恶斗,
吉凶祸福只能凭命运保佑。
这是一场两头怒吼的雄狮的拼斗,
两个勇士谁都想战斗中压倒对手。
事到如今且看他如何行动,
看他在战场上显示出什么身手。"
当达斯坦听到鲁斯塔姆自言自语,
老人心中不禁充满烦愁与忧虑。
他说道:"我天下闻名的英雄,
你因何愁闷因何如此忧心忡忡?
难道你不是一跨上战马的马鞍,
就一心一意想的是冲锋向前。
难道不是一旦领受了国王的命令,
便把一切杂念排除出心胸。
你不惧怕雄狮也不畏巨蟒,
连魔鬼也休想逃过你的大棒。
这次我担心你的气数已到尽头,
命星殒落到头来万事皆休。

这也是注定我达斯坦丧子无后，
你的妻儿头上也笼罩着忧愁。
如若你在那两军厮杀的战场，
在那年轻的勇士手中命丧，
扎别尔斯坦就成了无王之邦，
巍峨的殿堂会变得一片荒凉。
如若你在战场上把他杀害，
那你的恶名就会迅速传开。
那时人们中就会流传各种说法，
破坏你的名誉说着你的坏话。
说他把年轻的王子置于死地，
因王子出言冒犯对他失礼。
你不如现在去向他请罪赔礼，
要么就找一个地方权且躲避。
找一个冷僻去处秘密藏身，
隐姓埋名从此不再出世见人。
这位王子一来你就黯然神伤，
不如暂时躲开避其锋芒。
无论如何你应接受我的规劝，
不要用斧头去砍中国的绸缎。
你要以财物犒赏他的三军，
这也就是以钱财从他手中赎身。
当他们离开赫尔曼德远去，
那时你再跨上你的坐骑。
当你确信双方不会再开仗，
你就屈尊一次自己去见国王。

当他见你前去还怎能对你谴责,
他再追究便与国王的身份不合。"
鲁斯塔姆开口回答:"父亲,
事情做起来并不像说的这么容易。
我南征北战常年闯练在各地,
人间酸甜冷暖我都一一经历。
我在马赞得朗曾与妖魔作战,
到哈玛瓦兰把他们勇士打翻。
我曾与卡姆斯和中国的哈冈①激战,
大地也惊悸地在我马蹄下抖颤。
我若畏惧埃斯凡迪亚尔只身逃走,
你在西斯坦便不能身居广厦高楼。
对卡什塔斯帕及他那王子我有何畏惧,
自有天神佑助遇难自能逢凶化吉。
我虽已年迈但当我置身于战场,
仍能探出手去一把掠住月亮。
当我身披虎皮战袍走上战场,
管他对手是人中好汉还是百头怒象。
你说去求情我已恳求再三,
做小服低说话时悦色和颜。
但他对我说的一概充耳不闻,
断然拒绝我对他的劝告与指引。
如若他愿低下昂到天际的头,
如若他能懂些礼貌做些迁就,

---

① 哈冈是波斯对突厥王(可汗)的称谓。

金银财产对他我决不吝惜，
还有长枪大棒铠甲与画戟。
我苦苦劝说唇舌费尽，
他蛮横无理一切充耳不闻。
如若明天双方战场交锋，
请你不必担心他的性命。
我可不必使用锋利的战刀，
我徒手足以把这著名勇士打倒。
我不在战场上与他马来马往，
也不使用大棒不使用尖枪。
我要在战场上突然拦住去路，
伸出双手一把把他的腰抱住。
我用力把他擒下马鞍抱在怀里，
他是卡什塔斯帕的王子我待之以礼。
我把他安置在一个舒适的宝座，
然后大开库门以财物馈赠宾客。
我把他作为贵客招待三天，
第四天当东方泛白朝日喷吐红焰，
当青空中支起光明的篷帐，
当天际展现金杯那橙色的朝阳，
我便与他一起整理行装，
一同去朝见卡什塔斯帕国王。
我保他坐上象牙宝座主宰江山，
戴上那顶朝思暮想的王冠。
我在他殿前效力俯首称臣，
保他稳坐江山如意称心。

当年我在哥巴德殿前效力,
多么威风体面,这你不会忘记。
可是如今你竟劝我隐避起来,
或者束手就擒听从他的安排。"
扎尔听了他的话不觉好笑,
心中不以为然他的头左右频摇。
扎尔说:"孩子,此话有欠思想,
信口说来听了感到荒唐。
不知内情的人听了你这番宏议,
也许会感到你说的有理。
哥巴德不过是山中的一个平民,
并无王冠宝座,是你保他为君。
如今你是与波斯国王为仇作对,
他有计谋有财产也有军队。
像埃斯凡迪亚尔这样的英雄,
中国皇帝也要在戒指上写下他的姓名①。
你说你要把他从马鞍上生擒,
生擒后把他带入扎尔的宫门。
人上了年纪说话还这么不沉稳,
你这是自寻烦恼制造自己的厄运。
我只是向你讲出我的嘱咐,
你是勇士之首一切由你做主。"
他说完此话便以头叩地,
以此向天神表达自己的诚意。

---

① 在戒指上刻写一个人的名字表示尊敬。

他说:"太空茫茫宇宙之主,
请你排除厄运赐我们幸福。"
他就这样祷告直到太阳从山后升起,
虔诚地祈祷一刻也未停息。

鲁斯塔姆与埃斯凡迪亚尔开战

当天际启明鲁斯塔姆穿好战袍,
他又披上虎皮征衣作为外罩。
套索挂在马鞍的鞍带,
跨上高头大马好一副勇士风采。
他传下命令,令扎瓦列上前听令,
对他详详细细吩咐了大队的行动。
说你赶快前去把大军集合,
集合后带到那碎石堆的后坡。
扎瓦列连忙去集合军士兵丁,
然后带上战场准备上阵冲锋。
鲁斯塔姆手执长矛出现在阵前,
他胯下骑着战马稳坐在雕鞍。
军士兵丁见了他一片欢呼,
欢呼这步兵骑兵队伍之主。
鲁斯塔姆在前扎瓦列随行,
鲁斯塔姆是军中主将扎瓦列是随从。
他们就这样来到赫尔曼德河边,
心中笼罩着愁云口中一声长叹。

他叫队伍与兄弟停止在一地,
他只身单骑向波斯王子队伍走去。
临行对扎瓦列轻声嘱咐:
说:"今日的对手手段高超是不逞之徒。
我要在战斗中打败此人,
让他心里明白事理从中汲取教训。
但我又担心在搏斗中出现闪失,
两人厮斗谁知会发生什么事。
你与队伍停在此观察战场情形,
看那战场上会有什么事情发生。
假如我见他仍然是怒气冲冲,
我们扎别尔就无需另外派兵。
那我就只身上前与他交手,
军中别人就无需也投入战斗。
如若他们是全军掩杀一齐进攻,
那时你应率队支援切勿贻误军情。
凡是谁若光明磊落行事公正,
在战场上他也会占据上风。"
吩咐已毕催马向前一声高喊,
风驰电掣地来到赫尔曼德河边。
他只腰身一挺便轻易地渡河,
旁边的人们都感到诧异惊愕。
他叫道:"埃斯凡迪亚尔,勇士,
你的对手来也,请上阵较量比试。"
当埃斯凡迪亚尔听到这叫声,
这老英雄的狮吼有如铜钟。

他淡然一笑说我今天起了个大早,
一切战斗厮杀早已准备好。
说着下令拿铠甲头盔披挂戴上,
手中拿定长矛及牛头大棒。
转眼之间已给他披挂完毕,
把头盔给他戴上全身整齐。
又吩咐人牵过黑色战马,
牵来战马准备王子跨上去厮杀。
王子一见战马心中就充满激情,
全身滚热不禁热血沸腾。
他用枪把往地上轻轻一点,
飞身一跃就跨上战马雕鞍。
他坐在马上似一头豹子骑着野驴,
骑着野驴向前奔跑驰驱。
战场上的军士都纷纷喝彩,
见王子出阵充满勇士风采。
当王子催马来到鲁斯塔姆面前,
见他只身一人稳坐在雕鞍。
于是他马上向帕舒坦传令,
我们也是将来将挡不必调兵。
他只身一人我也与他只身对阵,
你把队伍带到山头后布阵。
这时帕舒坦率队伍登上了山,
在山上布阵为主帅助战。
鲁斯塔姆看到远处似驰来一座高山,
那山转眼之际便到了他面前,

说话之际二人扭斗在一团,
凶杀狠斗似乎世上再无欢宴。
老少二人厮杀迎面相向,
这是两头怒狮两员虎将。
二人都在马上拼命嘶吼,
大地在那吼声中断裂颤抖。
这时鲁斯塔姆高叫了一声:
"幸运的王子呵请你听清。
我们最好还是不要这样争战,
请你仔细听一听我的肺腑之言。
如若你决意要厮杀一场,
如若你决意要双方拼斗鲜血流淌,
那我就调动扎别尔的勇士出阵,
让他们把喀布尔的铠甲披挂在身。
你也命令波斯的勇士们出场,
比试一番看哪方身手高强。
你我双方都派出勇士作战,
我们二人则在旁留意观看。
这也满足了你的愿望也是厮杀,
枪来刀往两方军士激烈对打。"
埃斯凡迪亚尔闻言立即回答:
"你这是无用之言全是废话。
你大清早起身领兵出战,
从那陡峭的山头把我呼唤。
为什么把我叫来又不愿拼斗,
是不是已经看到了失败的苗头。

这不是我本人与扎别尔之战,
这是波斯与喀布尔斯坦之战。
你说的打法不合我的习惯,
我从不愿这样出现在两军阵前。
我岂能驱使波斯人为我卖命,
而我则头戴王冠坐享其成。
不管是与何人开战我也冲锋在前,
是与猛烈的豹子搏斗我也毫无惧颜。
如若你要派别人上场悉听尊便,
而我则决不派遣他人上前。
在战场上我身边有天神佑助,
胜败输赢一切由天神做主。
你善战能征我勇于拼斗,
让我们不带兵卒一对一交手。
看是埃斯凡迪亚尔的战马,
丧失了主人跑回了马厩,
还是能征善战的鲁斯塔姆的战马,
丧失了主人跑回他的宫殿。"
于是这两位勇士彼此约定,
战将对战将双方都不派援兵。
讲定之后双方这才真正交手,
有来有往好一番龙争虎斗。
双方的长枪无数次绞在一起,
浑身鲜血渗流染红了二人的征衣。
二人奋力拼杀杀得枪头折断,
只好拿起战刀把长枪往旁边一抛。

两位勇士在战场上都昂首挺胸,
两匹战马一来一往左突右冲。
勇士力大无穷又砍钝了刀锋,
刀刃上处处缺口只好弃置不用。
两位勇士探身抓起大棒,
狼牙大棒紧紧抓到手上。
两条大棒重重在一起碰撞,
似山崩地裂发出轰然声响。
二人发起怒来都似雄狮,
身躯上伤痕累累但仍奋力支持。
后来,两条大棒也打得把手裂断,
如今武器用尽只剩下赤手空拳。
于是双马并排纠缠到一起,
双方各自揪住对方腰带与征衣。
这边是埃斯凡迪亚尔勇士,
那边是鲁斯塔姆天下闻名的英雄。
他们都用力狠狠拉住对方,
两位骄傲的勇士恰似两头巨象。
这边用力拉那边用力扯,
两头狮子在马上谁也动弹不得。
后来两位勇士终于在战场分开,
他们都筋疲力尽两匹马也无精打采。
血沫混着尘土挂在二人唇边,
豹皮及虎皮征衣都已撕成碎片。

埃斯凡迪亚尔的两个儿子死于扎瓦列与法拉玛兹之手

两位勇士搏斗了许多时间，
鲁斯塔姆无法脱身被死死纠缠。
扎瓦列此时连忙遣将调兵，
全体兵将都仇恨充塞心中。
此时鲁斯塔姆对波斯人高声叫喊，
说你们为何临战又不发一言？
你们前来找鲁斯塔姆作战，
如同自投鲸鱼之口活得腻烦。
你们莫不是要把鲁斯塔姆双手捆绑？
因何自己垂手而立躲闪在一旁？
此时，扎瓦列也在一旁帮腔，
骂骂咧咧目的是刺激对方。
埃斯凡迪亚尔的一子早被激怒，
他也是著名的勇士战场上左冲右突。
努什阿扎尔是这勇士之名，
他是军中佼佼者战斗时无往不胜。
他听西斯坦人叫骂勃然大怒，
认为这是有意把人羞辱。
他开口说你们这批西斯坦蠢汉，

你们哪里懂得文明人的规矩习惯。
我们军纪严整决不个人行动,
我们训练有素一切凭主帅的命令。
埃斯凡迪亚尔没给我们下令,
我们看到西斯坦人也不向前冲。
我们军中无人会违反他的将令,
谁也不会不听他指挥独断独行。
如今你方违反了双方约定,
战场上你方军队抢前冲锋。
你们会遇到我军战士的抵抗,
迎接你们的有刀枪及狼牙大棒。
正在此时扎瓦列下令冲锋,
要把对方将士消灭干净。
扎瓦列一马冲到两军阵前,
扎别尔人十人一队奋勇向前。
波斯兵士被杀不计其数,
努什阿扎尔见状忙从军中冲出。
他胯下骑着一匹黄骠骏马,
手中挥舞着一把印度的钢刀。
对方军中也冲出一员大将,
他也是有名的将官武艺高强。
这名将官名字叫作阿尔瓦依,
他自视身手不凡骄傲无比。
努什阿扎尔见他从远处来到,
便从腰间抽出一把钢刀。
手起刀落从他头上砍下,

来将便滚鞍落马尸横黄沙。
此时扎瓦列忙把战马催动,
他对着努什阿扎尔大喝一声。
把他打落马下你自己也要当心,
阿尔瓦依还不算我军中能人。
他说着话向对方猛刺一枪,
努什阿扎尔不防此着落马命丧。
当努什阿扎尔被人打倒在地,
波斯军中人人恐惧惊异。
梅赫尔努什是努什阿扎尔的兄弟,
见兄长牺牲他不禁落泪悲泣。
他手执钢刀上阵心中悲痛,
一催战马奋勇向前冲锋。
力斗雄狮的勇士见对手杀死哥哥,
愤怒得气喘吁吁口吐白沫。
对面的法拉玛兹如怒象一头,
一把印度钢刀紧执在手。
他与梅赫尔努什扭打在一团,
两边军士扬威助阵高声叫喊。
两个愤怒的青年都是高贵出身,
一个是皇家之后一个是皇亲贵人。
他们似两头雄狮扭打在战场,
每个人身上都有对方砍下的刀伤。
梅赫尔努什此时异常激动,
因此法拉玛兹便渐占上风。
他不慎一刀砍到了自己的马头,

好端端的骏马竟被砍断了头。
法拉玛兹见他此时已经落马,
便手起刀落登时便血染黄沙。
巴赫曼见战场上又一个兄弟丧命,
脚下黄沙被染得一片殷红。
他飞身来到埃斯凡迪亚尔身边,
那王子与鲁斯塔姆鏖战正酣。
他说道:"我心地纯洁的父亲,
西斯坦人派出了参战大军。
西斯坦人杀死了你的两个爱子,
努什阿扎尔与梅赫尔努什。
我们处境岌岌可危而你只顾厮杀,
凯扬王朝之后已尸横黄沙。
我们家族将永蒙耻辱之名,
受小人算计年轻的王子已然牺牲。"
明智的王子闻言勃然大怒,
心中悲痛泪水从双眼涌出。
他向鲁斯塔姆高喊:"喂,你这妖魔之后,
两军约定你因何把信义抛到脑后?
你不是说过别人不来参战,
想不到你竟如此鲜耻寡廉。
就算你不惧我,但你连造物主也不惧怕,
你不怕世界末日要你作出回答?
你不晓得大丈夫如若背信弃义,
众人面前就落得名声扫地。
两个西斯坦人杀了我两个爱子,

他们还在得意扬扬不知羞耻。"
鲁斯塔姆一闻此言怒上心头,
全身似风中树枝簌簌发抖。
他以国王性命起誓发愿,
让太阳、钢刀与战场作为明鉴:
"他们这场争斗不是我下的命令,
胆敢如此行动的人我也决不宽容。
我要把我兄弟的双手牢牢捆绑,
他是始作俑者导致血战一场。
还有我儿法拉玛兹也不放过,
我带他前来请你笃信天神的王子发落。
杀此二人为高贵王子们报仇,
万望王子为此事不必悲痛心忧。"
埃斯凡迪亚尔闻言如此回答:
"蛇血不应往孔雀血上滴洒。
孔雀血上洒上蛇血又有何益,
此举并不符合高贵的皇家仪礼。
你这卑鄙小人还是想想自家下场,
我马上就叫你命丧身亡。
我要用箭把你的腿钉在马身,
让人腿与马腹再不能分。
从此以后天下臣民不论何人,
再也不敢如此虐杀王子王孙。
如若侥幸你不命丧战场,
我就把你绑上去面见国王。
要是我一箭能置你于死命,

那也就报了仇慰我二子英灵。"
鲁斯塔姆说:"你这些废话胡言,
只能证明你自己无耻厚颜。
还是一切听凭天神做主,
只有天神才引导人走上正途。"
说完他又催动拉赫什战马,
高声吼叫着向着王子冲杀。

鲁斯塔姆逃到山上

两位勇士都执弓在手放射利箭,
血战一场直至太阳收敛了光焰。
箭头射处立即火花四溅,
箭头锋利几番把铠甲射穿。
埃斯凡迪亚尔心中闷闷不乐,
双眉紧皱似两条打结的绳索。
平日,只要他双手张弓搭箭,
便注定无人能从他手下幸免。
他选中一支利箭箭镞坚如钻石,
坚硬的铠甲在这箭下如一张薄纸。
他张弓射出此箭箭飞带风,
鲁斯塔姆与拉赫什双双被射中。
但是他却骑马在战场盘旋,
这样便轻松地躲过鲁斯塔姆之箭。
但他的箭却支支射中,

613

拉赫什战马受伤鲁斯塔姆也力不能敌。
鲁斯塔姆的箭射不中对方,
他真是束手无策非败即亡。
只有这时鲁斯塔姆才真正清醒,
王子浑身刀枪不入有神助的硬功。
拉赫什频频中箭身虚体弱,
勇士失去战马只得徒唤奈何。
当骑士再不能靠战马战斗冲锋,
他只得另思他计摆脱绝境。
此时勇士翻身下马弃马而行,
他快步上山登上山的高峰。
拉赫什身受重伤离开主人,
它从战场上直跑入自家宫廷。
鲁斯塔姆浑身上下血往下滴,
比斯通山一样的身躯也耗尽了体力。
这时埃斯凡迪亚尔放声大笑,
说:"我的天下闻名的好汉,
你怒象般的体力如何消减?
几支箭如何能削弱一座铁山。
到何处去了,你英雄气概与大棒的威风,
你满心的骄傲与战斗的豪情?
当你听到愤怒的狮吼,
你因何只身逃上山头?
难道你不是力败妖魔的英雄?
多少凶猛的野兽在你刀下送命。
你这战象如今变得狐狸般怯懦,

战场交锋经不起几个回合。"
且说那拉赫什奋蹄一阵狂奔,
很快便快快地逃回本阵,
扎瓦列一眼看到拉赫什跑来,
战马浑身伤痕累累无精打采。
顿时他感到眼前一片昏暗,
他高呼着冲到两军阵前。
他见鲁斯塔姆受了重伤,
浑身上下鲜血向外流淌。
他对鲁斯塔姆说:"请上我的战马,
让我为你报仇助你厮杀。"
鲁斯塔姆说你快去向达斯坦禀明,
说萨姆的家门遭到不幸。
你看如今还有什么办法,
我这遍体鳞伤岂不令人笑话。
如今埃斯凡迪亚尔射得我遍体鳞伤,
如果我能忍过今夜耗到天亮,
挨到了那时我的父亲呵,
就如同重得新生母亲又把我生到世上。
你快快回去把战马拉赫什照料,
我歇息一会儿之后也随后赶到。
扎瓦列离别兄弟寻找骏马而去,
一路上行来搜寻拉赫什的踪迹。
埃斯凡迪亚尔在山下等了一阵,
他高叫一声:"鲁斯塔姆请你听真,
你在那山上还要停留多久,

让我给你出个主意救你下山头。
你抛下你的弓箭解开你的战袍，
还要从腰间解下你的佩刀。
你要承认错误双手让我捆绑起来，
从今以后你不会受到我的伤害。
我就这样带你去见国王，
我一定为你开脱让他把你释放。
如果你还要再战应留下遗言，
看你死后谁把这片国土掌管。
你犯过罪行但你不必恐惧，
只要请求天神赦免天神定然赦你。
当你动身离开这人生逆旅，
一切都靠天神把你指引启迪。"
鲁斯塔姆说："你这全是一派谰言，
何劳你为我权衡是恶是善。
你如今最好是率兵回营，
我们已无法再战天色晦暗不明。
现在我也要返回我的宫殿，
略为喘息在家中休息一晚。
我要洗净与包扎身上的箭伤，
我要与我的家人议论商量。
扎瓦列、法拉玛兹还有达斯坦，
我把他们都唤到我身边。
我要说服他们按你主意行事，
说按你的主意便万无一失。"
刀枪不入的埃斯凡迪亚尔说：

"你这诡计多端的老汉不要骗我。
你是能征善战的大丈夫英雄,
但许多阴谋诡计也藏在心中。
我已经领教过你的阴谋诡计,
现在我就要把你置于死地。
今晚我就把你的把戏一一揭穿,
你也别再妄想回你的宫殿。
若接受条件就应立即执行,
如若违抗你我以后再不会相逢。"
鲁斯塔姆说:"我就依从你的主张,
但我现在得去包扎我的箭伤。"
说完他就转身离开王子身边,
王子看着他不知他有何打算。
他居然渡过河去带着满身箭伤,
那王子的利箭支支射到他身上。
当鲁斯塔姆像一条船一样回到对岸,
感谢天神保佑他身脱灾难。
他仰面对天说:"圣洁的造物主,
如若我箭伤发作一命呜呼,
谁去为我力战强敌报仇雪恨?
我这里便江山难保后继乏人。"
这时埃斯凡迪亚尔向前观看,
他看到鲁斯塔姆平安游到对岸。
他赞叹说这哪是普通凡人,
他是头战象武艺出众超群。
他见这景象心中暗暗吃惊,

617

心中祷告赞颂天神圣明。
说：“天神呵，你按自己意志创造万物，
你创造了时光以及这大地黄土。
感谢天神创造了人的生命，
创造了大地与创造了时空。
万幸没赋予他战胜我的力量，
让我把他打败我身手高强。”
他自言自语说完就直奔大营，
未到营中早已听到一片哭声。
努什阿扎尔与梅赫尔努什遭人暗算，
帕舒坦失声痛哭哭得声声凄惨。
整座大营一片愁云笼罩，
将士们痛苦得撕碎征衣战袍。
埃斯凡迪亚尔连忙翻身下马，
在战死的烈士身前把头低下。
他也落泪道：“两位年轻的英雄，
你们的灵魂离开躯体向何处飞升？”
他又对帕舒坦说：“不要再哭泣，
悼念死者痛哭流泪毫无意义。
流血流泪也完全于事无益，
总不能生者也随死者而去。
不论年老年幼终不免一死，
但愿人走时都保持清醒与明智。”
他吩咐打造金棺与柚木的椁，
把灵榇送给国王启运回国。
同时他给父王修书一封，

说你种下的树如今已结果。
你无事生非起意妄动刀兵,
你出个主意非要鲁斯塔姆服从。
看到努什阿扎尔与梅赫尔努什的棺椁,
你不必伤心也不必十分难过。
埃斯凡迪亚尔的事尚无进展,
谁知命运带给我的是成功还是灾难。
他内心悲痛独自稍事歇息,
鲁斯塔姆的话又在头脑中忆起。
然后他对帕舒坦这样开言:
"狮子遇上这样的好汉也是一场灾难。
我今天对鲁斯塔姆仔细端详,
看他的腰身也看他的臂膀。
我衷心赞扬天神心怀敬意,
天神给人以希望又令人畏惧。
我们真应感谢创造世界的天神,
赞美天神的创造,造就了这样的异人。
他完成了壮举创造了英雄业绩,
他向中国海扩展了自己的势力。
他探出手去从海中拖出鲸鱼,
他提起豹尾把山豹拖离平地。
我用利箭射得他遍体鳞伤,
他浑身鲜血下滴血染沙场。
他胯下无马居然也能登上高山,
身披铠甲佩带武器也游到对岸。
他上得岸去带着遍体伤痕,

处处箭伤滴血,鲜血淋淋。
我深信即使他平安回到宫中,
他的灵魂今夜定然升空。"

鲁斯塔姆与家人共商对策

且说鲁斯塔姆回到自己宫殿,
达斯坦见他浑身伤得这样凄惨。
扎瓦列与法拉玛兹落泪失声,
见他伤痕累累心中悲痛。
鲁达贝悲痛得扯断自己的头发,
她哭叫着往自己脸上乱抓。
扎瓦列上前忙给他解开腰带,
然后又帮他把虎皮战袍解开。
国中凡是闻听此事之人,
都簇拥到宫门前来慰问。
鲁斯塔姆下令拉过战马拉赫什,
看谁有办法为它把箭伤诊治。
见过世面的达斯坦也抓耳挠腮,
见儿子遍体箭伤不禁伤怀。
他说我已老朽,但我这一生,
还从未见儿子伤得如此严重。
鲁斯塔姆对他说:"叹息何用,
一切都由上天决定于冥冥之中。
更为艰难的考验还在后头,

说不定我在他手下一命全休。
我虽走遍天下身经百战,
但是刀枪不入的人从未遇见。
我走南闯北踏遍世界各地,
深晓人情世态与各地消息。
我曾擒住白妖把它腰斩,
消灭了白妖似把一根柳枝折断。
我的利箭也能穿透铁砧,
再厚的盾牌我也能射穿。
我也曾对准他的头盔射中数箭,
但如同干草碰上石头草弱石坚。
我也曾紧紧抓住他的腰带,
但左拉右拽就是拉不起来。
豹子如若见我举起了钢刀,
也要吓得往乱石丛中遁逃。
但我却无法扯断他的铠甲征袍,
也撕不开他头上戴的丝绸衬帽。
我也曾屡次对他好言相劝,
希望好言好语使他心肠变软。
但他对我始终充满敌意,
与我交谈时心中充满怒气。
我真感谢天神撒下夜幕,
夜幕降临令他眼前模糊。
我这才趁夜色摆脱了这条毒龙,
但我不知今后怎么不落到他手中。
我看事已至此已别无良策,

只有明天骑上拉赫什远走躲过风波。
我要到一处地方他根本寻觅不到,
只好任他进军扎别尔杀掠焚烧。
最后他会感到力竭心疲,
虽然太迟但只要他能回心转意。"
扎尔对他说:"孩子,你听我说,
让我们从长计议再寻良策。
凡世上难事都有道门儿解脱,
除了死亡,但死亡本身也是门儿一个。
我如今倒是看到一条出路,
我们可请神鸟①降临相助。
如若神鸟愿扶危济难,
我们国土便可保完整平安。
否则从此我们将国无宁日,
祸根就是埃斯凡迪亚尔这狠心的勇士。"

神鸟为鲁斯塔姆出谋划策

当父子二人认为此计可行,
扎尔便率人登上一座山峰。
他从宫里带去三个烧着火的香炉,
还有三名精壮的武士卫护。

---

① 扎尔出世时,满头白发,其父萨姆认为不吉,命人把孩子抛至山中后扎尔由神鸟养大,临分别时神鸟赠他羽毛。

能施法术的扎尔登上山头,
便从绸袋中抽出一根羽毛。
用一个香炉之火把羽毛点燃,
眼看着羽毛着火与冒烟。
入夜之后过了一个时辰,
天空中一片漆黑夜色深沉。
扎尔在山头向上仰望,
见神鸟悠然出现在天际上方。
此时,神鸟也在向下观看,
见有点点火花在下方频闪。
扎尔正忧心忡忡坐在香炉火旁,
这时神鸟便慢慢降落到地上。
扎尔在山头见神鸟真的降临,
便为它祈祷感谢它不忘故人。
他面前三个香炉香烟袅袅,
他两眼流泪忧虑心焦。
神鸟说大王呵出了什么不幸,
你点火唤我,满面愁容?
扎尔说:"愿我们的敌人遭到厄运,
如今有个顽敌欺上了家门。
我那勇如雄狮的鲁斯塔姆遍体受伤,
见他那累累伤痕我心中悲伤。
他身上累累伤痕或许致命,
从未见有谁受伤这样沉重。
拉赫什因箭伤也会性命难保,
箭箭射中要害它疼得就地跳跃。

埃斯凡迪亚尔来到我们家乡，
一再挑战毫无和解希望。
他一不要王冠社稷二不要宝座，
他要刨我树根掠我树上之果。"
神鸟对他说："我的勇士，大王，
为此事全不必忧心悲伤。
请把拉赫什牵到我身边，
也请高贵的鲁斯塔姆见上一面。"
扎尔立即派人去找鲁斯塔姆，
告诉他绝处逢生已有出路。
并吩咐赶快牵来拉赫什，
请神鸟看他伤痕为他诊治。
当鲁斯塔姆匆匆登上山坡，
神鸟见他开口便对他说：
"喂我如同大象的尊贵的好汉，
是谁打得你浑身伤痕这样凄惨。
你因何与埃斯凡迪亚尔开战，
这乃是自焚，烧身之火自家点燃。"
扎尔插言说："我善良的神鸟，
你从天而降望你把我们协助。
如今如若我们失去鲁斯塔姆，
那世界上就再无我们安身之处。
他们会把西斯坦毁坏踏平，
这里会变为狮虎之乡兽类横行。
他们要彻底消灭我们家族，
我们有苦可能到何处去诉？"

神鸟仔细审视鲁斯塔姆的伤痕,
一块块接合他身上断裂的部分。
它用鸟嘴吸血吮吸受伤之处,
从受伤之处把脓血全都吸出。
然后以羽毛在伤口轻抚,
鲁斯塔姆感到有了力气浑身舒服。
神鸟告他这伤口应该密封,
七天以后就不会再感疼痛。
并说:"你要以牛奶浸泡我的一支羽毛,
然后在你身体上的箭伤上敷好。"
随后,又让人们牵过拉赫什,
如法炮制也为骏马疗伤医治,
马颈上中了六支利箭,
支支取出毫不拖延时间。
箭刚取出那马便一声长啸,
保卫江山的英雄也放声大笑。
这时,神鸟对鲁斯塔姆说:
"大象般的勇士你是人中的骄傲。
你为什么偏与埃斯凡迪亚尔交锋,
他乃刀枪不入天下知名。"
鲁斯塔姆回答:"如若他不绑我,
我也不会动怒一切都好说。
虽然与他交锋我不能得胜,
但我宁拼一死战也不愿辱没名声。"
神鸟答道:"即使你在他面前低头,
也不能算作辱没了名声。

他是国王之子又英勇善战,
有神威相助他的意志谁敢违反?
我有一策不知你是否认为可行,
我劝你不要再进行这场拼争。
当你与埃斯凡迪亚尔拼斗在战场,
万不要以为你比他手段高强。
你明天去向他道歉认错,
说你的身家性命听凭他发落。
如若他真的气数已完,
他就决然不接受你的道歉。
如若是这样我便授你一计,
使你昂首云天扬眉吐气。"
鲁斯塔姆听完心中暗喜,
再不为目前的战斗而心中焦急。
他回答:"哪怕天上降下钢刀利箭,
我也遵你命而行忠心不变。"
神鸟说:"我这样做是出于对你的关怀,
把冥冥中的秘密对你公开。
谁要是把埃斯凡迪亚尔杀害,
命运决不轻饶,此人必定遭灾。
就是他杀死对手保全了生命,
也要受到惩罚贫困潦倒一生。
今生今世他要连遭厄运,
到了彼世也定然磨难当头事事不顺。
你如今得知我讲的秘密,
你就会信心倍增力克强敌。

今晚我就把秘密对你讲明,
但我仍然望你对王子谨言慎行。"
鲁斯塔姆说:"我一定谨守秘密,
现在就请授我以秘计。
世界将永远存在我们都要离去,
人走后留下的是他的声誉。
我即使战死也要留下好的名声,
躯身任他朽化为人名声最重。"
神鸟说:"你骑上拉赫什战马,
选一把淬火的匕首腰间悬挂。
你要虔诚地祈祷赞颂天神,
骑马径直向中国海方向行进。
你万勿顾及此行山高路遥,
我定然设法使你今晚赶到。
那里有座小林林中有棵柽柳,
是葡萄的汁液浇灌世上罕有。
我指给你这珍贵的坚硬的树木,
要用这树枝制箭才能使强敌屈服。"
鲁斯塔姆一听就束衣准备前往,
纵身一跃就端坐在拉赫什马上,
他逶迤行来一直达到海岸,
见神鸟翅膀把天空遮暗。
高贵的神鸟也飞到海岸近旁,
然后便轻轻降落到地上。
见那片地上有一棵挺拔的柽柳,
神鸟就降落在那柽柳近旁。

它把接近柽柳的道路向勇士指明,
清风徐来把柽柳的异香飘送。
它让鲁斯塔姆上前靠近那树,
然后以自己的羽毛在他前额轻抚。
它对勇士说:"你要选一个挺直的树枝,
那树枝要生长得又细又直,
这树枝要致埃斯凡迪亚尔死命,
因此决不应把它价值看轻。
你用火燎烤把树枝扳直,
再找一个箭镞装上那树枝。
在那树枝上装箭镞两支羽毛三片,
然后我再教你如何伤他如何用剑。"①
当鲁斯塔姆把那柽柳枝杈折断,
便从海边反身回到自己宫殿。
他从海边返回仍按神鸟指引的方向,
神鸟也返回一直飞在他头顶上方。
神鸟说:"如若埃斯凡迪亚尔,
再次前来找你无理挑战。
你就以好言请求罢战言和,
惹人愤怒的言词什么也别说。
你对他只应以好言相劝,
要不就与他提起往日的征战。
就说你过去在世上到处奔波,

---

① 从这句诗中可见所需树枝是一双叉枝,可装两个箭头,用以射伤埃斯凡迪亚尔双眼。

为王家事业也曾赴汤蹈火。
如若你对他的请求他悍然不理,
认为你讲这些是软弱可欺。
那时你就把这柽柳之箭搭上弓弦,
而事先当然以药酒浸泡这箭。
然后双手发力把这箭向他双眼射去,
就像柽树①前双手抬起深施一礼。
命运驱使那箭射向他的眼睛,
一箭射中立即使他双目失明。"
神鸟与扎尔彼此意厚情深,
扎尔长大多亏神鸟抚养他成人。
神鸟兴高采烈地飞上天去,
等鲁斯塔姆抬头时它已飞到天际。
鲁斯塔姆请它赐一团火烤那树枝,
借助神火把树枝扳直。
然后他在树枝上装上箭头,
羽毛也装在那柽柳箭杆之后。

鲁斯塔姆与埃斯凡迪亚尔再次开战

当山头后透露出黎明晨曦,
沉沉夜色只好悄然隐去。

---

① 据贾法尔·舒阿尔博士及哈桑·安瓦里博士注释本《鲁斯塔姆与埃斯凡迪亚尔之战》注:有的人是崇拜柽柳的。

鲁斯塔姆披挂上盔甲征袍,
又频频向天神不断祷告。
然后他跨上巨象般战马的马鞍,
像是尼罗河中一艘大船。
当他来到埃斯凡迪亚尔军前,
为报仇雪耻来向他搦战。
鲁斯塔姆端坐马上挺直身躯,
高声断喝挑战威风无比。
他说:"勇士呵,你要高睡到什么时辰,
鲁斯塔姆已跨马来到你的辕门。
不要再高枕酣睡快快起身,
起身来与鲁斯塔姆对阵。"
埃斯凡迪亚尔听到了他的叫喊,
连忙起身披挂准备上阵迎战。
他对帕舒坦说:"即使是雄狮,
也要畏惧勇敢而有法术的勇士。
我看昨天鲁斯塔姆受伤中箭,
夜晚他并未回到自己的宫殿。
你看他胯下之马拉赫什,
身上中的箭已经没有一支。
我听说达斯坦可是个妖人,
伸出手去他能摘取日月星辰。
他若一怒比妖魔鬼怪还凶,
妖人妖术无法以理智判断权衡。"
这时,帕舒坦眼含热泪对他说:
"让你的敌人不幸遭受折磨。

我看你今早精神有些不振,
是否昨夜未睡有事在心?
你们二人都是世上罕见的英雄,
因何为仇作对彼此不容。
我不懂因何命运对你如此苛刻,
时时煽起仇恨把你捉弄折磨。"
这时埃斯凡迪亚尔已披挂整齐,
他来到鲁斯塔姆近前准备迎敌。
他见到鲁斯塔姆便大喝一声,
说:"愿天下永不提起鲁斯塔姆之名。
昨日一战你全身布满箭伤,
难道今日你已把那利箭遗忘?
昨天在我箭下你落得遍身伤痕,
直斗得你神志不清筋疲力尽。
但是扎尔的妖术使你得到恢复,
否则怕你早已身躯埋入黄土。
你昨晚回去施行了妖术妖法,
因此今早又来此处挑战叫骂。
我今天要用利箭把你射穿,
让扎尔无法再与你见面。"
鲁斯塔姆对王子如此开言:
"你真是穷兵黩武生性好战。
你应遵循纯洁的天神的教谕,
应尊重理智不应依仗武力。
我今天本意不是向你挑战,
今天的目的实在是来致歉。

你对我行事确实不公,
有东西迷住了你理智的眼睛。
我发誓,以圣教及圣教天神的名义,
以努什阿扎尔火坛、火神和灵光的名义,
还有日月星辰、阿维斯塔与赞德,
应捐弃前嫌握手言和。
我对你的好话真是万语千言,
旁人听了都要感动心都会变软。
请你前来,请到我家做客,
我一定殷勤招待衷心祝贺。
我要打开多年不动的库门,
那里有我长年积攒的金银。
我要下令马匹驮上财宝金银,
交给司库人押送给你的大军。
我还愿随你上路登程,
如若你愿带我去面君入宫。
到了王宫如何处置听凭发落,
国王要杀要绑我决不反驳。
你且听古圣先贤如何教导,
说人怕就怕不祥之星在头上照耀。
我想方设法等待终有一天,
你对厮杀争斗感到厌倦。
为什么你天生一副铁石心肠?
天天梦想厮杀日日离不开战场?
以天神名义发誓,你若讲和罢战,
从此你的美名便会在天下流传。"

埃斯凡迪亚尔闻言立即回答：
"两军阵前我怎能听信你这胡话。
你还啰里啰嗦邀我到你家做客，
还喋喋不休要我罢战言和。
今日一战如若你有幸生存，
那也应俯首降服束手就擒。"
鲁斯塔姆再次开言相劝：
"王子呵，为人行事不能把公道抛在一边。
你不应辱没我名声也不要断送自己性命，
这场搏斗结果我对你不说自明。
我要赠你成千颗巨大的珍珠，
还赠你王冠、耳环与手镯。
我要给你物色成千美貌少年，
让他们服侍你日夜陪伴。
我还为你选上成千哈尔希①美女，
朝朝暮暮在你身边形影不离。
我还要打开萨姆与扎尔的库门，
向你献上库中的全部财宝金银，
我把所有一切全都奉献给你。
我还派精壮之人充实你的军旅，
派选之人都要听从你的将令，
上阵消灭敌人奋勇冲锋。
然后，我到你帐下领你将令，
去面见心怀仇恨的国王随你入宫，

---

① 哈尔希是古代塔里木河下游一城名，以产美女著称。

王子呵,你应从心中驱散仇恨,
不要让魔鬼占据你的身心。
只要不把我上绑一切听从你安排,
你就是我的王上我的主宰。
如若把我上绑我就名声扫地,
你破坏了我的名声于你何益?"
埃斯凡迪亚尔对鲁斯塔姆说道:
"你如此喋喋不休也太无聊。
你要我背离天神指引的途程,
要我违背征服世界的国王的命令。
谁要是背离违抗国王的命令,
这样的人天神也决不见容。
要么你束手就擒要么你我一战,
不要再重复这些无稽之谈。"

鲁斯塔姆射中埃斯凡迪亚尔双眼

最后鲁斯塔姆终于发现,
埃斯凡迪亚尔根本不理会他的良言。
他厉声喝道:"你去叫帕舒坦,
让他作为这场纠纷的证见。
我可是三番五次忍气吞声,
我未做亏心之事但仍向你赔情。
让他明白不是我要挑起争斗,
天理正义始终占据我心头。"

埃斯凡迪亚尔闻言哈哈大笑,
说:"我天下闻名的英雄你应知道,
战场之上本应是龙争虎斗,
你何必花言巧语护短遮丑?
帕舒坦就在离此不远的阵中,
你我之战就属他了然知情。"
然后他下令召帕舒坦来到阵前,
帕舒坦来到鲁斯塔姆端详细看。
他说:"勇士呵你高贵正直天下景仰,
在下有句肺腑之言愿对你讲。
我三番五次请求王子罢兵,
但他对良言相劝竟悍然不听。
你亲眼看到我多么低声下气,
但他充耳不闻,开战他定死无疑,
如若他真的死在我的手下,
那就请你作证晓谕天下。
说鲁斯塔姆可是一再请他容情,
但王子不为所动坚决不听。"
这时,埃斯凡迪亚尔一声断喝,
说:"两军阵前因何如此啰嗦?
来!来!看你有什么高强手段,
都使出来让自己美名天下流传。"
鲁斯塔姆一听王子再次挑战,
知道时辰已到再不能拖延。
于是他便把柽柳之箭搭上弓弦,
那箭本以毒药所浸是支毒箭。

当他张弓发力就待发射,
不由得仰天长叹向苍天诉说:
"苍天呵!天神,是你主宰日月星辰,
你创造知识与力量,主宰人的命运。
愿上天明鉴我纯洁的心地,
愿上天洞悉我的灵魂与我的膂力。
我苦苦劝说埃斯凡迪亚尔罢战言和,
万勿刀兵相见有事心平气和论说。
你亲眼所见他多么蛮横无理,
死死迎战把我逼迫到绝地,
这无论如何不是我的错误,
苍天呵!你在上明鉴,你这日月火星之主。"
当埃斯凡迪亚尔见他还在迟疑,
在战场上仰天长叹喃喃自语。
又高叫了一声:"天下闻名的鲁斯塔姆,
你是不是怯懦畏战害怕冲突?
看箭!这乃是国王卡什塔斯帕之箭,
是卢赫拉斯帕之箭,是勇士的宝箭!"
这一箭射在鲁斯塔姆的头盔之上,
毕竟是勇士的身手箭法高强。
这时,鲁斯塔姆也迅即把箭射出,
一切都按照神鸟的嘱咐。
这一箭正好射中王子的双眼,
他眼前的世界登时一片昏暗。
两个箭头正中他的两只眼睛,
熊熊的仇恨之火熄灭在他胸中。

他翠柏般的身躯已然扭曲,
心神散乱神志已然昏迷。
他头向下垂眼看要翻身落马,
恰奇硬弓也撒手抛在地下。
他急忙伸手抓住马鬃,
战场上的土地被鲜血染红。
这时鲁斯塔姆对王子说:
"如今仇恨结出了毒果。
你曾夸口说自己刀枪不入,
说自己伸手能撕开青翠的天幕。
昨天,我虽然身中你八箭,
但是我苦苦忍受闭口不言。
如今只有一箭把你射中,
你便翻身落马忍不住疼痛。
你就要一头栽到这战场之上,
慈母为此要痛断肝肠。"
正说话间那天下闻名的王子,
从黑马上一头栽到了地上。
跌倒在地过了片刻略为清醒,
他坐在地上侧耳细听动静。
他一把抓住利箭用力抽出,
那箭头箭尾都沾满了血污。
这时巴赫曼也听到消息,
说皇家鸿运上笼罩了阴霾。

巴赫曼连忙把消息告诉帕舒坦,
说我们已然战败后果令人心寒。
巨象般王子已跌落在平地,
大难当头,世界变成了墓地。
他二人急匆匆跑到阵前,
穿过队伍来到王子身边。
见王子全身沾满了血污,
手执一箭,鲜血染红箭杆与箭镞。
帕舒坦一见痛撕自己的衣衫,
抓起黄沙撒向自己的头和脸。
巴赫曼一见便一头栽倒在地,
他脸上沾满和着血的污泥。
帕舒坦叹道:"人间祸福情由,
这些王公贵人几人能够参透?
主宰宇宙万物的只有宇宙之主,
太阳之主,土星与火星之主。
当埃斯凡迪亚尔为了宗教,
挥舞钢刀去南征北讨。
那时他清除的是异教之徒,
理直气壮无何可指责之处。
但如今,他年纪轻轻丧失了性命,
应戴王冠的头颅栽到了土中。
他使天下为之不安,错还在他自己,
他把正直善良之人逼入绝地。
过去他勇冠三军身经百战,
无往不胜从未败在对手面前。"

巴赫曼、帕舒坦二人把王子的头扶起,
轻轻地把他头上脸上血污揩去。
帕舒坦心中悲痛脸上沾满血污,
他见此情状不禁放声大哭。
他哭诉:"埃斯凡迪亚尔我的勇士,
你本应继承王位,你是王子。
是谁掀倒这座巍峨的高山?
是谁把这怒狮般的勇士打翻?
你洁白如象牙是谁把这象牙打断?
打断后又抛到尼罗河的波澜?
是谁遮掩了灿烂的太阳的光焰?
是谁使高贵的王子丢尽颜面?
是谁扑灭了这熊熊高烧的火烛?
是谁使王族全家焦心痛哭?
这一家族遭到多么不祥的毒眼,
恶人恶报让恶人遭逢灾难。
到何处再去寻你的心灵、智慧与信仰,
以及你对神的虔诚你的旺运与力量。
到何处再去寻你那龙腾虎跃的战斗?
如何才能再听到你欢宴上嘹亮的歌喉?
你横扫了世上一切卑劣之辈,
你不惧怕雄狮也不畏惧魔鬼。
如今你正应享受你胜利的成果,
可是造物主却令你面伏黄沙备受折磨。
见鬼去吧,那王冠与王座令人丧气,
我本不愿再把这些东西提起。

你是勇士和王子,你尊贵无比,
王冠宝座本不屑一顾应弃之于地。
惹出这场祸事全是由于倒霉的王座王冠,
这都是卡什塔斯帕生性太贪。"
埃斯凡迪亚尔深明世理,
他说:"勇士呵,我的博学多闻的兄弟!
你不要为哭我,哭坏了自己身体,
我命该绝这一切都是天意。
人死之后大地便是眠床,
你因我被杀不必如此悲伤。
试看法里东,胡山与贾姆安在,
他们已返归虚无因本自虚无而来。
比如我那心地纯洁的祖辈,
我的骄傲高贵的先人,
他们都已长逝把我们留在此地,
谁能长生不死永驻不去?
我在世上曾奋力拼搏历尽艰险,
我曾排除万难南征北战。
刚刚扫清了天神指引的道路,
以理智探索人间的路途。
由于我奔波劳碌树立起正气,
邪恶的魔鬼也无所施其诡计。
这时,命运却探出狮子的利爪,
把我像野驴一样抓住不肯轻饶。
如今我只希望死后在天堂过活,
享受自己在世上种下的善果。

我并非死于鲁斯塔姆之手,
请看我手中所执的这枝柽柳。
是这枝柽柳断送了我的性命,
这乃是神鸟授计鲁斯塔姆实行。
一切阴谋诡计都是扎尔的主意,
这些鬼蜮伎俩他最熟悉。"
听了埃斯凡迪亚尔这番话,
鲁斯塔姆心中悲痛泪如雨下。
他举步来到埃斯凡迪亚尔面前,
为他即将辞世而痛悲愁容满面。
然后他遗憾地对帕舒坦说:
"他确实是一位英雄好汉。
我听到他讲述的战斗历程,
他确凭勇力遏制了邪恶势力逞凶。
我当年也曾勇战凶顽的恶魔,
忍受艰难困苦备受折磨。
我也是时时征袍在身一生征战,
在战场上与我交手的都是英雄好汉。
但像埃斯凡迪亚尔这样的勇将,
我一生一世还从来未曾遇见。
他箭法精熟又如此英勇,
我与他较量确已败在下风。
我虽战败但我并未投降,
我无计可施时曾到处设法想方。
我张弓射箭一箭将他射中,
这也是命中注定他死在我手中。

如若命运冥冥中把他佑助，
我那柽柳箭便会毫无用处。
我们不能在此久留应立即撤离，
要迅速离开这块不祥之地。
这一惨剧乃是命运假我手造成，
我射出这柽柳之箭便永留骂名。"

埃斯凡迪亚尔对鲁斯塔姆的劝告

埃斯凡迪亚尔对鲁斯塔姆说道：
"如今，我的气数已临近尽头。
请上近前来不要再躲避，
如今战斗已完你我不再为敌。
我有几句忠言还要相托一事，
我不放心的就是我这爱子①。
请你设法把他带到一处地方，
请加意指引用心抚养。"
鲁斯塔姆唉声叹气走到他近前，
侧耳细听王子对他的叮嘱之言。
这时，鲜血还从王子双眼外涌，
身旁仍然听到轻轻的哭泣之声。
那边扎尔听到了战场上的消息，
他立即从宫中飞快赶到这里。

---

① 爱子指巴赫曼。

扎瓦列与法拉玛兹也落魄失魂,
赶到战场把经过探询。
这时,战场上响起一阵喊声,
日月失去光辉白日晦暗不明。
扎尔对鲁斯塔姆说道:
"孩子,我倒更为你的命运担心。
因为我早就听祭司们说过,
在贤士智者与星相术士中有此传说:
谁若把埃斯凡迪亚尔置于死地,
天地不容他也是必死无疑。
如若他能侥幸逃脱一死,
那也是处处碰壁再无宁日。"
这时埃斯凡迪亚尔对鲁斯塔姆说,
"其实,并不是你之手杀死了我。
命运注定就是这样的结果,
莽莽苍天的定数哪个能够躲过?
不是鲁斯塔姆也不是神鸟与利箭强弓,
在战斗中结果了我的性命。
这全是卡什塔斯帕造成的结果,
他的面目如今我全然识破。
他对我说:你快去把西斯坦烧光,
连半天我也不愿迟延,不要它留在世上。
他这是想自己掌握军队稳坐江山,
而使我东奔西走处境艰难。
如今我在世留下一子巴赫曼,
他聪明伶俐是我助手是我心肝。

请多关照请你们把他收留,
这是我的请求万望你们能够接受。
让他在扎别尔斯坦愉快生活,
不使他受到心怀歹意的人的折磨。
请教授给他两军战阵搏击征战,
请教授他狩猎出游饮宴言谈。
教他待客酌饮与马球游戏,
教他应对之策与来言去语。
贾玛斯帕曾经这样说过,
人若一事无成便是虚度一生。
我留下巴赫曼在世上作为纪念,
他是皇族之后应保持皇家尊严。
日后巴赫曼若也有了子孙,
那也是尊贵的皇家后人。"
鲁斯塔姆一听立即站起,
他用右手捶打着自己的身体。
他说:"你的托嘱我定然从命,
你吩咐什么我一定忠实执行。
我要保他登上宝座主宰江山,
我要保他戴上他期望的王冠。
我听从他的吩咐为他效力,
我称他为王是他的奴隶。"
埃斯凡迪亚尔听了鲁斯塔姆的话,
立即说:"勇士呵,你真称得上是古道热肠。
让天神明鉴为我作证,
让圣教指引我的途程。

如今世上可能传播你的坏话，
说你亲手把埃斯凡迪亚尔残杀。
听到这些你会感到激动愤怒，
这乃是天神旨意天神主宰吉凶祸福。"
他此时又对帕舒坦倾诉心意，
说："此刻我除一块裹尸布别无希冀。
当我离开人世身亡命丧，
你应统率队伍奔回波斯。
你到波斯去告知父亲经过，
就说：现在你如愿以偿还有何可说！
命运助你使你称心如意，
你可放心地为王主宰江山社稷。
我本对你抱有极大的期望，
但这场惨剧正出于你歹毒的心肠。
我平定了天下凭我这正义之刀，
天下邪恶之人被我为之一扫。
在波斯神圣的宗教已经确立，
还有皇家的威严和井然的秩序。
你当着群臣的面将我规劝，
但暗地里把我推死亡深渊。
如今你的愿望得到满足，
心满意足地做天下之王。
你现在可以放心地稳坐江山，
在你皇家宫廷应大设酒宴。
你发号施令我四处奔波劳碌，
你高戴王冠我被装入棺木。

古圣先贤早有箴言在先,
天下人谁也逃不过死亡之箭。
你不要以为从今后宝座无虞,
我死后我的双眼也紧盯着你。
当你也前来我们一同见到天神,
我告诉他经过看他有何评论。
当你离开他去面见母亲,
就告诉她挑衅的勇士已然阵亡。
他的利箭能贯穿铠甲,
铁石山崖也全然不在话下。
你说,妈妈,望你也早日来相聚,
不要为我的死而过分悲痛哭泣。
当着众人不要展示我的颜面,
我不愿你看到我裹着尸布的容颜。
我知道你见我会痛哭失声,
但明智者主张抑制悲痛。
我的那些姐妹还有我的嫔妃,
还有深居后宫的那些宫女,
她们都多才多艺聪明伶俐,
请代我告别此生再难相聚。
我身遭此祸全是由于父王的王冠,
牺牲了我的性命保护了他宝库的安全。
如今人们把我尸体运到他面前,
他的卑微的心应该感到羞惭。"
说完此话他长长叹了一口气,
又说:"这完全是卡什塔斯帕置我于死地。"

这时,他的纯洁的灵魂飞离了躯体,
受箭伤而死躯体横卧在土地。
鲁斯塔姆痛苦得撕碎了衣衫,
灰尘与黄土撒了自己满头满脸。
他哭诉呼叫:"我英勇的骑手!
你祖父与父亲都是国王你是皇家之后。
我在世上本有美好的名声,
但是卡斯塔斯帕要把我生命断送。"
他悲悲切切死去活来地痛哭,
叫一声:"王子呵,你在世上寂寞孤独。
但愿你灵魂飞上天堂享乐,
你的仇敌播种什么就收获什么。"
扎瓦列对鲁斯塔姆说:"兄长,
对他你不应抱有这样软的心肠。
难道你没听到贤士哲人说过,
自古以来人们都这样传说:
如若你发善心喂养小狮,
终有一天小狮会变得坚牙利齿。
当它身躯长大有了觅食之力,
它第一个就向喂养它的人扑去。
如今是世上两强拼死相争,
谁胜准负灾难都落在波斯人的头顶。
像埃斯凡迪亚尔的王子死于战场,
从此后你的日子也不会如意吉祥。
巴赫曼定然会给扎别尔带来灾难。
喀布尔斯坦的百姓会遭受苦难。

你记着当他成为一国的国君,
他定然要为埃斯凡迪亚尔雪恨。
当你死后,我们的扎别尔斯坦,
他肯定要把它合并到波斯。"
鲁斯塔姆听完这样回答他的劝谕,
说:"人做事是善是恶都不能违逆天意。
我选择了道路我认为此路可行,
凭理智判断它会给我带来善名,
如若日后他违逆天意作歹为非,
你也不必死死与他为仇作对。"

帕舒坦把埃斯凡迪亚尔的灵柩运回交给卡什塔斯帕

帕舒坦命人打造一个精致的铁棺,
棺内铺衬上中国的绸缎。
棺外涂饰一层黑色的油漆,
涂漆前就把香料调和到漆里。
裹尸布用的是织金的锦缎,
上下人等围着灵柩哭声一片。
当把他的纯洁的躯体裹好,
在他的头顶戴上一个翡翠王冠。
他本是一棵皇家之树茂盛碧绿,
如今就委屈在棺内方寸之地。
鲁斯塔姆唤来四十峰骆驼的驼队,

骆驼身上披着中国的丝绸。
王子的铁棺放在一个骆驼背上,
骆驼队四周队伍排列成行。
人们劈打面颊撕头发痛苦哭泣,
他们诉说王子功绩祝愿他灵魂安息。
掀翻了大鼓撕碎了旌旗,
人们一律穿着紫衣与青衣。
帕舒坦走在大队人马的前面,
他把黑马的马鬃马尾剪短。
马鞍不装在马背而绑在马肚上①,
马鞍下挂着战斗用的大棒。
马鞍下挂着的还有勇士的头盔与铠甲,
以及他的衬帽与箭囊。
巴赫曼留在扎别尔未随大队返回,
顺他的睫毛滴下滴滴血泪。
鲁斯塔姆把他带到宫中,
加意照料如同自己的亲生。
这边早有人报告灵柩已在中途,
国王闻听低垂下头心中痛苦。
他悲痛得撕碎自己的衣衫,
抓起土来扬了自己满头满脸。
宫廷之内响起凄厉的悲号,
埃斯凡迪亚尔之名响彻云霄。
转眼间消息传遍了波斯,

---

① 剪短马鬃马尾及把马鞍绑在马肚都是哀悼的表示。

王公大臣都把冠冕摔到地上。
卡什塔斯帕说:"孩子,你信仰虔诚,
从开天辟地还未出现你这样的英雄。
自玛努切赫尔国王至今,
从未出现你这样尊贵的贵人。
你血染钢刀廓清四面八方,
天下太平处处和谐安详。"
这时,波斯的贵人们内心不满,
他们热泪涌流为国王而感到羞惭。
他们齐声说:"陛下你真是老朽昏庸,
像埃斯凡迪亚尔这样的英雄,
你把他派到扎别尔断送了性命,
你自己仍然主宰江山为王在宫廷。
你头戴王冠竟不感到羞惭,
你应早遭报应离开人间。"
贵人们拂袖而去离开他的宫殿,
顿时,他的王冠失色命星暗淡。
当王子之母与姐妹得知噩耗,
都在宫女簇拥下向外奔跑。
他们跣足披发头上撒满黄土,
痛苦得撕碎身上的衣服。
帕舒坦一路悲悲切切哭嚎而来,
后面跟着的是黑马和王子的棺材。
女人们一见帕舒坦一拥而上,
顺她们的睫毛热泪流淌。
她们说请你打开狭窄的铁棺,

让我们与被害的王子见上一面。
帕舒坦一见女眷又一番悲恸,
他痛哭着下了一道命令,
他命令铁匠们:"赶快开棺,
我心乱如麻不忍听她们哭泣。"
顷刻,铁匠们打开狭窄的铁棺,
这时震耳的哭声又响成一片。
母亲与众姐妹看到王子的面孔,
他的黑色的胡须和涂了香料的面孔。
她们顿时都失去了知觉,
悲愁袭上心头五内中烧。
过了一刻她们又恢复了知觉,
恢复了知觉便把王子坐骑寻找。
她们一起离开王子的遗体,
都呼喊着奔那黑马而去。
她们伸出手去抚摩马首马鬃,
克塔永在黑马身旁也感悲恸。
心想王子骑着此马战场牺牲,
就在此马的背上英雄断送性命。
母亲埋怨说:"你这不祥的坐骑,
王子就在你的背上辞世而去。
从今以后你还随谁去征战?
谁跨上你马鞍去扑灭邪恶的凶焰?"
说话间她抓起了马鬃,
撒上一把土表示内心的悲恸。
这时,军士们也失声痛哭声震天庭,

帕舒坦跨着大步进入王宫。
当他来到国王宝座近前,
他一不吻宝座二不行礼问安。
他高叫一声:"我骄傲的国王,
你的行动遭到报应王子命丧。
你如此行事是自毁根基,
招致了王公贵人的不满与非议。
从此佑助王家的灵光便离你而去,
天神也会因此降罚不爽毫厘。
你此举是打断了自己的后背,
从此以后你的天下便烟灭灰飞。
你为了稳坐江山而断送儿子性命,
儿子死了你气数也行将告终。
这世上到处是不逞之徒到处是仇敌,
你决不能永主江山社稷。
你活在世上会受到责备,
到世界末日会清算你的大罪。"
他对国王说完又转身对贾玛斯帕,
说:"你这狗头军师坏主意太多。
你在世上终日谎话连篇,
把邪恶之火向四方播散。
你在皇族贵人中挑拨离间,
使他们为仇作对频进谗言。
你总教唆人们作歹为非,
好事你都破坏,坏事竭力鼓吹。
你在这世上种下了一枚恶果,

来日总归由你自己把恶果收获。
一个伟大的勇士由于你而丧命疆场,
他一死顿使王公贵胄的日月失去光芒。
你这老东西心肠过于歹毒,
是你把国王陛下引入歧途。
是你说勇士埃斯凡迪亚尔的性命,
定然丧在鲁斯塔姆的手中。"
他一边指责①一边悲泣,
把贾玛斯帕出的主意一一提起。
他还提到埃斯凡迪亚尔把巴赫曼相托,
无意中把这个不宣之秘说破。
当国王听到他的这番话语,
感到埃斯凡迪亚尔此举不近情理。
当大殿上的人渐渐走散,
贝阿法里德与胡玛②迈步向前。
她们在父亲面前抓破面颊,
为哥哥阵亡而撕掉自己头发。
她们对鲁斯塔斯帕说:"父王,
埃斯凡迪亚尔牺牲你也不悲伤。
他曾英勇作战为扎里尔报仇雪恨,
他奋勇拼搏从狮爪中拯救了我们。
他打败土兰人为皇家报仇,
你的江山理应传到他手。

~~~~~~~~~~~~~~~~

① 帕舒坦对贾玛斯帕的责备似不公道,贾玛斯帕在派埃斯凡迪亚尔去扎别尔斯坦一事中无任何责任,只是预言此行凶多吉少。
② 贝阿法里德与胡玛是埃斯凡迪亚尔的两个妹妹。

但你竟听信谗言把他囚禁，
带枷上镣还要铁索缠身。
你把他囚禁后祖父①立即遇难，
全军将士也因兵败而个个心寒。
阿尔贾斯布领兵从哈尔希到巴尔赫，
他的侵扰打乱了我们平静生活。
我们这些女流本居深宫内苑，
他们也从宫中把我拉到市井抛头露面。
他们悍然扑灭了努什阿扎尔圣火，
几番战斗就控制了我们全国。
你曾见到你的王子多么英勇，
把顽敌横扫只身陷阵冲锋。
他把我们从鲁因碉堡带到你身边，
他是你大军统帅保卫你的江山。
你后来又从这里派他去扎别尔斯坦，
一再劝他前去不管他征途多么艰难。
如今他为一顶王冠断送了性命，
天下人都为他的死而感到悲恸。
杀他的不是神鸟与扎尔不是鲁斯塔姆，
是你杀了他，杀了他你何必假意装哭。
你在老臣旧部面前应感到羞愧，
是你把他断送使他希望成灰。
在你以前有许多国王主宰江山社稷，
他们都仁德慷慨通情达理。

① 祖父指卢赫拉斯帕。

他们中无一人为保自己的王位,
而虐杀自己的亲属子女。
王子不过是向你要求继承王座,
这样要求你不早向卢赫拉斯帕提出过。
当你要求未得满足你曾远走罗马,
一路之上你伤心得血泪遍洒。
当你的父王未及时让给你江山,
你也是郁郁不乐心怀不满。
你父王一未把你抛入火坑二未虐杀,
而是给你戴上王冠让你主宰天下。
你找了一些不成借口的借口,
就促使他去以身冒险再无法回头。"
这时国王对帕舒坦说:"你快快前去,
去劝劝这些姑娘不要过于焦虑悲泣。"
于是帕舒坦离开国王的大殿,
把女人们从大殿带到一边。
他此时开始劝解母亲,
说:"你不要为他的死如此伤心。
他一生拼斗厮杀早已厌倦,
如今他已安息灵魂升天。
你不应为他而如此闷闷不乐,
他如今已然在天堂过活。"
母亲听儿子的劝解有理,
懂得此乃天意便不再哭泣。
从那以后波斯城乡各地,
都有祭奠王子的哭声响起。

人们同情他死于扎尔之计与柽柳的箭,
一早一晚时时响起哭声一片。

鲁斯塔姆把巴赫曼送回波斯

那巴赫曼在扎别尔斯坦,
终日饮酒作乐嬉戏游宴。
虽然此子内心始终有复仇之意,
但鲁斯塔姆仍教他骑射饮宴宫廷之礼。
桩桩件件对他都超过亲生,
日夜不离想方设法使他高兴。
鲁斯塔姆不晓冥冥中的天机,
日后此子把多少祸事挑起。
敌人终归对你满怀敌意,
不管你对他多么多情多意。
鲁斯塔姆心口如一此事如此尽心,
卡什塔斯帕对他也不似以前仇恨。
此时鲁斯塔姆给他修书一封,
信中充满旧情详告经过情形。
信的开头先把天神颂扬,
宿仇和解应全凭天神力量。
接着他写道:"天神为我明鉴,
帕舒坦也曾为我献计进言。
我一再对埃斯凡迪亚尔苦苦相劝,
劝他以和为贵言和罢战。

我曾赠他以宝库许他以家邦,
但他咎由自取对我寸步不让。
终于他的大限已至死在战场,
我的心中无限同情无限悲伤。
过去的事实如此,此乃天意,
天意使然有谁能够抗拒。
如今,王孙就在我处抚养,
他就如同我头上的木星之光。
我教他临政之策准备为王,
事事劝谕教导使他智力成长。
如若陛下能体恤老臣之心,
对已过去之事不怀恨在心,
我愿肝脑涂地向陛下效忠,
献上宝座王冠至死效力相从。"
当他的信传递到国王宫廷,
辗转传递在宫廷大臣手中。
帕舒坦走上前去为此事作证,
说:"鲁斯塔姆讲的句句是实情。
鲁斯塔姆对王子苦苦含泪相劝,
许给他江山国土以及宝库财产。"
国王见帕舒坦出来作证心中释然,
他开始对那著名的勇士有了好感。
心中释然对鲁斯塔姆不再记恨,
心中不再烦恼做事也能静气平心。
于是国王吩咐立即写一封回信,
恰似园中栽树安抚了这位老臣。

他在那信中说:"这高悬头上的苍穹,
如若要降罚于人把某人严惩,
凡人如何能够逃脱避免,
须知人力终究有限无计回天。
帕舒坦说你曾一再忍气吞声,
这话也有助于平复我悲痛的心情。
谁能避免上苍安排的命运,
聪明人不纠缠过去的宿怨旧恨。
你仍如以前一样,比从前更加忠诚,
你把印度与果努支治理统领①,
你可以提出现在你需要什么,
我愿赐你武器王冠印信与宝座。"
送信人按照卡什塔斯帕的吩咐,
及时把回信送到不敢耽误。
著名的勇士见信喜在心头,
从此放下心来不再忧愁。
就这样又过去了一段时间,
王子长大成人是一位英俊青年。
他聪明俊秀博学而且干练,
不愧是皇家后人应戴王冠。
贾玛斯帕能卜善算预知凶吉,
知道这江山应由巴赫曼承继。
他对卡什塔斯帕说:"我的王上,
对巴赫曼之事你应放在心上。

---

① 实际上鲁斯塔姆并不统辖印度,这里是夸大说法。

他有他父亲的学识与本领,
他能代替他父亲不会辱没你的门庭。
他不在宫中而久居远方异地,
你的信也不会有人向他提起。
你应专写一信寄给巴赫曼,
让那信文美如天堂花园。
除他之外你世上还有什么亲人?
想起埃斯凡迪亚尔还是他安慰你的心。"
卡什塔斯帕感到此议可行,
他当即给贾玛斯帕下了道命令。
说立即给巴赫曼修书一封,
另一信给鲁斯塔姆高贵的英雄。
信中说:"崇敬天神的高贵的英雄,
有你这样的贤臣我由衷感到高兴。
我的孙儿亲过我的生命,
论学识他比出名的贾玛斯帕还有名。
这全靠你谆谆教导指引有方,
如今我意应把他派回波斯。
我写一信给巴赫曼让他立即行动,
见信后不要耽搁立即登程。
我们都十分盼望与你晤面,
赶快收行囊不要迟延。"
当大臣为鲁斯塔姆读了信文,
经验丰富的英雄欣喜兴奋。
他拿出库中积存的财产宝物,
有铠甲征衣还有纯钢匕首。

还有马匹的护甲以及弓箭,
有印度的短刀还有大棒。
有龙涎香麝香以及樟脑,
珍珠玉石和金银财宝。
有丝绸布匹未裁剪的衣料,
以及使女幼童个个青春年少。
有织金的腰带镶银的鞍鞯,
红玉宝石就盛了满满两碗。
阿拉伯骏马和豹皮的马鞍,
马鞍鞯上都是精致的镶嵌。
还有一顶王冠上嵌满大颗珍珠,
以及一条黄金上缀满黄玉的项链。
这一切鲁斯塔姆都慷慨相赠,
交代给管库人一件一件点清。
鲁斯塔姆直送出两站路程,
然后让他自己回返国王王宫。
当卡什塔斯帕与孙儿见面,
不禁悲喜交集老泪涟涟。
说见到你就想到你父亲,
他在世上除你以外未留下亲人。
他见孙儿如此俊秀英勇,
便称他为雄狮般勇士英雄。
他乃是一位身手不凡的勇士,
虔信天神胸中蕴藏学问知识。
当他在地上挺身直立,
垂下手去只见他双手过膝。

他在宫中又度过了一段时间，
身躯发育得更加结实丰满。
不论是游乐狩猎还是练武在沙场，
都与埃斯凡迪亚尔一模一样。
卡什塔斯帕与他真是形影不离，
一刻不见心中就感到焦急。
我感激天神赐我这样好的后人，
但平心而论我仍愁烦郁结于心。
愿巴赫曼永远留在世上，
痛就痛在刀枪不入的王子早丧。
埃斯凡迪亚尔的故事行将结束，
愿国王陛下江山永固。
愿他从此心中没有痛苦，
万方归心天下由他做主。
愿他永享幸福欢乐江山久长，
愿他的敌人遭报永远败亡。

"外国文学名著丛书"书目

第 一 辑

书 名	作 者	译 者
伊索寓言	〔古希腊〕伊索	周作人
源氏物语	〔日〕紫式部	丰子恺
堂吉诃德	〔西班牙〕塞万提斯	杨 绛
泰戈尔诗选	〔印度〕泰戈尔	冰 心 石 真
坎特伯雷故事	〔英〕杰弗雷·乔叟	方 重
失乐园	〔英〕约翰·弥尔顿	朱维之
格列佛游记	〔英〕斯威夫特	张 健
傲慢与偏见	〔英〕简·奥斯丁	王科一
雪莱抒情诗选	〔英〕雪莱	查良铮
瓦尔登湖	〔美〕亨利·戴维·梭罗	徐 迟
欧·亨利短篇小说选	〔美〕欧·亨利	王永年
特利斯当与伊瑟	〔法〕贝迪耶	罗新璋
巨人传	〔法〕拉伯雷	鲍文蔚
忏悔录	〔法〕卢梭	范希衡 等
欧也妮·葛朗台 高老头	〔法〕巴尔扎克	傅 雷
雨果诗选	〔法〕雨果	程曾厚
巴黎圣母院	〔法〕雨果	陈敬容
包法利夫人	〔法〕福楼拜	李健吾
叶甫盖尼·奥涅金	〔俄〕普希金	智 量
死魂灵	〔俄〕果戈理	满 涛 许庆道

书　名	作　者	译　者
当代英雄	〔俄〕莱蒙托夫	草　婴
猎人笔记	〔俄〕屠格涅夫	丰子恺
白痴	〔俄〕陀思妥耶夫斯基	南　江
列夫·托尔斯泰中短篇小说选	〔俄〕列夫·托尔斯泰	草　婴
怎么办？	〔俄〕车尔尼雪夫斯基	蒋　路
高尔基短篇小说选	〔苏联〕高尔基	巴　金　等
浮士德	〔德〕歌德	绿　原
易卜生戏剧四种	〔挪〕易卜生	潘家洵
鲵鱼之乱	〔捷〕卡·恰佩克	贝　京
金人	〔匈〕约卡伊·莫尔	柯　青

第　二　辑

荷马史诗·伊利亚特	〔古希腊〕荷马	罗念生　王焕生
荷马史诗·奥德赛	〔古希腊〕荷马	王焕生
十日谈	〔意大利〕薄伽丘	王永年
莎士比亚悲剧五种	〔英〕威廉·莎士比亚	朱生豪
多情客游记	〔英〕劳伦斯·斯特恩	石永礼
唐璜	〔英〕拜伦	查良铮
大卫·科波菲尔	〔英〕查尔斯·狄更斯	庄绎传
简·爱	〔英〕夏洛蒂·勃朗特	吴钧燮
呼啸山庄	〔英〕爱米丽·勃朗特	张　玲　张　扬
德伯家的苔丝	〔英〕托马斯·哈代	张谷若
海浪　达洛维太太	〔英〕弗吉尼亚·吴尔夫	吴钧燮　谷启楠
哈克贝利·费恩历险记	〔美〕马克·吐温	张友松
一位女士的画像	〔美〕亨利·詹姆斯	项星耀
喧哗与骚动	〔美〕威廉·福克纳	李文俊
永别了武器	〔美〕欧内斯特·海明威	于晓红

书　名	作　者	译　者
波斯人信札	〔法〕孟德斯鸠	罗大冈
伏尔泰小说选	〔法〕伏尔泰	傅　雷
红与黑	〔法〕司汤达	张冠尧
幻灭	〔法〕巴尔扎克	傅　雷
莫泊桑中短篇小说选	〔法〕莫泊桑	张英伦
文字生涯	〔法〕让-保尔·萨特	沈志明
局外人　鼠疫	〔法〕加缪	徐和瑾
契诃夫小说选	〔俄〕契诃夫	汝　龙
布宁中短篇小说选	〔俄〕布宁	陈　馥
一个人的遭遇	〔苏联〕肖洛霍夫	草　婴
少年维特的烦恼	〔德〕歌德	杨武能
德国，一个冬天的童话	〔德〕海涅	冯　至
绿衣亨利	〔瑞士〕戈特弗里德·凯勒	田德望
斯特林堡小说戏剧选	〔瑞典〕斯特林堡	李之义
城堡	〔奥地利〕卡夫卡	高年生

第　三　辑

埃斯库罗斯悲剧二种	〔古希腊〕埃斯库罗斯	罗念生
索福克勒斯悲剧二种	〔古希腊〕索福克勒斯	罗念生
欧里庇得斯悲剧二种	〔古希腊〕欧里庇得斯	罗念生
神曲	〔意大利〕但丁	田德望
西班牙流浪汉小说选	〔西班牙〕克维多　等	杨　绛　等
阿拉伯古代诗选	〔阿拉伯〕乌姆鲁勒·盖斯　等	仲跻昆
列王纪选	〔波斯〕菲尔多西	张鸿年
蕾莉与马杰农	〔波斯〕内扎米	卢　永
莎士比亚喜剧五种	〔英〕威廉·莎士比亚	方　平
鲁滨孙飘流记	〔英〕笛福	徐霞村

书 名	作 者	译 者
彭斯诗选	〔英〕彭斯	王佐良
艾凡赫	〔英〕沃尔特·司各特	项星耀
名利场	〔英〕萨克雷	杨 必
人性的枷锁	〔英〕威廉·萨默塞特·毛姆	叶 尊
儿子与情人	〔英〕D.H.劳伦斯	陈良廷 刘文澜
杰克·伦敦小说选	〔美〕杰克·伦敦	万 紫 等
了不起的盖茨比	〔美〕菲茨杰拉德	姚乃强
木工小史	〔法〕乔治·桑	齐 香
恶之花 巴黎的忧郁	〔法〕波德莱尔	钱春绮
萌芽	〔法〕左拉	黎 柯
前夜 父与子	〔俄〕屠格涅夫	丽 尼 巴 金
卡拉马佐夫兄弟	〔俄〕陀思妥耶夫斯基	耿济之
安娜·卡列宁娜	〔俄〕列夫·托尔斯泰	周 扬 谢素台
茨维塔耶娃诗选	〔俄〕茨维塔耶娃	刘文飞
德国诗选	〔德〕歌德 等	钱春绮
安徒生童话选	〔丹麦〕安徒生	叶君健
外祖母	〔捷〕鲍·聂姆佐娃	吴 琦
好兵帅克历险记	〔捷〕雅·哈谢克	星 灿
我是猫	〔日〕夏目漱石	阎小妹
罗生门	〔日〕芥川龙之介	文洁若

第 四 辑

一千零一夜		纳 训
培根随笔集	〔英〕培根	曹明伦
拜伦诗选	〔英〕拜伦	查良铮
黑暗的心 吉姆爷	〔英〕约瑟夫·康拉德	黄雨石 熊 蕾
福尔赛世家	〔英〕高尔斯华绥	周煦良

书 名	作 者	译 者
月亮与六便士	〔英〕威廉·萨默塞特·毛姆	谷启楠
萧伯纳戏剧三种	〔爱尔兰〕萧伯纳	潘家洵 等
红字 七个尖角顶的宅第	〔美〕纳撒尼尔·霍桑	胡允桓
汤姆叔叔的小屋	〔美〕斯陀夫人	王家湘
白鲸	〔美〕赫尔曼·梅尔维尔	成 时
马克·吐温中短篇小说选	〔美〕马克·吐温	叶冬心
老人与海	〔美〕欧内斯特·海明威	陈良廷 等
愤怒的葡萄	〔美〕斯坦贝克	胡仲持
蒙田随笔集	〔法〕蒙田	梁宗岱 黄建华
悲惨世界	〔法〕雨果	李 丹 方 于
九三年	〔法〕雨果	郑永慧
梅里美中短篇小说选	〔法〕梅里美	张冠尧
情感教育	〔法〕福楼拜	王文融
茶花女	〔法〕小仲马	王振孙
都德小说选	〔法〕都德	刘 方 陆秉慧
一生	〔法〕莫泊桑	盛澄华
普希金诗选	〔俄〕普希金	高 莽 等
莱蒙托夫诗选	〔俄〕莱蒙托夫	余 振 顾蕴璞
罗亭 贵族之家	〔俄〕屠格涅夫	陆 蠡 丽 尼
日瓦戈医生	〔苏联〕帕斯捷尔纳克	张秉衡
大师和玛格丽特	〔苏联〕布尔加科夫	钱 诚
茨威格中短篇小说选	〔奥地利〕斯·茨威格	张玉书 等
玩偶	〔波兰〕普鲁斯	张振辉
万叶集精选	〔日〕大伴家持	钱稻孙
人间失格	〔日〕太宰治	魏大海

第 五 辑

书　名	作　者	译　者
泪与笑　先知	〔黎巴嫩〕纪伯伦	冰　心　等
华兹华斯 柯尔律治 诗选	〔英〕华兹华斯 柯尔律治	杨德豫
济慈诗选	〔英〕约翰·济慈	屠　岸
汤姆·索亚历险记	〔美〕马克·吐温	张友松
大街	〔美〕辛克莱·路易斯	潘庆舲
田园三部曲	〔法〕乔治·桑	罗　旭　等
金钱	〔法〕左拉	金满成
果戈理小说戏剧选	〔俄〕果戈理	满　涛
奥勃洛莫夫	〔俄〕冈察洛夫	陈　馥
谁在俄罗斯能过好日子	〔俄〕涅克拉索夫	飞　白
亚·奥斯特洛夫斯基戏剧六种	〔俄〕亚·奥斯特洛夫斯基	姜椿芳　等
复活	〔俄〕列夫·托尔斯泰	草　婴
静静的顿河	〔苏联〕肖洛霍夫	金　人
谢甫琴科诗选	〔乌克兰〕谢甫琴科	戈宝权　任溶溶
维廉·麦斯特的学习时代	〔德〕歌德	冯　至　姚可崑
叔本华随笔集	〔德〕叔本华	绿　原
艾菲·布里斯特	〔德〕台奥多尔·冯塔纳	韩世钟
豪普特曼戏剧三种	〔德〕豪普特曼	章鹏高　等
铁皮鼓	〔德〕君特·格拉斯	胡其鼎
加西亚·洛尔卡诗选	〔西班牙〕加西亚·洛尔卡	赵振江
你往何处去	〔波兰〕亨利克·显克维奇	张振辉
显克维奇中短篇小说选	〔波兰〕亨利克·显克维奇	林洪亮
裴多菲诗选	〔匈〕裴多菲	孙　用
轭下	〔保〕伐佐夫	施蛰存

书 名	作 者	译 者
卡勒瓦拉(上下)	〔芬兰〕埃利亚斯·隆洛德	孙 用
破戒	〔日〕岛崎藤村	陈德文
戈拉	〔印度〕泰戈尔	刘寿康